第一槍

中日抗戰中的秘辛

黎晶／著

文壇宿將精心構思　專業兩家手繪配圖
兩岸名家傾力推薦　紀念抗戰紅鼎之作

崧燁文化

第一槍：中日抗戰中的秘辛
目錄

目錄

開篇　日本天皇下詔嚴懲「反日元兇」中共領袖通電讚揚「英勇抗戰」 ... 5

第一回　自古燕趙多豪傑　冬雷故城降武星 ... 9

第二回　福禍旦夕天意轉　師徒杏園結拜忙 ... 15

第三回　少年退學多憾事　柳暗花明兩重天 ... 21

第四回　大雪塞途朔風烈　悲情揮淚調頭東 ... 27

第五回　屎窩出屎窩進仍為人奴　從商務農男兒鐵心從軍 ... 35

第六回　大丈夫當效國家　小男兒豈逸居鄉 ... 43

第七回　艱苦攀登軍階梯　模範連兵露頭角 ... 49

第八回　警衛班長鞍前馬後　模範連長年庚廿一 ... 59

第九回　金榜題名青年壯志　洞房花燭燕爾新婚 ... 69

第十回　「截皇綱」濟軍危難　面艱辛出手不凡 ... 79

第十一回　殺郭堅打趙倜鋒芒再露　拜曹錕入北京就任新職 ... 87

第十二回　「北京政變」西北軍命名　「三級跳躍」晉升少將軍 ... 95

第十三回　孫中山病逝協和　馮玉祥遊歷蘇聯 ... 103

第十四回　五原誓師加入國民黨　北伐苦戰輾轉母病逝 ... 111

第十五回　中原大戰馮閻反蔣　降將隱歸北平閒居 ... 123

第十六回　西北軍敗骨血殘留　枯木逢春新軍建立 ... 135

第一槍：中日抗戰中的秘辛
目錄

第十七回　石友三反蔣叛張終慘敗　「一二八」淞滬抗戰序幕拉 ⋯ 145

第十八回　喜峰口喋血染長城　大刀片威震破敵膽 ⋯ 153

第十九回　長城抗戰英雄空齎恨　「塘沽協定」國史徒蒙羞 ⋯ 165

第二十回　馮玉祥再舉抗日旗　吉鴻昌被害仰之悲 ⋯ 173

第二十一回　蔣介石攜夫人「閱邊」　馮治安明君臣歸屬 ⋯ 185

第二十二回　「張北事件」宋哲元免職　「一二九」後晉察冀政權生 195

第二十三回　盛年隨流納外室　燈紅酒綠夾縫中 ⋯ 209

第二十四回　戎馬倥傯河北省主席　輕車簡從錦衣回故城 ⋯ 219

第二十五回　黑雲壓城城欲摧　北平硝煙煙霧濃 ⋯ 227

第二十六回　「七七事變」第一槍　「反日元凶」馮治安 ⋯ 237

第二十七回　激戰廊坊續延輝煌歷史篇　佟麟閣趙登禹血寫殉國章 249

第二十八回　敗退中二十九軍消亡　艱難中七十七軍建立 ⋯ 261

第二十九回　敗退入魯韓復榘堅阻　火燒馮宅日寇滅祖墳 ⋯ 271

第三十回　兄台張自忠戰死沙場　令堂馮元璽病故西安 ⋯ 283

開篇　日本天皇下詔嚴懲「反日元凶」中共領袖通電讚揚「英勇抗戰」

馮治安，何許人也？現在中國人知之者甚少。

中華民族抵禦外來侵略的歷史，尤其是抗日戰爭的歷史，那段閃耀輝煌的篇章中，那條血雨腥風悲壯的歷史長河裡，還有誰曾記得馮治安？記得住馮治安？

為何日本帝國主義在侵華戰爭的多份文件中提到「馮治安是中國軍人反日元凶第一人」？為何中共領袖毛澤東親自擬電「讚揚與擁護馮治安部英勇抗戰」？馮治安，一個把姓名永遠刻在盧溝橋上的愛國軍人；一個以個人意志「將在外軍令有所不受」的英勇戰將，國民黨第二十九軍三十七師師長馮治安，面對日寇挑釁，斷然下令反擊。「盧溝橋事變」（即七七事變）由此而爆發，霎時，馮治安打響了中華民族反擊日寇侵略的第一槍。

馮治安，一個與中華民族抗擊日寇血肉相連的人；一個被日本軍國主義單獨命名加戴「頑固抗日派」帽子的人。在中國抗日史冊中愈益黯淡了，一些書籍或文章，提到馮治安卻筆走維艱，或在鐵的史實面前總是一筆帶過，更有甚者張冠李戴……

馮治安，為何在嚴肅的當代史學家的心目中，對你只能點到為止？對「第一人」，「第一槍」的歷史功績閉口？為何你追隨你的主公蔣介石，孤身光桿的司令到臺灣後，臺灣拍了一部電影《盧溝橋事變》，對你卻隻字不提？

假如馮治安在抗日戰爭中陣亡……

假如馮治安在徐蚌會戰中起義……

歷史當然不肯定假如，但歷史總會在歷史不斷續寫的過程中，恢復歷史本來面目。

這部小說不是歷史專著，也不是人物傳記。

第一槍：中日抗戰中的秘辛

開篇　日本天皇下詔嚴懲「反日元凶」中共領袖通電讚揚「英勇抗戰」

　　她是一部反映抗日戰爭的文學讀物。小說主線，貫串了「抗日元凶」馮治安上將的生活軌跡，演繹了那個時代的人物性格，命運構成的一種歷史必然。小說採用了古老傳統的文學寫作方式。以章回小說模式為結構框架，用新時代的文學修養、哲學理念、價值評判。反映燕趙壯士生死回轉的過程，從中找到民族的優秀基因。

　　本部新章回小說，參考了故城老作家尹丕傑先生的《馮治安傳》中的史實部分，走訪了馮治安上將的親朋好友，收集了故城縣大量的民間傳說而定稿。《第一槍》在抗日戰爭勝利七十週年之際出版發行，以紀念中國軍人在抗日戰爭中的偉大功績。

　　這正是：傳奇　傳神　傳遞正能量

　　祭天　祭地　祭慰英雄魂

黎晶書法　閆江繪圖

 **第一槍：中日抗戰中的秘辛**
第一回　自古燕趙多豪傑　冬雷故城降武星

第一回　自古燕趙多豪傑　冬雷故城降武星

京杭大運河縱橫南北，時而歡暢百舸爭流，時而低沉斷斷續續無一帆影。河北省衡水至山東省德州一段河道，迴轉蜿蜒，一改坐北朝南之勢，一灣向東一灣向西。有民諺道：「運河向西流，清官不到頭」。

河岸邊有座古郡，前人稱甘陵郡。東漢始北魏亡，元朝初年設置故城縣，隸屬河北。故城縣的歷史隨這段運河彎轉而沉積，而流逝。但甘陵郡的稱謂深受百姓喜愛，漸而成了故城縣的別號，至今沿用不衰。當年隋煬帝大軍征遼回師，那十萬大軍就在故城縣碼頭棄岸登舟南下，說書者便戲稱故城這段河道為「回鑾河」。

「回鑾河」從清嘉慶以後的百年之中，在故城縣境內決堤八次。洪水挾帶大量泥沙放馬遊韁，所到之處，或為溝壑或為沙丘，冬季裡望去，沙丘在陽光的照耀之下，連綿起伏金光四射，到了秋春兩季，沙丘之間的果樹林或繁花似錦或瓜果飄香。

距縣城十里有一村落東辛莊，上百戶人家坐落在沙丘和果林的環抱之中。土房低矮卻星羅棋布、橫豎有序。一位遠遊的道人見狀言道：「東辛莊盤龍臥虎之勢。沙丘為山，有山則靠；運河為水，有水則仙。村莊北部有三座特別高大沙丘，形同伸出三個手指頭，此乃將軍筆案山，此風水格局，十年之內必有虎將誕生。」

西元 1896 年 12 月 16 日，清光緒二十三年農曆十一月十二日，東辛莊有一農民馮元璽，大清早肩挎糞箕溜彎兒。他繞沙丘奔運河，撿些羊糞、牛糞、馬糞，然後將這些糞肥直接撒在村東自家幾畝冬小麥田裡，盼著來年春天小麥返青、拔節、抽穗、揚花、灌漿。一個豐收年景，飽飽吃上一頓飄著麥香的白麵饅頭。

「喳喳……」一陣喜鵲的叫聲，讓這位中年漢子納悶吃驚。時值隆冬，往常伴著的總是一群「呱呱」叫人心煩的烏鴉，從沙丘果林中飛起，遮天蓋

 **第一槍：中日抗戰中的秘辛**

第一回　自古燕趙多豪傑　冬雷故城降武星

日。今天，卻是一隻灰黑色的喜鵲，站在枝頭上，向馮元璽叫個不停。馮元璽駐足，仔細端詳，喜鵲並不飛走，而是俯首低視，那雙黑亮的眼睛望著他，叫聲卻越來越響。馮元璽見狀不解，順手用拾糞的鐵勺朝天一指，那喜鵲便停止了叫聲，忽地一振翅膀，擦著他的肩膀頭飛過。一坨白屎正巧落在馮元璽的肩頭。馮元璽是一位頭腦機敏、思維活潑的莊稼人，他卻不知道這是何故，究竟是福還是禍。

　　喜鵲飛過，馮元璽呆愣之時，一陣南風吹來，沙丘、樹幹嗚嗚作響。馮元璽忙抬頭，只見由東南往西北颳來一片黑雲，突然，黑雲中一道亮閃，緊伴著一聲響雷，蠶豆大的雨滴鋪天蓋地襲來，乾燥的沙丘立刻就騰起了一片黃雲，似一座座金字塔煙霧繚繞。馮元璽驚恐不已，他連忙將肥糞倒掉，將糞箕子扣在頭上，拎著糞勺，抬腿奔跑回了村子。

　　村莊裡家家院門大開，街坊四鄰都站在自己家院門口仰望天空，嘈雜紛紛。馮元璽這才發現，雨已停了，「回鑾河」的上空出現了一道七色的彩虹。

　　「元璽大哥！還不趕快回家，俺嫂子又給你生了一個大胖小子！」喊他的是馮家的叔伯妹子。

　　馮元璽喜出望外，拎著糞箕子三腳兩步就跑回了自家的院子裡。東廂房裡傳來一陣陣嬰兒的哭聲，他一下子停住了腳步，這孩子的哭聲不亞於剛才運河邊上的那個響雷，震得他心驚。馮元璽聯想到早上那隻喜鵲雄健的鳴叫，然後低下頭看了看肩頭上那坨圓圓的喜鵲屎……難道這一切都是巧合？不！這二小子剛一出世就驚天動地的，和他哥哥馮蘭台那可是天壤之別，蘭台出生時幾乎沒什麼響動，這小子絕不是個凡夫俗子！俺馮家何德何能呀！修來這等……他顧不上多想，可有一件事又不能不讓他想下去。

　　馮元璽瞬間就聯想到妻子袁氏年初那次偶遇，現在他確信無疑了。

　　那是一個桃花落梨花開的季節。沙丘那片杏林中，懷胎二月的袁氏在運河邊上挖野菜。她看見河中有一艘漁船划過，卻突然停槳靠岸。漁翁是一位五旬老者，銀鬚白髮，赤面紅臉，一副仙風道骨。老人輕盈地走到馮元璽老婆袁氏的身旁，袁氏見老者一臉慈善、笑容可掬並無惡意，便連忙放下手中

的菜籃起身，行了個萬福，老者並未回禮，只說了一句讓袁氏臉紅至身的話：「夫人身懷貴子呀！」說罷扭身回船順流而下。

老實的袁氏此刻已心神不定，看看沒有蓋住籃底的那幾棵苦麻菜，再也無心挖下去，便心神慌慌轉身回家。她將此遇告知丈夫馮元璽，夫妻倆方知是遇上高人，便立刻返回尋找那位漁翁，可漁翁早已沒了蹤影。當時馮元璽並沒有十分在意，一說一過。今天，他把發生的一切串聯起來，嗨！還真讓那位漁翁說著了！

馮元璽大喜過望，急忙來到北屋炕前，只見袁氏滿臉的歡喜。接生婆早就等著討喜錢了。「馮家大爺，恭喜二公子降臨，這小子面目國字，鼻直耳闊，看看，看看，啊！這耳朵之上長了一個立天的肉柱，這叫拴馬樁，貴人之相呀！將來必是騎馬做官之人，這喜錢當給雙份！」

馮元璽讓接生婆說了個心花怒放。他順著她的手指望去，可不是，耳垂旁確有一根拴馬樁，相書上早有記載，萬人不遇。他看袁氏輕蔑地瞟著接生婆，那意思說：「俺兒又不是皇子，怎能給你雙份錢？」馮元璽沒有理睬老婆袁氏的暗示，只顧從腰包裡摸出一塊袁大頭，慷慨地打發了接生婆。然後脫鞋上炕，面向著窗櫺朝西磕了三個響頭。

袁氏輕聲怨道：「裝什麼財主呀，那一元錢夠咱家過上小半年的，二兒子出生需要錢，俺坐月子需要吃些好的補身子，奶水足壯兒子才會身體好，元璽呀，俺看你是高興過了頭，朝誰磕頭啊？你要謝就該謝謝你的媳婦才對呀！」

袁氏嬌中帶怒地向丈夫嘮叨著。馮元璽這才把早上發生的一切，詳詳細細地告訴了袁氏。並指給她看肩頭殘留的喜鵲屎。袁氏聽後也感到十分驚訝，便順水推舟地說道：「好了，那一元錢該給，那是謝老天給咱馮家帶來的福緣呀！」

雨過天晴，陽光鑽透微黃的窗紙，土炕上鍍滿了金光，兩口子見小院裡已經是人聲鼎沸，馮家是東辛莊的大戶，從太爺輩的到侄男弟女的都來賀喜，馮元璽出屋招呼鄰居。

第一槍：中日抗戰中的秘辛

第一回　自古燕趙多豪傑　冬雷故城降武星

　　馮元璽長子馮蘭台一臉得意，他騎著一根桃木棍當馬，在東辛莊村的大街小巷裡來回奔跑，嘴裡不停地喊著：「俺娘給俺生了個小弟弟，將來是一個騎馬的大官……」

　　馮元璽聽了高興順心，長子叫蘭台，這二小子就叫個……叫治台，對，叫馮治台，治台和「制台」同音，明清兩朝對總督的稱謂叫制台，俺馮元璽不就是制台大人的老爺了嘛！嗨！這名字一出口就應了天時。馮元璽這個善良的農民有點異想天開了。

　　駒光如駛，轉眼三個月過去了，馮治台就要過百天了。家裡窮，滿月時只吃了一頓雜和麵麵條。這百天怎麼也得吃頓白麵餃子，全家到城裡照個合影。今後治台當了官，存照為證。想到這裡，馮元璽將兒子交給奶奶，一腳跨出院門，隨口和院子裡的袁氏說了一聲：「嗨，俺到集市上割二斤豬肉，給治台過個百天！」袁氏正在洗衣服，隨音答應了一聲。誰知道這話音未落，袁氏卻驚叫起來，一屁股坐在了地上。洗衣服的木盆被袁氏跌倒的身體給砸翻了，肥皂水流了一地。

　　治台奶奶抱著二孫子聞聲而出。馮元璽也急忙從門樓裡扭身往裡跑，只見一塊兩三斤重的鮮紅的豬肉從天而降，正落在袁氏的後背上，將袁氏砸了一個跟頭。

　　婆媳二人、父子二人八目同望，只見一隻碩大的黑灰色老鷹掠著正房屋簷飛過，原來那隻鷹是趁著村東的大集賣肉的屠夫不注意，叼起肉案子上的一塊鮮豬肉凌空而起。賣肉的、買肉的、趕集的、湊熱鬧的，見狀齊聲吶喊，還有人追趕。這些都無濟於事，大家眼睜睜地望著老鷹將肉叼走，眾人一片驚嘆。

　　那老鷹雖說體大翅長，充其量也就三四斤重，牠叼著一塊與自身分量差不多沉的豬肉，一會兒飛得高，一會兒飛得低，艱難地盤旋著。最後，牠突然就越過市場，飛過村中房舍，見沒了人追趕，這才覺得實在是力不從心。那隻鷹的嘴稍一鬆動，只是想緩口勁，再找個清靜之處以享美食。沒想到，就這麼一鬆勁，到口的豬肉就從嘴中脫出，白費了力氣。

　　無巧不成書，這一叮、這一飛、這一鬆，那寸勁都湊在了馮元璽要買豬肉這一檔子上。更巧的是，偏偏又掉在治台娘的後背之上。這是上天給袁氏補回的離娘肉呀！

　　袁氏回頭看見那塊豬肉後腔，頓時就忘了驚恐和疼痛。連忙撿起這飛來之肉，衣物也不顧撿了，就像抱著兒子一樣，跑進了東廂房。

　　馮元璽呆傻了，他蹲在門檻上沒了言語。此時此刻的他，糊裡糊塗卻又明明白白。這接二連三的奇怪之事都發生在俺馮家，攪得那心起伏不定。

　　馮治台就這樣出生在河北省故城縣東辛莊運河邊的一座土宅裡。雖不轟轟烈烈，卻又驚天動地，雖家境貧寒、父母平庸，卻又喜事、怪事、奇事不斷，小小年紀，便被流域兩岸善良的農民傳頌得神乎其神。讓那些富士鄉紳達官貴人們的老爺太太們羨慕萬分。有的找個藉口或編個由頭，抱著自己的兒子來到東辛莊，看看面黃肌瘦的馮治台，無非是想借點仙氣。更有過者，直接託人說情，將馮元璽請出家門，親自在村口的小酒館吃些酒菜。親自聽聽這治台大人的老爺子的五吹六哨，解開過者的心中之謎。

　　也有不服者說，馮家是窮怕了，編個故事來騙人。你信嗎？反正俺不信。這毛頭小子的奇聞逸事很快隨著時光的流逝而被遺忘了，又有誰還能記得馮元璽的二小子是個虎胚子？那些往臉上貼金的事，恐怕只有馮家，東辛莊馮家族親願意相信，他們盼著馮治台長大成人，出人頭地。盼著馮家祖墳也能冒一回青煙，給馮家子孫們帶來一些追求和希望。

　　這正是：運河多灣，來了一場冬雷霹靂

　　僻壤窮鄉，出了一尊貧童貴像

第一槍：中日抗戰中的秘辛

第一回　自古燕趙多豪傑　冬雷故城降武星

黎晶書法　閆江繪圖

第二回　福禍旦夕天意轉　師徒杏園結拜忙

　　馮元璽一直想當東辛莊村的里正，馮家既不是名門，又不是望族，一直與這村官無緣。但村裡無論誰當政，卻都要請馮元璽當村裡的師爺。

　　馮元璽是個十分特別的農民，他沒有讀過書，卻能認得幾筐字，不懂音律，吹拉彈唱在村裡是頭把座椅，支應個紅白喜事，家家都請他當支客。馮元璽也樂此不疲，圖個出人頭地受人尊捧。

　　東辛莊有一私塾，執教的王生老先生是運河對岸山東德州府人氏。他家因菜園那點雞毛蒜皮之事，和馮元璽的叔伯兄弟馮元直犯了些口角。惹得王生一氣之下，將馮元直告到了故城縣衙。馮元直傻了眼，如果輸了官司，不光賠錢還要挨縣太爺的板子。馮元直想到了哥哥馮元璽，連忙將家裡正在下蛋的蘆花雞抱起，到哥哥家求援說合調解。

　　元璽收下母雞，心裡沒有底但嘴上仍舊是理直氣壯。教書先生深懂縣律，和他在大堂之上叫板，那不是自討苦吃？可俺馮元璽在東辛莊也是鐵嘴鋼牙的角色。誰家婦姑勃豀或兄弟鬩牆他也是聞訊必去。不管人家愛聽不聽，他總能分別排揎是非，硬行決斷，最終都落下個雙方滿意。當事人都會打瓶散裝的衡水老白乾，算是謝謝他這個判官。可今天，面對王生一個教書匠，那可是個軟硬不吃的對手，待俺先弄清了來龍去脈方可答應。

　　馮元璽一手抱著那隻蘆花雞，一手拉著九歲的二兒子馮治台，來到了王生住的後院，聽馮元直訴說經過。

　　馮元直和王生是鄰居。王生家的杏樹貼著他家的籬笆牆。那樹冠長得茂盛，越牆而過伸到了元直的院子裡，掛滿枝頭、黃裡透紅的杏子搖搖欲墜。馮元直的兒子摘了一土籃。王生雖說生氣，但也沒有理會，孩子嘛，摸瓜偷個棗的不算什麼，關鍵的是，那孩子卻用鐮刀將越境的杏樹枝全部砍斷，王生院裡的杏子被震落滿地，這不是禍害人嗎！

第一槍：中日抗戰中的秘辛

第二回　福禍旦夕天意轉　師徒杏園結拜忙

按理說，應該是馮元直家的錯，他應領著兒子馮福台過去，給王生賠個理道個歉也就得了。可元直認為，俺兒子福台才六歲，怎麼會用鐮刀將王生家的杏樹砍折？二人便爭吵起來互不相讓，馮元直還破口大罵了王生。

馮治台見狀笑了起來：「爹、二叔，這事不是俺弟福台砍的，是他見杏子熟了，想吃又搆不著，就叫俺過來。是俺搬了二叔家的長條凳，不小心折斷了樹枝，碰掉了院裡的杏子，俺怕王先生怪罪，索性就拿鐮刀將伸到咱們院裡的杏叉全給砍了！」

馮元璽、馮元直老哥倆此時才恍然大悟。這可如何是好啊。馮治台和馮福台蹲在籬笆牆根，手扒拉著湛清碧綠的小蔥咯咯地笑著。

馮元璽說：「老弟呀！原來是治台給你家惹的禍呀，雞俺還給你，這官司別打了。」

馮元直說：「大哥，這狀子已經遞到了縣衙，撤回也得花錢，就憑哥哥的三寸不爛之舌，沒理也得攬三分，不能輸了咱馮家的顏面！」

老哥倆商量來商量去，馮元璽心裡沒譜。這官司沒有辦法打贏。

「誰說沒有辦法，好漢做事好漢當！俺馮治台替二叔打這個官司！」平常沒有言語、瘦弱矮小的馮治台居然語出驚人。

馮元璽並不奇怪，他一直認為兒子瘦弱是因為家裡貧寒，營養上不去發育較晚。但這孩子的腦袋瓜機靈，四方大臉，濃眉之下的丹鳳眼，那眼球就像一潭碧水，深不見底，透著英氣聰慧。當爹的見兒子敢於承認砍樹的事實，心裡就十分高興，馮治台必成大器！

「兒子，你說說看，你怎麼打這個官司？敢和咱東辛莊最有學問的王先生打官司，兒啊，你可連書都沒念過呀！」馮元璽一邊試探一邊激勵，他知道治台沒進過學堂，卻繼承了爹爹的優點：說理識字，不比同村那些上過私塾的孩子們差。

二叔馮元直說：「是啊，小姪子，你年紀輕輕，又沒有進過學堂，公堂之上，縣太爺的驚堂木一拍，還不嚇出尿來？」

弟弟福台的態度和兩位大人的截然不同，他伸出大拇指嬌聲嬌氣地喊道：「俺哥行！俺哥能行！俺哥的鬼主意多著呢！」

大人們都笑了，馮治台卻一臉的嚴肅。

「爹，二叔，你們甭笑，這理全在咱們馮家。您看。」說著，他蹲下身子，將籬笆牆邊的兩壟小蔥全都拔了。

馮元璽、馮元直又一次呆住了，治台為何拔下小蔥？這又是何道理？

馮治台站起身子：「王先生家的杏樹越牆而過占了咱們家的領地，這算不算侵犯！二來這些侵犯的樹枝遮住了陽光，將這兩壟園子鬧得寸草不生，先生要咱們賠償杏子，咱們就叫先生賠償一年四季這兩壟園子的損失！因為以牆為界，牆頭要一直立著往上劃，無休止，這邊都是二叔家的，砍了王先生家的過境樹枝那是理所當然，這官司怎麼就打不贏呢？縣太爺更要講理呀！」

馮治台的一席話，讓他爹喜笑顏開，心想：這孩子的智商那簡直比俺馮元璽還強，治台一定能當個制台。

二叔馮元直也拍腿稱讚侄兒馮治台。

馮家兩輩四口人的對話，早就被牆那邊的王生聽了個一清二楚。什麼叫隔牆有耳呀！只不過王生並沒有過早露面。他是被眼前這個叫馮治台的少年所吸引了。當先生的最喜歡的就是能有個好學生，他聽完馮治台的一番話有道理，心想：這一點俺王生卻沒有想到。至於馮治台拔蔥的舉動，又讓他覺得這少年很有心計。孺子可教也。如遇名師，定能成才，想到這裡，王生開口了。

「我說這位叫治台大人的學生在哪裡念的書呀？舉止不凡啊！俺想認識認識教你的那位先生！」

馮治台聽音回頭發現了王先生站在籬笆牆的那頭，王生的出現讓馮元璽、馮元直感到驚慌。這下子完了，咱們的底全讓人家掏了去，還打什麼官司。

17

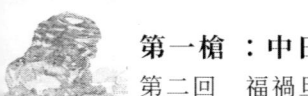

第一槍：中日抗戰中的秘辛

第二回　福禍旦夕天意轉　師徒杏園結拜忙

馮治台一臉淡定，他彈了彈身上的浮土，雙腿並立，給王生規規矩矩地行了個彎腰禮。

「先生好！若先生生氣了，這杏樹之事全是俺治台之錯，和俺爹、二叔、福台沒有關係，俺向您賠禮道歉了！」

「治台呀！俺沒有問你杏樹之事，俺問的是誰教你的學問，你還沒有回答呀！」

「噢，先生，俺是先認錯再回答您老提的問題。治台家窮，沒有進過學堂，是俺爹娘教俺識字認理。」

馮治台說完，從爹爹馮元璽背著手的身後拿下了那隻蘆花雞，隔牆拋到王先生的院子裡，再次鞠了個躬。

「王先生這雞算賠您的損失了，求先生收回呈狀，以免傷了兩家的和氣。」

王生讓馮治台給說的是喜出望外，這個學生俺王生免費收下。想到這裡，老先生收住笑容，一臉嚴肅：「馮治台，要想收回狀子，你必須答應一個條件。」

「王先生你說，莫說一個，就是十個也行呀！」

「條件就是從明天起，你就是俺的學生，學費一文不收，不知你答應否？」

馮治台立刻下跪，不等兩院大人醒過神來，三個響頭已磕畢。他額頭上沾上了個圓圓的黃土印。馮治台心想，這就是憑證。一會兒你王先生不認帳，這官司還得和你打。

什麼叫喜從天降，什麼叫因禍得福，什麼叫有緣相會。馮王兩家以杏為媒成了朋友。又是這個馮治台，鬼靈精再次做了大人們的主，把那隻蘆花老母雞叫二嬸燉上，兩家吃了頓飯，就算馮治台的拜師禮了。其實王先生知書達理，為人正直、善良，那狀子之事只是唬唬馮元直而已，街坊鄰居住著，怎能見官呀，這不太小看俺東辛莊的文化人了。

　　馮元璽深知「書中自有千鍾粟」的道理。自己那點子曰詩云的老一套已山窮水盡了。誰知道馮治台的惡作劇，卻成全了他想讀書進學堂的夢想。最讓馮元璽心寬的是，一貧如洗連吃飯都剛剛好，怎能交納束脩供兒子讀書？「天降我兒必有用」，這難道不是上天的祥兆嗎！馮治台十歲才步入學堂，他智鬥教書先生而被免費入校的故事，又一次在東辛莊鄰近傳開了。

　　王生深懂易經，他掐指一算，這馮治台屬猴，為上山紅猴。火命，為下山火。當年齊天大聖美猴王，在花果山上稱王而被玉皇大帝招安，也是個上山的紅猴，觀音菩薩指路下山保唐僧西天取經，那可是風火及天下，應了下山火。俺王生屬兔，為松柏木命。木生火，命中助治台成器，多年後必有回報。這一點王生深信不疑。

　　王生知道馮家貧困，馮治台的學期不會太長，他利用所有能占用的時間，將自己所知填鴨一般灌給了這個愛徒。馮治台天資聰慧，穎悟用功、才學大進，由此跨進了文化人的門檻，在東辛莊小有名氣了。

　　馮治台下學後，也不再到河套裡幹那些割草拾柴的零星活計，一頭栽進自家幾畝薄田之中。幫助父兄做些道地的農活，漸而那些提糧下種、拔麥子脫坯、挖河築堤的都得心應手。只是身體依然單薄，也許是他心事太重，機敏過人，平日裡為人十分謙和，對長輩有理有節。對平輩的孩子們，無論高的、矮的，都甘拜馮治台名下；與鄰村打個架鬥個毆，每次都能大獲全勝。只是馮治台從不與人正面相搏，暗地裡卻統帥著東辛莊的童子軍。

　　二叔馮元直實話直說：「這孩子只長心眼不長個。他是在等待時機，一旦條件改善，二叔放話，馮治台一定能木秀於林，長到六尺開外。」

　　這正是：人生機緣瞬息變換

　　貧富貴賤暫為一時

第一槍：中日抗戰中的秘辛

第二回　福禍旦夕天意轉　師徒杏園結拜忙

黎晶書法　閆江繪圖

第三回　少年退學多憾事　柳暗花明兩重天

　　故城縣城北門雖已破敗、四周殘垣斷壁、低矮的三合土城牆雜草叢生，但那些進城出城的人流車水，到此都感到府衙權勢的壓抑，人們自然放慢腳步，連騾馬也不敢嘶鳴。

　　馮治台第一次進城，他看到的是城門口那位托著長辮子的清兵趾高氣揚，心裡憤恨。眼看清政府苟延殘喘，這些奴才們「不知亡國恨」，光會喝斥百姓，盤剝過路行人。

　　馮元璽對進城是熟門熟路了，他和那個門官又是點頭又是哈腰，馮治台看不慣，使勁扯了扯父親的衣裳，叫爹不要低三下四沒了骨架。馮治台挺起了那小胸膛，將自己又細又黃的小辮子用力拋在胸前，然後叼在口中。大踏步地從那留著八字鬍的城門守衛跟前走過。他是想給父親做個榜樣。

　　縣城北門到南門，是一條一里多長狹窄擁擠的商業街。南達運河碼頭，北至關帝廟。熙熙攘攘十分熱鬧。久居僻鄉的馮治台左顧右盼的，就像劉姥姥進大觀園。忽然，他聽到身後傳來一陣陣吱吱扭扭的尖銳叫聲。回頭一看，一位年近七旬的老伯推著一輛獨輪木車。車上三對木桶分列兩旁，車上不時濺出些水花。再看老伯身後，有七八輛同樣的獨輪車追隨魚貫而來，車隊的聲音奏出宏大而淒悲的聲響。

　　馮治台好奇。這車上推的是什麼？他光顧愣神，老伯的車已到了跟前。他躲閃不及，車上的水灑了下來，將他頭一次蹬腳的千層底布鞋打了個透濕。那可是娘幾個晚上沒闔眼給俺趕做的呀！

　　馮元璽見狀怒火沖天，這不欺負人嗎！他剛要罵街，被兒子拉到了一旁，然後向老伯微笑地點了點頭。

　　「對不住了，大伯！擋了您的道！」

第一槍：中日抗戰中的秘辛

第三回　少年退學多憾事　柳暗花明兩重天

「瞧！這位後生知書達理，是俺老漢不小心，將你的新鞋弄濕了，該俺說對不住了小兄弟！」

「老伯，俺第一次進城，眼睛不好使了，別和俺一般見識！」

「好哇！好哇！你這是上哪兒去呀？」老伯將車停下，後邊的車隊也依次停下。那車頭插了一桿小旗，旗上面繡了兩個字「孫記」。

「俺去合泰成雜貨店學徒，老伯您這車裝的是什麼呀？水淋淋的，瞧這車隊好氣派。」

老伯哈哈大笑起來，對他說明了原委。馮治台哪裡知道，故城縣城裡的井水全部都是苦澀的，各商家大戶沒辦法，就都僱傭獨輪車隊到運河岸邊取水。一般的窮苦百姓，離河近的就自己挑水吃。遠的也只能對付著喝城裡的苦水井了。

馮治台心想：「這地下水位淺，怎麼就找不出甜水來？等有朝一日，俺發跡了……一定給故城縣的老百姓打口甜井來！」

馮治台也笑了，這才明白水車隊的緣由。這獨輪車隊就成了故城縣的一景，一年四季風雪無阻準點準時，比打更喊平安的還守時。獨輪車隊的吱扭聲，也給縣城裡的百姓當了報時鐘。

老伯叫孫旺，是這孫記車隊的頭兒。在故城地面上推了十幾年。那合泰成雜貨店掌櫃的孫二喜，正是老伯孫旺的叔伯侄子。今天的水是送往合泰成的，正好一路同行。孫旺推車，馮治台前面拉車，把個馮元璽扔在了身後，只一袋煙功夫，就到了合泰成雜貨店。

合泰成雜貨店位於城內丁字街路西，三間門面，青石台階。在故城街面上還算氣派。掌櫃的孫二喜，看叔叔孫旺引著馮家爺倆進了鋪子，加上介紹人原來的說合，自然沒有二話就收了馮治台。十四歲的馮治台瘦小的個頭當然不是站櫃台的料了，只有到後院幹點雜活，聽眾人的使喚。

東辛莊再窮，馮治台是村裡的孩子王，只要他願意，一個主意也能在村子裡鬧出點動響。鄉下家裡再破，可兄弟姐妹都是平等和睦的。自由自在無

拘無束好不快活。來到店裡雖說能吃飽肚皮，而且飯裡無糠，菜裡有油，趕上家裡過節了。可馮治台的心裡卻十分壓抑，他不怕苦和累，就怕掌櫃的和那些先到店裡的師兄們不把自己當人，辱罵訓斥不絕於耳。

　　清晨，街上又傳來了獨輪車的尖叫聲，馮治台揉了揉眼睛連忙起床，他看看八仙桌上那台老座鐘正好五點。他將自己的行李捲成捲兒，塞在櫃台下的旮旯裡，用苦澀水漱了漱口，三把屁股兩把臉，算是將勞累一天的倦色洗去。五點五分，這是孫掌櫃規定的時間到了，馮治台到後院正房門前，聽到掌櫃的咳嗽聲，這是招呼他可以進去了，倒夜壺、整床鋪、端臉水、上早茶。

　　孫二喜伸了個懶腰，將茶碗裡的茉莉花茶喝了個乾淨。最後，用兩個手指把碗裡剩餘的茶葉抹到嘴裡，哼著小曲，背上雙手，到院外廂房查看夥計們是否已經開始做早活兒。兩小時後，才能吃早飯。

　　馮治台收拾完掌櫃的臥房後，照例將房門帶上，去前院幹活，當他剛剛邁出門檻，就覺得腳下一響，他低頭一看，門檻邊兒很有規則地擺放了幾枚銅錢，一看就不是無意丟失的，這明顯又是一次考驗。甭說幾個銅錢，就是櫃上一錠銀元寶，也扳不倒俺的心。

　　馮治台已經有了主意，他彎腰拾起那五枚銅錢，重新返回了屋裡。不一會兒功夫出來，並未關門，他也背起雙手，哼著他娘教他唱的那首歌曲：「小白菜呀地裡黃呀，三歲兩歲，沒有娘呀……」揚長而去。

　　孫二喜並未走遠。他躲在廚房窗邊的葫蘆架下，一直用眼瞧著馮治台。都說這小子是武星下凡，知書達理，俺倒要試試天下誰人不愛財！其實掌櫃的作為，馮治台心裡一清二楚，因此，故意賣了個關子，和孫二喜調戲一番。

　　孫二喜見新來的馮治台去門市打掃，便急步返回臥房。門檻邊的五枚銅錢已不見了蹤影。他心裡不知道是喜還是憂。孫二喜抬腿進了堂屋，條山機下八仙桌子明晃晃地擺著六枚銅錢，上下各三枚，等規等距。銅錢旁有一張合泰成記事的信箋，孫二喜摸不清馮治台何意，便低頭俯看，那紙上留下了一首打油詩：

　　錢乃身外之物，五乃魁首自我，

第一槍：中日抗戰中的秘辛

第三回　少年退學多憾事　柳暗花明兩重天

　　心正做人為本，添一成六合泰。

　　主僕互尊是理，治台既已棲身，

　　店榮共贏受益，豈能曹漢兩地。

　　孫二喜看後大驚，小小年紀居然才高八斗，處世哲理均在常人之上。叔叔孫旺早和俺說不要以貌取人，這馮治台今後必然出人頭地。今天他以身屈就切不要留下……孫掌櫃不願再想下去。今天一試確有結果，他雖不敢再小看馮治台，但心裡覺得，你端的是俺孫家的飯碗，賺著俺孫家的錢，是俺有恩於你，即使做了一些過頭的事，你馮治台總不會恩將仇報吧，即使你真正做了制台，還能對俺孫二喜下刀子，壞了這燕趙的忠義？

　　孫二喜也是有心之人，這生意在故城縣的彈丸之地，風雨飄搖而不倒也靠著他自己的才幹。他將馮治台寫的這首小詩疊好放進了櫃子，沒準兒哪一天真能派上用場。孫二喜將六枚銅錢裝進了口袋，從容地來到了櫃上。

　　「俺說治台呀！你新來乍到的，這工作吃住的還滿意？」掌櫃的主動搭訕。

　　「掌櫃的，治台滿意！這櫃上油鹽醬醋茶百貨雜陳。這櫃下師叔師長脾氣各異，俺雖人小也都能應付，俺很快就會適應，盡力為掌櫃的分擔事務，所做不到，請您管教，治台絕不記恨。」

　　馮治台的回話讓孫二喜無言可對，只好從兜裡掏出那枚銅錢，放進了馮治台的口袋裡，扭身回了後院。

　　天已擦黑，馮治台和師兄們把門市的板子一塊塊插好，摘下了「合泰成」的招牌，關門打烊了。

　　老伯孫旺和掌櫃的在飯堂嘀咕著，倆人見馮治台進來便停住了私語，然後依桌坐下。這孫二喜有一習慣，晚飯必和夥計們同桌。他不抽煙不喝酒不嫖女人，最大的愛好就是茶不離口。他叔孫旺愛喝兩口，掌櫃的不喝他也不願開口。老伯將馮治台拉在身邊坐下。剩餘的夥計們沒有坐板凳的習慣，圍著桌子蹲下，有的乾脆夾些青菜、鹹蘿蔔條站在鍋台邊上狼吞虎嚥。

　　今晚的飯菜比往常多了一大盆白菜燉豆腐，金黃色的玉米餅子糊塗粥。合泰成有一規矩，店裡的醬菜，從不許上桌。那些爆醃的蘿蔔是去年秋後醃的兩大缸，專為自家人吃的，從不外賣。孫掌櫃有言在先，吃飯時不能說話喧譁，閉嘴不能露牙。故城街上有句老話：「吃飯都堵不上你的嘴」，張家長李家短的，傳老婆舌的事絕不能發生。

　　飯堂昏暗的煤油燈下，十幾口人狼吞虎嚥，卻沒有聲響，不一會兒便風掃殘雲離桌而去。

　　馮治台吃飯斯文，不習慣這種衝鋒陷陣，頭兩天他也只能吃個半飽。飯桌上只剩下他一人，雖然東家並未攆趕，那老闆娘的白眼也不好受。他一定覺得俺是個吃貨，其實，俺連他們的一半都沒吃上。有時索性吃個半飽也隨眾人離桌。

　　孫老伯見狀，時時拉住馮治台，往他腰間塞上半個餅子。掌櫃的也只好睜一隻眼閉一隻眼。

　　飯後老伯孫旺和侄子孫二喜商量好了，由孫旺帶馮治台去城北的關帝廟，拜見武聖人關雲長，讓馮治台沾些仗義之氣，往後忠心耿耿地為店裡多出力氣。

　　爺倆雖不齊肩，卻能齊步。不會兒就來到了城北關帝廟。此刻天上月缺星稀，地上煙火殘敗，廟堂上的關老爺赤紅的臉膛，在香台上長明燈的映照下，依然是光彩照人。那飄逸的鬍鬚，像瀑布飛流；丹鳳眼直插額頭髮髻；那雙細長眼睛的眸子，深邃無底，讓馮治台是肅然起敬。這是他在書本之外第一次看到關聖人的尊像。

　　馮治台不顧孫老伯往長明燈裡添加菜籽油，倒身便拜。他心目中最崇敬之人便是關老爺。關老爺因不受曹操金錢美女高官厚祿，一生不侍二主、過五關斬六將千里尋兄，真丈夫也。他心中最敬佩的還有趙雲趙子龍，那也是燕趙之子，正定縣長山人氏。長坂坡救阿斗美名天下傳。俺馮治台也是燕趙之子，要學英雄先輩，不負冀中平原穀米養育，一定要成就一番事業，回報家鄉。

25

第一槍：中日抗戰中的秘辛

第三回　少年退學多憾事　柳暗花明兩重天

　　孫旺和侄子孫二喜原本想著讓這夥計到關帝廟受訓誡，沒想到馮治台在關聖人面前的一番話，說得孫大伯喜笑顏開。這孩子知仁知義，聖人之書沒有白讀。

　　這正是：一身的燕趙俠客氣　好少年

　　滿腔的華夏熱血情　鐵男兒

黎晶書法　閆江繪圖

26

第四回　大雪塞途朔風烈　悲情揮淚調頭東

馮治台到合泰成雜貨店學徒轉眼已是半年有餘了。店裡的生意是得心應手。甚至比那些先來的師兄們做得麻利漂亮，只因個頭矮、氣力差，在眾人面前總是低人一等。上櫃台一撥響那噼哩啪啦的算盤珠子，更是馮治台的拿手戲，可這些上台面的露臉的工作，定是輪不上他。至於討價還價的套路，每次掌櫃的生意交易商談，他都偷偷地站在一旁，用自己的辦法算計著。結果每次都比掌櫃的快，而且賺得多，無奈，馮治台性格內向，自尊心又強，便不願將自己的辦法說出，以免遭大家記恨。

一天早上吃完了飯，馮治台拿上店門前那塊招牌，照例到門口掛上以示開張。他願意幹這活，好像他就是店主人，心裡不知不覺在過路行人面前有一分得意，這掛招牌很有講究，要雙手端正置於胸前，不許單手提拿，更不允許字面反向朝後。否則將預示著一天的買賣會磕磕絆絆。這些馮治台已手熟爾，從不出錯。大伯孫旺曾當眾讚賞，這半年來生意興隆，財源茂盛，馮治台功不可沒。掌櫃的還偷偷地給馮治台多加了兩個銅錢。

馮治台雙手捧緊寫著「孫記合泰成雜貨店」的招牌跨出了高高的門檻。石階上落了一層薄薄的青雪。他不敢大意，小心再小心地用雙手將木牌匾舉過頭頂，把它穩穩掛在大門木樁那顆銅製的老虎釘上，牌匾掛好，馮治台又仔細地端詳了一下歪正後，這才像往常一樣，心情愉悅地走進大堂。誰知身後突然砰的一聲，那塊牌匾不知何故，自己從柱子上飛落下來，頓時摔成了兩截。這一摔不要緊，驚動了掌櫃的和眾夥計，大家立刻湧出了店門，你一言我一語將馮治台一頓數落。

馮治台自知自己無錯，他也無心與他們爭辯，默默地撿起那兩塊榆木招牌，原來這塊老牌匾已掛了十幾年之多，風吹日曬，雪浸雨淋的，掛鉤處的木質已經腐朽，銅環再一吃力便自然脫落，加上正是三九嚴寒木質脆硬，落在石板上，硬碰硬的就被折為兩半。

27

第一槍：中日抗戰中的秘辛

第四回　大雪塞途朔風烈　悲情揮淚調頭東

　　馮治台將牌匾托到孫二喜的跟前，掌櫃的一看自然明白，知道了與馮治台無關，可眾人的叫嚷訓斥甚至辱罵，他也知道是報平日裡攢下的紅眼病，藉此發揮了。可馮治台卻有失察之過吧，他見這些夥計落井下石，群起而攻之，自己也是氣急，熱血沖頭，這畢竟不是什麼好兆頭，也就隨高而上，將馮治台罵了個狗血噴頭。什麼「喪門星」了，「敗家子」了，挨不著邊際的話，一股腦地全部摔在了馮治台的頭上。

　　馮治台這回沒有服軟，倔強地站在雪地裡，雙眼已露怒氣，那雙濃黑的倒八字眉擰在了一起。只要有丁點火星，便會立刻燃燒起來。他第一次將一雙拳頭握緊，抬到了胸膛之處，像一隻鬥架的小公雞怒視眾人。

　　「嗨！你們這是幹啥呀！破鼓眾人捶。再說了，你們平心而論，這銅環脫落是馮治台拔下來的嗎？你們這是借題發揮欺負人家個兒小。告訴你們，欺俺老，別欺小，俺孫旺把話放在這斷匾之上，總有一天，有你們好瞧的。」老伯為他打抱不平。

　　眾人明知心裡面也有點內疚，見孫旺打了個圓場，給掌櫃的一個台階下，便迅速溜回各自的位置上。

　　孫旺撿起摔斷的木牌，衝著掌櫃的說：「孫二喜呀，這木牌早一天晚一天也是要摔斷的嘛，還好今天雪天，客人少，碰壞了客人是大事，俺到隔壁的木匠鋪先接上，重新油漆一下，不照樣用嗎？等有了閒錢再做一個結實的，不就行了嘛！」

　　孫二喜此刻也平靜下來，被叔叔說得一陣陣臉紅，也知趣地走了。

　　馮治台對孫大伯道聲謝謝，但臉上怎麼也笑不出來，話也張不開口，挑起每天都做伴的一對瓷罈子。一頭裝的是醬油，一頭是老醋，一天兩趟，往返於釀造調料的老字號──「怡和公」店鋪。那是故城縣唯一的一家前店後廠的調料廠，雖說這兩罈調料不算很重，但遠裡無輕載。一趟下來，三九天也濕透了棉襖，但這差事馮治台十分願意做。一不用看大家的臉色，二能自由自在地逛逛街景，那些燈紅酒綠總能帶給他許多遐想。他想快就快，想慢

28

就慢。可今天的馮治台是悲憤交加，離開合泰成之後，眼淚就像開了閘一樣，蜂擁落下。

「怡和公」掌櫃的李胖子是西辛莊人氏，和馮治台的東辛莊鄰村，此人十分謙和善良。聽他店裡的夥計們說，胖掌櫃從不罵人，即使徒弟們犯了些毛病，他也會將你叫到一邊，有理有據地理論得你是心服口服。李掌櫃早就聽說過馮治台那些奇聞軼事。又知道他能寫會算，放在合泰成委屈了。因此，胖掌櫃遊說了好幾次，希望馮治台能夠跳槽，到他的「怡和公」來做事，並應治台當個算帳的先生。馮治台知道胖掌櫃是好人，心裡也著實願意過去，可一見到胖掌櫃後，每次都婉言謝絕。他的骨子裡已刻入些許俠肝義膽。

今天，胖掌櫃看出了馮治台的一肚子委屈，小臉上還殘留著淚滴，可他知道，再說幾遍也改變不了這個小鄉親的主意。除非他被合泰成辭退。胖掌櫃索性也不過問，等馮治台把醬油、醋灌滿之後，這才把填好的取貨單子揣在他懷裡，順手又抓一塊冰糖塞進馮治台的嘴裡，拍了拍他的肩膀頭，輕輕嘆了口氣，轉身走了。

大雪塞途，雪花越飄越急，街道上的行人減少，馮治台加快了腳步趕回合泰成。

雪花打在馮治台的臉上，順著臉頰化作了冰珠與汗珠交替流下。氈帽頭兒早就揣到了兜裡，頭頂蒸騰著熱氣，就像籠屜裡剛蒸出的饅頭。那睫毛上也掛上了串串冰珠。他喘著大氣一直沒有歇腳就奔回了合泰成。

合泰成的青石板台階上，結了一層薄薄的冰花。馮治台抬頭看了一眼門柱上的那顆老虎釘，心裡頓時又燃起了一把烈火。此刻他忽然覺得眼前眩暈、一片恍惚，左腳踏空，肩頭的醋罈立刻就碰到了石台階上。罈子被磕出了一道裂縫。醋順著罈壁，夾雜著雪水滲流出來。

這一幕又被師兄們捉到。大家又是齊聲喧鬧，什麼這小子還在撒早上的氣，故意碰壞了醋罈子。此時的馮治台確實心中慌亂，沒有了往日的鎮定和從容。他不顧眾人嘲弄，急步進了店堂，他的腦子裡一片空白。

 **第一槍：中日抗戰中的秘辛**

第四回　大雪塞途朔風烈　悲情揮淚調頭東

真是「禍不單行」，早上一波未平，接著又是一浪，雜亂之中，馮治台又鬼使神差地將那罈裂縫的老醋，倒進了醬油缸裡。眾人驚叫起來，孫掌櫃一蹦多高，眼看著這半缸醬油成了廢品。他心疼呀！孫二喜沒有了理智，頓時勃然大怒，揚手在馮治台通紅的小臉上狠狠打了兩記耳光，可憐的馮治台，左右臉蛋上留下了孫二喜的十個手指印。

馮治台這才清醒過來，已知大錯鑄成，難道這是天意！他沒有言語，悄悄地走出店門，站在屋簷下，望著漫天的陰霾，淚水又一次落下。店堂裡開了鍋，眾人就像沸騰的開水叫嚷著：「馮治台就是惹禍的精，他不把合泰成弄垮了，他是不甘心呀！」「掌櫃的，你還遷就什麼！辭了吧！讓他回家抱孩子去！」這些師兄心裡明鏡一樣，馮治台人小志大，有學問有心計，各方面都高他們一籌，今後可是競爭的對手，今天正趕上這兩樁「好事」，讓他滾蛋了事。過了這個村就沒有這個店了。因此，大家都是心照不宣，起鬨架秧子。

孫二喜也清醒過來，覺得自己出手打人有些理虧，可木已成舟，潑出去的水再也收不回來。俺是掌櫃的，總不能當著眾人的面，給你一個打雜的小堂倌賠禮道歉吧。不是俺非要攆你走，你看，大夥兒都是這個意思，俺總不能因你而失眾，得罪了眾人，店裡的夥計就沒法幹了。想到這裡，掌櫃的隔窗也喊了兩聲，但聲音又減弱了許多，那是給夥計們聽的。

「馮治台，不是俺心狠，合泰成店小，容不下你這尊神，俺看你就甭做了，休息兩天，逛逛故城的街。半年了也沒給你放過假，之後就結帳回家吧，這個月給你全工錢。」

孫掌櫃其實也願意有個人出來打個圓場，勸上兩句，他也可收回辭令。可是沒有一個吱聲。二叔孫旺還沒回來。看來這緣分已到，沒有別的辦法了。他也只好獨自回到了後院。

馮治台站在外面聽了個一清二楚。那眼淚不知怎的卻戛然止住了，一滴也沒有了。他走下台階，沿著大街徑直往城北去了。

　　馮治台前腳走，大伯孫旺後腳進。這都到中午了卻無人張羅吃飯。侄子孫二喜將剛發生的事一五一十向叔叔道清，並請叔叔原諒自己的魯莽。孫旺知道說什麼也無濟於事了。不是掌櫃的沒有退路，是他話一出口，以馮治台的個性，他絕不會再返頭堂。孫旺嘆了一聲，飯也沒吃，出門尋找馮治台。

　　大雪的天、泥濘的路、稀落的人群。這小子絕不會回東辛莊，行李鋪蓋還在店裡，他一定去了城北的關帝廟。

　　廟裡空無一人，長明燈也熄滅了。這天寒地凍的誰還會來上香添油？百姓家四壁透風，沒有爐火取暖，大中午的飯口，沒有過不去的事情，也不會來求助關老爺。

　　「治台，俺是你大伯呀！你在嗎？」孫旺連喊了幾聲也沒有動靜，心想，莫非俺猜錯了不成。

　　廟門吱的一聲開了，雪地裡鑽進一個黑影，手裡捧著半碗菜籽油，是馮治台，他一定是見長明燈斷了油焾……

　　孫旺大伯曲身躲在關老爺的綠袍後面，觀察著眼前的馮治台。

　　馮治台臉色平穩、氣息鎮定。他將手中的半碗油倒進了長明燈裡。然後取出火柴劃著點上。恭敬地給關老爺磕了三個響頭，只說了一句話：「關聖人，學生馮治台拜見關老爺，忠義肝膽永記心中，決不會辱聖人之尊。待俺今後發達之日，定修關帝廟以謝教誨！」

　　馮治台說罷起身，頭也不回走出了殿堂。

　　大伯孫旺放心了，他沒看錯，這個孩子小人大量能裝大千世界呀！甭看孫旺已年近七旬，身體經長年推車的鍛鍊十分強壯，他幾個健步便追上了馮治台，爺倆誰也無語，飛雪中緊緊地依偎在一起。

　　關帝廟旁有一小酒館，大伯非要為馮治台擺個席面送送他。這對忘年交要了兩個小菜，一盤油炸花生米，一盤豬頭肉。又來了一個吃飯的火鍋，白菜豆腐冬粉一鍋燴，熱氣騰騰。馮治台第一次喝酒，二兩衡水老白乾下肚，也成了關帝廟的關老爺。

 **第一槍：中日抗戰中的秘辛**

第四回　大雪塞途朔風烈　悲情揮淚調頭東

　　爺倆有說不完的話，從關老爺扯到了孫二喜，從清朝政風談到了百姓冷暖，一直說到酒館掌燈，晚上一輪客人陸續進門，二人才依依不捨返回了合泰成。

　　店裡早已熄燈就寢，馮治台從櫃下搬出自己的行李捲捆好，放在櫃頭。他依靠著，一雙眼睛緊盯著漆黑黑的頂棚，思緒萬千。不能就這樣不辭而別，但他又不願再見那些沒有情義的師傅們。馮治台跳下櫃台，點上那盞自己從東辛莊帶來的小煤油燈，那是他每晚看書用的。藉著燈亮，翻出自己積攢的毛邊紙調水研墨，做了一首告別小詩：

　　相聚要想分手時，孫馮兩姓半年會，

　　恩怨離別方消逝，合泰成吾長見識。

　　油鹽醬醋平生味，叔侄恩情當相報，

　　船行泊岸靠堅石，待到桃紅柳綠日。

　　第二天天濛濛亮，馮治台背上自己的行李捲，出南門走上運河大堤。舉目遠眺到處是銀白、厚厚的積雪，沒有任何印跡。東方的樹梢上露出了鮮紅的太陽，把大地照得無比透明。馮治台的心情和這天氣一樣。他遙望遠處的家，東辛莊還在晨曦中沉睡。

　　這正是：血淚交加有酒百愁去

　　關帝胸懷忠孝千重心

黎晶書法　閆江繪圖

第一槍：中日抗戰中的秘辛

第五回　屎窩出屎窩進仍為人奴　從商務農男兒鐵心從軍

第五回　屎窩出屎窩進仍為人奴　從商務農男兒鐵心從軍

　　馮元璽流年不利，他和馮元直搭夥去內蒙古販牲口，結果讓馬販子騙得賣了自己還替人家數錢。草原上的風沙打乾了老哥倆的眼淚，血本無歸狼狽地回到了東辛莊。見了村裡的鄉親，還得裝作賺了大錢凱旋的樣子，叫人見了心酸。

　　馮元璽回到家裡的頭一幕，就是二兒子和他娘哭作了一團。當他弄清楚事情的來由，第一次大罵了兒子。咱家裡已經是千孔百瘡，食饗難繼。眼看年關將到，借人家本息又必須償還，雖說數目不大，但對一家七口的窮家來說，也真算是泰山壓頂了。

　　馮元璽認為兒子偷跑回家是極不光彩的事情，這在村裡也是丟人現眼的議論話題，他沒敢歇腳便進了故城街裡，與孫掌櫃賠情，掌櫃的見有了台階下，也就爽快答應馮治台重返合泰成。馮元璽心想，兒子再委屈，可省下一個人的飯，多少能給家裡補貼點零用錢，待有好人家時再擇良店。

　　馮治台死活不肯再回合泰成，他少年的心裡迸發的志向，當爹的其實一清二楚，知兒莫過父嘛，可家裡的困境卻又讓他一籌莫展。

　　「這是馮元璽大哥的家嗎？」門外傳來嘶啞的叫喊聲及叩門聲。馮元璽怕是要帳的進門，連忙躲進了裡屋。袁氏答應著走到門樓邊開門回話。

　　「是呀！不知您是哪位？好像咱們不認識吧，面生得很啊！」袁氏說。

　　「俺是故城街裡『怡和公』掌櫃的姓李，官稱李胖子，俺是拜訪元璽大哥的。想請馮府二公子馮治台到『怡和公』記帳，預支一年的工錢，不知賞臉否？」

　　嗨！這個真是天上掉下個大餡餅的美事。馮元璽跑出北屋，上下打量了一番李掌櫃，覺得此人和藹可親，沒有一點奸商的油滑之氣。他連忙抱拳行禮，讓進了母親住的正房堂屋。

 **第一槍：中日抗戰中的秘辛**

第五回　屎窩出屎窩進仍為人奴　從商務農男兒鐵心從軍

　　馮治台聞聲也擦乾眼淚到奶奶堂屋拜見了胖掌櫃。眼下家中一如貧洗，又遇滅頂之災。「怡和公」優惠的條件，胖掌櫃坦蕩和睦的為人都讓馮治台動心，可是一旦到了「怡和公」，那合泰成馬上就會知曉，那怎麼對得起孫老伯，也違背了自己再不進城做事的諾言。

　　馮治台當著李胖子的面，將自己心裡的盤算和道理，全都倒在兩位長輩的面前，對胖掌櫃平日裡的照顧，馮治台終身不忘，相信總會有那麼一天，受人滴水之恩當湧泉相報的。

　　馮元璽氣得直跺腳，咱家都火燒眉毛了，可你這小子卻只顧自己的顏面和為人之道。嗨！他當著胖掌櫃的面又無法發作，只好作罷。

　　李掌櫃聽後越發的喜歡馮治台，雖不能成為師徒，但這個忘年交還是有緣分的。

　　「這樣吧，元璽大哥，治台有志不可強求，府上遇到困難，俺帶來一年工錢，雖說不多，就算俺借給小侄馮治台的吧，期限一年，利息為零，你看可好？！」

　　馮元璽丈二的和尚摸不著頭腦，為什麼發生在馮治台身上的壞事，瞬息之間卻能轉化為好事，這是兒子的命嗎？這是兒子的處世哲學贏得的好事情啊，馮元璽好像是明白了許多。

　　「治台，還不趕快給李掌櫃磕頭謝恩！」馮元璽回頭見兒子沒了蹤影，心想這個混蛋小子去哪了？

　　「李掌櫃的，謝謝你借給俺們家錢，您這是雪中送炭啊！這是借您錢的字據，利息一定要還，就按現市行情，俺都寫在了上面。」說罷，馮治安單腿下跪雙手捧起字據，給胖掌櫃行了個大禮。

　　胖掌櫃婉言謝絕留在馮家吃飯的邀請，他還要到西辛莊去看望堂上老母。起身拍了拍馮治台的肩膀，叮囑他如遇難處，到「怡和公」找叔叔，多了沒有，擠兌個過河錢總會有的。

馮元璽高興，袁氏也抹著眼淚，看著兒子馮治台將胖掌櫃一直送到了西辛莊。

送走一個財星又來了一個文星。馮治台返回院裡，就看見王生先生站在院子裡聊天。王生見治台回來也是一臉的高興。

「治台呀！半年沒有見面，雖說這個頭沒見長，可你這臉上沒有了稚氣，成熟了。你爹將發生的事都告訴俺了，你的做法讓當老師的俺也是敬仰呀。你也不算小了，光有個名沒有個字，今後出去闖蕩不方便。老師也很窮酸，就送你個字：仰之，這就全了。姓馮名治台，字仰之，正合你的志向。」

馮家又是一片歡喜，這精神上、物質上都有進項。王生也不留飯，回家批改學生們的作業了。

馮元璽數了數家中所有的錢，還是不夠還帳的，眼看就到了年三十，也不能光屁股過節吧。他聽說村裡的大戶王東昇家正需要個「小扛活的」。憑著馮元璽在東辛莊的影響，王家二話沒說欣然答應，並應允了馮元璽先支付馮治台一年的傭金，馮治台從商到農，又一次開始了人生中的酸甜苦辣的磨礪。

王家不是巨富，也沒有過多的過苛的規矩，因此，王家的工作馮治台都能應付，並做得很好，但他痛心疾首於為人作奴，故而也是心懷鬱悶，卻又不知出路何在。

王家還有一個小扛工，比馮治台小兩歲，個頭卻比馮治台還要猛一些，是西辛莊人，叫李貴。倆人很快就成了好朋友，李貴從此也多了一個外號，叫跟屁蟲，整天圍著馮治台轉，就好像「制台」大人的衛兵。

馮治台忍辱負苦的這個嚴冬，中國發生了一場翻天覆地的事件，辛亥革命成功，不久，孫中山被推為臨時大總統。一九一二年元月一日，孫中山在南京就職，宣布中華民國成立，北京的清王朝已是搖搖欲墜了。

東辛莊雖說是偏僻鄉村，有王生老先生的講解，老百姓早就傳嚷著大清氣數已盡。又聽說北京城連續發生革命黨刺殺當朝大臣的事件，馮治台每每都覺得新奇和興奮。

第一槍：中日抗戰中的秘辛

第五回　屎窩出屎窩進仍為人奴　從商務農男兒鐵心從軍

　　按照鄉俗，春節前財東們要打發僱傭的長工回家過年。王家和馮治台是同村，和馮元璽低頭不見抬頭見的。平日裡請個戲班、張羅個紅白喜事都沒少麻煩了他。因此，對馮治台小有饋贈，並約定年後繼續上工。

　　正月十五，李貴約上馮治台到故城街上看花燈。小哥倆不知不覺就走到了城北關帝廟，那裡有一群當地的鄉紳富甲，在關聖人面前痛哭流涕，大清皇帝已經退位，這些前朝的有頭有臉的人，緊緊握著又黃又細的辮子，仰天長嘆。

　　關帝廟酒館旁邊聚集了一批年輕人，酒館裡的長條凳上站著一個洋學生模樣的後生，西式服飾、直領、四個衣袋，聽有人說叫中山裝，就是孫中山大總統親自設計的服裝，他們在大街上將後腦勺的又黑又粗的辮子當眾剪斷，有人喝彩有人辱罵。

　　馮治台見景也熱血沸騰，這辮子雖說是父母骨血之物，剪斷卻也心痛。當他聽完那學生慷慨激昂的演說之後，覺得確有道理。雖說不清楚什麼叫封建統治下的產物，就從方便利落、便於勞動來說也應支持，馮治台不顧李貴的阻擋依然將辮子剪去，如釋重負。

　　李貴見馮治台的辮子沒了，自己也應該同樣，但捨不得，又一想，都說俺是他的死黨，連個辮子都不敢相隨剪斷，成何體統！李貴也將自己的辮子剪去，兩人有個伴，回家之後要罵要訓也不孤單。

　　馮元璽雖然惱怒，也知道這辮子早晚得沒，他心裡已漸漸形成了一個真理，聽兒子馮治台的準沒錯，所以就沒有過多地責難。

　　過了正月，馮治台正準備去王家上工。馮家有個賣油的族兄來串門閒說話，無意中說景縣貼出了招兵的告示。是他親眼在景縣看到的，那些兵和治台一樣年輕，都沒有了辮子，很是精神。

　　說者無意聽者有心。景縣招兵的消息像一道閃電，陡然在馮治台的心中燃起一片希望之光。他在城裡合泰成雜貨店看見過來買煙的兵，個個都神氣活現，不挨餓、不受欺，這無異於天堂般的誘惑，便向父親提出到景縣投軍當兵的想法。

故城縣早有兩條流行的諺語：「好男不當兵，好鐵不打釘」，「人到了兵，鐵打了釘，衣裳到了打補丁」，當兵的也叫丘八，在安分的莊稼人看來，是介於流氓與亡命混混之間的職業，除非到了窮途末路時，誰會捨得讓自己的孩子去幹這個行當。

袁氏第一個站出來反對，兄長蘭台也極力勸阻，只有馮元璽這個當爹的犯了躊躇。接生婆當年都誇下了海口，馮治台是個騎馬的官，這不去當兵，怎能熬得上騎馬，這是治台實現「制台」的唯一出路。再說了，治台當兵，除了能解決孩子的自身生活問題外，萬一日後那句話兌了現，全家也將有出頭之日。但兒子確實還小，當爹的話又無法說出，全家人爭執不休。

夜沉了下來，空曠的田野裡一片寂靜，大月亮底下，馮治台和李貴溜出了東辛莊，他倆不走大路，專抄近路，在冬小麥地裡撒野，就像出籠的鳥兒一樣。黑黝黝的村莊，黑壓壓的樹林，早被這兩個熱血少年拋到了身後。天亮又是天黑，天黑又是天亮，馮治台領著李貴硬是走到了景縣。

馮元璽是個闖蕩江湖見過世面的人，他勸妻子袁氏，兒孫自有兒孫福，不讓兒子碰幾次壁，怎能長見識，走就走吧，這不孩子留下了一封信。那最後的一句話叫什麼？四海為家。

馮治台、李貴啃了兩口已經凍硬的玉米餅子，向老鄉討了碗還帶冰碴的冷水，便來到了景縣的天寧寺。

天寧寺周圍已圍滿了黑壓壓的投軍漢子，那高聳入雲的十三層寶塔懸掛著招兵處的橫幅，旁邊立著招兵簡章，都說好漢不當兵，那為什麼又有這麼多像塔一樣的男人都來參軍？

衡水各縣土地貧瘠，人口稠密。當年義和團起義被撲滅後，戰禍導致苛政如虎，饑民遍地，當兵就成為壯丁們一條求生存的出路。所以，當募兵告示一出，餓者蜂擁而至。除了這些貧民外，還有一些修築津浦鐵路的特殊工人——燒石工。鐵路穿越華北平原，石料缺乏，設計師為了降低成本，想出了一條權宜之策：在鐵路兩側，砌築磚窯，燒製強度較硬的鋼磚，然後再將鋼磚砸成碎塊，用以代替路基所需的石子。燒磚工多來自山東曹州一帶，鐵

第一槍：中日抗戰中的秘辛
第五回　屎窩出屎窩進仍為人奴　從商務農男兒鐵心從軍

路修通，回家也無生計，便聞訊投軍。天寧寺內的一些青年和尚也投入了從軍的熱潮。他們並不都是看破紅塵而削髮為僧的，實為填飽肚皮而遁入空門。有了這條火火爆爆的生路，便不願再過青燈黃卷的清苦日子，紛紛要求還俗投軍。

住持方丈阻攔不住，就隨他們去吧！

馮治台見狀心裡涼了一半，像他倆這樣的外縣散客甚少，矮小瘦弱，在這群漢子中就是兩個孩子。他知道，憑他們的身量，那是萬萬挑不中的。俗話說心誠則靈，金石為開，俺倆行走了百里之多，要沉住氣，待眾人挑選完後再說。

募兵官身材高大，一身的豪氣、為人嚴厲。他挨個兒打量每一個投軍者，就像牲口市上挑騾馬，看完前腿看牙口，十分挑剔。稍稍涉嫌有不良行為者，絕對不收。驗上的漢子除登記造冊外，都會被送到廟裡搭的席棚裡吃豬肉燉冬粉，十二小時都不間斷！

殘雪冬陽，只有半桿子高了，馮治台覺得時機已到，便到了募兵官的身旁。

「長官好，俺小哥倆，投軍當兵，報效國家！」

「去去去，還是個孩子別在這兒添亂！」募兵官見是兩個孩子，口氣便壓低了很多。

「長官，俺不是孩子，已經十五歲了，從故城縣日夜兼程走到景縣參軍的，你看看俺的鞋子。」馮治台脫掉露了腳趾頭的棉鞋，赤腳板上一串白裡透紅的血泡。

李貴照此炮製，將鞋舉到了募兵官的眼前。他倆苦苦哀求，纏住不放。這幾天的招兵中，像這小哥倆這樣迫切的只此二人，終於感動了這位長官。

「你們倆實在太小，帶回軍營俺也會挨板子。我看這樣，給你倆開個憑證，明年節後，坐火車到北京城找俺，一定讓你倆如願以償。」募兵官拉著

他倆到席棚下，吃了頓紅燒肉。然後掏出了四塊銀圓找衛兵將馮治台二人送到腳行，託掌櫃的將他倆捎回故城縣。

馮治台見狀知道再泡下去也不會柳暗花明了，便和李貴揣著那一線希望回到家中。

這正是：萬里奔波雖無果

春秋一載盼天明

第一槍：中日抗戰中的秘辛

第五回　屎窩出屎窩進仍為人奴　從商務農男兒鐵心從軍

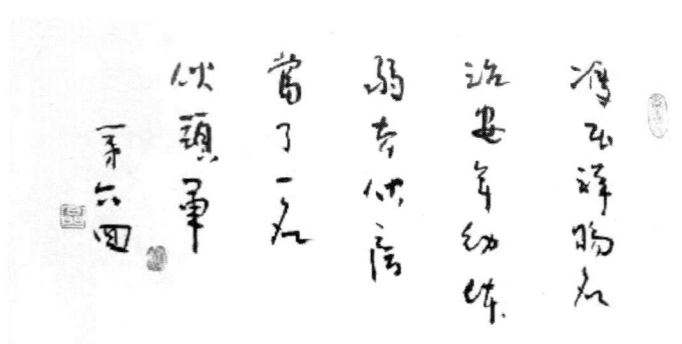

黎晶書法　閆江繪圖

第六回　大丈夫當效國家　小男兒豈逸居鄉

　　馮治台回到東辛莊，並未遭父母責怪。家裡人認為，反正人家不要，馮治台總該死心了。馮元璽見兒子愉快地去了王家扛活，一場風波平息得無影無蹤了。

　　馮治台將那紙憑證和自己的那兩銀圓嚴密封好，把它裝進了一個小瓦罐中，趁著夜色，將這寄託著明年希望的珍寶，埋在了村東頭自家的麥田裡。那坑足有兩尺之深，他怕明年播種時被犁翻出。

　　度日如年，希望支撐馮治台守口如瓶，並裝出一副認命的樣子，照舊和李貴晚飯之後嬉戲，一家人很是歡快。

　　一九一二年三月黎明時分，馮治台盼望的日子終於到了。李貴隨他挖出了憑證，又將鐵鍬送回家中。二人來到村頭常打水的井沿上坐下，馮治台回望雖然貧困卻又無限眷戀的村莊，想像著父母發覺他不告而別的淒惶，不禁悲從中來。李貴雖小，但父母早亡，親情和思戀在他幼小的心靈中已殘存無幾，他幾次勸馮治台不要哭泣，以免驚動族人，趁天還未亮趕快上路。

　　馮治台止住抽泣，回頭望了望自家屋頂上黑洞洞的煙囪，拉起李貴奔了河堤，再也沒有回頭，那年他剛滿十六歲。

　　天濛濛亮，故城沒有火車站，那班到北京的車要到德州去坐，腳行又沒開門。馮治台臨行前來了一次故地重遊。李貴跟著他先看了關帝廟，然後去「合泰成」「怡和公」。牢記那麼多刻骨銘心的過去，馮治台暗暗地說：「再見了！故城，俺的家鄉，俺一定會回來的。」

　　馮治台攜李貴到德州達北京，一路順暢。他按照那位軍爺寫在憑證之上的地址，終於來到了北京一個名叫南苑的地方。軍營就設在這裡。這個軍營是袁世凱擴充軍隊的一個「備補軍」。該軍共分前後左右中五路。每路又分前後中左右五營。南苑駐紮的是左路前營。前營管帶叫馮玉祥。

第一槍：中日抗戰中的秘辛
第六回　大丈夫當效國家　小男兒豈逸居鄉

　　馮玉祥祖籍安徽巢縣，長於河北。少年入伍，堅毅刻苦自學，閱讀讓他懂得了許多道理，從而激發了他的民族革命狂潮。一九一二年他參加了著名的灤州起義，事敗而倖存活，被遞解回籍。馮玉祥在途經北京時，被他的內姑丈老長官陸建章救下。陸建章是袁世凱的得力親信，時任總統府京衛軍參謀。陸建章人面豺心，素有「屠戶」的綽號，他秉承袁世凱的旨意，鎮壓革命黨，製造兵變，使袁世凱有了拒絕南下就任大總統的藉口。

　　陸建章編練「備補軍」，正缺人手和得力幹將。他見姻親馮玉祥身材魁梧高大、濃眉大眼、精明強幹，況且又懂詩文，是一個文武兼備的好軍苗，正好收為心腹。故委任他為左路前營管帶即新軍營長。駐紮北京南苑。

　　那位招兵的軍爺是馮玉祥手下的一位連長叫張虎兵，去年之事他早就報告了馮玉祥，馮聽說這位同姓的小兄弟按約投軍甚是歡喜，定要見見。

　　張虎兵領著馮治台來到前營大帳，馮治台一下子就被眼前這位身高六尺的馮玉祥鎮住了。馮管帶可謂虎背熊腰，糧斗一般的大腦殼，圓圓的眼睛裡閃爍著一股英雄之氣，就像說書的對張飛的神態描寫。他不由得感佩起來，俺跟這樣的長官闖天下，定有乾坤。

　　馮玉祥坐在虎椅之上，仔細端詳眼下的這位馮治台，年少個矮的體貌，但眉宇間卻透著一股英氣和文秀之氣。這小子五官端正，是一副貴人之相。再看那身架結構，絕不是個矮小之人。如果營養跟得上，今後不會低於俺馮玉祥的身量。

　　「堂下兩位英俊少年，報上姓名和出身簡況。」

　　「俺叫李貴，十四歲，沒有了爹娘，也沒有進過學堂。」李貴搶先回答，再無言語。

　　馮治台不慌不忙地先行了一個大禮，然後恭敬平穩地說：「回軍爺的話，俺叫馮治台，字仰之，河北省故城縣東辛莊人氏。自幼受父母言傳身教識些字理，後被村裡私塾先生王生收為弟子三年。只因家境貧寒而退學，先後在故城縣街裡的合泰成雜貨店學徒，在本村的王姓大戶扛活。時下為報效國家，故剪辮從軍，萬望馮大人收下。」

馮玉祥大喜，他對馮治台說：「你叫馮治台，我們一筆寫不出兩個馮字來。二百年前是一家呀。你的名字很好，但是太大了，俺馮玉祥見了你總不能總叫你『制台』大人吧。我們軍人守土衛國，治安保民，我看把你的名字改去一個字。治台叫治安。就叫馮治安，你看如何？」

「好哇！謝大人賜名，俺的名字經常被人取笑，嚷俺『馮總督』，應該改。治安年紀雖小，但有報國心，定跟隨大人鞍前馬後，萬死不辭。」

「張虎兵聽令，這位叫馮治安的小兄弟安排在營部伙房學炊事兵！李貴到你連當勤務兵，速速辦理。」

張虎兵將馮治安領到了營部伙房。當時軍隊裡並沒有固定編制的炊事兵，只有那些年紀較大，笨頭笨腦老老實實的才打進伙房，馮治安皆因尚未發育成熟，也算了個「等而次之」的伙頭軍中的一員，為此他心懷悒悒。

其實，馮玉祥有意將他放到伙房，一來工作較輕，二來近水樓台先得月，伙房在能吃飽的基礎上，總要比那些當兵的吃得好一些。這一點馮治安是不知道的。

兩個月後，隊伍移住至北苑海光寺駐紮，並發了服裝槍械，因為軍服是黃色的，百姓們便叫大兵們為「黃馬褂子」，餉發的也較之前多了一些，馮治安自幼受苦，如今能夠放開肚皮吃飯，並且再也不受掌櫃的斥責，雖說只是個炊事兵，心裡也十分滿足。

伙房不比軍營，是個「吊兒郎當」的單位。一些「老油條」見馮治安年幼老實，樂得「鞭打快驢」，總支使他額外做這做那。李貴聽說前來看他：「治安哥，你的名字是馮大人起的，該頂就頂他們，這裡不是故城的合泰成『任人欺負』。」

馮治安其實也很憤恨，但心中卻自有主張，他對李貴說：「兄弟啊，這沒什麼，多做多長見識，多做才能多學呢！」馮治安在「合泰成」學徒時，也曾幫過做些簡單的飯菜，加上和那些笨人相比，很快就木秀於林。

第一槍：中日抗戰中的秘辛

第六回　大丈夫當效國家　小男兒豈逸居鄉

伙房裡有一位什長叫張秀林，新軍叫班長。德州十里鋪人，為人厚道樸實。他知道這半個小老鄉和馮玉祥有點關係，對馮治安仗義袒護，漸漸的伙房裡的人也對馮治安另眼相看了。

張秀林長馮治安幾歲，遇上伙食不好，就偷偷塞幾個銅板讓他買碗打滷麵吃，馮治安感恩戴德，一直把他當作恩兄。一個全新的環境讓馮治安心情愉快；一個吃得飽穿得暖的軍營，就像那街頭上賣的氣球，讓他氣吹一般地發達起來，那個頭超出了李貴一大截。腰板硬、手臂根粗了，馮治安對著鏡子是照來照去。想著一旦到了連隊，照張戎裝像給故城的二老寄去。左路前營的兵大部都還托著辮子，只有馮治安等少數的激進者捷足先登地革命了一次。因此也遭一些人恥笑。昨天軍營裡一道命令，袁世凱詔令軍人先行黎民百姓一律革去辮子。新兵營的兵受積習束縛多年，哭叫著請求免剪。

馮玉祥將全營官兵集於演操場上，並將馮治安叫到身邊作為範例，馮營長開始訓話：「兄弟們，蓄辮乃滿清入關後，為使漢人就範而強命推行的。從唐宋元明，中華民族都不蓄辮。你們看這馮治安，當兵前就已剪辮，這才是好男兒。再則今後一有戰事，衝鋒陷陣負傷治療都極為方便。今凡剪辮者每人發一元錢，並集體照相留念，不剪者亂棍打出軍營！」

馮玉祥又當眾講解了《揚州十日記》《嘉定屠城記》中記載的悲慘故事。馮治安第一次登上了講台陪講，出盡了風頭，馮治安的名字也悄然流傳。

班長張秀林因不願剪辮，回到伙房大哭了一場。馮治安曉之以理、動之以情地勸說，並出主意將辮子包好寄回德州十里鋪，算是還髮膚於父母。張秀林這才轉悲為喜。

馮治安佩服馮玉祥治軍之道，像俺提前剪辮的也發了一塊銀圓，以資鼓勵。他對這一元錢十分珍惜。特地在內衣裡縫了一個小口袋，像保存稀世珍寶一般，這是他平生以來第一次賺到的一塊銀圓。

春暖花開耕牛遍野，馮治安隨所在的二營奉命開赴京西門頭溝三家店守護軍部機械局。他日夜捧著馮玉祥自己編寫的一本八百字的新兵啟蒙的小冊

子學習，爛熟於心。閒暇時到練兵場稍息立正列隊操練。早晚用煤鏟練習刺殺，新兵營操練的科目從未落下。他渴望早日離開伙房，耐心等待機緣。

張秀林看透了馮治安的心思，也千方百計給他創造條件。

馮玉祥營長感冒了，高燒不退。張秀林派馮治安前去伺候。馮治安下了一碗掛麵，多放了點薑片，出鍋撒一些碧綠的小蔥，滴上幾滴香油端到了馮玉祥床前。滿屋的香氣讓兩天沒有進食的馮玉祥頓時有了食慾。他起身盤腿，一口氣將掛麵吃完，湯也一滴沒剩。

馮玉祥這才抬起頭來，他一下子愣住了，眼前壯實的馮治安，讓他幾乎不敢相認了。靦腆的馮治安，此時渾身上下已透出一股剛氣。這軍營的薰染真是立竿見影。馮玉祥大喜，便試著考他功課，馮治安見機會來了，十分興奮地對答如流，並將八百字的新兵啟蒙一字不差地背誦出來。

馮玉祥見自己當初的安排已初見成效，就把他分派到張虎兵連。馮治安欣喜萬分，儼然壯志得酬。他心裡知道，從今天起，自己的軍旅生涯才算剛剛開始。向那位接生婆順口一說的預言邁出了第一步。這一點馮治安堅信不疑。這也是今後他不斷進步的動力。

這正是：千遭水流歸大海

青年才俊立京都

第一槍：中日抗戰中的秘辛

第六回　大丈夫當效國家　小男兒豈逸居鄉

黎晶書法　閆江繪圖

第七回　艱苦攀登軍階梯　模範連兵露頭角

　　馮治安下連隊後的氛圍和心情與在伙房簡直是天壤之別，練兵學習熱情高漲。馮玉祥研究了外蒙獨立事件中的百靈廟衝突的實戰教訓，編寫了《戰鬥動作歌》，配上基督教堂的讚美詩音樂，洋瓶裝上土燒酒，頗受士兵歡迎。馮治安在家就略懂音律和藝術，接受程度當然就高於一般的士兵。他興致盎然長歌不倦，對小兄弟李貴的五音不全也是非常有耐心。經過他一段時間的訓練糾正，李貴居然不再跑調，在隊伍中也敢大聲地吼喊。

　　馮玉祥除了軍事課目外，對士兵的道德教育也極為重視。他不但勞神，還自編詞曲寫了一系列歌曲，馮治安帶頭響應，教唱那些沒有受過教育的新兵。連隊走在北京的大馬路上，連長張虎兵叫馮治安領歌《煙酒必戒歌》和《嫖賭必罰歌》。整齊的隊伍，雄壯的歌聲，既可自利，又宣傳了群眾，受到了北京市民的好評。

　　部隊集合時，馮治安又領唱《國恥歌》和《精神歌》。馮治安正值青春年少，躋身於這樣的隊伍，感受到的是一種凜凜正氣。對他思想品質的發展，打下了良好的基礎。馮玉祥每會必講，他用淺顯的事例向士兵們灌輸傳統的效忠祖國、孝敬父母、愛護民眾的思想。這些措施，造成了十分積極的作用。左路備補軍的上層軍官，多數腐敗荒唐。唯有馮玉祥的二營，卻保持著生氣勃勃的旺盛鬥志。

　　馮治安心裡春風得意。現在是要個頭有個頭，要文化有文化，時時都能有一兩回出頭露臉的機會。但在外場上，依舊像個姑娘十分低調。當時，一個列兵每月可有四兩多餉銀，馮治安十分節儉，每攢夠十元錢，便請連長張虎兵代為存放，遇有機會便捎回家去。每每夜深人靜的時候，他蜷曲在被窩裡，腦海中便是父母兄妹。想到老娘接到兒子這些錢，該是多麼高興呀！解除了父親柴米之憂，心裡便無限欣慰。有一次做夢，馮治安夢見媽媽和他站在一起，咬著一口沒鼻梁子的大白饅頭，居然笑出了聲。

第一槍：中日抗戰中的秘辛

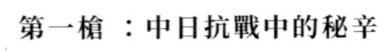

第七回　艱苦攀登軍階梯　模範連兵露頭角

　　李貴推醒馮治安，當他得知仰之兄夢中的故事，勾起了他對死去爹娘的嚮往，痛哭了一場，遭致班長的一頓臭罵。

　　一九一三年春，陸建章的左路備補軍奉命擴建為警衛軍，轄兩個團，馮玉祥任第一團團長，陸建章的公子陸承武任第二團團長。並正式使用營連排班的稱號，為了補充兵員，馮玉祥親往河南鄖城周圍招募新兵。吉鴻昌、梁冠英、田金凱等一批熱血青年應召入伍。馮治安被編在三營十連當兵。在這些剛入伍的新兵蛋子面前，他十分尊敬那些比自己年紀大的兄長，從不擺老兵的架子。排長劉汝明，先令馮治安教唱歌曲，同時帶頭在新兵當中掀起了大練兵的高潮。

　　馮治安站在操場上，脫去上衣，只穿一件大紅色的洋背心，矯健地飛躍上了單槓，為新兵做了一套標準動作之外，又表演了兩個大車輪。然後跳下單槓，臉上無紅無汗。新兵們一起鼓掌，吉鴻昌帶頭叫好，並主動上前報號介紹，兩人成了朋友。

　　三營長邱毓坤對馮治安十分喜愛，可惜他們相處不長，邱營長負氣離開再無聯繫。

　　北苑一帶為歷來駐兵之所，多年遭裁汰的老弱不良士兵流落於此。有些人明為打工為生，暗地裡勾結士兵幹些姦盜淫邪之事。三營也不時發生偷盜或淫賭事件。馮治安平素極節儉，自己從不嫖不賭，整天看護兄弟李貴，怕他染上惡習。

　　李貴家中沒人惦記。一個人吃飽全家不餓，餉錢月月花光。有時還找別人去借，但他從不敢向馮治安開口。營房外面飲食攤販甚多，都是針對這些兵營開的。一天，馮治安與吉鴻昌晚飯後在操場上談心，梁冠英氣喘吁吁地跑到操場上高喊：「仰之兄，你兄弟李貴下館子沒帶錢，掌櫃的不賒帳。二人叫鬧起來，李貴氣急打了掌櫃的，你趕緊看看吧！」

　　馮治安一聽，火氣衝頭卻沒有動聲色。他拉上吉鴻昌跑出了軍營大門。

　　大門西百米處有個東北飯館，門口挑著一個紅色的幌子，一群人眾在圍著看熱鬧。但眾人都不敢或不願插話。只聽見李貴的喊叫。

「諸位鄉親請讓一讓，」吉鴻昌人高馬大，他為馮治安開出一條道。人群中間，李貴和一個新兵酒氣熏天。李貴手裡拎著皮腰帶，手指著那掌櫃的叫罵：「俺不是不給你錢，今天沒帶足，你就不讓走，明天送來都不中，嘴裡還不乾不淨。你他媽的就是找揍！」那個河南籍的新兵又踢了掌櫃的一腳。

「住手！」馮治安拿出了喊操的嗓門一聲叫喊，震得大家立刻鴉雀無聲。馮治安一手拉起坐在地上的掌櫃的，從衣袋裡掏出一元錢幫助李貴還了帳，一手朝自己的兄弟李貴胸前就是一拳，這是馮治安平生以來打的第一人。這一拳很重，他是恨鐵不成鋼呀！打得李貴一屁股坐在了地上。

吉鴻昌也向掌櫃的道了歉，轉身踢了那個河南新兵一腳，算是還了掌櫃的皮肉帳，掌櫃的連忙起身勸眾人散了場。李貴知錯，此刻兩人酒也醒了，低頭喪氣跟在馮治安的身後走向了軍營的大門。

一事剛平一事又起。軍營裡來了二團的十幾個軍漢叫罵：「一天到晚哼什麼爛曲子，背什麼破書，老子們都不識字。戰場上憑藉力氣廝殺，戰場下照樣吃香的喝辣的。」

「他媽的，聽說有一個和馮玉祥同姓的後生，專拍馮團長的馬屁，還會出口成章。見面俺揍他，叫他爬不起來地。」一個大肚子排長吼道。

二團副綽號「王白毛」沒有受過教育，幾次校閱都輸在馮玉祥手下，他背著團長陸承武，找了十幾個彪形大漢。這些文盲軍官成立了個「不識字會」，找碴和一團有受過教育的士兵對著幹。

馮治安的火氣都憋在肚子裡，那是對他兄弟李貴。可這一進院，就見這幾個兵痞指名道姓地和自己挑戰，便迎了上去。吉鴻昌和馮治安個頭齊肩，都在一百八十幾公分的個頭，兩座黑塔釘在了這幾個人的面前。

「不識字會」聽說那馮治安是小頭小臉的白面書生，可那是從前。他們萬萬沒想到這二位如此強悍。

「俺就是馮治安，哪位兄台想讓俺爬不起來？如果說笑，那麼請回。如若動真，馮仰之願領教兄台身手。」

第一槍：中日抗戰中的秘辛

第七回　艱苦攀登軍階梯　模範連兵露頭角

「君子一言，駟馬難追。」「不識字會」被逼到了絕路上，只能撐臉一搏。只見一位滿臉絡腮鬍鬚的漢子，軍階是個排長，就是剛才叫喊的人，走到了馮治安的面前。

「哥，你讓開，殺豬不用牛刀，瞧俺李貴的。」李貴藉著酒氣飄著輕腳撲了過去。吉鴻昌只是一伸手臂就將他擋了回去。

操場上已圍滿了人。連長張虎兵也在人群裡不露風雨。他知道馮治安有受過教育，軍事技術很好，為人謙和，這打架鬥毆能成？他細觀其變。馮治安心裡有底，不要說是現在的五大三粗，放在以前，耍個刀玩個槍棍，那是他在東辛莊老家學的看家本事，連爹馮玉璽都不知道。

大鬍子排長不再說話。一個餓虎撲食閃電一般就來到了馮治安面前，馮治安雙腿稍彎，一個騎馬蹲襠式焊在操場上。只是他前胸微微往後一仰，大鬍子排長一隻大手已經抓住了他胸前衣裳。馮治安順勢來了一個迅雷不及掩耳，左手揪住排長的鐵拳，右手推住那隻手臂的關節，只見馮治安輕輕一帶勁，標準的一個動作將排長摔出老遠。

老兵新兵一齊叫好！馮治安一個箭步起身越到大鬍子排長面前，雙手將他扶起，嘴裡連說了幾個「承讓了！」

「誰在這裡鬧事！」連長張虎兵見火候已到，出來喝散了眾人。二團那夥人吃了眼前虧，但在一團的駐地，也只好收兵。

此事被陸建章知道後大罵了兒子和那個叫「王白毛」的團副一通。說：「俺陸建章也識字，難道你們連我也排斥！」

京杭運河兩岸的棉花白了，高粱穗透紅。冀中又是一個豐收年。

秋來，馮治安隨軍開赴河南，鎮壓民國史上規模最大的農民起義「白朗起義」。

白朗，河南省寶豐縣人。原名朗齋，字明心，俗稱白郎。一九一二年在豫西發動了農民起義，初未成勢。次年已能攻城略地，聲勢日漸浩大，各地饑民從者逾萬。白朗自號「大都督」，率部遊走於豫、鄂之界的各縣。十一月，

又轉向豫東挺進。並鮮明地打出了「討袁」的旗幟。袁世凱大怒，卻又心存恐慌，忙命陸建章撥部分兵馬開赴河南剿滅。馮治安所在的三營，在新任營長孫振海率領下奉調進入新鄉。這是馮治安當兵後的第一次上陣。

三營多是新募士兵，未經戰陣，官兵都十分緊張，大有風聲鶴唳、草木皆兵之勢。

馮治安既不驚慌也不興奮。他早想在戰場上一練身手，累積一些實戰經驗。可這次並不是軍閥之間的混戰，俺馮治安也是農民，怎能血刃自己的同胞？在這一點上，吉鴻昌他倆一拍即合，私下裡通知李貴等要好的農民出身的士兵，槍口抬高一寸。在不涉及自己生命安全時，絕不槍殺農民。

十連駐在財神廟內，官兵們晝夜警惕，一夕數驚。那孫營長更是神經過敏，看見過路行商和路過農民，也懷疑必是白朗派出的化裝軍，不由分說捉來審訊。

馮治安受過教育，便承擔起審訊的記錄。凡有人作保或交些保錢的也就草草放行。那些老實巴交的農民只能任憑拷打關押。

夜靜了下來，漆黑不見五指。馮治安在地鋪上翻來覆去睡不著覺，白天的審問又像放電影一樣在腦海裡一場接一場。尤其是一位十六歲的少年，勾起了他的回憶和同情。不行，不能讓這些貧苦的農民無端受冤。他決定幹一次冒險的大事，但又絕不能連累兄弟們。他在地鋪上盤算著如何下手救人。

三更時分，馮治安穿好衣服，紮緊腰帶。提槍溜出了營房。他順著廟牆彎下腰，觀望四周的情況。他忽然發覺身後有零碎的腳步聲，馮治安故裝不知，閃到了牆角。

那黑影拎槍直愣愣地走了過來。馮治安待那黑影一出牆角，便來了一個掃堂腿，右手封喉，低聲吼道：「你是誰？」「唔……」馮治安放輕了手勁，這才聽清是自家兄弟李貴。原來李貴也有此意，他一直觀察馮治安的動靜，他哥哥起身後便立刻尾隨到廟牆根，沒想到只是一眨眼，馮治安就不見了。

馮治安大喜，有了幫手，這一下就要輕鬆一些了。馮治安將計劃告知李貴，小哥倆盼著五更天的到來。

第一槍：中日抗戰中的秘辛

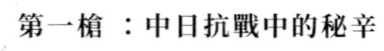

第七回　艱苦攀登軍階梯　模範連兵露頭角

河南入冬時節要給逝去的先人燒紙送棉衣，清晨五更天，放鞭炮酬神，財神廟前的小廣場是祭奠之地。這一點馮治安早就打聽清楚。他囑咐李貴只等時辰一到，便按計劃行事。

馮治安盼到五更梆子響後，便立即派李貴潛到關押百姓的牲口棚外。

廟牆之外忽然鞭炮齊鳴。百姓開始祭神。孫營長從夢中驚醒，他誤以為是白朗軍來襲。急令全營集合。馮治安見狀便大聲呼喊：「白軍偷襲了！白軍偷襲了！」

十連大亂，拎衣提褲、推嚷叫喊地亂成一團。有個新兵慌忙之中竟朝天放槍，真是火上澆油。李貴見時機已到，立刻打開財神廟後門，然後朝看守百姓的士兵呼喊：「白朗兵來犯，營長有令，十連集合出廟禦敵，不得有誤！」兩位哨兵聽後，撒腿便往大廟正殿跑去。

李貴連忙解開牲口棚木柵欄的繩索，引導百姓們從後門逃出，二十幾位漢子便迅速融入祭奠神靈、黑壓壓的人群之中。

天亮了，緊張的兵士方恍然大悟，原來是一場虛驚。當兵的暗暗譏笑這孫營長空穴來風。吉鴻昌見在押的農民沒了蹤影，只有李貴低頭嬉笑便猜出了幾許。隊伍散後，他拉著馮治安來到單槓下詢問。馮治安只是一笑說：「這是老天爺搬陰兵救百姓，你吉大膽何樂而不為呢！」吉鴻昌聽後明白，也大笑起來，心裡佩服這位老弟的正義和心計。

孫營長賠了夫人又折兵，都因為他為人剛愎、使氣任性。營中官兵從此送他綽號叫「孫氣」。

馮治安心裡覺得這次是上對得住天地，下對得住父母。當兵保家衛國，穿百姓衣服，端百姓的碗。這才真是一位民國軍人。巧借陰兵之後，十連駐地少了一點緊張空氣。不知不覺駐紮了三個月之久，連白朗軍的影子也沒見過。這期間，白朗軍主要在豫東戰鬥。他們勢如破竹，一度占領安徽霍山、六合，直搗壽州。袁世凱急令段祺瑞親領豫督銜進剿。段揮軍而合圍，迫使白朗軍西進。一九一四年三月，白朗軍攻占了鄂北軍事重鎮老河口，然後出紫荊關直搗陝西，陝督張鳳翽因兵力薄弱，惶恐求援。袁世凱委陸建章為剿

匪督辦，所部擴編為警衛軍第一師，下轄兩個旅。隨同全師至河南澠池集合。馮治安所在的第三營也奉命到澠池會合，開赴陝西。

馮治安的心情鬱悶，無戰鬥便無立功之機，幾個月下來，仍是一位普通的士兵。

隴海鐵路只修到澠池以西數十公里的觀音堂。大軍西行只能徒步跋涉，路途崇山峻嶺，時而險峰、時而步下絕崖，人馬輜重行軍極其艱苦，馮治安卻心情激昂興奮。這是他第一次進入山區，處處新鮮好奇，他聽著連長張虎兵介紹沿路的古蹟名勝，頓時氣力倍增。當他爬上山頂俯瞰芳津渡、大禹渡黃河渡口時，被黃河天上之水滾滾來的氣勢所震撼。彎曲多變的河道在煙雲迷濛之中走來，這條母親河要比家鄉的運河雄渾霸氣。見景生情，馮治安忘掉了自己士兵的身分，竟不自覺地喊叫起來：「中華之偉，黃河浩瀚，民族之強，鐵血男兒！」

部隊到達陝西時天色已晚，三營奉命在山坡紮營。營長孫振海見部隊疲憊不堪，就令士兵們在河坡上宿營。馮治安見狀連忙向連長獻計：「張連長，河坡紮營兵家大忌，時值六月，一旦山洪爆發，後果不堪設想。」張虎兵不敢違抗軍令，正在猶豫之中，軍隊裡有人高喊：「馮旅長到！」馮玉祥一見大怒，立命拔營移至山坡高處之上。孫振海猶豫爭辯，被馮玉祥喝斥一番。終於，重新拔營移至山坡，全營對旅長不滿，嘖有煩言。馮治安也不敢再多言語。

半夜時分，忽然疾雷暴雨、河水猛漲。馮治安悄然起床走出軍帳觀看，山下河水轟鳴，傾天雨注，好險呀！心裡卻暗暗欣喜自己的判斷正確。天明，全營官兵大為驚訝，昨夜紮營之處早已被滔滔洪水淹沒，孫營長用來拴馬的那棵柳樹只剩下樹頭在濁流中搖擺。大家這才對馮玉祥旅長的決斷無不嘆服。李貴湊到馮治安的胸前悄聲說道：「哥呀，弟把話撂這兒，你確是將軍之才呀！」馮治安臉面通紅低下頭，心卻異常的激動。

一九一四年初夏，入陝大軍開進西安附近，馮玉祥駐在大雁塔東，此時，陝西局勢混亂，西安一片凋敝。白朗軍自忖不堪與陝軍正面作戰，轉向甘肅南路挺進，連陷岷縣、寧遠、伏羌等城。十六混成旅入甘追剿，大軍剛到平涼、

第一槍：中日抗戰中的秘辛

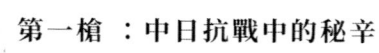

第七回　艱苦攀登軍階梯　模範連兵露頭角

　　崇信一帶，忽報白朗軍又回師攻西安，陸建章命馮玉祥部連夜折返，最後破紫荊關再入豫境。此際，白朗連遭圍剿、疲憊不堪，所部又是烏合之眾，呼嘯而聚，呼嘯而散，幾經摧折，便元氣大傷。加之內部分裂，竟於一九一四年七月被部下火併殺死，白朗起義悲慘落幕。馮治安卻暗暗落淚，心情極為複雜悲傷。

　　白朗軍平後，十六混成旅駐西安及隴南漢中、沔縣等地。陸建章平叛有功取陝督印信，作威作福，極盡腐朽竊敗之事。他大肆賄賂公行、公開賣官封爵。

　　陸建章召馮玉祥在虎帳談兵。陸的副官竟當著馮玉祥的面嬉皮笑臉地向陸稟告：「報告督軍，陝甘盛產鴉片大煙，煙民萬千，我有一策，可令大人藉機大發橫財。」陸建章竟然談笑自若，不但不予斥責，並俯身耳告之帳下再議。

　　馮玉祥見狀藉由離帳，他對督軍署官兵攜雙槍即手槍、煙槍，到各地區搜查大煙早就不滿。痛斥他們白日砸門破戶，夜晚吞雲吐霧。每搜到煙土，罰款竟入腰包，大批的煙土則裝箱運往天津私售。陸建章憑此將原陝軍混成旅長陳樹藩以二萬兩煙土為拜儀，收為「及門弟子」。上行下效，官兵吸毒者比比皆是。

　　面對烏煙瘴氣的政治生態，馮玉祥治軍更加嚴厲，加緊練兵。為了樹立楷模，馮玉祥組建了模範連。模範連濫觴於袁世凱，老袁於這年十月在北京成立了「模範團」，並自任團長，督飭下屬積極編練模範軍。馮玉祥從全旅選拔精銳組成模範連，其士兵不僅要求具備出色的戰術水平，連儀表氣度也相當挑剔。一百三十位士兵個個都由馮玉祥親自過目才行。因此，模範連在全軍享有「明星」地位，為廣大士兵所欽慕，也成為馮玉祥的寵愛。馮治安早為馮玉祥所矚目，成為當然人選，李鳴鐘為連長。

　　與馮治安同時進入模範連的有兄弟李貴、兄長吉鴻昌。從此，三人的友誼就更加深厚。

　　這正是：伙頭軍由弱變強下部隊

普通兵百裡挑一模範連

黎晶書法　閆江繪圖

第一槍：中日抗戰中的秘辛

第八回　警衛班長鞍前馬後　模範連長年庚廿一

第八回　警衛班長鞍前馬後　模範連長年庚廿一

　　馮治安進入模範連如魚得水，在眾壯兵之中仍出人頭地。陝地苦寒，馮玉祥提出「冬練三九、夏練三伏」的命令。模範連專挑寒冷天訓練。

　　天還未大放亮，東方剛露魚肚白，雪地裡就傳來操練聲。馮治安等大多士兵都身穿單件的衣服，一會兒臥雪射擊，一會兒投彈拚刺，偷懶的士兵手足凍僵，熬不住寒冷紛紛進屋搶先烤火。馮治安刺殺用力，他拿出在河北故城東辛莊練就的一套大刀術，將槍刺卸下，當大刀片，上下飛舞，一會兒就汗流浹背，等進屋之時，汗落成水，渾身透心涼。火爐邊早就圍滿了衣衫單薄的兄弟們。馮治安從不爭搶，躲在遠離火堆處，自行按摩揉搓。他從小在河北，並無禦寒經驗，雙手雙腳凍得發硬，不聽使喚。他索性用盆端雪揉搓，減少了阻力，一會兒頭和四肢被揉搓得通紅，反而漸漸地暖和起來。模範連的兵們譏笑馮治安，這是什麼辦法呀，真是自找苦吃。

　　一夜大睡，起床軍號一響，馮治安第一個穿好衣服洗漱完畢。可大多數兄弟捂在被窩裡狼哭鬼叫。他連忙掀開李貴的被窩，只見李貴手腳疼痛，烤火之處已經成瘡。馮治安見凡昨日烤火者大都如此。

　　李鳴鐘見狀叫來軍醫。經檢查得知馮治安的辦法最科學最有效。各連營立即派人前來學習，將此做法推廣全旅。馮治安不知不覺中卻創造了一個小成績，尤其得到了馮玉祥的誇讚和表揚，說他最喜歡會用腦的兵。

　　模範連既然具有「樣板」的性質，訓練上比普通連就更加嚴格。馮治安身手矯健，頭腦靈敏，很快就在連中成為翹楚人物。人都說江山易改本性難移，他一直保持著與人為善的品格。有時也喜詼諧，但謔而不虐，從不讓人難堪。遇到騎在別人脖子上拉屎之人，馮治安也能好言相勸融洽相處。連裡人都說：「馮治安是個能忍讓之人，且一輩子沒有仇人之人。」

　　十六混成旅沒有設立專職衛隊，模範連原有警衛任務，馮治安經常執行保衛馮玉祥的任務。近距離接觸，馮玉祥越發喜歡他，屢有讚美之詞。有事

第一槍：中日抗戰中的秘辛
第八回　警衛班長鞍前馬後　模範連長年庚廿一

還當眾暱稱他為「馮家小孩」，馮治安深知伴君如伴虎的道理，你的優點一清二楚，你的缺點也掩蓋不住。他性格所至，依然勤謹，從不滋事生非，在馮玉祥身邊學到了很多知識和做人當兵之道。加上馮玉祥皈依了基督教，被稱為「基督將軍」。馮治安耳濡目染也受到教派聖經的一些熏染。

十六混成旅在陝西駐軍年餘。這期間，中國國內政局變端屢起，袁世凱覬覦「龍位」，一面讓謀士們緊鑼密鼓宣揚「唯帝制能救國」的謬論，指使爪牙組織「請願」團，胡說人民「苦共和而望君憲非一日矣」，大造輿論。一面悍然解散國會，頒布「民國新約法」。改內閣制為總統制，血腥鎮壓「二次革命」。一九一五年初，袁世凱又無恥地與日本祕密談判。簽訂了賣國的「二十一條」。事洩，激起全國公憤。巧值四川發生省民政長張培爵組織討袁同盟事件。張雖遭逮捕，但局勢仍不穩定。為了控制局面，袁世凱特派心腹陳宦去四川會辦軍務。並指派三個旅的人馬同行。馮玉祥的十六混成旅名列其首。

馮玉祥鑑於形勢混沌，難以捉摸，故意不全軍開拔，只率領已升任混成團長的李鳴鐘團，加上部分模範連的士兵作為衛隊隨團同往。馮治安隨模範連排長韓復榘被選拔隨從入川。

一九一五年初夏，全團在馮玉祥率領下由陝南沔縣出發，直奔成都。沿途巉岩峭壁，大詩人李白那首「蜀道難，難於上青天」的詩句，讓他內心波瀾。馮玉祥在入川途中講述了許多有關「三國」的名勝古蹟。當時軍隊中最流行的書便是《三國演義》，馮玉祥說，諸葛亮出祁山而我今天入蜀道，卻有壯士一去不復還之感。馮治安沿途飽覽了山川之餘，回味親嘗兒時讀過的《三國演義》，自感增長了不少知識。六月，全團在馮玉祥的率領下來到綿陽駐紮待命。

綿陽土匪成患，馮玉祥親率部隊剿滅。馮治安晉升為班長，經常是旅長特定的勤務侍衛。排長韓復榘對此不滿，韓復榘偏愛那種心粗膽壯、行為出格的兵，對馮治安這類寡言內向不出風頭的兵總是視為弱者加以蔑視，並常有輕率處罰士兵而引起眾人不滿之事。馮治安與排長判若兩人，無論從性格

還是作風都格格不入。好在有馮玉祥的照看，他也不太為難這位「馮家小孩」。

一日，馮玉祥接令到成都開會。馮治安率警衛班貼身護送。排長韓復榘一貫願意出風頭，覺得這次特勤自己應率隊前往。一來能近身向旅長獻媚，二來到成都能見到軍內大小人物，也是自己登高結貴的好時機。他以馮治安年輕為藉口，兩次申請率隊護送，馮玉祥答應。

一行快馬出了綿陽。馮玉祥的混成旅軍餉短缺，軍官與士兵服裝從質料上並無大的區別，只是旅長披了一件裡外兩色的黑紅斗篷。馮治安身量與馮玉祥不相上下，每次出勤，馮治安的白馬都緊依旅長的黑馬並行，萬一遇到土匪，他會毅然用身體護主。這一點，馮玉祥內心十分清楚，越發喜歡馮治安。

馬隊轉過山坳，前邊就是成都平原一望無垠。匪情減少，士兵們的心情也略有鬆弛。韓排長催馬貼近馮玉祥搭話，並令馮治安前行開路。馮治安的白馬躍上山坡。坡前面有一片竹林，馬隊未至林中就飛起一群大鳥。「有情況！保護旅長！」馮治安迅速拔出德製毛瑟C96手槍，勒住馬頭。韓復榘驚出一身冷汗。這第一次隨旅長出勤便遇到土匪，真是晦氣。

竹林中傳來一聲鑼響，二三十匹駿馬攔在土坡中央。所有的土匪都黑布遮臉，只露兩隻眼睛，為首的左右雙手持短槍。其餘土匪快槍火槍不齊，卻都已上膛，來勢兇猛。

馮治安在拔槍的同時，從衣袋裡掏出早已準備好的川劇裡的道具「八字髯」，夾在兩個鼻孔之間。兄弟李貴同一時間扯下馮玉祥的斗篷遞給了馮治安，這一系列的變術可都在眨眼之間，比川劇的變臉還要快。韓排長就像在看變戲法。他哪裡知道，這一動作，馮治安率他的警衛班不知道演練了多少次。

「大膽毛賊！敢攔俺制台路徑！」馮治安將自己的原名報出，不言而喻，俺就是總督大人。這一聲喊叫，也是暗號。警衛班的士兵已分前後兩排各六

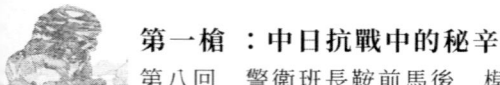

第一槍：中日抗戰中的秘辛
第八回　警衛班長鞍前馬後　模範連長年庚廿一

人，將馮玉祥夾在中間。士兵們除每人一把短槍之外。手上的俄製衝鋒槍早已打開保險。

「打！」一聲令下，前排所有的槍口噴出了火焰。快馬呼嘯衝過山岡，前排六人迅速演變成左右各三人。加之後排六人的火力，瞬間，那幫土匪已倒下一片，身後的竹林被暴雨般的子彈打得竹竿折斷、竹葉翻飛。

馮治安的白馬一直立在坡頭未動，他左右手開弓，雙槍點射，補擊未被打倒的土匪。

這幫土匪從未見過這般陣勢，他們以為還是到地方的雜牌軍，扣留點快槍和子彈。沒想到，一出竹林，匪首還未說話，就被馮治安一槍斃命。短短三分鐘，馮玉祥的馬隊就不見了蹤影。韓復榘一槍未發，就被馬群擁過了山崗。

馮玉祥久經沙場並無驚慌，只是馮家小孩的這次實戰出手，他也是第一次欣賞到。韓排長原想這次露回臉出點彩頭，沒成想，露出了屁股惹了一身臭。從此以後，他倆雖多有不和，但韓復榘內心卻開始重看這位馮治安了。

馮玉祥第十六混成旅進川不久，袁世凱於一九一五年五月九日承認了「二十一條」，激起了國人同聲斥責。袁一意孤行，仍加緊準備登基。十二月十三日，在居仁堂受百官朝賀。十九日設大典籌備處，濫封公侯伯子男諸爵。年底又下令改元為「洪憲」。一系列倒行逆施，終於激發了蔡鍔的護國軍起義。一九一六年初，護國軍很快攻入四川，占領永寧。陳宧急調兵迎敵，馮玉祥自在調遣之列。

馮玉祥早年參與了推翻帝制、創建共和的革命運動。如今又被迫充當帝制鷹犬，內心極不痛快、很是痛苦。無奈軍令難違，只得率軍攻擊。護國軍棄城而走，陳宧催促馮玉祥繼續進軍。馮玉祥按兵不動，多次勸告陳宧倒戈反袁。陳宧忖度時勢，翻轉臉皮通電附和反袁。袁世凱大怒，痛斥其負恩。下令革職陳宧職務，並令川軍師長周駿取而代之。此時，馮玉祥部已調離至成都，陳宧令馮玉祥部準備迎敵，蔡鍔出面調停未釀成大的戰事。六月，袁世凱皇帝夢碎，一命嗚呼。

袁世凱死後，黎元洪繼任總統，軍政大權實際落於國務總理段祺瑞之手，段因馮玉祥不屬於自己的皖系，又恐其特立獨行、將悍兵驕，恐其在川成勢難以牽制，乃調馮率部到河北廊坊至通州一帶駐防。馮玉祥欣然接受。在陳宦手下早就深感他治軍無能，優柔寡斷，愚而好自用，其心腹多屬蠅營狗苟之徒，賄賂公開，嫖賭無忌。有一次軍官對他訴說家眷缺乏供給。陳宦立即下令：「凡帶家眷者每戶給大洋十塊，白米一袋。」結果，一些本無女眷的軍官，便臨時找妓女同居，冒充妻室以來領錢。馮治安的兄弟李貴見狀不公，便給馮治安領來一位四川小妹，被馮治安第二次打了一拳道：「我們是馮玉祥的部隊，旅長對嫖賭早有禁令，嚴懲不貸。對部下弄虛作假更為嚴斥。我們若不是由馮先生帶領，這狗官不知害了多少人。」馮治安隨侍馮玉祥，在堪稱糜爛的環境中，仍受到嚴格的軍事及道德教育，受益匪淺。

一九一六年初夏，十六混成旅陸續開到廊坊，馮玉祥則先期到達。馮旅多為河北籍官兵，人人都有故土之思。馮治安也倍加思親，早盼著奔故城一見父母。

旅部駐紮在運河畔，馮治安每早到運河跑步，其實他是望著那南流的河水，想著將自己矯健的身影，帶到東辛莊那段回彎河道。父親一定能見到自己。這時的馮治安已被提拔為模範連的排長，成了名副其實的軍官，這衣錦還鄉的念頭就更加強烈。

「馮治台，你看看俺是誰呀！」馮治安停下腳步，只見李貴領著一位青年漢子、農民裝束的人，來到了自己的跟前。馮治安一眼就認出了是自己的親哥馮蘭台，只是比自己從家裡出走時壯了，黑了！鬍碴硬了。

馮蘭台卻呆住了，他喊著二弟的名字，卻被眼前的二弟唬住了。這真是治台嗎！健壯魁梧，高出自己一頭，黑紅的臉膛，尤其那兩道倒八字眉更加濃密，雙眼炯炯有神，一身的軍官服和肩挎的匣子槍上的紅纓飄帶，越發的神威。哥哥定住腳步，兩眼淚湧，心裡卻萬分高興和激動。馮治安的淚水早已奪眶而出，一晃五六年沒見，那思念家鄉和父母兄妹的情感就像提閘的洪水奔騰。他大叫著：「哥呀，俺的親哥呀！」撲到馮蘭台的眼前，四臂相擁，再也分不開來，弄得李貴在一旁看的哭聲磅礡。

第一槍：中日抗戰中的秘辛

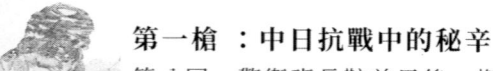

第八回　警衛班長鞍前馬後　模範連長年庚廿一

　　馮蘭台這才知道弟弟已叫馮治安，是馮玉祥親改的，心裡也十分高興。他告訴弟弟，父母在家聽說兒子到達廊坊，立命自己從德州坐火車到北京，又搭腳來到這十六旅軍營。蘭台一連氣的將家裡的情況告訴了弟弟。這幾年都接治安寄來的銀票，家裡的生活已大有改觀了。

　　「對了，二弟呀，咱家給你翻蓋了西廂房。你知道東三務村嗎？有個武藝高強的義和團小頭領謝志雙，他的女兒謝梅已經由父母做主，給你定了親，俺就是接你回鄉成親的呀！」

　　馮治安低下了頭，心裡怦怦直跳，雖已年剛二十，可在家鄉，早已到了成親的歲數，對女性的追求開始萌動。知道父母身體還好，生活境況改觀，他心裡十分高興。他領哥哥馮蘭台拜見了馮玉祥，提出回故城完婚。

　　馮玉祥拍著這位馮家小孩的肩膀勸之，眼下督飭官佐，積極訓練軍隊。一面淘汰病弱，一面補充新兵。馮治安是模範連的骨幹，應以大局為重，明年批假回家成親。馮治安曉理聽令，勸哥回家告慰父母，明年定回。

　　臨行時，他將自己存下的一些銀兩託哥哥捎回。偷偷告訴蘭台，用一半的銀票在西辛莊鐵匠鋪訂打一百把大刀片存好，待明年回家時帶走。哥哥達理，和馮治安惜別返鄉。

　　馮治安塌下心來，積極補充兵員。此時，張自忠入伍進營。段祺瑞心裡惦記著這支戰鬥力極強的十六混成旅，一心想將馮玉祥變成自己的心腹悍將，即調馮來京畿，重金收買。馮玉祥婉言拒絕，惹惱了段祺瑞。遂於一九一七年四月一日下令免去他的十六混成旅旅長的稱號，改任為正定府第十六路巡防營統領。

　　全軍大譁，馮治安更是痛心疾首，他一破溫和，與吉鴻昌等鼓動官兵聯名電請段祺瑞收回成命。段恐釀成變亂，委託陸建章來營調處。陸與馮本係姻親，馮玉祥不便推面，二人到軍中向全體官兵講話。規勸大家暫時服從，徐圖後舉。馮玉祥親自找馮治安談話，面授心機。全軍方才安定下來。

前門火車站被大兵們圍得水洩不通，段祺瑞急調軍警憲兵，唯恐發生突變。馮玉祥脫去戎裝，著一身青色的長袍馬褂，站在火車站的台階上，連連拱拳致謝，並勸裡三層外三層的弟兄們離去。

馮治安哭紅了眼，大家悲痛難捨。吉鴻昌拉著馮治安等十幾人擁著馮玉祥進入站台。汽笛長鳴，撕人心肺，火車開動之際，馮治安再也控制不住情感，自己的恩人、大家尊敬的旅長，就這麼走了！不行！一定要留下點念想，馮治安不由旅長分說，脫去馮玉祥的馬褂撕成碎條，凡官佐每人分得一縷。

列車開動了，汽笛聲中混合著喊叫聲、嚎哭聲，衝破蒸汽火車噴發的團團煙霧，在前門火車站的上空迴蕩。

十六混成旅旅長一職改由第一團團長升任，長馮玉祥二十歲，也係陸建章推薦，此人卑鄙昏庸，以鑽營弄權為事，本是酒色之徒，軍營不見他人影，十六混成旅漸成一片渙散之氣。馮治安和吉鴻昌極為氣憤。馮治安對李貴說：「這兵無所謂好壞，全看領兵之將何如！如馮先生一去不回，十六混成旅絕無希望！我定追隨馮玉祥而去！」

事後，馮治安寫信給馮玉祥表態心切。

第一次世界大戰方酣，北京政府圍繞著是否加入協約國對德宣戰問題爆發了「府院之爭」，段祺瑞主張加入，總統黎元洪及副總統馮國璋堅決反對。雙方激烈衝突。這年四月，段祺瑞慫恿各省親信督軍通電反對黎元洪，黎憤而下令免去段祺瑞總理職務。段祺瑞則指使親信公開脫離北京政府。一時風雨突變，軍閥重開戰，灑下民間都是愁。段祺瑞派奉系張作霖、山西閻錫山欲動。黎元洪窮於應付，急招「辮帥」張勳入京調停。不料張勳入京後，竟趁機演起復辟帝制的醜劇。七月一日，請廢帝溥儀重登龍位，改元宣統，並封爵賜號，一時醜態百出。惹得全國大譁，聲討電文如雪片飛來。

段祺瑞曾和張勳在天津達成合作默契。這時翻轉臉皮在馬場誓師「討逆」。張勳暴跳如雷，便「挾天子以令諸侯」，速調十六混成旅入京。楊桂堂竟然立即應召赴京，參加「御前會議」。軍中那些受馮玉祥多年薰陶的軍

第一槍：中日抗戰中的秘辛
第八回　警衛班長鞍前馬後　模範連長年庚廿一

官李鳴鐘、宋哲元、佟麟閣、孫良誠等堅決反對復辟。並聲明廢除現旅長職務，派孫良誠、劉汝明請回舊主馮玉祥回軍主政。

馮玉祥到達廊坊時，全軍歡聲雷動，如同棄兒再見父母悲喜交集。馮治安大喜過望，籠罩在心頭的那鬱鬱寡歡被一掃而光。他組織模範連列隊歡迎。馮玉祥擁抱了馮家小孩。馮治安掏出內衣口袋裡的那一縷馬褂絲綢，將它繫在脖子上。

馮玉祥決定討伐張勳，通電全國「誓以鐵血衛護民國」。並立即切斷鐵路，然後揮師沿北寧線攻占了永定門，辮子軍兵腐朽卑怯不堪一擊，剛一接火即全線潰決，狼狼退入了北京城內。馮治安護衛著旅長，往來傳令，非但沒有臨陣的緊張，更多的是興奮有趣。七月十二日，討逆援軍攻入北京，張勳逃入荷蘭使館。

馮治安看著俘獲的辮子兵們列隊剪辮剃頭，遣返原籍。他笑著對李貴說：「這幫辮子兵，剪辮並不啼哭，倒顯英雄氣概。比咱們那時的兵剪辮時要強多了，看來復辟是人心逆背呀！」

張勳一手策劃的復辟醜劇鑼音未響便大幕落下。張勳滿懷悲憤發表了一通電文，怒斥段祺瑞、馮國璋出爾反爾、不講信義。段祺瑞惱怒，向荷蘭使館要求引渡張勳，竟遭拒絕。最後，張勳趁著夜幕，孑然一身，灰溜溜地逃離了北京城。

馮玉祥率部回廊坊休整，段祺瑞又令他率軍南下援閩。並允其擴充部隊一個團，馮玉祥大喜，遂令下級軍官返鄉探親，各擇農家善良子弟帶回入伍。新兵蜂擁而至，多是沾親掛友，沒有刁頑無賴之徒，使部隊平添了子弟兵色彩。十六混成旅經過擴充後分為三個團，兩個手槍隊。手槍隊任命韓占元、谷良民為隊長，並委派升為少校副官的劉汝明兼管。手槍隊純屬警衛性質的兵種，模範連不再擔任警衛任務。

模範連直屬十六混成旅部，馮治安被擢升為連長。這一年他剛滿二十一週歲，已經成為全軍廣泛讚許的、成熟穩重的、能打善戰的下層軍官。

這正是：青少年壯出頭地

柳綠花紅得意時

黎晶書法　閆江繪圖

第一槍：中日抗戰中的秘辛

第九回　金榜題名青年壯志　洞房花燭燕爾新婚

第九回　金榜題名青年壯志　洞房花燭燕爾新婚

　　馮治安升任模範連長之後，遠在千里的父親馮元璽催兒回鄉完婚的電報便送到了連部。馮治安何曾不想衣錦還鄉光宗耀祖。故城有童謠：「連長連長半個皇上，槍炮一響黃金萬兩」。他多想讓王生先生看看自己的英姿，講述一下自己的從軍經歷。無奈，張勳復辟滅亡之後，中國政治、軍事形勢更加錯綜複雜，新官上任，怎能為一己私利便離連還鄉。馮治安志向高遠，絕不願勉強請假，婚期又一次拖延下來。

　　這時，段祺瑞重新自行出任總理繼組內閣。他為了集大權於一身，拒絕恢復已被解散的國會，成立臨時參議院。此舉遭全國革命黨人反對，孫中山宣布護法，並於一九一七年九月十日在廣州就任中華民國軍政府陸海軍大元帥，宣言戡定內亂，恢復約法，一時聲威頗盛。新由段祺瑞任命的福建省省長兼督軍李厚基大為恐慌，急電北京求援。段祺瑞正對馮玉祥這位桀驁不馴的將軍頭疼，便藉機令他率部援閩。馮玉祥明知這是段的一石兩鳥之計，但軍令難違，便於是年十一月率軍繞道京漢、隴海路至徐州，然後來到浦口。原意由此改乘輪船，但馮玉祥審時度勢，認為遲滯一段時間有利於自己做出重大抉擇，便令部隊在浦口駐紮。這時，南方各省的北洋軍屢遭敗績，二十師師長范國璋狼狽乘火車潰逃時，後有南方革命軍追趕，前有岳州大橋被自己的逃兵擁塞，火車無法行進。范竟強令司機開車闖行，飛快的鋼鐵車輪呼嘯著從大兵們身上輾過，一時斷屍碎肉陳於鐵軌之上，鮮血直瀉，湘江染為紅色。

　　馮玉祥一貫擁護孫中山的主張，故意遲滯浦口加緊練兵，他任憑閩督李厚基派人來催行也不予置理。江蘇督軍李純原來同意馮玉祥滯留，後因代總統馮國璋也由主和變為主戰。馮段合流，使北洋軍系重新振作。李純恐開罪於北京政府，便催馮玉祥上路，馮玉祥見狀不能再拖延耽擱，便於一九一八年初，率軍乘船抵達武穴後再次滯留下來。武穴地處皖、鄂、贛三省交匯處，上有田家鎮之險，下臨九江，江面狹窄，兩岸斷崖絕壁，素為長江鎖鑰。馮

第一槍：中日抗戰中的秘辛

第九回　金榜題名青年壯志　洞房花燭燕爾新婚

玉祥見地利、天時已合心意，便決心公開自己的態度。他乃於一月十四日、十八日連發兩封通電，籲請南北議和，主張恢復國會。此舉無疑給了段祺瑞背後插上一把利劍。特別是電文斥段：「對德宣而不戰，對內戰而不宣」更使段祺瑞惱羞成怒，下令免去馮玉祥軍職。馮玉祥不予理睬，視其為一紙空文，加緊練兵備戰。

馮玉祥武穴停兵的第二個月，各省擁護段祺瑞的軍閥紛紛電請恢復段祺瑞的總理職位。孫中山鑑於馮玉祥的實力及政治態度，致函給馮玉祥，希望他對恢復國會有所作為。馮玉祥對南北選擇不定。猶疑間，段祺瑞急忙操縱政府，下令准馮玉祥留任。馮玉祥自忖身處北洋軍系團的重圍之中，一旅之眾難成大事，不敢叛離段祺瑞的掌控。段祺瑞也恐馮玉祥日久生變，遂令他進軍湘西。曹錕也連連派人催他開拔，馮玉祥無奈，六月溯長江而上，六月十四日，十六混成旅攻占了常德。段祺瑞政府委任馮玉祥為常德鎮守使，撤銷原免職處分還加升馮玉祥陸軍中將銜。

常德位於沅江之陽，據沅江入洞庭湖咽喉，物產豐饒，魚米之鄉。清末開為商埠，華洋雜處，日本商人尤多，是湘西重要的商業城市。十六混成旅入城，商民因連年遭兵劫，十分恐慌，有些商戶甚至高價向日商購買日本國旗懸於門首，恐嚇中國士兵。

馮玉祥令模範連城內糾察。部隊原本軍紀嚴明秋毫無犯，加之督查軍紀，無一兵卒犯紀擾民。百姓才逐漸放下心來，恢復商市。馮治安率隊在街巷巡邏，他見迎風招展的日本國旗，懸掛在中國的土地上，心中憤怒：這裡又不是大使館，滿街之上各國旗幟龍魚混雜成何體統。

馮治安走進一家日本商戶責令其摘掉門前的太陽旗，日本商人不服。馮治安斥道：「這是中華之土地，容你日本彈丸小國來華做生意，已是給你之優惠。這裡不是租借，又不是使館，憑何懸掛日本國旗，不！是日本軍旗！」

那位身穿和服留著仁丹鬍的小個子，心知理虧。但日本人欺負中國人已司空見慣了，他不甘就此服輸丟了顏面，竟折返回店裡抽出櫃台上的腰刀出門護旗。馮治安見狀大怒。隨從李貴從後背拔出故城家鄉的大刀片，一個馬步橫劈，「噹啷」一聲，那位日本商人手中的腰刀應聲落地，驚得他臉色灰白，

沒有了一點剛才的驕橫，忙令夥計拔下太陽旗，圍觀的百姓一片歡呼。當天，常德店鋪的旗幟全無。馮治安下令，掛旗可以，只能懸掛中華的五色龍旗。

常德妓寮甚多，馮玉祥嚴令取締，令馮治安來執行此項任務。一時間燈紅酒綠暗淡。有一個妓院老闆到模範連駐地，妄稱是馮治安的故城老鄉前來探望。馮治安一聽千里之外竟有家鄉人，高興地請他進了連部。

「馮連長好！俺叫馮得水，河北滄州人氏，咱們算是半個鄉親。知你清苦，俺在常德開個小店，生活富庶。今特意送上銀圓五十塊，望馮連長笑納，咱們可是一筆寫不出兩個馮呀！」

馮治安笑道：「河北老鄉，兩眼淚汪汪。馮姓一家，幸會幸會，不知馮伯開的是什麼小店呀？」馮治安邊說邊接過裝銀圓的袋子。

那個叫馮得水的老闆見連長接過錢袋子，心裡似乎一下子就踏實下來，便湊到馮治安身邊壓低了嗓門：「連長軍爺，這連部巷口有一荷花院，養了十幾個如花似玉的女兒家，今後馮連長需要，俺隨時送到府上憑您享用。」

馮治安早就明白，他調查了全城所有的妓院，七天限期遣散妓女，逾期嚴懲。今天這個打著老鄉旗號的老闆是滄州人不假，但並非姓馮，為討好他而將于改為馮。

馮治安立令李貴將于得水捆綁遊街示眾。李貴將錢袋子扣在於老闆的頭頂上，招招搖搖穿街過巷。馮治安鳴鑼開道宣講，百姓沿途聚觀，深為嘉嘆。此一舉使城內所有妓院均在規定日期內關閉。接著模範連又開始了查禁煙土，緝拿毒品販子。煙販極為狡猾，他們吸取妓院于得水的教訓全都進入地下。街面上明晃晃的煙館和交易場被取締。但鴉片是常德歷史殘留下的痼疾，是常德的大害，黑市照舊興盛。這次馮治安令模範連全體官兵脫去軍裝，化裝為煙客，摸清了全城三處黑市。馮治安將情況匯報給馮玉祥後，旅部派出手槍隊配合模範連一舉打掉所有的煙販和市場，對元凶鴉片頭子處以極刑，煙毒終被禁絕。馮治安上繳所查獲的贓款。馮玉祥大喜，用贓款修整常德道路，由所轄軍隊出工修築。各團營軍劃分路段，剋期完工。馮治安築路時肯為士先，模範連常獲嘉獎。

第一槍：中日抗戰中的秘辛

第九回　金榜題名青年壯志　洞房花燭燕爾新婚

　　冬季來臨，常德城內依然繁華熱鬧。傳令兵叫回在大街上巡邏檢查的連長馮治安，說旅長叫他速回旅部。馮治安不知何事，一路小跑來到馮玉祥辦公室門前。他穩神定氣，檢查風紀扣和皮鞋繫帶。一番整頓停當後立正喊道：「報告，模範連長馮治安奉令報到！」

　　「進來吧！馮家小孩。」馮玉祥並不像往常那樣嚴肅。好似長輩見晚輩一樣的私家會面。馮治安輕輕推開房門並帶好，給這位恩人旅長敬了個標準的軍禮。

　　「坐下，坐下。」馮玉祥一臉的慈容善面，他拉過椅子，叫馮治安坐在了自己的身邊。侍衛兵見旅長對一名小連長如此客氣，就連忙從竹套暖水瓶中給馮治安倒了一杯開水遞來。

　　「馮治安你年庚多少了？」馮玉祥問。

　　「回旅長話，仰之年方二十一歲。」

　　「好哇！確已到了婚配的年齡。兩次你家馮先生（令尊）催你回鄉完婚，都因戰事擱下。現常德無戰況，十六混成旅要駐紮一段時間，本旅長特給你假期一個月，回家完成人生之婚姻大事並問候你父母二老！」

　　「謝旅長恩准探家結婚！」馮治安心裡高興，不由得喜上眉梢，露出稚嫩的笑容。

　　「馮家小孩，常德禁煙封查妓院，你立雙功，這裡有一百塊銀圓相贈，也算十六混成旅對你的獎勵和俺馮家長輩給你的結婚賀禮吧。記住快去快回！」

　　馮治安受寵若驚。長到二十一歲，第一次得到屬於自己的一百塊袁大頭，燒得他渾身上下火熱一般。他不知如何來報答自己眼前這位馮大人。不知怎的就雙腿一軟，跪在了地上，眼淚奪眶而出，是激動的眼淚夾雜了一個農民兒子的心酸，嘴裡像含著一枚滾燙的元宵，吞不下去吐不出來，竟一言未發。

　　「快快起來！」馮玉祥一雙大手拉扶起腿下的這位得意門生，並特意批准帶一名衛兵同回。

五年了！一隻剛飛出草窩的小鳥，而今卻像一隻大鵬，扇著雄翅飛回運河邊東辛莊那幾間破舊的農舍。馮治安萬分激動。他帶領剛升任班長的鄉弟李貴，換上便裝，將短槍和軍裝包好，帶上一百塊大洋和日常累積的銀兩，踏上歸途。

　　馮治安與未婚妻並不相識，完全是父母做主。那女子是故城縣東三務村人。原無大名，乳名梅，父親解雙吉，故稱解梅。她和馮治安同庚，為人沉穩有主見，她與馮治安訂婚後，一直鬱鬱寡歡，嫁給「兵痞」和嫁給「流氓」，有甚區別。如郎君也是個「營混子」如何是好？無奈婚姻由父母做主，自己也只好聽天由命了。當她聽婆家傳信，馮治安已由湖南動身回家成婚，心裡並不怎麼高興，反而惴惴不安。

　　解梅父親解雙吉被當地鄉民稱為「解老雙」。雖家境貧寒，但為人勇武義烈，喜排難解憂，甚得眾望。義和團興起後，解老雙立即就被捲入並很快當上「二師兄」，成為附近著名的頭領。東三務村有一土財主，綽號「王五土鱉」，此人為了貪圖洋人恩惠，加入了天主教，依仗洋人勢力欺霸鄉民。加之他吝嗇刻薄，因而臭名遠颺。義和團興起如火如荼，王五土鱉膽裂魂飛，躲進教堂之中，託人向解雙吉暗通款曲，要求雙吉庇佑。雙吉和王財主並無私仇，只因礙於義和團聲譽，未予置理。後來洋人棄教堂逃竄，王五土鱉只好落荒而走，被義和團抓住。拳民將其押回東三務，遭到一頓暴打。

　　解雙吉隨義和團進入天津，在帝國主義聯軍的血腥鎮壓下兵敗瓦解，雙吉隻身逃回東三務村，在本家西瓜田的窩棚裡藏匿，久而事洩，被王五土鱉偵悉而告官府，王五土鱉領官兵包圍了瓜田，將解雙吉當場殺死。為了斬草除根，王五土鱉又領官兵到雙吉家搜捕他的三個兒子。虧有人報信，解家男丁全部逃離，解梅因是女孩，才未遭毒手。

　　解家三兄弟解展臣、解玉臣、解貴臣十分贊同與馮家結親，想藉馮治安的勢力報殺父之仇。哥三個和姐姐的心思不同，他們急切地盼著這位不相識的姐夫登門。

第一槍：中日抗戰中的秘辛

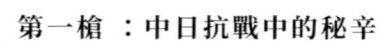

第九回　金榜題名青年壯志　洞房花燭燕爾新婚

　　馮治安二人經數千里水旱跋涉，於年底抵達德州。哥哥馮蘭台早兩天就在大車店住下，每趟火車進站，蘭台都會呆站在出站口前迎候自己的兄弟，每次都是等到車走人空。

　　第三天，馮蘭台推著從故城家裡的獨輪車再一次在出站口翹首以盼。汽笛聲響，火車喘著大氣徐徐駛進站台，那年月窮人坐不起火車，下車出站的是寥寥無幾。檢票口處出現兩位魁梧的青年，他倆都穿著青灰布的長袍戴禮帽。馮蘭台一眼就認出了弟弟馮治安。他連忙上前接過弟弟的行囊放進小推車的柳筐中，寒暄後，哥三個徒步過運河急行奔家而去。

　　離家只剩下十里地了，冬季的冀中平原小麥冬眠，秋後玉米茬的地裡泛著冒煙的黃土，一片蒼涼。馮治安站在河堤之上，看到東辛莊灰暗房舍和光禿禿的樹林。六年了，俺馮治安又踏踩上東辛莊的土地了。這時他叫哥哥停車，從柳條箱裡拿出了兩套嶄新的軍裝。他和李貴換上戎裝，繫好武裝帶，斜挎匣子槍，好不威風氣派。驚喜的馮蘭台只是不停地咂嘴。李貴原本想在德州駐軍借兩匹駿馬招搖回家，馮治安不允：「咱們是東辛莊的男兒，上有父母和鄉親，下有姪男姪女和兒童，記住不論官做得多麼大，咱都是農民的兒子！」

　　馮元璽和大兒子蘭台一樣。他是天天站在自己的屋頂觀望，河堤的大柳樹葉已經掉光，他能看到過往的行人。「來了，孩兒他娘，咱兒馮治台，是馮治安呀，回來了，到了大堤口了！」袁氏聽見，急忙扔下餵豬的勺子，甩掉那僵硬的圍裙，領著弟弟和妹妹往村外跑。全村鄉親們聞訊相互轉告。

　　東辛莊村傾巢出動，他們不光光是為了迎接這位同村當上連長的後生，他們是在迎接東辛莊的驕傲。即使馮治安和自家不沾親帶故，在鄰村西辛莊碰上鄉親，總會把話題引到馮治安身上，多些沾沾自喜的本錢。

　　東辛莊村口被年輕人打掃乾淨，玉米稭稈都被排放整齊。大家扶老攜幼簇擁著馮元璽和袁氏。人群正中間，私塾王先生拄著拐杖捋著鬍鬚，迎風站立。二叔馮元直、堂弟馮福台爺倆早就準備好一掛鞭炮，迎候「治台」大人。

馮治安在哥哥馮蘭台、鄉第李貴的陪同下來到東辛莊村口,馮福台點燃了爆竹,氣氛比過年還熱鬧。鄉親們不會城裡人的鼓掌相迎,上了年紀的拱手,同輩的年輕人有吹口哨的,有呼喊的,幾個年輕的小時夥伴爭先從獨輪車上卸包裹行李。爭扯中,忽然盛洋錢的包袱抖開,幾百塊銀圓嘩嘩啦啦撒滿一地,在窮鄉鄰眼前鋪出一片光燦燦的榮華富貴,驚得個個目瞪口呆。鄉親們看到當年那個瘦弱襤褸的少年,已成為一個雄武英俊的軍官無不嘖嘖稱嘆。

馮治安首先來到王生面前,給這位啟蒙老師行了個軍禮。然後來到馮元璽和袁氏二老面前,撲通一聲跪倒在地:「爹娘,不孝兒馮治安拜見二老大人。」惹得眾鄉親一旁跟著抽泣。

父母見兒子容貌全非,面朗英俊,加上那白花花的袁大頭,有喜有悲。二老只有以淚洗面,竟無語凝噎。二叔馮元直連忙拉起侄子馮治安,招呼眾鄉親離去,待馮治安成親吉日請鄉鄰們捧場喝喜酒。

東廂房裡徹夜未眠,馮元璽夫妻二人圍著兒子說到了雞叫天明。

舊年底,即一九一九年一月,東辛莊馮治安家中的院裡院外搭滿了席棚,全村一律免收彩禮紅包,足足吃了三輪一整天,那席面堪稱故城縣拔頭。喜宴為四乾、四鮮、四炒盤、八大碗。四乾是乾爐(核桃酥)、江米條、炒花生、瓜子糖果;四鮮是四個涼菜:燒雞、拌豆腐皮、拌燻肉、糖拌白菜心;四熱炒是木須肉、炒雞蛋、炒蒜苗、炒豆芽;八大碗有方豬肉、豬肉海帶冬粉、炸豆腐泡、燉雞塊、鹹魦魚、藕夾、肉丸子、喇嘛肉,唬得鄉親不敢下筷。他們平生第一次吃到了天下美味。馮治安也是第一次,他在北京時,聽說過滿漢全席,他想大概不過如此吧。馮元璽各個桌子不停地敬酒,衡水的散裝老白乾,喝得大夥面紅耳赤。本村王財主也是狼吞虎嚥:「這席面,比俺兒結婚時氣派呀!」

喜慶中,馮治安、解梅跪拜了天地、父母,進了洞房。

西廂房早已騰出,哥哥馮蘭台擠在父母的東廂房裡。西廂房被粉刷一新。頂棚、窗紙都是新糊的高麗白紙,喜字和窗花貼在大門和窗櫺之上。裡外三

第一槍：中日抗戰中的秘辛

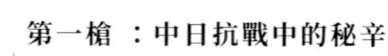

第九回　金榜題名青年壯志　洞房花燭燕爾新婚

新的被縟，那是去年秋後新摘的棉花和新紡的棉布。大紅的蠟燭和新媳婦大紅的頭蓋布，映紅了新郎馮治安大紅的臉膛。

夜深了，鬧洞房的人漸漸離去了。小院裡恢復了往日的平靜。馮治安小心地揭去解梅的蓋頭後，便呆呆地坐在炕沿下長條板凳上望著解梅一言不發。解梅第一次看到了這個連長新郎，一下子就驚呆了，眼前英武俊俏的郎君讓她春心浮動。他那溫和靦腆、知書達理的舉動，和自己印象中的那種粗魯莽撞的軍漢簡直是天壤之別。她感到十分意外又十分得意：這是對俺解家修行為善的報應。她謝上天給了她一個如意郎君。

馮治安原本就有婚姻憑命，不是一家人不進一家門的想法，醜妻近地家中寶，是好是壞全憑上天安排。當他掀開蓋頭，解梅含嬌似玉、柔和大方的外表和氣質讓他不敢相信。這哪裡是一個鄉村的柴妞？分明是一個大家閨秀呀！配俺馮治安是綽綽有餘呀！馮治安站起身來，給妻子嬌娘解梅遞上一杯白糖水，便慢聲細語地將自己的身世和在江湖的經歷一一道來。解梅瞪大雙眼，聽得一會兒含淚哽咽，一會兒又喜笑顏開，追著丈夫仰之的訴說而沉浸其中。解梅也講了自己的身世和婚前猜測，小倆口一直談到了雞叫頭遍，相互了解產生了相互愛慕。一對青年男女這才烈火點燃，雲雨蕩漾。

馮治安應了命裡的自信，這才是在外遇到了好長官馮玉祥，在家娶了個賢惠善良的好妻子。小倆口尊敬父母和哥嫂，疼愛兄弟妹妹。馮家小院簡直就像運河冰炸河開一樣的熱鬧，那春天萬般朝氣向上的勃發，預示著馮家生活的嶄新開始。

春節過後，馮治安攜新婚妻子回門，到岳母家拜年，本村那位財主王家，主動借出騾子轎車送當年的小雇工。一行人浩蕩如流，直奔向東三務村。

解梅的殺父仇人王五土鱉全家萬分恐慌，欲逃無處，欲走無門，只好待在家中憑天發落。解梅弟弟除玉臣性情較沉穩外，其他二兄弟皆秉承其父傲岸之氣。哥倆早就放話，待俺姐夫馮治安回來之時，便是你王家還命之日。如今姐夫衣錦榮歸，正是清算舊帳的大好良機。哥三個拜過姐夫馮治安後，便提出復仇之事。馮治安好言相勸兩位內兄弟，冤家宜解不宜結，不要世世為仇。解氏兄弟大不以為然，仍我行我素。馮治安厲色道：「兩位內弟如不

聽勸，馮治安將以你倆威脅鄉鄰、欲行凶殺人罪送交故城官府。絕不允許解王兩家再結冤仇！」解氏兄弟見狀也無可奈何。王家聽到消息急忙前來拜訪解梅姐弟四人，賠上當年安葬弔祭的銀兩，叩頭謝罪。從此解王兩家便再無糾紛。

元宵節後，馮治安告別父母家人，攜妻子和李貴辭鄉回軍。解梅臨行前，收拾好隨身衣物，還特意帶了做鞋用的「袼褙」，她將丈夫給她的彩禮錢都如數交還給公公婆婆後，方揮淚告別故城這塊養育自己的土地。

回營當天，馮治安攜妻子解梅去看望旅長馮玉祥。解梅遞上兩雙自己親手納的千層底布鞋。馮治安送上一對衡水的內畫鼻煙壺，高興得馮玉祥誇解梅是一位懂事的好女子。並告訴解梅：「俺馮玉祥不近人情了，軍營有規定，凡有家眷者均須照常隨營食宿，只是在週末或特許假日才許回家過夜，你不要想當官太太，要做『相夫教子』的賢內助呀！」

「回恩人的話，俺解梅本來就是出身寒家，來營生活已是天上人間，俺會適應軍旅節奏。全力服侍好治安，讓他為國效力。」

此後，解梅更加體貼馮治安，儘管丈夫的薪餉已有數十元大洋，但兩人非常節儉，把積攢的錢及時寄回老家。馮治安也非常尊重妻子。他自幼飽嘗歧視汙蔑之苦，因而從不倨傲使人。這和軍營中許多軍官的品行格格不入。那些自詡為「豪傑」者，把妻子作為生活的附屬品，認為馮治安戀妻愛子非大丈夫所為，而對這些，馮治安照舊和妻子感情篤厚，一笑了之。

這正是：多情並非不丈夫

重義才能識真君

第一槍：中日抗戰中的秘辛

第九回　金榜題名青年壯志　洞房花燭燕爾新婚

黎晶書法　閆江繪圖

第十回　「截皇綱」濟軍危難　面艱辛出手不凡

　　馮治安新婚蜜月背著父母，在兄長馮蘭台的領引下，到鐵匠鋪驗收了那一百把大刀片，鋼口純正刀刃鋒利。馮治安大喜，他又從王生老師處尋來一本《刀譜》，找腳行將大刀運送到了常德。讓馮治安驚奇和高興的是，妻子解梅居然也略懂刀法，當年解雙吉義和團的簡式十二招，就是在太極三十二式的基礎之上衍生的。馮治安結合陸軍教材的步槍刺殺綱要，參照實戰要求，摸索了一套簡單實用的馮氏大刀法式。

　　十六混成旅在常德駐紮兩年，在大練兵的熱潮中，模範連增加了新項目大刀片訓練。馮治安怕擠占常規課目時間。他將大刀訓練時間定為晚飯後，每星期三個晚上，每晚兩個小時，在月光下路燈旁，刀光閃閃、刀穗飛舞、殺聲連片，陣勢十分雄壯。馮治安站在全連面前表演示範，練得興起，索性赤膊，妻子解梅在操場外觀看、指導。此事驚動了馮玉祥，他暗自夜查來到模範連。

　　馮治安見旅長前來視察，連忙喝令集合。一百三十人混戰的場面霎時而停。瞬時收起大刀入套，列隊四排恭迎。皓月下，戰士們汗流浹背，大刀斜背、紅纓垂肩。全連齊聲呼喊：「旅長好！模範連夜練刀法請訓示！」「哈哈……練得好哇！這套馮氏刀法卻有咱馮家軍的魂骨！」馮玉祥高興地大聲喊道。旅長一時興致燃起，他拿過馮治安的大刀，在全連面前露了一手。旅長前劈後擋，左右滑步跳躍，人到中年竟然長氣不喘。全連掌聲響起不斷。

　　馮玉祥得知馮治安自費打刀練兵，全旅通報嘉獎，並號召各團營配製大刀片，請當地武館師傅加以指導訓練。一九二零年夏，鄂督王占元懾於張敬堯、吳光新兩支大軍剛剛由湖南退至湖北，恐有鵲巢鳩占之虞，遂向馮玉祥發電，請求星夜來援。馮玉祥養兵千日正需實戰檢驗，便聞風而發。全旅由水路順流而下，抵達沙市當晚，突又接王占元電報，說鄂境安全已有保障，請勿前往。馮玉祥惱怒，我軍已成離弦之箭，不容他圖。仍揮師勇進直達武

第一槍：中日抗戰中的秘辛

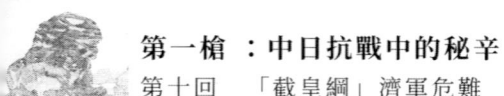

第十回　「截皇綱」濟軍危難　面艱辛出手不凡

漢。王占元見狀如芒刺在背，奈何十六混成旅是知名勁旅，不敢強行驅逐。終於答應馮玉祥部隊駐紮於漢口以北的湛家磯造紙廠內。

武漢是有名的三大「火爐」之一，時值酷暑難當之際，造紙廠地勢卑濕，蘊熱燻蒸，軍中瘟疫流行一時，死者高達三四百人。馮治安模範連軍紀嚴明，他嚴令官兵衣履整齊，不許隨意脫掉解涼，加重了兄弟們的酷暑之罪。馮玉祥經常往返於武漢三鎮，每每馮治安親率弟兄們隨從護衛。漢口的漢正街上的人們早已見慣凶悍驕橫的軍隊，對於十六混成旅這些頭戴斗笠、態度和藹、不滋擾百姓的北方大兵十分驚奇，暱稱他們是「草帽兒兵」。

馮玉祥痛感部隊士兵文化素質低下，趁在漢口穩定下來的時機，他立刻派人去皖、豫、魯等地招收學生兵，只曹州一地就招來八十餘人。新兵到齊之後，馮玉祥逐個審查考試，最後將錄用者編為兩個連。派馮治安為第一連連長，張自忠為第二連連長。學兵連暫由營長石友三代管。

馮治安和張自忠雖然早已相識，但交往並不甚多。至此開始，馮治安視張自忠為兄長，成了一對性格不同、出身各異但志趣相投的青年軍官。

張自忠，山東省臨清縣唐園村人，書香世家出身，曾就讀於天津法政學堂及濟南法政學校，後棄學從軍，入東北新民屯陸軍二十師車震團當兵。一九一六年經車震之薦，在廊坊參加馮玉祥軍，由差遣、排長升為學兵連長，和馮治安一起，成為馮玉祥的兩位護衛官。張自忠性剛烈，鋒芒外露，肝膽照人；而馮治安溫厚內向，和易近人。二人剛柔相濟，十分投契。張自忠長馮治安五歲，學識非馮治安能及，馮治安誠心敬佩，毫無嫉妒，總以兄長之禮相待。在練兵上，張自忠雷厲風行，士兵多敬而畏之；馮治安則恩重於威，吃苦在先，士兵多敬而愛之。

學生連擔負著保衛旅長重任，故一直在馮玉祥身邊紮營。近水樓台，旅長對學生連鍾愛有加，常到連隊單獨訓話施以教誨。學兵為此感到優越親切。一般小型戰鬥，學兵連都不投入戰鬥，一旦遇有特殊情況則披堅執銳，做敢死隊而拚命。

入秋，漢口依然酷暑難耐，學兵連突然接到命令急行湛家磯打掃戰場。原來張敬堯的殘部由湖南敗退到湖北乘船順長江抵達武穴後，忽又折回開抵湛家磯。馮玉祥見一塊肥肉到口，急令團長張樹聲率機槍連以突襲戰術將這部殘兵擊潰，馮治安率學兵連跑步到達戰場後，只見屍橫遍野，輕重槍枝彈藥及軍需物品散落一地。馮治安立令三個排分別執行押解收容俘虜，掩埋屍首，槍械登記造冊。

　　排長李貴對槍械垂涎，這些武器優於學兵連。他私自允許全排暗地調換，馮治安發現後立刻制止：降軍槍枝均上繳旅部不得私自藏匿或更換。他將造冊槍枝修整完備，裝了足足一卡車運到旅部，馮玉祥大喜，嘉獎學兵連優先分配精良裝備。

　　十六混成旅超過編制規定的五千人，已達到萬人之眾，兩人吃一人糧餉。部隊供給無保障，部隊只能吃霉爛的大米。馮治安帶領士兵到江邊淘米，並加大量食醋去除霉味。他和士兵一起進食而無怨言。但長此下去，部隊帶兵就更加困難。

　　孫中山一直關注著馮玉祥所率的這支勁旅，趁十六混成旅陷於困難之際，派手下徐謙前來慰問，以解燃眉之急。繼又派人饋贈圖書，將革命思想灌輸部隊官兵之中，馮玉祥求之不得，他和徐謙一見如故，由此結下了私人友誼。

　　風雲突變，軍閥重開戰，這年七月，直皖戰爭在琉璃河、楊村一帶總爆發，皖軍首領段芝貴親臨前線指揮。他自恃有日本人支持，又有精良武器，以為勝券在握，便放縱恣肆，其指揮車中竟帶著妓女，淫賭喧鬧為樂。驕兵必敗，幾天工夫，便全軍潰敗。直軍在高碑店將段芝貴指揮車團團圍住。段正挾妓女打牌，懵懂中做了俘虜。同時隨軍被俘的妓女竟有四五十人之多。

　　皖系的戰敗給吳佩孚的權勢膨脹鼓足了氣，他成為當時軍政舞台上舉足輕重的人物，曹錕雖是總統，但吳佩孚實權在握。他躊躇滿志，意氣驕盈，想橫掃六合統一中國。

　　馮玉祥由於餉給困頓，多次向北京政府函電求告不回覆，漸漸語露牢騷，吳佩孚知馮部實力，又見馮「桀驁不馴」，不肯納入自己掌握，恐其反戈南

第一槍：中日抗戰中的秘辛

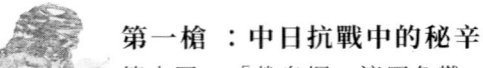

第十回　「截皇綱」濟軍危難　面艱辛出手不凡

下形成大患。乃命馮玉祥部移駐豫南信陽，其用心無非是將十六混成旅餓垮在一個「安全地帶」。

信陽本為窮困之地，萬人大軍的到來，使地方窮於支應。軍隊數月不能撥餉，每日三餐改為兩餐，也只能用鹽水拌和的粗食物，官兵士氣消沉下來。馮玉祥也恐怕窮極生變，無事生非。便強令抓緊訓練，學兵連在旅長駐地身邊，馮治安、張自忠強化精神教育，支撐著部隊軍心穩固。

馮玉祥帶馮治安去北京求餉，行前參謀長劉郁芬總要問馮治安：「老總若遇意外你怎麼辦？」馮治安挺胸回答：「我必死在老總前面！」馮玉祥去開封找豫督趙倜借餉，除馬弁趙登禹外，馮治安必隨行。因他細心勤謹，寡言慎行，從不出錯，深受馮玉祥之信任。

馮玉祥四處求餉卻四處碰壁，萬眾之餘已成嗷嗷待哺的「難軍」。天無絕人之路，正當十六混成旅無計可施之時，忽報京漢鐵路局運解北京的二十萬銀圓的專車將從信陽站通過。馮玉祥大喜，決定予以扣留。

夜幕降臨，信陽火車站的信號燈由紅變綠。專車即將駛達信陽。馮治安奉命將學兵一連在鐵軌上堆上沙包堵攔列車。沙袋上兩挺捷克式輕機槍架起嚴陣以待。他命令李貴帶一排埋伏在列車尾端，待專車停靠後包圍，運錢的專車由兩節票車和一節悶罐車組成，車頭車尾均設了警衛士兵，戒備森嚴，主要恐沿途土匪打劫。當列車進站車頭燈柱打射到障礙物之後，押解的士兵立即拉響了警示汽笛，列車緩緩地停下。馮治安見狀向天空打射了兩枚紅色信號彈。學兵連一、二、三排士兵蜂擁而上，將專車圍了個水洩不通，馮玉祥騎黑馬站在月台上威風八面。

押運大洋的北洋軍一個排見是自己的軍隊，不知何故截車。排長跳下專車向馮玉祥將軍跑去立正行禮後，問旅長何故攔截專車。馮玉祥向這位押解官員略陳數語，便大手一揮發出軍令。馮治安見命令下達，率兵跳上專車闖進車廂，北洋軍士兵乖巧，個個早已將長槍短槍放下，舉手靠邊。二十萬大洋分裝了二十箱整齊疊放。馮治安拔下大刀片撬開一箱檢驗，白花花的袁大頭讓馮治安喜悅地流下了淚水。這回士兵們都能吃上飽飯了。押運官撲跪在馮玉祥的馬前：「旅長爺爺，這大洋沒有了，俺就沒命了。請將軍手下留情

哇！」一個排的押解士兵也都紛紛跪下求饒。馮玉祥心如刀割，不拿錢，自己的士兵將會餓死，拿走錢，這一排士兵命將不保。這手心手背都是肉呀！馮玉祥心頭一軟：「馮治安，咱們殺人不過頭點地，搬下十萬大洋，給這一排士兵留下一半回北京保命吧！」

馮治安心頭也是一酸，俺旅長人善呀。他命學兵連抬下十箱即十萬大洋。馮玉祥寫了紙收據交給押解官。小排長展紙一看感慨萬千：

十萬「皇綱」俺截留，當兵衛國保黎民

十萬官兵謝勞酬　軍閥混戰何時休？

只因腹中無粒米　中華統一需大義，

北京政府諒吾憂　甘灑熱血寫春秋。

——馮玉祥

專車帶著那十萬大洋往北駛去。十六混成旅全軍歡呼雷動，士氣大振。馮玉祥立即向北京發一通電，略云：「中央政府不把我們當國家之軍隊看待，我軍將盡為餓殍，豈能潰腹等死？」此舉惹起全中國輿論大譁，各報紛紛當作特大奇聞報導。《大公報》以「馮玉祥截皇綱」為標題發了消息，還配發了馮玉祥伸著雙臂攔火車的漫畫。當然，還有那首借據的小詩。

吳佩孚、曹錕氣得要死，但又無可奈何。

一波未平一波又起。緊接著，馮玉祥又將河南上繳的稅款三萬餘元截留下來，他一不做二不休，再扣留了趙倜從武漢購買的數萬支漢陽造步槍，驚得各省督軍目瞪口呆。趙倜大怒，立命其弟趙杰率一師之眾討伐。趙杰粗鄙不文，偏又驕橫。他自製大紅旗一面，上寫自己手書「包打馮玉祥」字樣。那字橫不正豎不直，倚裡歪斜。這一師兵力氣勢洶洶殺將過來。馮玉祥心中有數，知其兵屬烏合之眾，只派張之漢率三團兵力，在駐馬店一個回合便將趙杰一師擊潰。吳佩孚原想坐山觀虎鬥，盼趙倜打敗馮玉祥，以解截皇綱之心頭仇恨，不料趙倜不是馮玉祥的對手，他恐馮玉祥乘勝鬧事將不利於己，

第一槍：中日抗戰中的秘辛

第十回　「截皇綱」濟軍危難　面艱辛出手不凡

急忙出面調停。趙倜也情知硬拚不是上策，便借坡下驢，吃了個啞巴虧認頭了事。

糧餉稍一改善，馮玉祥便號令全軍抓緊練兵，馮治安的學兵連經常處在馮玉祥的視線之下，訓練就更加刻苦，二連長張自忠性暴，時常隨身帶一根軍棍，遇有懶散學兵就打幾下，因此，二連裡有調皮士兵將流行小調配上自編的新詞唱道：「叫你學好不學好，鴨子嘴軍棍挨上了。」馮治安不喜體罰，惹怒後多用拳頭捶打兩下胸膛了事。張自忠頗不以為然。他對馮治安說：「棍棒之下出好兵，嚴師之下出高徒！」馮治安一笑，恭聽而不納。他對李貴和妻子解梅感嘆說：「俺馮仰之沒長打人的手呀。」代管學兵連的營長石友三，為人極剽悍乖戾，他對馮治安的帶兵方法很看不上眼，常訓斥馮治安是「婦人之仁」。馮治安對石友三也同樣反感，但礙於上下級關係，只得勉強忍耐。

石友三得寸進尺。他背著馮治安多次到旅部告刁狀。向馮玉祥報告馮治安柔弱不宜帶兵。馮玉祥對「自己小孩」馮治安知之甚深。他不願駁石面子，故只敷衍幾句。馮治安聽後十分氣憤。他為了跳出石友三掌控，向馮玉祥請求調職。馮玉祥從大局出發慰解數語便罷。久之，馮治安和石友三的關係日益惡化。這使他內心十分痛苦，這也成了他日後調離學兵連的原因之一。

一九二一年春節來臨，馮治安年底內外交困。名義上他有上百元薪餉，但領到的只是一紙欠條。到手的一小部分現錢，除了堅持向老家父母寄錢，還不時為本連官兵分憂解難。解梅十分體諒丈夫的難處，縮衣減食救濟一些家中困難的士兵。馮玉祥看在眼裡疼在心上，他和馮治安講：「軍官是什麼？是士兵的父母，士兵是軍官的子弟，你現在疼他一分，戰場上他就為你出力呀！聽說你連的士兵故意哄搶你的鋼筆等物件，要你幫買食物換回，有這回事嗎？」

「是啊，旅長，這是俺連的士兵沒把俺當外人，是瞧得起俺馮治安！」在信陽最艱難時期，十六混成旅的大部分軍官都能拿出私蓄為下屬解決急需，這種官兵親如兄弟的傳統，保持了馮玉祥部隊強大的戰鬥力。

這正是：同舟共渡親如兄弟

危難來臨方顯真情

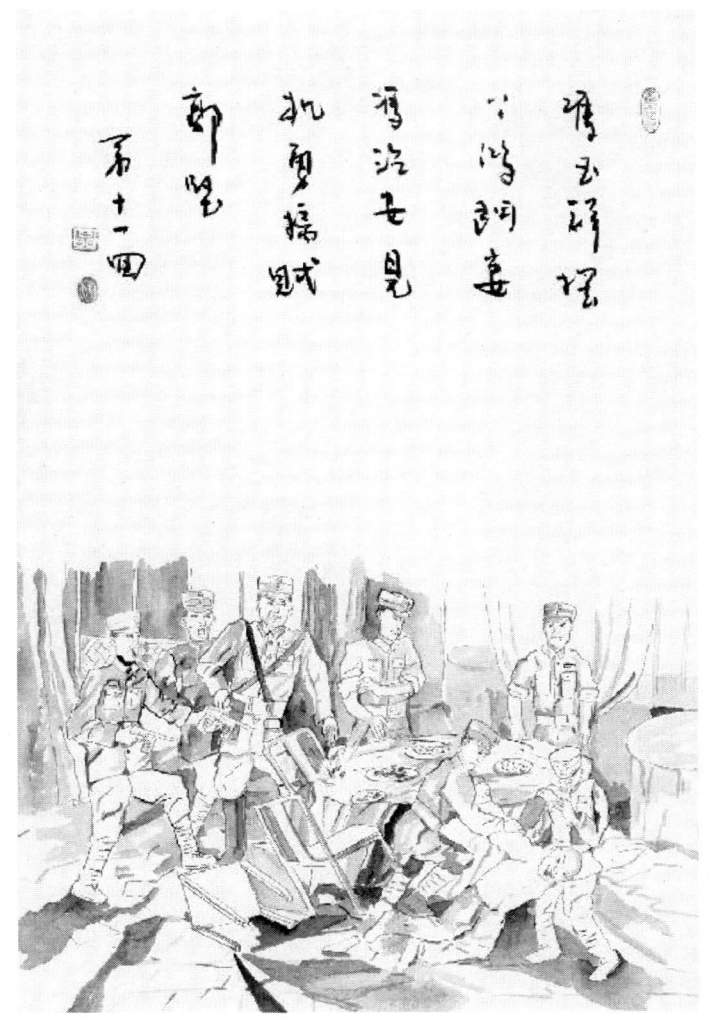

黎晶書法　閆江繪圖

第一槍：中日抗戰中的秘辛

第十一回　殺郭堅打趙倜鋒芒再露　拜曹錕入北京就任新職

第十一回　殺郭堅打趙佣鋒芒再露
拜曹錕入北京就任新職

　　熄燈號吹響了，軍營立刻就變得鴉雀無聲。訓練一天的戰士顧不上翻身便進入夢鄉。馮治安照例查崗，為士兵們整理一下踢散的被褥，待他回到連部已是夜深人靜。馮治安和衣靠在被子上，思索著白天旅長下達的任務。他有些亢奮，漆黑中閉眼仔細想著每一個環節。這是一場充滿戲劇性的搏殺，不能出一點差錯，馮治安盼著天明，急待去完成這個讓他興奮的任務。原來陝西督軍閆相文，已被盤踞關中大地上的各種軍隊架空，實際上只能控制渭南一條狹長地帶。閆相文生得白白胖胖。因塊頭甚大，故有「大磨」的稱號。此人雖身軀偉岸，性情卻十分儒善，耳朵根子軟、沒有主見，他見馮玉祥在入陝之戰中衝鋒陷陣，立下頭功，便三番五次向北京政府請求對馮玉祥給予升擢。吳佩孚雖然深惡馮玉祥，但恐其生變，乃下令將第十六混成旅番號撤銷，擴為第十一師，下轄二十一、二十二兩個旅。由李鳴鐘、張之江分任旅長。馮玉祥十分感激這位老實人。

　　閆相文也深知自己陝督位置原本是馮玉祥促成的。陳樹藩腐朽不堪，被馮玉祥部幾經摧折，鬥氣全消，棄城西逃，才有閆相文提前進城名正言順。他接過督軍大印，馮玉祥部奉命在咸陽駐紮。兩人相安無事。綠林起家的郭堅打著「靖國軍」的旗號，以鳳翔為據點，荼毒百姓、橫行無忌，成為一方禍害，馮玉祥早欲除之，恰巧吳佩孚有令，令郭堅率部入川攻打劉湘。郭堅奉命後率隨從來西安找閆相文要錢要槍，盛氣凌人不可一世。郭堅暫住巨室張家，終日淫賭尋歡，他招來成群的妓女，令馬弁們白晝集體宣淫，郭堅在一旁喊口令指揮，以此取樂。

　　閆相文亦對此十分痛恨，馮玉祥獻計：何不以「鴻門宴」方式誅殺郭堅。閆督大喜，託馮玉祥捕殺。

　　馮治安一早起來到市面上吃了碗羊肉泡饃，以增強體力。然後按著旅長的部署，將酒席設在西關軍官學校，由學兵連埋伏在四周，只等馮玉祥摔杯，

第一槍：中日抗戰中的秘辛

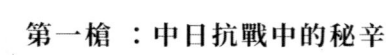

第十一回　殺郭堅打趙倜鋒芒再露　拜曹錕入北京就任新職

即跳出來擒拿淫賊郭堅。這種只有在小說和戲劇裡才能出現的場面，怎能不讓馮治安高興和激動。中午時分，郭堅的汽車駛入西關軍官學校。陝督閻相文與馮玉祥屈尊到校門口相迎。郭堅的黑色轎車居然沒有減速，直開到了餐廳門前，馮治安心生怒火，手已按在短槍之上。他抬頭見師長春風滿面，確有大將風度，並親切地招呼郭堅，兩人攜手走進餐廳，閻相文忍氣相隨。

郭堅入席毫不客氣坐了主位，馮治安心裡罵道：「看你這廝還能囂張幾時！」馮玉祥並未落座，親自將酒斟滿，剛要發表歡迎的祝酒詞，沒料卻突生變故，窗外傳來呼啦一聲大響，那黃土的牆頭倒下一片。原來是學兵連的士兵們耐不住好奇心，紛紛從牆頭後探頭窺視，你推我擠，竟然將那土牆擠塌一截。

郭堅一驚，知道不妙，剛要掏槍，馮玉祥眼疾手快，他那鐵鉗一般的大手抓住郭堅。馮治安見狀不能再等信號，他一揮手，學兵們按照事先演練的布陣，二對一，將郭堅手下隨身馬弁在屋裡擒拿。馮治安發出信號的同時，一個跳越，飛身來到郭堅身後，然後右腳抬高砸下。好個盛氣凌人的郭堅，一頭栽在飯桌上，酒杯將前額劃破，鮮血直流。這一腳解了馮治安剛才的心頭之恨。短短的三分鐘，郭堅等人全部就擒，無一漏網。

閻督軍再聽馮玉祥勸告恐夜長夢多再生變故，第二天便在西安舉行公審大會將其押赴刑場。西安城萬人空巷，爭看這個鼎鼎大名的草頭王的敗落下場。槍決之後，又暴屍於新城。一時舉國轟動，成為重大新聞。

吳佩孚、曹錕聽說殺了郭堅，又驚又怒，連連向閻相文發電責問：為何不告而殺大將？閻相文這才自悔孟浪，但為時已晚。

陝西連年兵災，民生凋敝，無力供養蜂集蟻聚似的各路大兵們，而各路將領想到省督這裡催要糧款，弄得閻相文又窮於應付。此前，吳佩孚、曹錕向閻相文舉薦了大量賢才，實際上都是吳曹二人的爪牙。這些人吃孫喝孫不向孫，閻相文無錢供養如坐愁城。爪牙們又推波助瀾，向吳佩孚告密，說閻督圖謀不軌。閻相文本來就軟弱無能，經內外交攻，不堪忍受，竟吞服鴉片自殺身亡。

閆相文一死，馮玉祥立即接任了陝西省督軍要職。馮督軍上任第一把火就是整頓本軍，擢升一批軍官。學兵一連二連晉升為學兵營，仍由升為團長的石友三代管。馮治安與石友三交惡，不願在石友三手下任職，馮玉祥將他轉為二十二旅四十三團第一營營長。團長宋哲元，山東樂陵縣人，為人凝重沉穩，甚為馮玉祥器重。馮治安對宋哲元也早已仰慕，因此對改調十分愜意。

陝西盛產鴉片，吸食者遍及社會各階層，軍政系統中稍沾官氣者，鮮有不染此嗜好者。馮玉祥知道自己的部隊處於鮑魚之肆，更嚴飭所部：任何人若沾染毒品，必予嚴懲。同時他運用督軍實權，雷厲風行開展禁煙。無奈陝西地方鎮嵩軍的許多官兵陷溺甚深，惡習難改。軍官勾結煙販共同販毒，更有膽大妄為者，竟在督軍衙門前搶劫店鋪。馮玉祥大怒，嚴令限期破案，為了引起震動，馮玉祥在西安火車站廣場上召集民眾，當場給自己雙腳扣上大鐐，聲言：「我為督軍，護民有責，如不能破獲此案，絕不卸下腳鐐。」此舉感動了廣大軍民，在百姓的配合幫助下很快破了案，馮玉祥這才卸掉腳鐐。

年輕的馮治安緊緊追隨著馮玉祥這樣的主將，晝夜不離左右，能在齷齪的環境中一塵不染。馮治安說：「馮玉祥先生的言傳身教，俺這一輩子終身受益呀！」

一九二二年三月底，醞釀已久的直奉之戰終於爆發。

直皖戰爭以皖系慘敗告終後，日本帝國主義已改為扶植奉系張作霖。直系吳佩孚對此心懷怨恨。張作霖勢力膨脹後，又染指北京政局，支持傀儡梁士詒組閣，吳佩孚反對，雙方互相攻訐，終於導致第一次直奉之戰爆發。

河南省督軍趙倜原是皖系中人，皖系敗後勉附吳佩孚，實則暗伺機會，直奉之戰打響後，趙倜令其弟趙杰突然發難襲擊直系靳雲鶚軍。吳佩孚急令馮玉祥速率部入豫援靳。馮玉祥正在陝西為餉糧短缺犯愁。見有機會便毅然率軍進潼關，奔鄭州而來。馮治安所在的四十三團，在團長宋哲元率領之下，作為先頭部隊首先進入鄭州，剛下火車就與趙杰軍開戰。

趙軍數倍於宋哲元，而軍中不乏亡命之徒。中州習武之風極盛，趙杰特意挑選會武術的士兵組成了敢死隊，手持紅纓槍，趁夜向宋哲元部突襲。馮

第一槍：中日抗戰中的秘辛

第十一回　殺郭堅打趙倜鋒芒再露　拜曹錕入北京就任新職

玉祥治軍極嚴，規定部隊臨戰，一律在野外修築的工事中作息，不許私入民宅。這給趙杰軍偷襲造成很大方便。他白天槍炮進攻，晚上則紅槍手偷營，擾得宋哲元不得安寧、極為被動。

馮治安新任營長還無建樹，他分析了趙軍戰法後，主動向團長宋哲元請戰，以其人之道還治其人之身，宋哲元應允。

馮治安在全營挑選了一百名刀法嫻熟且體魄雄健的士兵，下令只許帶刀，不許帶槍。以大刀片對紅纓槍，向來犯之敵展開逆襲。這一招將百名士兵逼上絕路，只能拚死搏殺。他將手持大刀的戰士們埋伏在趙軍襲營的必經之路，靜候這群驕橫不要命的長槍手。

果然，三更時分，戰壕外傳來沙沙的腳步聲，馮治安親率大刀隊屏住呼吸待敵靠近。趙軍前幾次得到便宜，笑宋哲元部下沒有武術兵。俺中州長槍是受少林寺和尚真傳，天下無敵。他們哪裡想到，馮治安營的馮家刀法精湛，幾年苦練的刀術從未實踐。雙方勢均力敵，惡戰不可避免。

長槍手全部進入伏擊圈後，一聲清脆的口哨聲劃破夜空。馮營長率持刀百眾躍出戰壕，殺聲震天。黑暗中，見持長槍者便砍，趙軍近搏失去優勢，長槍無法施展。他們被這突降身邊的大刀片光閃閃嚇破了膽，無力招架，霎時鬼哭狼嚎、血濺衣衫，只殺得趙軍遺屍遍野所剩無幾倉皇敗退。天已見亮，馮治安令打掃戰場勝利回師。他將部隊集合驗刀，凡無血跡者都嚴加追究。

趙杰再不敢動用紅纓槍隊。

趙倜在馮玉祥、靳雲鶚等軍聯合進攻下，迅速往南潰逃，北線的奉軍也屢戰失利，退回關外，第一次直奉戰爭遂以直系勝利告終。依仗奉系捧場當上總統的徐世昌被吳佩孚趕下台，黎元洪受吳佩孚「敦請」，東山再起，再次做了總統。

直奉戰爭之後，馮玉祥有汗馬之功，吳佩孚為拉攏他，立即委任他為河南督軍，馮玉祥也藉機擴充軍隊，新招二十個營新兵，編成三個混成旅，任命張之江、李鳴鐘、宋哲元分任旅長。加上原有的鹿鐘麟、劉郁芬兩個旅，

共擁有五個旅的兵力，這五位旅長被稱為馮玉祥的「五虎上將」，一時軍威大振。

吳佩孚聽說馮玉祥又私自擴軍大為不滿，便在軍餉上百般刁難。馮玉祥只好節衣縮食，艱難維持，好在全軍過苦日子慣了，也就習以為常。為了加強新兵的思想教育，馮玉祥新編了《新兵歌》，詞曰：

有志新兵爾要謹記

當兵須知守本分

保護國家愛惜百姓

兵與人民一體生

食民膏，衣民脂

民間困苦爾盡知

重勤儉，重品行

不可忘記保護商民！

由於馮玉祥正狂熱信奉基督教，經他修改的《吃飯歌》詞曰：

盤中粒粒都是辛苦

民脂民膏來之不易

雨露滋長來自上帝

主恩所賜感謝靡既

河南連年塗炭，百姓生活十分困苦，馮治安尊師長嚴令，帶兵幫助農民幹些農活，部隊的騾馬任憑鄉民使用。駐地換防，每每都修路植樹在先。新兵們盼休整，老兵們盼打仗。因打起仗來有逸有勞，吃得又飽又好。平時練兵一則勞累二則飯食粗糙不堪，士兵深以為苦。士兵們常問：「營長，什麼時候打仗呀？」因為士兵們跟著馮治安從未吃過敗仗。打掃戰場中的小戰利

第一槍：中日抗戰中的秘辛

第十一回　殺郭堅打趙倜鋒芒再露　拜曹錕入北京就任新職

品偷偷裝進衣袋的時候，馮治安也就睜一隻眼閉一隻眼。依他治軍風格，這種事是決然不能發生的，無奈，馮玉祥的部隊太窮了。

　　直奉戰爭獲勝的直系好景不長。他們很快分裂成「洛（吳佩孚）」「保（曹錕）」「津（段祺瑞）」三個支派。名義上吳佩孚駐節洛陽統領全局，實際上保定派、天津派各懷異心。吳佩孚鞭長莫及深感心勞口拙，說在身邊有一支馮玉祥的雄兵，屯駐於他的臥榻之旁，更使他日夕術惕，必欲除之而後快。

　　吳佩孚五十大壽慶典在洛陽舉辦。全國各路督軍送禮者紛紛踏至，大帥府忙壞了記帳先生。大廳裡堆滿了禮盒禮箱。金堆玉積成了金燦燦的世界，照得大廳光彩奪目，那些士兵還將禮品分類造冊，禮品上顯赫貼著送禮人的名號，讓那些送小禮者不敢前往。

　　馮玉祥自恃兵強將勇，士兵能吃苦，軍官又能勤儉，軍營像鐵桶一樣強悍，便對吳佩孚概不買帳。當壽辰請柬送到馮玉祥手中，他不由得惱怒：「吳佩孚這等廝藉機斂財，看俺老馮怎麼待你！」

　　馮治安隨同馮玉祥及護衛一行來到大帥府。支客幕僚趕快通報：「報，河南省督軍馮玉祥將軍給吳大帥賀壽了！」這喊聲比任何送禮者的報號都洪亮了一倍之多。為的是讓眾人看看，就連雄霸河南的馮玉祥也乖乖前來給吳大帥獻禮。吳佩孚聽到喊聲，連忙甩開姨太太們，小跑步入大廳。一見馮玉祥虎威高他一頭，自身氣力便矮下一截，他雙手拱拳：「啊呀！佩孚五十小壽，馮將軍大駕光臨，萬分感謝！」吳佩孚邊說邊瞟了一眼，只見他手下的營長馮治安雙手捧一黃色瓷罈，罈中央一菱形紅紙書寫了一行書壽字，落款馮玉祥。吳佩孚大喜，雖不知這罈子裡裝的何物？只要你馮玉祥能屈尊前來，那就是給足了俺吳佩孚天大的面子。

　　只見馮治安虎背熊腰，將瓷罈捧到吳大帥面前，連長李貴隨其身旁，掀開罈口錦緞塞蓋。馮玉祥這才拱手向前：「欣聞吳大帥五十大壽，玉祥心喜，特前來賀壽。無奈十一師貧困如洗，特從黃河取水一壇，古人云：君子之交淡如水嘛！萬望大帥笑納！」

吳佩孚臉色變成灰紙一張，馮玉祥竟敢當眾戲弄本帥，任心中怒火不便言表，剛才的那一番熱情早已雲消霧散，他揮了揮手，應聲道：「好，好，淡如水，淡如水。」扭身回到府後，把馮玉祥丟在了大廳中央。馮玉祥哈哈大笑，驚得接禮的、送禮的目瞪口呆。

吳佩孚肚裡咬牙，更加緊對馮玉祥部的剋扣。他藉財政困難，乾脆斷馮玉祥餉糧，讓你十一師縱不餓死，亦必瓦解。

馮玉祥見處境險惡，便利用直系內部矛盾，率馮治安跑到保定去見曹錕。他一進門便跪倒大哭，曹錕連忙從虎椅中走下，雙手挽起問何故悲傷。馮玉祥哭訴：「玉祥是沒娘的孩子，今天見到親娘，俺怎能不哭？玉帥（吳佩孚字子玉）對我好不諒解，斷俺糧餉，使我動輒得咎，我已走投無路了！俺幾萬大軍問娘如何是好！」曹錕早就想收買馮玉祥這員驍將為己所用，便趕到北京總統府替馮關說，為馮玉祥爭取了個「陸軍檢閱使」的新職，命他率部入京。

吳佩孚得知馮玉祥又獲新職，氣急敗壞。但礙於北京政府之面不便梗阻，便命令馮玉祥：「進京部隊只許帶原來的兩個旅，新招的三個旅不許帶走，另行安排。」

馮玉祥表面上答應，暗地裡密令將新兵全部換成舊部番號，分批次悄悄開拔。吳佩孚並未察覺，待醒過味兒來，五旅官兵已神不知鬼不覺地全部開到了北京。

這正是：天有不測風雲憑玉帝

人有旦夕禍福由智君

第一槍：中日抗戰中的秘辛
第十一回　殺郭堅打趙倜鋒芒再露　拜曹錕入北京就任新職

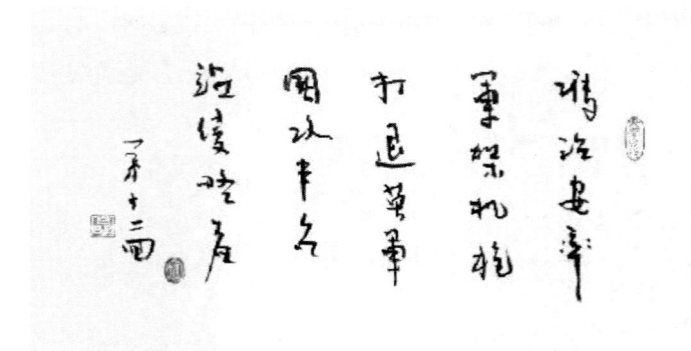

黎晶書法　閆江繪圖

第十二回　「北京政變」西北軍命名
「三級跳躍」晉升少將軍

　　馮治安隨馮玉祥全軍安全進駐北京，內心裡十分喜悅。當年在南苑入伍的情景又浮現在眼前，短短幾年，俺已成為手槍營營長，他帶李貴故地重遊，感慨萬千。若不是跟著馮玉祥這樣恩重如山的英明之主，兩個故城縣東辛莊出來的農民子弟，怎會變得如此輝煌。他倆信步走到軍營大門邊那個東北的酒館，幌子依舊，掌櫃的依舊。跑堂的見來了兩位英武的青年軍官，連忙迎上門來，殷勤將二人拉入堂內。掌櫃的眼拙，怎能認出當年吃酒不給錢的李貴。李貴重溫那段辛酸後笑了：「哥呀，如今俺都當連長了，你托馮玉祥的福，可俺托你馮治安的福呀！」小哥倆點了四個菜：熘肉段、酸菜粉、豆腐乾、炒木耳，一壺東北小燒酒，喝得有滋有味。二人酒足飯飽，回到軍營已是熄燈時間，營部通信兵遞上參謀部調令。馮治安調任馮玉祥的侍衛副官，手槍營由張凌雲接任。

　　馮治安從心眼裡高興，這次和馮先生是形影不離了，馮玉祥還經常玩笑地稱他是馮家小孩，馮治安感到是那樣的親近，並更加了解馮玉祥治軍的艱辛。那新招的三個旅雖已進京，因是私自招收並不承認。仍舊是餉糧無著。這麼多兵吃不上飯，急得馮玉祥有病亂投醫。

　　馮治安隨陸軍檢閱使馮玉祥拜見陸軍總長張紹曾。張紹曾熱情接待了馮玉祥，張總長是辛亥元老，馮玉祥曾在他部下任營長，亦參加了他領導的反清起義。張紹曾對馮玉祥印象深刻也頗佳，如今見馮玉祥成長為馳名驍將，正好安撫收納，為己所用。便積極扶攜，為馮玉祥堂皇地建立了一個師加三個混旅的編制。一個師是陸軍第十一師，含劉郁芬的二十旅，鹿鐘麟的二十二旅；三個混成旅是：張之江的第七混成旅；李鳴鐘的第八混成旅；宋哲元的第二十五混成旅。他們便是赫赫有名的「五虎上將」。餉糧方面張紹曾奔波籌措，終使部隊再無饑餓之虞。馮治安見證了全過程，從中又學到許多從政從軍的奧妙之處。

第一槍：中日抗戰中的秘辛

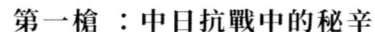

第十二回　「北京政變」西北軍命名　「三級跳躍」晉升少將軍

　　張凌雲為人彪悍，當上手槍營長後，覺得這手槍營就是馮玉祥的「禁衛軍」，又是「軍官庫」。由於士兵都是全軍精選上來的「兵尖子」，體態英武，頭腦靈活，素質較高，因此常有人擢升為軍官。手槍營的優越感很強，傲氣十足。在馮治安任營長期間，不敢過多地惹是生非，張凌雲到任後，自己覺得是一人之下萬人之上，走路一步三搖，立刻就助長了手槍營的惡習。經常與大營官兵爭吵械鬥，矛盾重重，馮玉祥知悉後，立即將張凌雲調離，仍派馮治安回任營長。

　　陸軍檢閱署是一座清閒衙門，設在西京防，馮玉祥很少在那裡視事。他深知自己能有今日，必是手中握有雄兵，這是俺馮玉祥立地之本。馮玉祥整天長在南苑軍營主持軍事訓練。軍人必須具備強健體魄，他注重強化體能訓練，把單槓作為典範性項目，規定：每個士兵和中下級軍官，必須掌握「屈臂直上」、「搖動轉回」和「倒立」三種動作。凡全部過關的軍官可佩帶紅色金屬證章，兩項過關的佩戴黃色證章；士兵標準相同，只是布製證章。凡不佩戴證章者即等於「飯桶」，以此激勵官兵知恥辱、明光榮。就連高級軍官也必須會「屈身上」，否則也將受到訓斥，連馮玉祥也不例外。全軍掀起了鐵槓熱潮。馮治安是當然的單槓高手，常到各旅示範表演。為了適應山地作戰，馮玉祥經常舉行夜間緊急集合，一律封閉燈光摸黑行動。確定以夜戰、近戰、白刃戰為訓練目標，選用中國式大砍刀作為除步槍外的主要武器。從傳統武術中擇取實用套路，推廣馮治安的馮氏簡易刀法。馮玉祥部隊的大刀片具有相當大的威力，不但中國國內軍閥望而膽寒，就連西方列強及日本武士道都畏之如虎。

　　馮玉祥部經常彈藥匱乏，馮玉祥強調「彈藥是第二生命」，要求「一粒子彈消滅一個敵人」。為了便於士兵掌握射擊要領，他親自編寫了《打靶歌》，讓士兵在歌唱中牢記要領。

　　每逢部隊集合，馮玉祥講話之前都要高聲提問：「你們從哪裡來？」士兵回答氣勢如虹：「從農村來！」問：「你們的父母是什麼人？」答：「老百姓！」問：「誰給你們種的糧？」答：「老百姓！」問：「誰給你們織的衣？」答：「老百姓！」這一招凝聚力極強。馮玉祥深入淺出，把愛國與愛

民的一致性寓教於日常。他還編寫了《愛國精神》《軍紀精神》讀本，強調：「我不以死救國，則我國必做敵之奴隸。」「人無命脈必死，軍無紀律必亡；餓死不取民食，凍死不取民衣。」馮玉祥的部隊在軍閥林立、民怨沸騰的戰亂年月，號稱百姓的子弟兵。

南苑附近的永定河年久淤塞，每遇暴雨泛濫成災。地方政府無力治淤。馮玉祥便派部隊施工治理，派學兵團、手槍營做先鋒，參謀長石敬亭督率，像打仗衝鋒一般不畏勞苦，不要商民一線一米，為流域百姓造福。

一天夜裡，馮玉祥和馮治安悄悄潛入士兵宿舍，進門之後摸黑找了兩個空舖躺下，偷聽士兵閒談。士兵們自編的順口溜：「石友三的鞭子，韓復榘的繩，梁冠英的扁擔賽如龍，張自忠扒皮更無情！」第二天，馮玉祥便把石、韓、梁、張幾位找來嚴加訓斥，告誡他們要愛兵如子，不許用殘酷的體罰進行訓練。他舉例說，一年嚴冬，張自忠任學兵營營長，在訓練中他率先脫去棉衣鞋襪站在雪地中，同時命令士兵照他的樣子脫光衣服在凜冽的寒風中訓練。馮玉祥問張自忠為何如此訓練。張自忠回答說是鍛鍊吃苦精神，馮玉祥挖苦地說：「喝馬尿更苦，難道讓我們的士兵喝馬尿嗎？」張自忠認錯，但士兵們卻給他起了個綽號「張扒皮」。

馮玉祥對高級軍官要求更加嚴格，他親授術科講習，每堂值日官點名答到。「五虎將」之一宋哲元晚到了五分鐘。馮玉祥當眾立命重打十軍棍。馮治安上前求饒放過自己的長官。非但不准，並責令馮治安行刑。宋哲元被打得乖乖伏地受責。此事不久，宋哲元剛出生的男孩夭折，同僚們取笑他說：「十軍棍把個男兒嚇死了。」馮玉祥查營，發現另一位「五虎將」鹿鐘麟所部營房舖草潮濕，士兵們在此上面睡覺，這是軍官失職。馮玉祥怒形於色，鹿鐘麟一見不妙，自己先跪在營房外等候領責。馮玉祥見他能當著自己的士兵認錯，態度誠懇便沒有打他。

南苑練兵二年，堪為中國近代軍事典範，對馮治安產生的影響是巨大深遠的，但他內心深處，培養的是對馮玉祥個人的絕對服從。對與錯都是根據長官的好惡而定，帶有濃重的家族封建意識，培養他忠君，一僕而不隨二主的忠義道德。

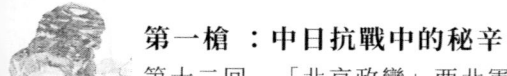

第一槍：中日抗戰中的秘辛
第十二回　「北京政變」西北軍命名　「三級跳躍」晉升少將軍

　　連年戰亂，北京政府內外交困，陷於財政危機之中。張紹曾內閣窮於應付，於一九二三年六月總辭，駐京軍警連續聚集總統府索要軍餉。駐京外國公使也向北京政府索要庚子賠款，限期清償，並以「下旗回國」相要挾。六月十三日，黎元洪受逼不過，狼狽捲包逃至天津，臨行前將總統印信交給了寵妾，令其攜藏法國醫院。行至天津車站又被直隸省長王承斌截獲。黎元洪被迫通電全國辭職，了卻其混沌的政治生涯。

　　一九二三年十月六日，曹錕經過八方營謀，以每張選票五千大洋的重價，賄選總統成功，醜聞洩露後舉國聲討。孫中山以大元帥身分下令討伐。曹錕不睬，悉然由保定赴北京就職。九月，張作霖亦通電討伐曹錕。東北軍近在咫尺曹始惶急，調吳佩孚進京，封為「討逆軍總司令」迎戰張作霖，第二次直奉之戰正式啟釁。

　　馮玉祥被吳佩孚任命為「討逆第三軍總司令」由西路迎擊奉軍。馮玉祥對曹、吳久懷悲憤，在此之前，他就聯合胡景翼、孫岳在南苑達成祕密組建「國民軍」伺機倒戈攻擊曹錕、吳佩孚，迎請孫中山北上主政的協議。此時機會來臨。馮玉祥利用吳佩孚授予他的軍權，招兵買馬擴大編制，將原有的五個旅擴為十個旅，原衛隊團升為衛隊旅。下轄兩個團，第一團由原學兵營組成，張自忠任團長；第二團由原手槍營組成，馮治安任團長。

　　馮治安的衛隊二團仍然負責保衛馮玉祥及總司令部。馮玉祥公開以「討逆軍」總司令身分參加直系各種活動；背後又以「叛逆軍」真實身分策劃倒戈反擊。這種以雙重身分進行大規模的軍事異動十分機密，危險隨時而來。為了安全，初期策劃大舉時，連「五虎將」都蒙在鼓裡，只有馮治安已是親侍左右的心腹才知。馮治安看在眼裡，記在心上。他既要完成警戒、巡邏的常規任務，又要完成傳遞祕密情報、接待祕密使節以及防諜除奸的任務。任何失誤和洩漏，都將造成嚴重後果。馮玉祥對馮治安十分信任，這些事情全部交由馮治安全權處置。馮治安朝夕惕勵，寸步不離總司令，他早已下定決心「死也死在總司令前頭」，出色完成了各項任務。一次震驚中外的政變，從醞釀到爆發，竟無洩漏過一點點機密，馮治安功不可沒。

吳佩孚令馮玉祥率軍出古北口進入熱河，襲擊奉軍西路。馮軍糧餉短缺，沿途又無兵站。大軍所走之處是荒山野嶺、人煙稀少，若按吳大帥之命行軍作戰，數萬大軍縱不餓死，也必潰散。馮玉祥心中自有主張，他令部隊在京北灤平、懷柔、密雲一線人煙稠密、糧秣易得地段忽進忽退，做出一邊行軍一邊演習的模樣，故意遲滯不前。自己卻在古北口暗中與張作霖派來的代表馬炳南談判，兩項基本條件是：一、勝利後奉軍不入關；二、共同擁戴孫中山北上主政。

　　奉軍在山海關一線猛攻直軍，直軍節節潰敗，吳佩孚趕忙親赴前線督戰，北京城內空虛，馮玉祥見時機已至，立令部隊星夜兼程「班師回京」。城內孫岳內應，部隊一槍未發，順利地控制了北京。

　　馮治安因奉令包圍總統府，士兵都佩帶寫有「不害民，不擾民，只愛民」的臂章。他們衝進曹府，總統衛隊在睡夢中被繳械。馮治安將穿著睡袍的曹錕抓住後以禮相待，令其換好衣服宣布：「我是衛隊二團長馮治安，按馮玉祥總司令命令，現宣布拘捕你這賄選總統！」隨後將曹錕囚禁。一九二四年十月二十三日，北京城內的百姓一覺醒來，看見滿街都是馮玉祥的安民告示，士兵們帶臂章巡邏站崗秋毫不犯。「北京政變」的壯舉，讓馮治安的軍旅生涯再一次因事變而突變。

　　北京政變成功後，馮玉祥和胡景翼、孫岳共同宣布：部隊更名為「國民軍」，馮玉祥任總司令兼第一軍軍長。胡、孫任副總司令兼第二、三兩軍軍長。馮玉祥所部進一步擴充，編成五個師共十九個旅，衛隊旅長孫連仲改任砲兵旅長，衛隊旅長一職由馮治安升任。

　　馮治安感慨萬千，他對妻子解梅說：「俺馮仰之十六歲到北京南苑投軍，從伙夫起步逐步上升，中間沒跳過一級，沒有想到這一月之內俺卻經歷了從營長、團長到旅長的三級跳呀！十二年軍旅生涯，俺年方二十八歲，就擢升為少將旅長了，這是俺馮家祖上修來的福分呀！」馮治安說罷，面向河北故城方向端莊跪下：「爹娘，兒今天做了將軍，感謝父母二老養育之恩，俺永遠是你們的兒子，永遠是東辛莊農民的兒子。」馮治安站起轉身面向軍部再次跪下：「馮軍長大人，馮家小孩誓死捍衛你，俺是永遠不忘你的大恩大德，

第一槍：中日抗戰中的秘辛

第十二回　「北京政變」西北軍命名　「三級跳躍」晉升少將軍

赴湯蹈火在所不辭！」馮治安又牽著妻子解氏的手說：「你是個旺夫的相啊，自你嫁給俺，真是好戲連台，今天俺也謝謝你了！」倆口子高興呀！

　　北京政變對在山海關督戰的吳佩孚無疑是晴天霹靂。他火燒屁股一般連夜返回天津，指揮其精銳向北京方向前進。十一月初在楊村兩軍相遇，南苑練兵千日，今天用兵一時。加之北京政變勝利的鼓舞，馮軍氣勢如虹，直軍被打得無招架之力，龜縮在工事裡不敢露頭。

　　正當馮軍擊潰吳軍的關鍵時刻，駐豐台的一營英軍駐軍，以「炮擊威脅英租界僑民的安全」為藉口，出來滋擾，馮治安衛隊旅第一團奉命進駐豐台。馮治安聞訊後立即請示馮玉祥。馮玉祥明知是英國軍隊偏袒吳佩孚，便命令馮治安：「先盡力和他們講理，實在不可理喻的時候，不惜與之一拚！」馮治安領命後騎快馬趕到豐台。

　　張自忠長馮治安五歲，但對兄弟升為旅長十分尊重。馮治安也一直對張自忠兄長相稱，二人督上一個加強連身佩短槍，肩背大片刀威風凜凜強行進駐豐台火車站，並布開哨卡嚴陣以待。英軍攔阻不住，急忙找到其駐華機構派員找衛隊旅交涉，強拉硬扯《辛丑條約》相威脅。馮治安、張自忠言辭駁斥道：「豐台站不是租界，是中國的領土，我軍有權駐紮，英方無權干涉！」英人悻悻而去。

　　英人認為被侮辱，調來兩個連將豐台火車站包圍，並開槍射擊衛隊一團，馮治安大怒：「你們還以為是八國聯軍火燒圓明園呢！立刻還擊，狠狠地給我打！」張自忠勸旅長是否再請示馮玉祥。馮治安一改溫和之氣象：「先打後奏，出事本旅長負責！」

　　加強連火力猛烈，一下子將英軍壓到了鐵軌之下。馮治安、張自忠令吹衝鋒號，兩人衝鋒在前，所有的軍官士兵手舞大刀跳下站台，喊聲震天，嚇得英軍棄槍逃回。英軍在華兵力單薄，不敢將事態擴大，又派一個華籍雇員來威脅，被馮治安、張自忠指著鼻子羞辱一場，頂了回去。自此，衛隊的戰士只要和英軍相逢，總是以眼還眼，以牙還牙。英軍敢濫施淫威，衛隊團必然強硬抵制。英方無奈，只好將其駐軍全部撤走。

吳佩孚在楊村潰決後，馮玉祥的國民軍勢如破竹，直逼天津。北線張作霖的東北軍也接連取勝，吳佩孚見大勢已去，號啕大哭了一場登船南逃。馮玉祥與張作霖會師天津，至此，倒曹驅吳之戰大獲全勝。

張作霖勝利後，公然撕毀「成功後不進關」的協定。奉軍長驅直入。馮玉祥北京政變大功告成，北京政府面臨政權重組的關鍵時刻，馮有強大的軍事實力為後盾，躍上政治舞台已是舉手之勞。但他卻做出了一個驚人的決定，違心同意了請老政客段祺瑞出山，輕易地斷送了北京政變的成果。馮玉祥率軍回到北京，為了不顯示自己是政治野心家，到手的總統不摘，又幹了一件驚天之事。一九二四年十一月五日，馮玉祥派鹿鐘麟、馮治安數十人闖進紫禁城，向皇宮傳達了立即遷出紫禁城的命令。溥儀不敢違拗乖乖搬出。中國最後的一個皇朝，從此連行跡都不存在了。馮治安第一次走進皇宮。一個皇帝的臣民，竟能將皇帝攆出皇宮，大搖大擺地閒庭信步。他興致極高，騎上士兵的三輪摩托車，痛痛快快地兜了一圈，他感到驕傲與自豪。

北京政變後一個月，張作霖大軍由天津開進北京。同日，段祺瑞的「中華民國臨時執政府」成立，段祺瑞就任「臨時總執政」。這位名為政壇耆宿，實為封建餘孽的政客，當然也看不上馮玉祥那種草野氣息的平民作風。他不能再坐看馮玉祥做大一方。他與張作霖沆瀣一氣，對馮玉祥進行排斥。先裁撤陸軍檢閱署，命令馮玉祥「督辦西北邊防」。馮玉祥悔之晚矣，沮喪之餘，索性通電下野，將部隊交給毫無威望、又無才略的張之江統帥，自己到五台山僧寺中閒住。馮玉祥此舉，給他的部隊帶來新的危機。

吳佩孚在南方重新集結力量，準備死灰復燃。張作霖則磨牙礪齒準備火併國民軍。山西的閻錫山深溝高壘作壁上觀，心存鷸蚌之想。一時軍閥欲動風滿樓，國民軍處在四面楚歌之中。

一九二五年初，馮玉祥的國民軍第一軍憤然離開北平，移駐西北，總部設在了張家口，由此，獲得了「西北軍」這一非正式但大名鼎鼎的稱號。

這正是：有喜有憂閉門思過

是福是禍定力平心

第一槍：中日抗戰中的秘辛
第十二回　「北京政變」西北軍命名　「三級跳躍」晉升少將軍

黎晶書法　閆江繪圖

第十三回　孫中山病逝協和　馮玉祥遊歷蘇聯

一九二四年初，孫中山扶病入京。北京前門火車站軍警林立卻阻擋不住歡迎的人群。馮治安站在正陽門城樓上指揮維持秩序，無奈黎民百姓越聚越多，已達十萬之眾。馮治安萬分震驚。孫中山是個革命家，這是馮治安早就知道的，可孫中山的政治綱領和學說，他從未接觸過。在軍閥勢力周圍，從不推崇孫中山，甚至還蔑稱他為「孫大砲」。孫中山遙遠而縹緲，但如何得百姓之愛戴呢？馮治安一時搞不清楚，在他的心中的英雄只有馮玉祥。在京短短一年，孫中山於一九二五年三月十二日病逝於協和醫院，訃告發出，全國哀痛。三月二十九日，孫中山的靈柩由協和醫院移置中央公園社稷壇。馮治安沒隨總部西去，帶領衛隊旅二團留在北京，護衛鹿鐘麟這位名存實亡的「京畿衛戍司令」。段祺瑞厭惡國民軍，執政府衙門的崗哨都不用馮治安的衛隊，另找心腹唐之道部的兵。孫中山病逝，段祺瑞派馮治安和他的衛隊旅擔當警衛工作，他目睹沿途人民群眾出來為孫中山護靈路祭，那種深沉肅穆和虔誠的哀悼，讓馮治安的心靈受到了巨大的震撼。他雖不知這是為什麼，但他肯定，這孫中山一定是比馮玉祥更英雄的英雄。

中央公園連續十幾天時間裡，每天約五萬人前來弔唁致祭，挽幛花圈如山如海，一些人痛哭失聲，有的甚至昏厥過去。馮治安與這些人天天相陪，不知掉落過多少次眼淚。他扶起一個跌倒在地的朗讀祭文者，那人說：「孫先生是真正推翻清朝的第一人。是他建立了中華民國呀！這孫中山是國父呀！」馮治安想到自己驅除皇室出紫禁城，其實已並無太大的意義。十幾天的守靈，讓他深感孫中山巨大的人格力量，他站在公園的松柏之下，默默地反思著自己。

四月二日，孫中山靈柩移至西山碧雲寺厝置，北京全城沉浸在悲痛的籠罩之下，太陽被厚重的雲彩掩蓋不敢露頭。靈柩所到之處，十餘萬市民軍警在路旁行禮致哀。一群青年學生哭泣成聲追趕著靈車，長安街至西直門，百姓自發擺設路祭連綿不斷。

第一槍：中日抗戰中的秘辛

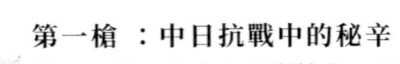

第十三回　孫中山病逝協和　馮玉祥遊歷蘇聯

　　看著孫中山先生逝世的祭奠過程，馮治安覺得自己眼前打開了一片嶄新的政治視野，政治領袖到領袖偉人的形成，是偉人思想的力量，這對自己固有的草澤色彩的政治倫理，形成了強烈的衝擊。馮治安覺得自己第一次感覺到內心無主，無依無靠。他叫上李貴，到書店買了幾本孫中山關於「三民主義」的學說，還有一本國民黨的綱領小冊子。

　　孫中山安厝後不久，馮治安隨鹿鐘麟撤至張家口，仍任衛隊旅旅長職務。衛隊旅一團長張自忠與馮治安私交極厚，而且經常難兄難弟般共同擔當馮玉祥的「羽林軍」，如今自己位居張自忠兄長之上，變成上下級關係總感不安。張自忠卻深明大義，私下裡仍和馮治安兄弟相處，公開場合則帶頭服從，馮治安心頭很受感動。

　　北京政變後，馮玉祥和張作霖的矛盾便日益尖銳。一九二五年十二月，馮玉祥成功地策反了奉軍大將郭松齡、李景林兩部倒戈。郭松齡於灤州起事後，順利打出山海關。不料郭軍逼近南滿鐵路，大軍遲滯難行，進退維谷。張作霖趁機組織圍攻，郭松齡乃於巨流河兵敗被殺。

　　原來倒戈的李景林又因與馮玉祥的盟軍爭奪地盤而開火，遂反目成仇。他便與山東軍閥張宗昌勾結，組成「直魯聯軍」，宣布擁張討馮。聯軍以上萬之眾氣勢洶洶沿津浦線向北殺來。馮玉祥命張之江率軍出察哈爾向天津進擊，雙方在楊村一帶展開激戰。

　　馮治安衛隊旅隨統帥張之江開到前線。此時的衛隊旅經過整編，已初具規模，武器雖仍窳陋短缺，但與全軍較大部隊相比優勢明顯。特別是腰中的手槍更讓普通大兵豔羨嫉妒。此時，張自忠接令調升第十五混成旅旅長，駐包頭訓練新兵。一團長由池峰城接任。

　　馮治安率部趕到楊村，西北軍受到一次巨大的挫折，也是近年來的一種屈辱。砲兵旅在馬圍附近的一次戰鬥中，十二門大砲被直魯聯軍擄去。旅長孫連仲五內如焚，無臉見人。馮治安是孫連仲的老部下，他見此情況，便向張之江請令，要求親率敢死隊夜間奇襲奪回大砲，張之江應允。

時值隆冬，京津大地普降大雪，四野銀白。馮治安組建敢死隊並親任隊長。衛隊旅原本就是西北軍的狼中之虎。他又在這群人傑之中，挑選了一百位強中之強，刀法精湛之士。月光如洗，雪地如同白晝，這給偷襲帶來許多困難，馮治安令敢死隊把羊皮襖反穿，悄悄摸到敵陣前沿。

　　敵軍酣睡，哨兵蜷縮在大砲車輪之下躲避嚴寒。馮治安看了看夜光手錶的指針正好三點。這是他和後續部隊約定的偷襲時間，馮治安一聲口哨，百位身披羊皮大衣、手持紅纓大刀的武士從雪地裡躍起。他們先解決了哨兵，然後衝進營帳，殺聲連片，血濺軍棚。霎時哭喊、哀叫聲震天。馮治安見一校官和衣爬起，欲掏短槍。他輕提中氣，一個躍跳，刀光一閃，那可憐的軍官還未反應，便命喪黃泉。敵軍猝不及防，不知這天降神兵。加之聯軍本是懦弱之眾，慌亂中驚慌失措，被西北軍大刀片砍得抱頭鼠竄，指揮部無法組織反攻。後續大部隊見敢死隊得手，急忙掩殺過來。衛隊旅初戰大捷，不光奪回了失去的大砲，還繳獲許多重武器裝備。

　　一輪血紅的太陽從楊村東方的雪原中冉冉升起。張之江、孫連仲率眾在軍營轅門迎候馮治安凱旋。孫連仲將馮治安擁在懷裡激動不已。「仰之吾弟神勇多謀，替兄洗恥，今午設宴答謝！」張之江微笑沒有言語。他心中五味雜陳，說不出是什麼味道。

　　楊村戰捷，宋哲元又率軍由綏遠來援。國民軍氣勢大振，直魯聯軍不支敗逃。西北軍遂進占天津。

　　馮玉祥的節節勝利，更遭張作霖嫉妒。此時，原在一次直奉戰爭中潰敗的吳佩孚已死灰復燃，在南中國糾合地方軍閥，自封為「十四省討賊聯軍總司令」。他們蜂擁北上，矛頭直指馮玉祥而來。張作霖也趁機擠兌馮軍，公開以侮辱方式挑釁。敗將李景林也趁機再起，聯合張宗昌再攻天津。馮玉祥在三面受敵的情況之下，唯一的退路就是離開部隊，一九二六年一月四日通電下野。他退居幕後，將軍權再次交給張之江指揮，自己去了平地泉（集寧）。

　　為了進退有據，西北軍從京津撤出，集中於京北南口，準備堅守大西北基地，伺機另圖大業。張作霖、吳佩孚已決心滅掉馮玉祥的西北軍，他倆分別從南，北兩方向調集軍馬。正當惡戰一觸即發的緊要關頭，馮玉祥突然決

第一槍：中日抗戰中的秘辛

第十三回　孫中山病逝協和　馮玉祥遊歷蘇聯

定出國去蘇聯「遊歷」。西北軍一片譁然，馮部主將都堅決反對，馮治安哭著挽留。他知道，馮玉祥決定的事是不可諫諍的。馮治安為侍衛官堅持隨馮去蘇聯，以盡衛護之責。馮玉祥輕裝簡從，不肯讓他同行，並告馮治安：「此行是消除西北軍危險的上策。二是到蘇聯學習考察，對西北軍今後的治軍思想和政治動向都是有幫助的。」眾將無奈，眼看馮玉祥一行出平地泉，經外蒙去蘇聯。主帥離去，軍心騷亂，西北軍是雪上加霜。

西北軍擁兵十五萬，雖然裝備較差，但士氣高昂，馮玉祥啟程前告知張之江「守糜攻晉」的部署。馮玉祥離去後。張之江重新調整編制，將全軍分為東西兩路共九個軍，宋哲元為西路軍總司令。率部從雁北攻略山西；鹿鍾麟為東路總司令，守衛南口正面，以拒南來之敵。馮治安作為衛隊旅長，直屬張之江總司令部。

一九二六年五月，南口大戰打響，宋哲元的西路軍先聲奪人猛攻晉北諸縣，晉軍憑天險固守，且糧源充裕，以逸待勞，有恃無恐。西北軍往來奔突補給困難，逐漸捉襟見肘，軍心漸散。石友三任第六軍軍長，轄張自忠的第十五混成旅。張自忠和馮治安一樣，對石友三的忌刻狠毒深惡痛絕，石友三對張自忠也十分妒恨。這時石友三擔負奪取雁門關要塞的主攻任務，因敵我形勢懸殊，久攻無果。石友三嚴令張自忠率部攻克，限期三天，否則槍斃。張自忠自知無為，判斷是石友三借刀殺人的一招毒計，竟在憤恨之中，率十五混成旅倒戈投降了晉軍。石友三、韓復榘見大勢已去。居然也向晉軍主將商震投降，西路軍攻晉計劃破滅。

南口方面隨著奉直聯軍不斷增兵，西北軍只剩下招架之力。聯軍飛機、坦克重炮一應俱全。西北軍的大刀片失去近戰優勢。面對同胞相仇，為誰打戰無正義之感，士兵枵腹苦戰生厭。西北軍沒有馮玉祥，張之江指揮不靈，已造成群龍無首，各軍互不服管，甚至為爭奪械彈拔刀內訌。隨時都有大廈傾倒之危險。

馮治安看在眼裡急在心上，可衛隊護衛督公署和張之江的安全，不能直接參加戰鬥，當仗越打越苦，求援告急來自四面八方，張之江萬般無奈，衛兵旅也陸續派兵增援，大都有去無回。衛隊旅兵員日益減縮，馮治安看這不

是辦法,早晚會成光桿司令的,他立即去找張之江匯報戰況。馮治安在司令部找不到人,卻發現張之江躲在一旁的神像前祈禱,長跪不起,馮治安不敢貿然打斷,只好在後面團團打轉。

南口關公嶺是咽喉重地,敵軍不惜代價輪番猛攻,守將劉汝明部傷亡慘重,連預備隊也全部打光,關公嶺被敵占領。情勢急轉而下,統帥部危急。張之江命令參謀長曹浩淼:「必要時從衛隊旅派人上去!」曹又命作戰科長張樾亭給馮治安打電話要人,馮治安焦急地大喊:「連守衛都派上去了,怎麼還找我要隊伍?」張樾亭說:「是督辦叫你派隊伍!南口守不住張家口也守不住了,你往哪裡守衛去?」只好將衛隊旅最精銳的季振同團派出去。季團上去後立即投入拚殺,關公嶺陣地終於失而復得,季振同團傷亡過半,副團長陣亡。

進入八月份,南口地區連降暴雨,西北軍簡陋的工事坍塌無數,有的全部淹沒,士兵無立錐之地,大廈將傾。

馮玉祥遊歷蘇聯,西北軍就如被抽掉脊梁的猛虎,再也無法形成整體優勢。降將韓復榘對晉將周玳說:「馮玉祥先生在軍隊裡造成了至高無上的權威,事事都聽先生一人指揮,將級軍官都是兄弟班,各不上下互不服人,唯服馮先生一人。這次南口作戰,馮先生下野出國,指揮無法統一,你打我不打,結果被對方各個擊破,這個仗無法再打下去了。」

一九二六年八月中旬,西北軍為避免全軍覆滅,決定西撤。張之江令馮治安率衛兵旅殘部在前開路。衛兵旅已無兵開路,缺員嚴重。優秀士兵都在南口戰役中被一塊塊臠切拿走,張之江便以各部選調兵員補充,草草成旅,但馮治安多年培育的基本隊伍已元氣斲喪殆盡,只好匆匆開拔。

南口西行的鐵路在戰火中基本阻斷,馮治安只好率部徒步行軍。大西北沙磧千里,荒無人煙,偶遇村屋,村民聞訊大軍過境早已捲逃一空。酷暑難耐,白天烈日炙烤,夜晚又寒氣森森,部隊敗逃時將多餘行裝盡皆丟失,如今又無處採購,傷病員接連死亡,活著的也饑腸轆轆。加之飲水困難,時間一久,鐵的紀律和人將死亡不可兼顧。士兵逃亡和違紀事件不斷發生。馮治安只好眼睛閉合,不敢採取嚴厲手段,恐激兵變。

第一槍：中日抗戰中的秘辛

第十三回　孫中山病逝協和　馮玉祥遊歷蘇聯

緊隨其後的大軍情況更為嚴重，有的大批逃亡，有的聚眾搶劫淪為土匪。

衛隊旅艱難跋涉來到綏遠。這裡是降晉後韓復榘的防地，韓念舊情，對馮治安的部隊不但不予截擊還薄有饋贈。衛隊旅一團三營原是韓復榘屬下，在南口補充進衛隊旅的，三營長見到韓復榘，如同棄兒見了親娘，哭著要求隨韓降晉。韓復榘不好收留，馮治安見狀雖然心痛，但他仍斥責規勸，曉以大義，三營長只好勉強隨軍西行。

綏遠向西險阻重重，人人覺得前途迷茫，各懷異志，地方武裝勢力時常襲擾，兵員逃亡更是頻頻發生。部隊到達包頭，馮治安犯了躊躇，因這一帶是降晉後石友三部的轄區，馮治安曾是石友三的部屬，二人關係齟齬。加之張自忠與馮治安兄弟關係，馮治安唯恐遭到不測，便決定繞道迂迴前行，幸虧未遭阻難，但部隊得不到糧秣補充，更加困難。

包頭西行，一片「天蒼蒼野茫茫，風吹草低見牛羊」的大草原，如今牧民趕著牛羊早已逃離，到處是蒼茫淒涼的景象，馮治安心寒，咱這西北軍到底靠什麼？馮先生一走，支撐部隊的靈魂剩下了什麼？他百思不解。眼前缺糧缺水狼狽不堪，他不敢掉以輕心，騎馬往來巡視，想讓士兵們看見他與他們同在。該跑的總是要跑。三營副營長李貴氣喘吁吁跑到馮治安面前說：「三營長率眾譁變，俺李貴阻擋不住，被這龜孫子拉著隊伍往綏遠投奔韓復榘去了。你看，就剩下三十幾號人都是俺的鐵桿。」馮治安長嘆：「算了，爹死娘嫁人，隨他去吧。這樣，我任命李貴為三營長，只要咱建制在，就不怕肥不了羊。」

一九二六年八月底，馮治安率衛隊旅到達五原。大部隊也陸續趕到。經過南口戰役和長途跋涉消耗，西北軍元氣大傷，馮玉祥用心血滋養的十五萬雄兵，至今只剩下五萬餘人，裝備大量丟棄。士兵們骨瘦如柴，服裝破爛不堪，有些士兵一身上下混穿，帽子是「奉系」的，鞋子是「直系」的，軍衣則是「西北系」的，五顏六色，光怪陸離，馮治安失聲痛哭，他面對一支龐大的武裝丐幫，怎麼向馮玉祥交代呀！

張之江作為基督教徒，雖說是個重德守義的老好人，作為統帥確實只是庸才。他面臨部隊如此場景，心裡比馮治安更加難受，精神幾近崩潰，心火

太旺抽起了羊角風，口眼歪斜，不得不離軍療養。大軍疲敝之餘，又面臨群龍無首，陷入一片混亂，各部東零西散，有的團只剩下二三百人，有的旅連五百人都不到了。彼此間爭人、爭槍、爭供應，動輒用武，常常為一件武器便廝打成一團。有的因是鄉誼式哥們義氣，便自行成班排。紀律廢弛，幾不成軍。

馮治安為人謙和、極有人緣，大家都知道他愛兵如子，紛紛投奔衛隊旅。很快，馮治安趁亂軍無主的時機，迅速補齊逃走的三營編制，又拾遺補闕。西北軍只剩下衛隊旅人齊馬壯，武器齊全，且精神尚佳。

「黃河百害，唯富一套」，五原地處河套，確實比較富庶。其實所謂之富，也不過糧食能滿足當地需要，畢竟只是塞外荒城。一個大土圍子，稀稀落落數千居民而已，面對數萬大軍如潮而至，五原根本無力支應。西北軍飽一頓饑一頓已司空見慣，別的部隊可以組織槍手打些黃羊充饑，衛隊旅在長官的眼皮底下，不敢有違紀越軌之舉動。馮治安受的苦難更多，夜幕裡他獨自一人漫步叢草沒人的曠野，舉目仰望天上的北星，心中更加思戀馮玉祥了，他盼親人早日回國，收拾殘局。

西北軍在荒涼饑餓困苦的煎熬中掙扎。衛隊旅突然接到一個天外驚雷的好消息，馮玉祥從蘇聯回來了！全軍雀躍！

這正是：黃鼠狼專咬病鴨子

烏雲黑終有驅散時

第一槍：中日抗戰中的秘辛

第十四回　五原誓師加入國民黨　北伐苦戰輾轉母病逝

第十四回　五原誓師加入國民黨　北伐苦戰輾轉母病逝

一九二六年八月，馮玉祥從蘇聯回國。

出身貧苦的馮玉祥，滿懷醫世濟民大志，在「十月革命」後的蘇聯，目睹了工農地位的崇高，剝削現象的絕跡。西北軍慘敗的電報並未阻擋住他在異國考察的感奮，到處都是耳目一新，欣欣向榮。蘇聯軍政要人多次與他會晤，表示熱情支持他的政治理想。這對於馮玉祥這位軍事上的巨人，政治上一直無影無形、逐波助瀾的軍閥政客，簡直刺激太大了。中國國內的形勢變化也讓他興奮，國民黨和共產黨合作，共襄北伐大舉，自己的部隊慘敗得一塌糊塗，那是因為沒有一個正確的政治主張導致的啊！馮玉祥決定立即回國。蘇聯從顧問到重武器均給了他慷慨援助。

馮玉祥精神昂揚、信心十足地回到了五原，部隊有了靈魂，迅速地聚集成一團，西北軍經過短期整頓重組，雄風再現。

九月的五原，草肥羊壯，曠野裡搭上了臨時點兵台。台下幾萬士兵列隊整齊。五顏六色的軍裝，破爛不堪的軍旗，槍無背帶刺刀，衣不遮體、沒有領章和肩章。衛隊旅站在隊伍的中央。這支隊伍特別的耀眼，軍裝雖舊但漿洗得乾淨，衣衫雖破卻縫補得整齊，槍械雖不完備，長短槍總有一支在身。讓全軍振奮的是，全旅後背上的大刀片無一缺失，仍然寒光逼人。馮治安騎馬站在隊伍的最前端，目不轉睛地注視著台上自己心中的神——馮玉祥，眼裡飽含著無限的希望。

九月十七日上午九時，軍號齊鳴，馮玉祥宣布五原誓師典禮開始。衛隊旅一個排的士兵舉槍射擊，湛藍的天空立刻就炸響一片煙霧。全軍喊聲雷鳴：「擁護馮玉祥，重振西北軍！」馮玉祥頒布命令：西北軍全軍參加國民黨，馮玉祥就任國民聯軍總司令。並以宣言方式通電全國，表明自己新的政治態度，宣言中說：「馮玉祥半生戎馬，力圖救國。怎奈學識短淺，對於革命方法不得要領。及至走到蘇聯，看見革命起了萬丈高潮……過去我只有籠統的

第一槍：中日抗戰中的秘辛

第十四回　五原誓師加入國民黨　北伐苦戰輾轉母病逝

觀念，沒有明確的主張，革命的主義，革命的方法，在從前我都沒有考察，所以只有一二點改良式的革命，而沒有徹底的作法。」馮玉祥強調自己出身貧苦，「是無產階級的人」，今後要「尊奉孫中山先生的遺囑，進行國民革命，實行三民主義⋯⋯對於工人組織和農民組織，均當幫助。」馮玉祥在這個宣言中極其鮮明地表達了他親俄、親共、擁護孫中山三大政策的立場。

馮治安含著眼淚，聽完了宣言，西北軍終有了歸宿。他似乎明白了孫中山先生病逝後，北京為什麼萬人空巷了，擁護孫中山、參加國民黨，在心中有了一個追求的方向。

五原誓師的重新崛起，最能顯現馮玉祥決心走聯俄聯共道路的舉措，是邀請蘇聯同來的烏斯馬諾夫為總顧問，請共產黨員劉伯堅為政治部主任，這年冬天，二十二歲的鄧小平受中國共產黨派遣，由蘇聯回國到馮玉祥部做政治工作。

國民聯軍初設五個軍又八個師。總兵力五萬餘人。衛隊旅番號暫時撤銷，馮治安被提拔為第五師師長。這年他正好三十歲。十六歲入伍，除短暫的一段伙夫經歷外，一直在馮玉祥身邊，由班長到旅長，基本都是擔任護衛工作。馮治安秉性謙和，忠誠勤奮，所以馮玉祥對他倍加信任。若不是他到了而立之年，馮玉祥大概還不會放他獨立帶兵。

五原誓師後，中國共產黨領袖李大釗派人給馮玉祥送來密件，建議他鞏固甘肅，南取西安最後會師鄭州。對暫守「中立」的閻錫山力爭聯合。馮玉祥接受了這個建議，確定了八字戰略方針：「固甘、援陝、聯晉、圖豫。」

蔣介石在五原誓師前一個月正式發動了北伐戰爭。國共兩黨分歧已經日益顯現，但兩黨還未撕破臉面。馮玉祥西北軍的參與，更使以國共合作為標誌的北伐如虎添翼。

馮玉祥的第一戰略目標是解西安之圍，掃滅為直系吳佩孚效命的陝甘地方部隊。被圍西安城內的楊虎城、李虎臣兩部，是國民二軍主力。李虎臣自天津被奉系張作霖戰敗後，南退至河南，剛要落腳，又被當地武裝四處攻打。無奈邊戰邊退至西安，與楊虎城共同據城死守。陝西地方部隊鎮嵩軍將西安

圍得水洩不通，阻斷一切供應。馮玉祥五原誓師時，西安已被圍八月之久，滿城餓殍，城內一切荒廢，死屍纍纍，創造了戰爭史上因圍困而數萬平民活活餓死的最高紀錄。五萬守城軍隊最初軍紀尚好，後因饑餓難當，他們站在城牆之上，見到誰家炊煙升起便衝進強搶食物。西安城內百姓先從貧窮體弱者死，次後普通人家死，再後小康人家也死。最後階段，一枚金戒指換不來一個饅頭。全城惡臭沖天。

馮玉祥派去援陝的先頭部隊由孫良誠、馬鴻逵、劉汝明分別帶領，馮治安的第五師為二梯隊急行赴陝以解西安燃眉之急。一九二六年底到達西安，全軍如猛虎下山直撲敵營，鎮嵩軍雖然抵抗了一陣，加之西安守軍城門大開，出城接應，前後夾擊，便迅即瓦解逃竄，西安之圍遂解。

戰事稍穩，馮治安便又想起了母親袁氏和妻子解梅及兒女們。一年多音信皆無，南口潰敗身無分文，不知她們生活如何？馮治安焦急惦念。

北京西四大街磚塔胡同有一片宅院，那是馮治安在北京政變後購置的。那時旅長的月薪糧餉比較充裕。一直想將故城老家的父母接到北京生活，加之部隊經常開拔，解梅已有了兒女，總不能隨軍奔波。得有個窩呀！就這樣，袁氏和兒媳婦解梅常住北京了，大哥蘭台在老家務農，爹爹馮元璽很少在北京，他過不慣城裡的生活，還惦記著老家的幾畝地，其實馮治安知道父親的心思，他是想在故城東辛莊蓋房置地，光宗耀祖，當幾年老太爺。馮治安也早有打算，等有了積攢，一定成全父親的心願。

馮治安當上了將軍，便隨部隊開往西北。一年多的時間沒捎一封信函，解梅總是不放心，惦記著丈夫，瞞著婆婆。西北軍的消息只能從報紙上得到一些零星資訊，她將這些資訊裁剪下來，貼在廢舊的書本上，一有時間便拿出來看看，判斷夫君現在何處。

母親袁氏自從嫁到馮家，辛勤勞苦，勤儉持家，家中一切苦差，幾乎全靠母親來支撐。袁氏是位典型的堅忍卓絕的賢妻良母，默默承載著一個多子女而貧困的家庭重負，這一點上，馮治安確繼承了母親的性格和優點。父親馮元璽不安於壟畝，對家庭子女不像正統的農民那樣負責，因此家中瑣事均由母親一人承擔。

第一槍：中日抗戰中的秘辛

第十四回　五原誓師加入國民黨　北伐苦戰輾轉母病逝

　　袁氏到北京安身卻不安心，多年來的忙碌一閒下來，覺得渾身的不自在。幾十載的苦熬，使她原本脆弱的身體開始透支。袁氏一直有頭痛頭暈的老毛病，實在支撐不下去，就胡亂吃兩片止疼片。

　　一天早晨，袁氏照例起床後，到屋外的廁所大解，屋裡有馬桶她用不慣，弄得滿屋臭氣還需刷洗多麻煩，蹲坑一解了事，方便自己也方便他人。解梅起早收拾屋子準備早點。其實胡同口就有早點舖，買點豆漿油條既營養又省事。婆媳二人是心照不宣，都捨不得那幾枚銅錢。堂屋座鐘打響報時六下，婆婆去了二十分鐘了怎無蹤影？解梅覺得心頭一重，不像每天早晨那樣淡定。不好，莫非婆婆有什麼不祥？她急忙丟掉米盆往廁所跑去。

　　解梅衝進廁所，只見婆婆袁氏栽倒在廁所的糞坑旁，解梅大聲呼喊，眾人將袁氏抬到臥室，大孫子馮炳椆跑到西四大街藥店，請來了坐堂先生，待二人跑到馮宅，袁氏老太太已斷了氣，享年只有五十三歲。大夫診斷的是高血壓引起大面積腦出血。馮家大院亂了手腳，馮治安不知在何地。公公、大伯子都在老家，這可如何是好？解梅和馮治安這些年見過大世面，痛苦之餘立即找夫君在京好友，幫助料理後事，並拍電報告知故城東辛莊家人速到北京。她還給馮治安的三弟、在哈爾濱中東鐵路謀事的小叔子馮宗台拍了電報，亂中有序，坐等親人。

　　幾天之後，除馮治安之外，馮家老少爺們都趕到了北京的磚塔胡同，大家悲痛之餘商定，一不搭設靈堂，二不告知馮治安在北京的軍政要人朋友，三不運回故城老家，暫厝於北京西山。設法將消息告知在外征戰的馮治安，待他回京後，鄭重為母親大人舉喪。

　　馮治安護衛馮玉祥赴陝途中，在甘肅平涼暫時駐紮，馮玉祥左右參贊軍務的是蘇聯顧問烏斯季諾夫，是勞動階層出身的紅軍政工幹部，一直保持著平民作風，他適應西北軍的艱苦生活。聖誕節快到了，馮玉祥很重視這一節日。烏斯季諾夫為了增添佳節美饌，到野外打了一隻白色大天鵝，特意給馮玉祥送來作聖誕禮物。馮治安接過天鵝突然心頭一震，精神恍惚起來。他覺得北京家中一定有什麼事情發生。無獨有偶，母親仙逝正好是那一天。

馮治安將天鵝呈到馮玉祥面前，馮玉祥臉色一沉，當著烏斯季諾夫的面不好發作，可還是批評了這位蘇聯顧問，不應擅自濫殺珍禽，並叫來平涼道尹質問：「外人在地方擅自行獵，何以不管？」並拒絕吃這難得的天鵝之肉。

平涼是甘肅地方軍閥張兆鉀的家鄉，其私宅極為宏麗，儼若宮殿。國民軍攻平涼甚急，張兆鉀臨撤出前，在城角一塊穴內埋上大量炸藥，故意將導火線露在外面。馮治安部有五個小號兵，每天都早起到城角練習吹號，有一個剛入伍的年輕哨兵發現了導火線，他誤以為是一根沒有連接的空線。他點了一根紙煙坐在那兒休息時，好奇之餘將其點燃。結果「轟」的一聲巨響，小號兵被炸成肉粒，全城都震得瓦搖木顫。這天正好是聖誕節，教堂正做彌撒，教徒們聞聲驚亂邊跑邊喊：「打起來了，打起來了！」全城商民也隨之驚慌亂竄。

馮治安這幾天心情鬱悶，總是坐臥不安。當他聽到爆炸聲，連忙保護馮玉祥，自己帶兵趕到爆炸地點，還有一存活負傷的士兵講了事情的經過。全城這才安靜下來。馮玉祥將馮治安訓斥一通，也是這些年的第一次。馮治安錯在失察，只得垂首聽訓。

時值隆冬，塞上酷寒，士兵們食不果腹，個個面有菜色。軍衣破舊，許多士兵簡直是用破布爛棉絮捆紮的一般，滿身藏有虱子，極為狼狽。馮治安軍紀嚴明，他吸取了號兵教訓，事必躬親，在平涼無一商民受到騷擾。

一日，營外有一王姓富翁，說是師長的老鄉求見，馮治安連忙將他引入帳內。原來是在來平涼路上士兵們幫忙推車的那位河北衡水籍商人。此人年輕時在衡水湖岸上與一惡霸械鬥，殺人之後，逃到了塞外，經數十年慘淡經營，居然發展成一方大富。他見國民軍風紀整飭，助人為樂，極為感動，慷慨捐贈一大批活羊，馮治安萬分感謝，將自己腰間佩戴的一短劍相送，上面刻有五師師長馮治安的名字。

羊群宰殺後，羊肉按連發放，全師也只能喝頓羊湯。羊皮也分到連隊，士兵們輪流將帶血的生羊皮披在身上取暖，還管什麼腥羶髒臭。王紳士之舉帶動了當地的一些商家，他們也來到五師駐地慰軍，部隊衣食有了一些改善。

第一槍：中日抗戰中的秘辛

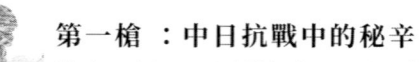

第十四回　五原誓師加入國民黨　北伐苦戰輾轉母病逝

　　西安之圍解除後，國民聯軍一面休整，一面重新編伍。馮治安新領第四師師長屬中路軍管轄，此時南路北伐軍進展迅速，據守湖南的直魯軍閥孫傳芳幾十萬部隊節節敗退，單從軍事形勢看，北伐軍革命日益高漲，但從政治形勢看，國共分裂的危機在孕育形成之中。中國共產黨領導的湖南農民剷除土豪劣紳、減租減息運動蓬勃興起，漢口的工人運動也一浪高過一浪。這激起了國民黨右翼勢力的強烈反對，蔣介石正在醞釀一場反攻大屠殺。

　　一九二七年十二月，馮玉祥下令聯軍開始攻擊河南境內的直系軍閥，部隊投入大規模戰鬥之中。糧草餉糈中斷，馮玉祥軍陷入極度困窘之中，經濟沒有來源，馮玉祥第一次違背了自己的誓言。他想起了一個「絕妙」的主意，印製一百萬元的「流通券」代替通用貨幣到市場採購軍需用品。商民自然不會接受這種假錢。馮部軍官到市場中向民眾解釋：「部隊暫時困難只好出此下策，等將來革命成功後，一定用銀圓回來兌付。」話雖好聽，市民並無人相信。眼看著部隊斷糧，馮玉祥只好強制推行，那「愛民不擾民」也變成了一句空話。

　　馮治安的四師是馮玉祥主力部隊，他一直尾隨馮沿隴海路入豫，直搗吳佩孚的琪縣。軍情遽變，馮玉祥又令馮治安部隨孫連仲的右路軍從西安向東疾馳，經藍田、武關，直奔紫荊關，得勝後進入河南，以便解救樊鍾秀之危。

　　河南全省彙集了形形色色的軍閥隊伍，除了吳佩孚的直系部隊，靳雲鶴、魏益之之外，魯系張宗昌的部隊、奉系于學忠的部隊共有數十萬之眾。還有些旗幟曖昧、隨風轉舵的如劉鎮華部等等。地方上的土匪，紅槍會組成的小股軍隊更是到處叢生。他們有奶便是娘，管你哪軍哪派，給槍給錢就聽你管，朝秦暮楚。

　　樊鍾秀綽號樊老二，綠林出身，但為人頗重義氣，曾因救孫中山廣州之厄被授大將軍銜，從此加入國民革命軍隊伍。由於南軍自廣州一路苦戰到達河南後，遭奉系軍隊于學忠部圍攻，危急中向馮玉祥求援。馮治安奉命由紫荊關入豫境時，樊鍾秀已突圍，其部隊星散無法解救。于學忠與馮治安略接戰，便知西北軍大刀片的厲害，於軍不願硬拚，連夜轉移。馮治安不戰得勝，便揮師南下，追擊吳佩孚。

116

吳佩孚原在琪縣坐鎮指揮，同學張良誠部強攻倉皇南撤，經鄢城到西北襄樊地區老河口。馮治安部見狀從兩翼斜插，經鄧縣進入湖北截擊。不料在鄧縣遇敵頑抗貽誤時日，結果包抄失敗。

駐老河口的鎮守使張聯升是一鼠兩端的小軍閥。國民軍剛進攻河南時，他認為馮玉祥必勝，便私下派親信向馮玉祥輸誠。馮玉祥立即授予了他三十八軍的番號，後又向吳佩孚邀功，扣留了老河口馮玉祥的軍需物資。馮治安大怒，立即向張聯升部發起攻擊，首仗張部大敗，張見勢危殆，再次倒戈，馮治安出於戰略考慮，接受其「誠意」。吳佩孚見張聯升又賣主求榮，連忙找來一艘輪船，只攜親信數十人欲乘舟溯江向四川方向逃去。張聯升見吳佩孚逃逸，便來了個落井下石，命令樊江口江防砲兵炮擊。吳佩孚的參謀長張其煌被炸死，吳佩孚僥倖逃脫。

一代梟雄吳佩孚從此銷聲匿跡。這位清初秀才、山東蓬萊漢子，從一九一七年起任師長，很快便扶搖直上，成為民初最重要的軍閥。在英美等外國勢力扶持下，兩次發動直奉戰爭，製造了「二七慘案」。此次潰逃四川後蟄居北京。

馮玉祥的戰略意圖，至此得到越來越多的成果，軍餉得到了新的補充。一有錢，他做的第一件事仍是擴充軍隊，這是馮玉祥多年來的成功經驗，西北軍又一次擴大編制，馮治安首當其衝得到實惠。他被任命為第十四軍軍長，奉命立即折轉回豫在信陽駐紮，監視靳雲鶚部的行動。

靳雲鶚久居河南，自封為「河南保衛軍總司令」，是豫境內最有實力的地方軍閥。其部隊荼毒人民，無所不用其極。他曾去洛陽拜會馮玉祥，馮玉祥以青菜饅頭招待他，他覺得不可思議，逢人輒道：「我到他那裡，連桌像樣的酒席都沒有，這樣的部隊，死也不到他那裡死呀！」這年三月，靳雲鶚盤踞的信陽、確山等縣人民不堪其壓榨，紛紛起來抗爭，漸而有十萬之眾，展開與靳雲鶚的拚殺，靳下令凡持武器者不論老幼殺無赦。有的村莊的壯丁被屠戮淨盡。當時豫西一帶之所以民風剽悍善鬥，與靳軍多年敲詐屠殺有密切關係。

第一槍：中日抗戰中的秘辛

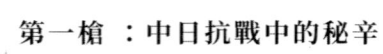

第十四回　五原誓師加入國民黨　北伐苦戰輾轉母病逝

　　馮玉祥見靳雲鶚不可爭取，便命令孫良誠部從隴海線南下，配合馮治安部南北夾擊，向駐鄆城的靳部發起猛攻。馮治安部率先打響，靳軍本就腐敗，百姓又恨之入骨，對他的軍需供應盡力阻斷截取，加之孫良誠部的北面突襲，靳軍瓦解，向鄆城一線退去，後在禹縣慘敗，走投無路才接受了馮玉祥的改編。時不多日又叛馮出走，被馮治安部全殲，靳雲鶚僅以身免。

　　馮治安率軍北伐轉戰期間，中國政壇風雲突變。蔣介石對武漢政府與共產黨合作不滿，在南京重組中央製造了「寧漢分裂」。這年四月六日，軍閥張作霖在北京逮捕了李大釗，隨後又悍然殺害了這位共產黨的創始者。四月十二日，蔣介石公開撤下聯共面具，對中共發動大規模屠殺。國民黨與共產黨由並肩討伐軍閥而變成仇敵，革命形勢逆轉。

　　馮玉祥起始還以中間人身分調停兩黨衝突。不久，他的立場逐漸右轉。六月十九日，蔣介石與馮玉祥在徐州會晤。兩天後，馮玉祥通電譴責共產黨，公開擁戴蔣介石，將其部隊中的共產黨人清洗出去。為表示其態度，殺害了中山軍事學校校長史可軒。蘇聯顧問也被他「禮送出境」。馮玉祥的部隊原是武漢政府的軍事支柱，由於他的叛離，使武漢政府陷於孤懸狀態。緊接著汪精衛也宣布了「分共」。轟轟烈烈的武漢革命政府分崩離析，以國共合作為標誌的大革命失敗了。

　　一九二七年初秋，馮玉祥接受南京政府任命，正式就任「第二集團軍總司令」職務。這期間，有一個重要人物進入馮治安的軍政生涯中：原靳雲鶚所屬將領秦德純。靳慘遭失敗，秦德純無所依附，遂降馮玉祥，馮玉祥委任他為二十三軍軍長，不久，為防止秦部原班人馬攜有二心，便將馮治安與秦德純對調，上層將佐亦互有調遣。從此，馮治安又成為第二十三軍軍長。而秦德純見馮治安對自己的老部隊關愛有加，便與馮治安結緣，對馮治安以後產生了越來越大的影響。

　　據守琪縣的孫殿英被馮治安、韓復榘包圍城中，給養困難，他見大勢已去，便棄城北逃。琪縣攻克，馮治安馬不停蹄，繼續揮師北進，又順利拿下安陽。

張作霖見北伐軍節節進逼，情勢危急，便調其精銳部隊十個師南下。由張學良、楊宇霆親自督率，在漳河北岸集結，沿河構築防禦工事，準備死守。馮玉祥各路大軍同時彙集在漳河南岸，準備相機進攻。一九二九年四月初開戰。激烈的彰德之戰打響，歷時一個月，雙方都有大量傷亡。成為北伐戰爭中規模最大、代價最慘重的一次戰役。

奉軍擁有飛機、坦克和重炮，彈藥源源不斷，技術兵由許多「白俄」僱傭等參謀掌握。馮治安等國民軍仍然只靠步槍、手榴彈、大刀片這些簡陋武器，且步槍子彈奇缺。漳河一帶地形開闊，奉軍在北岸所築工事成一線配置，互相呼應很難接近。偶有小股突擊隊衝上北岸，最終也被敵方包圍全殲。對峙地帶被奉軍火力嚴密封鎖，重機槍掃射如傾盆大雨，國民軍無法衝鋒。馮治安部打得最為激烈，近戰、夜戰被漳河阻礙，優勢全無。一個營半個月的時間陣亡三個營長，其餘連排長犧牲之巨更不待言。由於缺少子彈，每次組織衝鋒，都強行從每一個士兵手中斂一粒子彈湊起來交給機槍手。而士兵都知道「子彈是第二生命」的道理，往往為了一粒子彈指天罵地。

前線指揮劉郁芬、鹿鐘麟向馮玉祥請求後撤休整一下再進攻。馮玉祥堅決不允，說：「你們要退你們退，我是不退的。我這裡已經預備了一支手槍，兩粒子彈，敵人若來，我用一粒打敵人，一粒留著打自己……你們誰要退，請先把我打死！」

趕來支援的韓復榘部因轉戰日久疲憊不堪，子彈不敷用，往前衝上去的又被壓了回來。韓復榘生性暴烈，見部隊士氣萎靡，急得滿地打滾，哭叫著說：「我們現在的情況只有前進，否則總司令必定槍斃我，我與其被槍斃而死，不如就死在這裡！」部下見他如此，被感染得人人激憤，大家又鼓足勇氣衝了上去。

戰鬥最慘烈的地方，你隨便抓一把黃土，裡面就會有彈頭。馮治安部參謀長李炎在前線指揮時中彈身亡。馮治安已沒有了眼淚，他親赴前線指揮。馮玉祥見漳河北沿陣地久攻不下，又調劉汝明部從右路包抄到敵背後突襲，奉軍此時也早已疲憊，面對前後夾擊終大敗潰逃，國民軍長驅渡河窮追不捨。

第一槍：中日抗戰中的秘辛

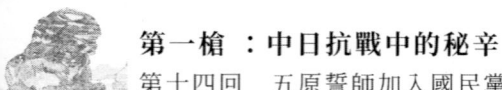

第十四回　五原誓師加入國民黨　北伐苦戰輾轉母病逝

奉軍原想邊撤邊設立新的防線，但過了河的國民軍勢如破竹、猛虎下山一般，奉軍已不能有效組織抗戰了。

彰德之戰國民軍傷亡慘重，屍首如山計萬餘人。安陽城到處都是運來的屍體，馮玉祥拿不出買棺材的錢，加之天氣太熱，縱使有錢也無法趕製棺材，只好用白布縫製大口袋，將屍體裝入埋葬。部隊官兵自嘲地取名為「革命棺」。

閻錫山的晉軍見北伐大功將成，便派兵出娘子關到平漢路截擊奉軍。奉軍兵敗如山倒，退潮般縮回北京城。張作霖見大勢已去，決定退守東北老巢。六月三日，他通電全國，退出北京，政務交國務院軍事團長負責。國事聽國民裁決。四日，張作霖乘專車出關回奉天，東行至皇姑屯，被日本軍預埋的炸藥炸死，時年五十三歲。這位馬賊出身的風雲人物，從統治東北全境到控制北洋軍閥政府，影響中國政壇十幾年的東北王，因日本帝國主義支持起家，最後又被日本帝國主義殺害而終結。

張作霖一死，奉軍蜂擁北撤出關。北伐軍各路雲集京都，閻錫山部捷足先登進了北京。馮治安部奉命進駐通州。

奉軍留在北京維持秩序的鮑毓麟旅，迎接閻錫山晉軍進城交接後，從北京東撤到通州，意欲乘火車出關。馮治安因在彰德大戰中損失慘重，全軍對奉軍恨入骨髓，晉軍又摘桃接收，西北軍無一收穫，見鮑旅來到通州，不由分說立即開火截擊。鮑旅一則猝不及防，二則軍心怯戰，很快被馮治安全部繳了械。此舉被新聞界廣泛報導，立即引起外國駐華公使的干預。公使團認為：「鮑毓麟旅已和平交出軍權，撤退途中馮治安部截擊不符合國際公約。」馮治安部已是饑不擇食、窮困至極，管你何公約。他將大量的補給裝備上繳一部分後，其餘全部分配完畢。全軍喜出望外，豈肯聽洋人指責？鮑旅敗軍之將歸心似箭，也不願坐等洋人調停，匆匆率領光桿部隊星夜出關，此事不了了之。

奉軍既撤，「少帥」張學良易幟通電全國，表示服從中央政府。北伐大功告成，全國掀起一片歡喜之浪潮，彷彿中國由此將結束戰亂、走向統一和平建國了。

這正是：軍閥混戰終有結

北伐功成名千古

第一槍：中日抗戰中的秘辛

第十五回　中原大戰馮閻反蔣　降將隱歸北平閒居

第十五回　中原大戰馮閻反蔣　降將隱歸北平閒居

　　北伐成功後，蔣介石提出了以裁汰軍備為中心內容的整編軍隊的計劃，受到全國輿論的擁護。馮治安對於天下大事並無深刻預測，他是個軍人，一向對政治不甚熱衷。只覺得北伐後國家對高級軍官的要求將會越來越高。自己只讀過私塾三年，自學的東西極不系統，急需充實提高一番。而馮玉祥也要求他去陸軍大學學習，他欣然從命，進入陸大。

　　陸大設備簡陋，但課程配置確實按照歐洲、日本同類學校的標準設立。對馮治安這類沒有學過新式教育的軍官來講，學習自然有不可踰越的困難。校方為遷就這批學員，專門開設了「特別班」，進入特別班的大都年齡較大，職級較高而教育程度較低。馮治安一生沒有進過正規學校，帶著新鮮感和求知慾匆匆報了到，準備埋頭於青燈寒窗，下一番修煉功夫。

　　回到北京家中，妻子陪他到西山母親墳前大哭了一場，馮治安不能立即將母親的靈柩送回故鄉安葬，仍暫置於北京。

　　受人矚目的編遣會議矛盾百出，蔣介石目的十分清楚，他以縮編為名，狠裁雜牌軍，變相擴充中央軍。這引起馮玉祥、閻錫山、李宗仁的強烈不滿。馮玉祥當面指斥蔣介石吞併非嫡系部隊，對蔣的方案一再公開抵制，閻錫山、李宗仁各不相讓，編遣會議在爭吵中進展。最後，勉強達成表面上的共識，桌子下面誰都不準備執行協議。

　　馮玉祥佯裝接受編遣會議決議，將自己的第二集團軍數十萬人縮編為十二個師。番號都冠以「整編」字樣。馮治安的第二十三軍變為「整編第四師」。馮治安入學前將二十三軍軍長職務交參謀長趙博生兼任。趙博生也是河北人、馮的老鄉，為人沉毅多才，甚為馮治安倚重，是名共產黨員。

　　馮治安的摯友張自忠也是馮玉祥鍾愛的「小孩兒」，但因他在淮北戰役中受到石三友的迫害，為免遭毒手投降晉軍，此時馮玉祥一直耿耿於懷。所以，北伐時未晉升他為軍長。只任二十五師師長。張自忠與馮治安一直保持

第一槍：中日抗戰中的秘辛

第十五回　中原大戰馮閻反蔣　降將隱歸北平閒居

密友關係，二十三軍縮編為整編第四師後，人員餉銀壓縮，經費十分吃緊。馮治安有幾匹心愛的良馬，因怕照料有誤，乃派人將馬送到張自忠處代為照料。

一九二九年三月，編遣會議因李宗仁公開反蔣而正式破裂。馮玉祥表面「服務中央」。馮治安利用這短暫的寶貴時間，將母親的靈柩送回故城縣東辛莊，了卻了他一大心事。

已升任團長的李貴派出兩輛蘇製卡車。一車裝靈柩，一車載士兵一班護送靈車。馮治安攜夫人解梅坐黑色轎車護靈。其餘親屬坐火車到德州，再回老家故城。為了慰亡母於九泉之下，馮治安破例向軍政界送去訃告，一時要人都送來輓聯、挽幛，將靈車披掛得莊嚴肅穆。有的還送來奠儀，長期在西北軍中任高級幕僚的一代名士王湖（鐵珊）為馮母撰寫碑文。馮治安夫婦披麻戴孝，靈車雖不浩浩蕩蕩卻也風光無限。車隊出永定門後，幾匹快馬從車尾趕至車頭攔下車隊。一位中校軍銜的年輕軍官行大禮之後，遞上蔣介石親筆寫的挽幛以示慰問。馮治安激動萬分，他深知自己的身分並不夠顯赫，北伐戰將如雲，蔣公能禮賢下士，心中陡然多了一分敬重。

沿途各縣軍政熟友都界迎界送，靈車起早貪黑整整一長天才回到故城東辛莊。這是馮治安第二次回故鄉。東辛莊老少爺們傾巢出動，靈棚早已搭好，吹鼓手、戲團隊也已就緒。父親馮元璽是紅白喜事的行家裡手，妻子病故一定要風風光光，凡喪制該遵守的一切禮儀都要恪守不渝。馮治安作為孝子，擗踴盡哀，所有告慰母親的禮儀都不為過。馮治安陪父親馮元璽、大哥馮蘭台、三弟馮宗台在村東自家地裡尋找墓地的合適位置。故城縣風水先生聞訊早早趕到測量之後，先選位置。村裡幾個年輕小夥子打坑，三月份凍土融化沒費多大力氣，一個長方形的墓穴就打好了。

馮治安親自來到古城街裡的棺材鋪，重新選了一口上好的柏木大棺，訂製了一塊三公尺高的青石大碑。蓮花底座，祥雲盤頭，刻上碑文。一切就緒之後，馮治安要親自為母親袁氏換棺。

桃花、杏花盛開，圍滿了東辛莊，小麥返青碧綠，萬物蒸騰。選一黃道吉日，換棺儀式開始，眾人都屏住了呼吸。舊棺蓋徐徐被打開，馮治安上前

給母親磕了三個響頭後，起身揭開蓋在母親大人身上的白布。眾人都感覺到這位當軍長的兒子定會號啕大哭。就在白布揭開的那一瞬間，馮治安卻驚叫起來：「爸呀！快看那，俺母親還活著！」眾人大驚！紛紛圍上前來。馮元璽一看也驚呆了。只見袁氏安詳地躺在棺裡，肉體不腐，衣物不爛，就像剛剛去世一樣，臉上居然還留著血色。

「趕快跪下！兒呀！這是你娘等你呀！要見你最後一面啊！」哥三個應聲跪下，全村鄉親從未見過去世一年之餘的人竟如此鮮亮。大夥不由得不跪呀！這簡直就是神仙下凡呀！隨後，哭聲就連成了一片。

風水大師連忙扶起馮治安說：「大人呀！這是你修來的福呀！母親一見你之後，就完成了她的心願，身體必將迅速腐化，趕快換棺，否則就來不及了！」馮元璽和二兒馮治安在悲痛中將母親袁氏抱到了新棺之中，然後舉行封棺。三十二抬大槓的靈蓋棺罩，三十二位青壯的小夥子全部就緒，風水大師高喊了一聲：「起靈！」大兒子馮蘭台跪在眾人之前，將瓦盆高高舉過頭頂「啪」的一聲摔得粉碎。接著哭聲又起，隊伍前奏起低沉的哀樂，白幡如林，紙錢如雪。紙馬、紙牛、紙羊摻雜在送葬的隊伍之中。全村鄉鄰人人佩戴黑紗，尾隨前行，好不壯觀。

三十二抬大槓不能沾地，一氣抬到墓穴中央，兩條粗麻繩兜底穿過。八人拉住繩索，聽到下葬的號令後，共同放繩，將棺木放到穴底，然後撤去搭在墓坑上的大槓。馮元璽大喊一聲：「孩兒他娘呀，走好哇！」他填上第一鍬土。接著兒女們、近親們、最後是鄉鄰們依次填土，不大一會兒工夫，一座碩大的墳塋就堆砌完成。眾人又將那三公尺高的墓碑立好，擺上糕點糖果。點上青香，馮治安再次下跪，淚如泉湧。或許真情感動了上蒼，貴如油的春雨也忽然淋下示哀。眾人連忙扶起馮家老少，頂著濛濛細雨回村去了。

全村百姓坐在席棚裡，就像馮治安結婚時一樣，痛痛快快地吃了一頓四八席。

馮治安將母親安葬完畢，不敢久留，就要返回軍中。臨行前，他召集開了家庭會議：「現只剩父親一人，為完父親心願。仰之投錢重蓋家院，算馮家財產，仰之捐贈。」馮治安拿出在北京提前設計好的圖紙交給父親馮元璽，

第一槍：中日抗戰中的秘辛

第十五回　中原大戰馮閻反蔣　降將隱歸北平閒居

老人一看大喜。正房五間，耳房各兩間，廂房東西各兩間，圓形月亮門處是東西偏房各兩間，然後是石獅門樓；一色的水洗青磚對縫。布瓦封脊；正房後是後院，水井一口菜地五分；十三層磚上土坯院牆。

馮治安走後，三弟回哈爾濱，大哥和父親開始拿著馮治安留下的銀圓，照圖紙施工，大興土木。

是年三月二十七日，蔣介石的中央政府發表討伐李宗仁的檄電。馮玉祥下決心反蔣，為了先把散布於各地的西北軍舊部集結起來，五月，他在陝西華陰召開本系統軍事會議，把自己想打一場反蔣戰爭的決心傳達給各部。按他的意圖：全軍一律先撤至陝西至西北一線。待「握成拳頭」再打進中原。對「馮老先生」的這一戰略意圖，加之他的幾進幾出，面對正統的蔣政府龐大的軍事力量，諸將很難像早期那樣對馮玉祥言聽計從。表面上都表示擁護，暗地裡卻各有心思。

馮玉祥和他的舊部一直維持封建人身依附性質的關係。他視部下如兒女，有疼有愛，大家都遵守他的「家法」。他可張口便罵，舉手便打。初期大家都覺得這是理所當然。待下屬一個個都成了將軍之後，「翅膀硬了」，每個人的個性、修養不同，價值觀念不可能都按「老先生」劃定的模式發展。升官發財畢竟無法抗拒，但許多人早已背著馮玉祥幹起一般軍閥都幹的勾當。「兒大不由爺」，韓復榘先站出來唱起了反調。

北伐後，韓復榘當上了河南省主席。他本身是個雄心勃勃的人。正想有所作為，不料馮玉祥又令他把部隊撤出，去大西北不毛之地受罪。他在華陰會議上公然向馮玉祥建言：「把整個河南放棄，部隊全部撤到潼關以西，無疑是自取滅亡，幾十萬人馬集中在貧瘠之地，不是把部隊餓死，也讓當地老百姓給逼死，絕無好下場。」韓復榘主張全軍集中在平漢路以西，主力集中在洛陽、南陽一線。馮玉祥見韓復榘當著眾將的面公然頂撞，便勃然大怒，憤極給了韓一個耳光。韓復榘沒有示弱，竟然離開華陰回到河南駐地。

蔣介石私下早就接見過韓復榘，誇獎他是作戰英雄，帶兵有方。還賞了巨額銀圓，韓感到很溫暖。現在既然和馮翻了臉，他索性公開電呈蔣介石，聲明未參與「破壞和平」，表示已在洛陽集中部隊十萬人專候中央差遣。石

友三受韓復榘的鼓動，也緊隨其後接受蔣委任的「討逆第十三路總指揮」一職，韓石叛離。馮玉祥的實力和士氣都受到了極大的打擊，蔣介石火上澆油，下令開除馮玉祥國民黨黨籍，「嚴緝拿辦」。

馮玉祥內遭韓石叛離，外遭輿論批評。為緩解困局，於五月二十三日通電下野，攜家眷赴山西「讀書」。入晉不久，即被閻錫山軟禁，蔣介石抓住有利時機，逼迫原西北軍代理首領劉郁芬、宋哲元軍就範，並強制將西北軍將領方振武拘禁，收編其部隊。劉郁芬、宋哲元軍在馮玉祥遙控之下，故意裝出向蔣靠攏姿態，使閻錫山大為惶恐而被迫親納了聯馮抗蔣的戰略，並立即向馮玉祥亮了底牌。馮玉祥自然求之不得，這對「金蘭契友」又擁抱在一起。馮玉祥和閻錫山匿在幕後指揮，宋哲元領銜率前西北軍二十七個將領聯名通電討蔣，並就任「國民軍總司令」，準備兵分八路向豫境內推進。

大將孫良誠正處大紅大紫時段，讓他聽從宋元哲調遣心中不服，對馮玉祥的人事安排自然心懷憤懣，埋下了豫戰慘敗的禍根。

馮治安發喪後趕到河南靈寶第四師駐地，即赴潼關謁見馮玉祥。馮玉祥命他去西安接替宋哲元所兼二十八師師長職務。入豫前夕，馮治安又改任十一軍軍長。早在馮治安入陝前，張自忠的原二十五師師長職務又被馮玉祥裁撤掉，改由張凌雲接替，張自忠本來是馮玉祥多年的近衛人員，只因南口大戰時，張自忠雁北作戰因石友三而降晉軍一事，使馮玉祥對他產生厭惡，故一再撤銷張自忠的職務，張自忠賦閒家中。

馮治安就任十一軍軍長後，多次向馮玉祥懇請讓張自忠回軍與他共事，終得馮玉祥應允，任命張自忠為十一軍副軍長兼二十六師師長。這一對青少年的好朋友，多年來私交極厚。兩個人的溫厚和剛烈，恰好互相補充。

十一軍駐地西安，連年荒旱，饑民遍野。馮玉祥二十萬大軍入陝更加劇了天災人禍。馮治安見狀，將部隊從城裡移至西關外大營。官兵伙食極差。軍隊人員雖略好於一般，也只是免予饑餓而已。馮治安和張自忠改善伙食，讓衛兵弄來了砂鍋，鹽水煮白菜加一把冬粉無一肉星。他倆圍著炭火，烤上幾個窩頭，腳踏著板凳，吃得是興高采烈。隨從人員看著兩位軍長吃得有滋有味，在他們心中也真是山珍海饈一般高級了。部隊如此，營外還聚集了大

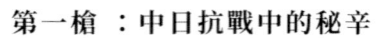

第一槍：中日抗戰中的秘辛
第十五回　中原大戰馮閻反蔣　降將隱歸北平閒居

量流入市內的災民，軍伙房將涮鍋水抬出來，災民們蜂擁而至，用碗舀著喝。馮治安欲哭無淚。他領著下級沒有婚配的年輕軍官到「人市」上，那裡有賣兒賣女的，也有女人自賣的，皆是頭上插草為標。馮治安批准軍官未婚者挑選女人，部隊當時戲稱「拾媳婦」。馮玉祥對攜家眷的軍官明令優待，馮治安覺得這也真是對災民的力所能及了。一時間結婚在下級軍官中成風，生下的孩子都被大家稱為「陝西娃」。

天災不斷，匪患人禍四起，大者成軍小者成幫。宋哲元對剿匪慣用鐵腕。鳳翔匪首黨拐子及其婆姨「小白鞋」聚眾上萬，攻城略地，殺人如麻，後據有鳳翔縣城。宋哲元督軍攻打，頗費周折才攻克城池，沒來得及突圍的五千匪眾被俘獲。宋只略審訊便下令殺掉。官兵們在關帝廟旁挖了一個大坑。行刑隊手持大刀，逐次將人犯架在坑前，梟首後推進坑內。宋哲元在旁邊置一公案，擺上肴酒，邊飲邊看殺人。被殺的數千俘虜中，確有因饑餓裹脅進來的，宋不聽勸阻，認為不全殺不能震懾其他匪眾。一律殺無赦。

馮治安在陝期間，匪患漸少。馮治安曾率軍去乾州、永壽、邠州剿匪，他多用招安手段絕不妄殺。有個叫黃德貴的匪首招安後，馮治安給予了安置。此人一直安分再未生亂。邠州有一小股土匪被剿，俘獲十餘人，押在臨時牢房中。一土匪謊稱大便，在廁所拾起一塊磚頭，趁哨兵不備將其砸暈，然後翻牆逃跑。另一哨兵將逃匪砍翻，哨兵們紅了眼，欲將土匪們全部砍首。馮治安得知立即制止，將已死匪首埋掉，其餘在押土匪交當地政府處置。同僚們說馮軍長「優柔寡斷」，「婦人之仁」。對土匪如此，對士兵們卻極嚴格。在杞縣剿匪時，有一士兵入富戶搶得小注錢財被告發，請示馮治安處置，馮最恨欺負百姓之人，盛怒之下說：「殺！」旋又指示「交軍法處按律處置」。軍法處認為數額很小且該士兵確因家中急難才犯下罪行，上報馮治安說：「罪不至死。」馮治安立即批覆「可。」只將該兵判了徒刑。

一九二九年七月中旬，馮治安督十一軍隨「國民軍」大部隊入河南，參加攻克洛陽之戰。「中央軍」沒想到窮得像乞丐般的國民軍會有如此之強的戰鬥力，馮治安當面之敵是劉恩茂的部隊，雖也是雜牌軍，但裝備精良、軍官穿呢製軍服，伙食是白米豬肉。馮治安部食物粗糙，衣服破舊，武器裝備

劣陋不堪。為避之短，馮治安白天休戰不攻，夜間出擊，這是馮治安多年累積下的夜戰經驗。敢死隊帶頭，後續部隊跟上，一律的西北軍大刀片，月夜殺敵出奇制勝。南軍對大砍刀非常懼怕，士兵們每逢賭誓時輒說：「誰要是⋯⋯就讓馮治安的大刀砍了。」

馮玉祥部連年抗戰，疲憊不堪，更無固定財政來源。大西北這塊鳥不拉屎的貧困之地供養著二十萬大軍不勝重負。閻錫山見風使舵、背約食言，他令部隊龜縮不出，更使馮軍雪上加霜。更有甚者，他接受蔣介石拉攏，就任蔣賜予的「陸海空軍副總司令」的虛銜。宋哲元前線指揮，幕後馮玉祥遙控指揮。宋哲元成為木偶，無權無威。蔣介石巧妙地利用這種矛盾，戰場上加大壓力，背地裡派說客分化瓦解，許以高官厚祿。蔣施一計，故意把送給宋哲元的委任狀「錯送」給孫良誠。性情粗豪的孫良誠大怒，原本就不服氣的他認為宋哲元「吃裡扒外」。孫的幕僚認為有詐，勸孫不要輕信。孫仍半信半疑而鬥志鬆懈。宋哲元指揮失靈，西北軍大敗。

豫戰之敗，拖垮了不少部隊。原由馮治安帶領的第四軍和原由張自忠帶領的二十五師敗得尤慘。內部不少團長找到馮治安、張自忠哭訴，馮、張二人仰聲長嘆，安慰數語奈何？誰來安慰我倆！

馮治安的十一軍撤到了陝州，年底又西撤到西安。全軍殘敗不堪，加上地方困窮無力供給，部隊生活極為困難。這年春節，軍隊人員每人分得三個饅頭。士兵何況？開小差的增多。馮治安聽說，逃跑的、受傷的士兵圍集在蔡家坡的破廟之中，那裡有一位瞎子摸骨的江湖術士，隨難民從河南跑到了陝西，凡被摸骨的士兵都認為極其可信。說你何日受傷，戰死或逃離，準確無誤，士兵們蜂擁而至。一時鬧得軍心不穩，長期下去後果嚴重。馮治安決定一探究竟。他帶領已提升為衛隊長的李貴等人，輕車簡從，到離蔡家坡八里之外，棄車步行化裝前往。馮治安穿上破爛補丁的士兵服，臉上擦上灰土。幾天前就不再剃鬍鬚，滿臉鬍碴，混在散兵遊勇之中，排隊依次摸骨。

馮治安從小的家境傳奇和成長經歷，不由他不信，但又不能助長這風氣的蔓延。無論此盲人摸骨術是否高明，他都會將此人妥善安置藏躲起來。李貴在馮治安前頭，故到他時，他剛要讓軍長先摸，被馮治安捅了他一指頭。

第一槍：中日抗戰中的秘辛

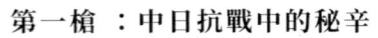

第十五回　中原大戰馮閻反蔣　降將隱歸北平閒居

李貴沒敢吱聲，故作唉聲嘆氣之像站在這瞎子面前。那瞎子六十多歲的樣子，骨瘦如柴，披一件露著棉絮的破棉襖，是位典型的睜眼瞎，白眼無珠。他摸完李貴之後說：「你命中有貴人相幫，無困無疾。壽命一般，遇大凶後才會有大吉。」李貴心中不悅，又不敢發作，扔下幾枚銅子，乖乖地站在了一旁。

馮治安仔細觀察這瞎子的手法和相書骨法所述基本符合。馮治安大氣不喘站在了瞎子面前，那盲人一百六十公分的個頭，想摸馮治安一百八十幾公分的頭，肯定是搆不著的，一般士兵就會蹲下身來。馮治安也不例外。他剛一曲腰，對面的瞎子說話了：「不可，此人身上有一股磁力，不可造次。俺登凳來摸！」大廟裡被瞎子的一句話震得鴉雀無聲。旁邊有個士兵連忙將瞎子身後的小板凳拿過來，扶著這位盲人上去。這位摸骨師從頭頂、後腦到前臉再到雙耳摸下去，當那雙顫悠悠的柴手摸到馮治安耳朵上的拴馬樁時，李貴看到那瞎子臉上的皮抽動了一下，露出一絲驚恐之情。那瞎子將雙手垂下，一腳踢翻腳下的小板凳，兩腿跪下說道：「大人來了，受草民一拜。」這瞎子叩首之後欲言被止。李貴幾位軍漢將瞎子架走。眾人見這陣勢誰敢阻攔。

馮治安將盲人帶到蔡家坡鎮上，給這位老人買了一件光板皮襖，塞給了他五塊大洋，嚴令他不許再行摸骨。盲人謝恩應允。他點著竹竿沒走幾步卻又折返回來說：「大人不願透露姓名、官職，俺心中有數，定在制台大人之上。老漢有一句話相告，時日不多，大人必有一難，將會閒居家中一段後，定有要職！」馮治安並不多問，驅車返回西安。他讓李貴在軍中散言：那瞎子裝瞎，在軍內有探子透風擾亂軍心，已被正法。這一風波平息。

一九三零年三月，宋哲元軍召西北軍將領在潼關開會，研討以後出路。眾將紛紛譴責閻錫山，認為是閻背約失義造成豫戰之敗，主張揮師北上渡黃河入晉討閻，把山西拿過來。對南京方面則主張做出和解姿態，接受編遣，以此穩住蔣介石，免得腹背受敵。此議一起，閻錫山聞訊驚慌失措，立即向馮玉祥表示悔痛，送上八十萬元銀洋和一部分槍械彈藥，指天誓日地保證和馮一起反蔣到底。

由於閻錫山的轉變，由馮、閻、李宗仁組成的新軍事同盟產生，閻錫山被推舉為「總司令」，馮玉祥、李宗仁為「副總司令」。這支聯軍命名曰「中華民國軍」。

馮玉祥回軍後，又將所部匆匆整編了一番，馮治安被委任為第四路軍副總指揮兼第九軍軍長。原第四軍軍長一職由張自忠接任。第四路軍由宋哲元任總指揮，擔任沿隴海線鐵路東進的主攻任務。

二次入豫，馮治安部的裝備及供應有所改善。閻錫山拿出多年囤積的軍械物資慷慨相贈，使多年習慣了糯粱果腹的士兵偶爾吃上軍用罐頭而新鮮。馮治安面對之敵是陳誠所率精銳部隊，裝備精良，與馮軍判若天淵。他們有飛機、坦克、平射炮、自動步槍、騎兵，而西北軍強大的戰鬥力來源於人。他們一經交手，馮軍便利用夜戰、近戰的優勢靠大砍刀、手榴彈，仍能取得節節勝利。戰事順利由西向東推進。洛陽、開封、鄭州相繼攻克。蔣軍被打得狼狽不堪。蔣介石親臨前線指揮，到歸德朱集站時，馮治安部突然攻上來，蔣介石險些被俘，蔣軍士氣低落下來。

馮治安在杞縣老鐵嶺駐軍。夜間突然有一小隊蔣軍越過防線，這支小部隊由號稱最精銳的教導師中校參謀蔡邦杰率領要親見馮治安。馮治安以禮相待，秉燭夜談。馮治安問：「蔡中校身居正統勁師，前途無量，為何投奔我軍？」蔡說：「蔣軍弊端叢生，上下敵對，當官只求榮華富貴，不顧下層疾苦，軍無鬥志必敗無疑，何來前途？故投之。」蔡邦杰詳細介紹了蔣軍的部署。馮問：「蔣方是否打算長期作戰？」蔡說：「不，他們隨時都準備撤退，從南方運來輜重的貨車，一直停靠不卸，騾馬車裝運的輜重也都停靠在火車站台，準備一旦大敗立即裝車南逃。」馮治安大喜，將蔡邦杰安排在軍部當參謀。

中原大戰爆發後，由於馮玉祥又親自指揮，群龍有首而戰事相當順利。閻錫山部雖無大捷，但也構成對蔣介石的嚴重威脅，雙方對峙的天平，只有一支部隊可以左右戰局。那就是一直觀望的東北軍。雙方對張學良競相籠絡。

東北軍在張作霖、張學良父子多年的經營之下，靠日本在東北勢力的支持，軍力日趨壯大。就中原大戰的雙方而言，張學良無論傾斜向哪方，都會

第一槍：中日抗戰中的秘辛

第十五回　中原大戰馮閻反蔣　降將隱歸北平閒居

使這方穩操勝券。蔣介石當時的社會影響、國際地位、財政實力都非馮玉祥可比。張學良權衡利弊後決定擁蔣。九月十八日發表擁護中央的通電，立即驅大軍入關據有平津。

張學良這一出招，給馮玉祥軍反蔣勢力捅了致命一刀。局勢急轉直下。閻錫山的晉軍見風使舵率先撤軍。馮玉祥的部隊也如決堤之水，各尋歸宿。梁冠英、孫連仲、吉鴻昌、張印湘、葛雲龍甚至衛隊旅長季振國相繼投降，更多的將領則選擇了棄軍而走。

馮治安鐵桿護主，在洛陽率軍苦戰，忽接馮玉祥電令，命他速往新鄭一帶去增援張維璽部。馮治安接令後，只帶手槍隊李貴的百餘號人連夜趕到新鄭，張維璽正焦灼無計之際，見馮治安只領百餘人來援，大失所望。西北軍此時已兵敗如山倒，馮治安與張維璽無法控制局面。馮治安惦念著洛陽自己的部隊，便率領手槍隊向本軍駐地進發。

一夜急行，馮治安的汽車左突右轉，竟連新鄭縣境都沒能出去。他曉得歸路已斷，無奈，他率領李貴衛隊又返回了新鄭縣城，誰知那張維璽已經隻身逃走。樹倒猢猻散，士兵們各自逃命去了，根本無法組織抵抗。馮治安站在城樓向城外望去，顧祝同率蔣軍將縣城圍得鐵桶一般。這時李貴來報：「軍長，你看看吧，這是孫連仲等將領的投降通電，咱們咋辦？」馮治安揮了揮手，他知大廈已傾，憑俺匹夫之勇已無力回天了。他叫李貴集合部隊。馮治安沉痛地宣布他的決定：「各位兄弟，咱們已是四面楚歌了，這還有些銀圓分與大家，各自散去。投降我一人吧！」士兵們全部跪下不起：「要降我們護著軍長降！俺們絕不離去！」馮治安拔出手槍對準自己的腦袋下達了命令。大家無奈：「軍長委屈了，只要東山再起，我們定會從四面八方投奔軍長！」

李貴不走，說：「大哥！咱倆一同從東辛莊出來投軍，二十年都沒有離開過，今天敗將猶榮，李貴生死追隨大哥！」馮治安見李貴真情，只帶李貴和一護衛加司機出城投降。李貴將白襯衫脫下作為白旗，乘汽車直奔顧祝同駐防的新鄭車站。

顧祝同大喜，他深知馮治安的為人和軍事才幹，立刻出營迎接，好言安慰之後，當即拿出一紙中將參議的委任狀。並告之西北軍將領投降後的安排。

馮治安苦笑：「顧將軍見諒，仰之多年征戰早已厭倦，敗軍之將光桿一人，怎能接職，望將軍抬手，仰之願解甲歸田，做一平民度日為好！」顧祝同再三挽留，馮治安婉言謝絕。顧允諾後，將馮治安暫送到一個貨棧裡休息。很快，張維璽部的幾個高級軍官吳振聲、倪玉聲、田金楷、許昌霖也陸續來到客棧。幾個人倒在炕角默默無語，心酸苦難的淚水全部傾倒在心田。

張維璽字楚玉，在西北軍中以文化修養高著稱，平時謙和寡言，頗得同僚器重。但他善於聚斂，在西北軍諸將中是一位「富將」，為此很惹馮玉祥鄙視。一次張斂財事情敗露，馮玉祥大怒，他掏出一塊銀圓放在手中掂來掂去問張維璽：「你說，是你爹沉呢，還是這東西沉呢？」說罷將那銀圓拋進湖水中。張維璽羞愧地躲到了一旁。中原戰敗，張維璽逃到了上海居住，安享宦囊充裕之福。

人到悲痛更思親，馮治安想念北京的妻兒和河北老家的父親。客棧的夥計見過這位軍人頭枕一個鴨絨枕頭，他老爹病重枕硬，馮治安爽快地將那枕頭送予夥計。李貴想攔，又怕軍長生氣，軍隊都沒了，何況一枕頭，顧祝同言而有信，給馮治安等軍官發放了路費簽證，馮治安將汽車丟給了蔣軍，坐火車順利地回到了北平。

這正是：二十年榮光成降將

寒嚴落葉始做寓公

第一槍：中日抗戰中的秘辛

第十六回　西北軍敗骨血殘留　枯木逢春新軍建立

第十六回　西北軍敗骨血殘留　枯木逢春新軍建立

　　馮治安回到北平。全家喜憂參半。戰亂之中能賦閒家裡，老人孩子團聚一起度平民之樂，真是天大之喜。妻子見馮治安短暫笑容過後，鬱悶陰沉的臉色讓解梅心急。她儘量順從丈夫體貼入微，同時拿出家中積蓄改善生活。她知道夫君不會甘為寓公，她想盡一切辦法，要讓他充分享受這美好短暫的時光。

　　李貴北平無家，住在馮府。一天，他陪著軍長逛遊北京城。走累了，坐在北海的石橋旁。李貴問馮治安說：「大哥，咱西北軍兵強馬壯三十萬之眾，到頭來卻落得如此下場，你說這是為什麼呢？」其實，這些天來，馮治安一直在思考這個問題。馮治安說：「西北軍是馮玉祥先生拚一生精力打造的。西北軍的靈魂到底是什麼？那就是馮玉祥，也就是說，馮強軍強，馮弱而軍敗。咱們西北軍呀！是真愛民又真擾了民。咱們真愛國也真愛霸權。我這些日子明白了許多。咱們西北軍儒家的仁義，縱橫家的權術，基督教徒的博愛，鐵腕人物的殺戮都混在一個鍋中。結果端出來的是一個難以品味的『雜燴』。」馮治安又說：「我最崇拜的是關公一生不擇二主，可我算什麼？苟且偷生當了降將。這是我終生不可原諒的一件事情，故不想復出。」

　　李貴從衣袋裡掏出昨天的《北平日報》。那裡記載了西北軍將領的歸宿。尤其提到了軍長的好友「吉大膽」吉鴻昌將軍。馮治安接過報紙翻閱。中原大戰之後。吉鴻昌部被蔣介石收編，任第二十二路總指揮兼第三十師師長，率部參加對鄂豫皖紅軍根據地的圍剿。馮治安心中起了波瀾，「吉大膽」和自己的成長極為相似。一個連的兵呀！俺倆從士兵到軍長，都因俺們驍勇善戰，屢立戰功啊。聽說他「吉大膽」思想赤色左傾，去圍剿紅軍怕是軍令難違呀！馮治安長嘆一聲，吟了一首自作小詩：

　　諸將紛紛亂倒戈，二次徒漫渡黃河。

　　仰之背主丟信義，偷生北平無奈何。

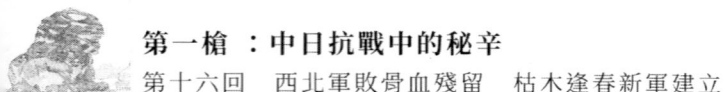

第一槍：中日抗戰中的秘辛

第十六回　西北軍敗骨血殘留　枯木逢春新軍建立

兄弟相殘那日了，國泰民安路途遙。

再盼西北軍旗展，血照丹心英雄歌。

中原大戰兵敗後，殘將殘兵心中仍追隨西北軍這面大旗，降軍中的西北將領享有人望者只有宋哲元、孫良誠二人。尤其以宋哲元沉雄大度聲響更著。很快，其麾下就集結了劉汝明、秦德純、張自忠、張維藩、過之綱、魏鳳樓等所部兵員，共達六萬多人。

蔣介石平定了北方局勢，便傾心於南方剿共大業。他將晉南西北軍殘部的編遣事宜，交給已任軍委會北平分會委員長的張學良全權處置。張學良決定將這支部隊編成一個軍納入其東北軍系列。軍長一職由誰出任，一時難於委決。宋哲元、孫良誠想尋求門徑，展開激烈競逐。他倆都知道「君子不可一日無權」，要有職位，才能名正言順。

這時，一位高參出現，決定了軍長的人選。這個人叫蕭振瀛，吉林扶餘人，幼年曾讀過幾年私塾，後隨父經商，因負債纍纍被迫逃往關內。因和石友三同鄉，遂依附石友三，在其部隊任文職官。蕭振瀛身材偉岸，口若懸河，辭海飛揚，為人鋒芒畢露，勇決善斷，敢做人所不做或不願做之事，典型的一條東北漢子。他經石友三推薦，被馮玉祥任命為綏遠臨河設置局局長。一九二六年，直奉聯軍撤退時路經臨河。時任西路軍總司令宋哲元曾令蕭振瀛籌辦糧餉，蕭振瀛居然能在土地貧瘠、黃沙漫漫的轄區內保證了大軍的供給。宋哲元對其稱譽不已。後此人調入宋哲元手下任軍法部長。此時蕭振瀛毛遂自薦，願助宋哲元一臂之力贏得軍長一職。

宋哲元大喜，他帶蕭振瀛、秦德純、張自忠去北平謁拜張學良。年華正盛的少帥忽然對張自忠發生濃厚的興趣，他撇開宋哲元首先召見了張自忠，並提出讓張自忠出任軍長一職。張自忠是位極重道義之人，哪能奪自己長官之職，便立即辭謝道：「我的資望淺，德不足以服人，才不足以馭眾，宋先生是我的老長官，資深望重，我們均願推宋哲元先生領導。」張學良沉吟片刻，沒有再說什麼，但並未立即表態委任宋哲元為軍長。

此時，孫良誠也準備重金厚禮派專人去北平上下活動。宋、孫競爭逐步白熱化，不知鹿死誰手。蕭振瀛在這關鍵時刻，以東北老鄉為由，充分施展他八面玲瓏的政客才幹，用三千大洋買通了張學良的承啟官裴某，由裴某引薦，蕭得以在張學良面前，鼓如簧之舌，慷慨陳詞，做出一副忠貞不二的姿態，贏得了少帥的信任，終於將軍長一職畀與宋哲元。宋哲元獲得了東山再起的機會，西北軍的骨脈也得以相傳。

張學良給宋哲元的番號是：東北邊防軍第三軍，是按東北軍序列編排的，規定只有三個師。可是聚集的晉軍的各路殘兵，其首領全是什麼「司令」或「總指揮」級的人物。如何安排這些落拓之將？宋哲元思前想後，採取了務實態度，首先，張自忠人馬既多又硬整，用他絕無非議，況且張自忠首先將張學良找他之事告知宋哲元，宋哲元也感激和敬佩張自忠的為人。這樣，給了張自忠一個師長的職位。另一師準備讓宋的老部下趙登禹統率，還有一個師長宋哲元未下決心選定。張自忠見狀，立即向宋哲元推薦馮治安擔任。此刻的馮治安尚在北京閒住，手上無一兵一卒。資歷、才幹和為人不用挑剔，只怕擁兵的將領不服。張自忠和馮治安兄弟之情，加之上次南口戰敗投晉，是馮治安力薦張自忠出任師長，終得馮玉祥批准。今天如錯失良機，馮仰之很難再遇見這樣的機會了。張自忠再呈宋哲元：「張自忠甘願作副師長，恭讓馮治安老弟當師長，他也是俺多年的上峰了。還望宋軍長應允！」宋哲元其實對馮治安的印像極好，見有了台階，立刻欣然答應。

趙登禹也曾是馮治安的部下，馮出任師長，他表示樂於從命，並親自赴北平將馮治安接來。馮治安表面上再三推辭，心裡早有重返軍旅之心，他見趙登禹情深意切一片誠心，便告辭家小，帶著李貴重返不是西北軍的西北軍。他心中默默地向著馮玉祥禱告：「先生請放心，西北軍把根留下，馮家小孩再不做降將！」這樣兩個師長已定，另一個師長在趙登禹和劉汝明之間反覆斟酌。最後決定由原第三路總指揮劉汝明擔當，其餘各將按其年資輩分，均分別編入三個師中。孫良誠自持資深望重，怎能羞居人下，便帶其心腹舊部數十人離開了山西。過之綱也認為自己「本錢」雄厚卻倍遭冷遇，憤而離軍去了北平。

第一槍：中日抗戰中的秘辛

第十六回　西北軍敗骨血殘留　枯木逢春新軍建立

編排既定，宋哲元忙遣人將名冊送呈南京政府。不料南京只批准了馮治安、張自忠兩個師的建制，劉汝明師遭駁回。宋哲元無奈，只好撤銷該師番號，改任劉汝明為副軍長。

一九三一年一月十六日，蔣介石以全國陸海軍總司令名義與副總司令張學良聯署發表「銑」電，正式任命宋哲元為第三軍軍長，屬東北軍序列。馮治安、張自忠分別任師長職務。二月六日，宋哲元通電就職，軍部駐於運城。至此，一代勁旅西北軍完全消逝在中國歷史的茫茫塵煙之中。孫良誠離去後，其原屬兵馬皆編入馮治安的第三十七師。馮治安將原騎兵營、砲兵營編為特種兵，其餘混編一個旅，任王治邦為旅長。孫良誠舊部多剽悍之士，對於這種編遣極為不滿。其中原團長湯傳聲素性狂傲，他私下裡串聯幾個營長，計議將孫良誠原兵馬偷偷招走。此事讓李貴探到告知馮治安。馮治安不動聲色，先將湯傳聲調到軍部任職，使其孤立起來。然後又一一安撫原孫部軍官，推心置腹地曉之以理，動之以情。又將原手槍營長戴守義提為團長。終於使準備譁變的兵員全部安定下來。湯傳聲見事敗無臉再待下去，隻身偷偷逃走尋找舊主。不料四面楚歌無安身之地，在走投無路的情況下，掩著紅臉哭拜在三十七師師長馮治安的面前，搥胸痛哭，發誓追隨永不變心，馮治安心軟，見湯傳聲確有悔改之心，就不計前嫌，留在軍中，並委任為團長，孫良誠舊部見狀心悅誠服。

「師長，不好了，軍營裡掛出了一副大標語，上面寫道：打倒投降將軍馮治安！俺已讓人摘了下去。」仍當衛隊長的李貴火氣沖天地說道。他已查明掛標語之人，是劉汝明的部下幹的。馮治安笑了笑：「李貴，難道我不是降將嗎？立刻將標語原處掛好。」李貴不解，只好又將標語重新掛回。

原來，劉汝明的殘部大都編入了三十七師，其中層軍官見舊主安排一個虛職副軍長，沒有兵權坐了冷板凳，便心懷憤懣，暗地裡互相串聯鬧事，藉天黑夜半掛出了這幅標語。哪有不透風的牆，有正直的軍官認為，劉汝明師長不批，那是蔣介石，又不是馮治安！便將消息透給了李貴。

馮治安召集劉汝明部下的所有軍官在標語下集合，掛標語的幾人自覺有愧心裡慌張，只得任憑處罰。馮治安與大家談心：「今天我馮治安絕不糾察

掛標語之人，我只提一個問題，事到如今了，還有哪位是不投降的人？請你舉起手來！」大家面面相覷。彷彿才明白，咱們是集體投降後才改編的呀！馮治安又說：「要說西北軍中原大戰敗後俺馮仰之投了不假，可俺沒降，而是光桿回家，這次兄弟們抬愛，又將俺馮治安從北平接回老家，我們都到了這等田地，難道還要自家窩裡鬥嗎？」馮治安苦口婆心勸告眾人隨遇而安，不要再生是非。

劉部的幾位軍官主動站出承認了不是，摘掉了標語，劉汝明聽訊也前來安撫。三十七師這塊東拼西補的湊合之師，總算在馮治安的工作下，心平氣和地形成了一個拳頭。

宋哲元偕秦德純再去瀋陽謁拜張學良，陳述：「西北軍殘部眾多，第三軍只有兩個師的編制，實在無法容納。這些都是強兵，荒廢可惜，他們願為國效力，懇請少帥擴編。」張學良立即允准，增加一個師，叫「暫編第二師」，委任劉汝明為師長。

一九三一年六月，南京政府重新整頓全國軍隊，將宋哲元的第三軍番號撤去，改為第二十九軍，馮治安任二十九軍三十七師師長，時年三十五歲。

二十九軍暫住晉南，萬餘之眾，每月總餉銀僅五萬元，但是伙食一項都不夠。山西是閻錫山的地盤，行政系統絕對姓閻，晉軍楊愛源部駐紮晉南擁有重兵，時刻對二十九軍公開監視。二十九軍從地方上籌不到糧餉，全軍紮緊腰帶以饑充飽勉強度日。運城地區有中國著名的鹽地，食鹽供應方便廉價。二十九軍官兵常常以鹹菜佐餐，有時鹹菜吃光便用鹽水拌飯，宋哲元多次拿出自己的私蓄當菜金。馮治安對軍長說：「二十九軍還是後娘養的，帶兵還賠錢！」

「嗜鹹」是馮治安最主要的飲食習慣。這種習慣從母親那兒開始，出身貧苦的河北農村，那裡毗鄰渤海，鹽價甚低，他家便「一鹹抵百味」。常年以鹹菜下飯。馮治安少年入伍，西北軍又是一支靠鹹鹽支撐飲食的窮隊伍。後來當了軍官，雖然還不能榮華富貴，但衣食無憂，可這吃鹹的習慣早就融於身心之處。他無論打仗還是出差，副官隨身攜帶之物，第一就是鹹菜。這身體從小就埋下了隱患。

第一槍：中日抗戰中的秘辛

第十六回　西北軍敗骨血殘留　枯木逢春新軍建立

　　二十九軍的衣著更是襤褸不堪，單從外表就能辨別，眾人自嘲是一支「武裝丐幫」。西北軍素有縫縫補補的傳統，人人配有針線包。馮治安是有名的縫補巧手，縫衣補被，用個縫紉機都得心應手，補丁圓方規整，針線豎直。幾個老兵休息之日補褲子，他們一邊補綴破衣一邊開著玩笑：「從前咱們跟著大馮（馮玉祥）是縫，現在跟著小馮（馮治安）還是縫，咱們是老縫了！」

　　二十九軍的部隊散住在晉南運城、安邑、曲沃、聞喜、永濟等縣，宋哲元一度將軍部駐於解縣。解縣即古解州，是三國名將關羽的故鄉。這裡有全國最大的關帝廟，規模恢宏，局部建築幾可與曲阜孔廟媲美。馮治安前來謁拜，那是他心中的聖人。他看到偶像居住處如此氣派，便想起故城街北的那座破舊的小關帝廟。他時時沒有忘記他對關聖人許下的諾言，重修關帝廟！不是不修，時間未到。

　　宋哲元虔誠尊儒讀經，更虔誠信奉「關聖帝君」。他總是將關帝像懸於座間。他之所以將軍部設在解州，那是為了便於去關帝廟奉祀。馮治安多次陪宋哲元去關帝廟瞻仰，讚許歷代帝王對關羽的封贈和百姓的愛戴，決心做一個關羽那樣忠義俠膽的軍人。

　　馮治安繼承了恩人馮玉祥的領兵傳統，越是衣食不周，軍事訓練越是加緊。這和其他師團鬆弛的狀況有了鮮明的對比。他首先將三十七師全師官兵的大刀補齊，繼續操練馮氏刀法，苦練夜戰、近戰的本領。一次宋哲元到三十七師視察，正趕全師吃午飯，宋哲元駐步停留在點將演兵台後面。只見幾位號兵列隊，正午十二點，號兵們吹響了午飯號：「答滴答答答滴答」。營房門大開，士兵有序跑入大操場，每橫排之間為兩公尺，瞬間列隊整齊無一聲響。馮治安早已站在土台之上，待號音落下，哨音即起，值班軍官吹響哨子，只見伙房處湧出二十位身著白圍裙的炊事兵。每人挑兩大桶飯菜，快步走出並停留在各隊橫列中央。馮治安拿出喊操的調門高聲問：「誰給我們種的糧？」士兵們齊答：「老百姓！」問：「誰給我們織的布？」士兵們齊答：「老百姓！」馮治安等話音落地後下令：「吃飯！」只見千人隊伍每人亮出了飯碗，全體坐下，士兵們恭候炊事員每人分發兩個窩頭，一塊鹹菜，一碗漂著幾片冬瓜的湯。這一套程序有條不紊。馮治安在土台之上，同樣的飯菜

和數量,一樣的時間和速度。喜得宋哲元大笑起來,他和隨從與馮治安一起吃了這頓讓人激昂的午餐。

為了改變二十九軍窮局,宋哲元又想到了蕭振瀛。他派蕭振瀛攜數萬銀圓跑到南京,採購了許多貴重的禮品,敲開了山西籍政要孔祥熙的大門。孔祥熙向蔣介石引見,使蕭振瀛順利地進入了南京政府的大門。

蔣介石清楚,閻錫山雖通電「下野」,實際在幕後控制指揮著山西的軍政大事,馮玉祥也在山西,被閻錫山名為「招待」,實為「軟禁」。有輿論爆出消息:「閻馮再次合作反蔣」。此說一出,鬧的是沸沸揚揚,蔣介石正心懷忐忑。蕭振瀛抓住蔣的這一心理,鼓動如簧之舌,在蔣面前述說西北軍早已不復存在,殘留之軍隊早已是蔣先生麾下之二十九軍,馮玉祥憑何?宋哲元厭其內戰,企盼統一,早已心儀委員長,但現在二十九軍仍處於閻馮勢力範圍中,軍隊困頓不堪。閻錫山正想利用宋哲元,若委員長拉宋一把,宋會踴躍擁護中央,成為制約閻馮的一支重要力量。若中央對宋哲元艱難之處仍視若無睹,二十九軍再困頓下去,不是將宋再次推向馮閻嗎?

一席話化解了蔣介石的心病,蔣立即表態:一、撥款五十萬給二十九軍,改善其裝備供應;二、今後二十九軍的餉給按中央標準全數發放。至此蕭振瀛帶著大獲成功的喜悅回到山西。他前腳剛進門,後腳的五十萬元就匯撥到了宋哲元的軍部。全軍狂呼!二十九軍有了穩定的財政來源,徹底改變了只吃飯不發餉的「老傳統」,連普通士兵也有了零花錢。

蔣介石原來心中盤算的是讓二十九軍南下剿共,意在瓦解宋哲元部,借刀殺之。現在聽了蕭振瀛的慷慨陳詞,便放棄調二十九軍南下的初衷。為了鎖住山西門戶,切斷山西與河北的自然聯繫,他下令二十九軍由晉南調往晉冀邊界的陽泉以南一帶,卡住正太鐵路的咽喉。

一九三一年夏,二十九軍浩浩蕩蕩移駐晉東。由於糧餉充足,部隊雖不是馬敲金蹬人唱凱歌,卻也不是鶉衣百結的武裝丐幫了。一路軍歌嘹亮秋毫無犯。軍部到達晉東之後,馮治安的三十七師和軍部駐紮在和順縣,張自忠的三十八師駐在正太線兩側的平定,劉汝明的整編第二師駐紮於沁縣,趙登

第一槍：中日抗戰中的秘辛

第十六回　西北軍敗骨血殘留　枯木逢春新軍建立

禹旅駐左權縣。宋哲元乘機更新裝備，調整軍官隊伍，裁汰一些老弱病殘的士兵，招收新的兵源。展開以「中興」為目標的整軍備戰。

和順縣位於太行山西麓，縣城貧困卻民風安定，就和這縣名一樣，人與人之間和順相處。三十七師駐紮此地，軍紀嚴明，保留了西北軍愛民不擾民的好傳統。軍民關係極好。連年血戰給這支西北軍餘脈創造了一個休養生息的環境，無異於世外桃源。馮治安唯一的愛好就是訓練兵士，以練兵凝神靜觀山外之變。

馮治安一大早遛到軍營外的大集市為士兵們採購一些魚肉蔬菜改善伙食。肉市上新殺的豬肉蒸騰著熱氣，紅白相間富有彈性，看一眼食慾大增。他問了問價錢，那賣肉的卻不應聲回答，而是一雙大眼緊緊盯住馮治安。忽然，那漢子擱下砍刀，驚呼起來：「馮治安！你是馮治安！不，是馮師長啊！」說罷竟哭出聲來！馮治安先是一愣，待仔細一看，也感到十分驚愕。他連忙回答：「俺是馮治安呀！你不是班長張秀林嘛！你怎麼會到山西賣肉呀！」張秀林高興得不知所措，他將肉攤收拾不賣了，推上豬肉跟馮治安回了軍營。

馮治安這幾年一直打聽他的這位老班長，當年吃不上飯時，是這位兄長一般的班長，偷偷塞給他幾個銅錢吃碗麵條改善生活。怎能忘呢！張秀林哭著哭著說：「俺早就看出你是個當將軍的材料。真為你高興哇！」原來，馮治安與石友三不和而調出，張秀林經常受石欺負。惹不起還躲不起呀，正巧他和順縣有一個親戚，去軍營看他，勸他到山西做生意，張秀林就投奔他而來。沒想到，還能和兄弟再見。馮治安十分高興，他為老班長安排了兩條出路。一是回軍當個司務長，負責軍部的伙食，二是回老家河北，給他一些銀兩，蓋房置地做點買賣。張秀林萬分感激，他在山西已成家立業，但思鄉之情一直急切，只是沒有更多的錢。今天見了馮治安，是這位老弟官大不忘舊，他便選擇了第二方案。

馮治安又問張秀林可有老連長張虎兵的消息，張秀林說老連長已故去了，是在一次激戰中犧牲的。馮治安聽後掉了眼淚。他應允，一旦有時間回河北老家，定去看望老班長張秀林。

三十七師自晉南草創、匆促成軍，用人方面不遑慎重選拔。移師和順後，大局抵定，馮治安決定將人事整頓一番。首先換掉了師參謀長黃維誠。黃雖然不乏才幹，但作風疏懶，尤嗜睡。他向師長匯報工作時竟能鼾聲如雷而常誤大事。馮治安為資遣後，請張樾亭繼任三十七師參謀長。

張樾亭原名祖蔭，河北薊縣人，世家子弟，家有《四庫全書》。張幼年熟讀經史，長大後入保定陸軍大學學習，與馮治安前後同學。張原任晉軍楊愛源師參謀長，因晉軍有排斥外籍軍官之頑習，張樾亭常感四處掣肘早有離志。二十九軍移師晉東後，在交往中感到這支部隊勃勃生機，又多是河北老鄉，經軍部參謀長張維藩引薦，便辭去晉軍職到馮治安部任參謀長，馮治安對張極為器重，一直為己臂膀。

張樾亭五短身材，面有微麻，為人正直勤謹，從不輕言臧否，在陸大時即稱高材，但他自謙不是將才，只堪輔佐。來三十七師後，積極協助馮治安整軍經武、建樹很高。他根據二十九軍實際，親編戰術系統教材，宋哲元閱後大為讚賞。命令全軍實施並將書稿交北京印刷廠內部印刷成冊。某書局見此書稿後，要求購買版權公開發行，並給重稿酬，張樾亭認為此稿並未成熟，不宜問世誤人子弟，堅決謝絕。馮治安更是給予了很高的評價，並規定：全師提拔官佐時，必須按此書的教程考核合格後方可晉升任用。後來，此書被兄弟部隊引進使用。

張樾亭還為師屬「八大處」（即參謀處、副官處、軍需處、軍械處、書記處、糧秣處、稽查處、軍法處）分別編寫了各自的職責須知等文件之本，使三十七師管理變得更加規範化。

三十七師納賢名聲在外，馮治安還接納了另一位人物，對馮治安影響很大，他就是何基灃。

何基灃字芑蓀，河北藁城縣席村人。出身耕讀富家，長成後投西北軍與馮治安同在馮玉祥麾下。當年驅逐溥儀出宮時是馮治安的下級，陸大特別班時，何基灃、劉自珍和馮治安同班。因都是河北同鄉，感情較他人深厚。馮治安是個善與人處、素以寬容厚道對待朋友的人，何基灃無論年齡、職級都比馮治安低，馮並不以此鄙視何基灃，二人在陸大時已默契甚深。這年，宋

第一槍：中日抗戰中的秘辛

第十六回　西北軍敗骨血殘留　枯木逢春新軍建立

哲元、馮治安赴北平向少帥張學良述職，何基灃正在北平閒住，他聞訊到西四磚塔胡同馮府探望。馮治安十分高興與何交談，欣然允諾何基灃的要求。他經宋哲元同意，偕何基灃、劉自珍回到山西。劉自珍曾任西北軍「鋼甲車司令」，他身材偉岸亦沉靜端厚，到和順後，被委任三十七師副師長，後又被任命為一零一旅旅長。何基灃被任命為一零一旅副旅長。職級不高，卻握有兵權。

二十九軍三十七師在和順縣短短一年的時間裡，修煉得面貌一新，蓄養成一支精銳之師。

這正是：重返部隊虎添翼

再整旗鼓待河山

第十七回　石友三反蔣叛張終慘敗　「一二八」淞滬抗戰序幕拉

　　少帥張學良獲悉二十九軍近況。為摸清第一手材料，以便掌握部隊的實力，他派東北軍元老張煥相去二十九軍檢閱。

　　張煥相率隨從數十人，身著嶄新的綠軍裝，腳蹬黑亮閃光的長筒馬靴，腰間佩戴短劍，一副貴族氣派。宋哲元將檢閱團安排在馮治安的三十七師師部住下。馮治安率師部人員列隊歡迎。大家見東北軍如此裝束，個個都目眩神迷。師長馮治安著一身半灰不白的舊軍衣，布鞋布襪，漿洗得十分乾淨。他身後一排灰色的人牆，卻精神抖擻。張煥相的隨從見狀十分高傲，這些西北軍的底子真是寒酸，一搭眼就沒有什麼好印象，從骨子裡瞧不起三十七師這支部隊。

　　張煥相從軍多年，軍容軍姿當然重要，但要看一看支撐這套軍裝下面的骨頭是否硬朗。老將軍不露聲色，不循日程安排，昧爽即起，悄悄到各營房轉轉。當他看到每營連基層官兵後，不覺大吃一驚，這些身穿舊軍衣的士兵，都捧著書本在閱讀。到機關一看，參謀幹事都在研究戰法。張煥相心想，難道是在做樣子給俺看的？他轉身溜進了伙房。只見早餐全部準備完畢。大家在看伙食譜裡的各自的做菜要領。張煥相拉起一位小兵問道：「小兄弟，你們這做樣子是給誰看呢？」小兵看看這位穿便衣的老爺子說：「老爺子第一次來三十七師吧，是來看兒子的吧，這是三十七師雷打不動的規矩。每早晚各半小時的學習時間，在西北軍早已養成了。」

　　張煥相一生戎馬鐵甲，這是破天荒頭一次見到，不禁欣喜。

　　看戰術演練，檢閱團整裝列隊觀看。三十七師除當時軍界通行那套日本教法之外，結合部隊子彈短缺的實際情況，射擊注重「端槍架子」「瞄三角」。對劈刺訓練特別強調，尤其是當年西北軍的大刀片，在三十七師輝煌發展。除馮治安摸索的那套馮氏刀法外，還為張煥相表演了「五行刀法」。這是請揚名北方武林的綽號「鐵腳佛」尚雲祥為武術總教訓傳授的，馮治安在演武

第一槍：中日抗戰中的秘辛
第十七回　石友三反蔣叛張終慘敗　「一二八」淞滬抗戰序幕拉

場最前列領練，只見刀光翻飛殺聲震天。張煥相拉住宋哲元的手一個勁兒叫好。刀法演練結束，他又看了體能的單槓訓練，這是馮治安多年的拿手好戲，年輕時是西北軍的明星。一個近四十歲的將軍，在東北軍面前表演了「屈臂向上」「大小迴環」「大頂」。精彩！軍官如此，何況士兵呢！

張煥相經過幾天的視察，三十七師到處是生龍活虎。臨行前，他拍著馮治安的肩膀說：「我是個老行伍了，一生見過的軍隊不計其數，像二十九軍這樣的精銳，尤其是三十七師精中之精，還是第一次呀！」接著他又對宋哲元說：「看二十九軍，不是國家將亡，而是國家將興！」

張煥相一行興奮地回到了北平。向少帥張學良匯報了二十九軍的所見所聞，張學良甚是欣喜，對二十九軍的軍費愈加慷慨。孔祥熙聽說，也借從南京專程回山西太谷老家掃墓之機，路經二十九軍防地。在宋哲元的陪同下，特意檢閱了二十九軍。看後讚嘆不已，名不虛傳呀！他下評語曰：「率伍整飭，無矜氣、無怠容。」兩次察檢，二十九軍算走入了軍需供給的正軌。

宋哲元也按東北軍軍官的服裝模式，先從上層軍官開始，添置了馬靴、軍刀。那筆挺的衣料將校制服雖然好看，馮治安卻覺得極不舒服，又不合適作戰。他只在規定的場合不得不穿，然後疊起壓在箱子底下，更習慣穿那套棉布的灰軍裝。妻子解梅上次替他做了五雙千層底布鞋，馮治安尤為喜歡。唯有一件是他最感興趣，那就是軍官每人配制的短劍。他知道一個部隊統帥的精神力量，個人崇拜十分重要，就像當年的馮玉祥先生，那是西北軍的魂呀！現在軍費寬裕了。他派李貴到北平訂製一批短劍。鐫上「馮治安贈」的字樣，分別贈送給中層官佐。軍官們頭一次見到這種「洋味兒」的東西。新鮮好玩之餘，又都深感師長對他們的恩澤。

師部移至陽泉後，軍餉充足。馮治安家中的生活頓顯寬裕，但馮治安儉樸成性。解夫人又是持家好手，全家一直過著清素的生活。春節回北平家過年時，張自忠約馮治安兩家過完十五一同回山西駐地。那天，張自忠的汽車到磚塔胡同約馮治安同行。馮治安連忙拿出香煙招待，那是一盒北平平民抽的品牌「大嬰孩」。馮治安次子年方五歲的馮炳沄，從煙盒裡抽出一支，雙手遞給張自忠伯父。張笑著撫摸了一下孩子的頭：「好孩子，大伯不抽！」

炳沄將香煙放回煙盒，孩子好奇，他將放回的那支煙又抽了出來，自己找火柴點燃。馮治安見狀，不由分說就一巴掌打掉。嚇得炳沄大哭了一場，再不敢碰煙。張自忠內心想，這仰之兄在外溫良和順，管教孩子如此嚴厲。

馮治安一家、張自忠一家分乘兩部汽車出北平回山西。車抵娘子關。馮治安前車進了城後，守城的晉軍忽然關上城門，嚴拒張的汽車進城。張自忠性情剛烈，頓時大怒，命令司機闖進城去，無奈城門十分堅固，汽車前庭撞壞仍不得進城，張自忠鳴槍示威也無濟於事。晉兵反而躲起來，就是不開門。馮治安說：「老兄消消氣吧，這是晉軍的地盤，既在『矮檐下，怎能不低頭』。走吧，擠到我車上吧！」張自忠沒有辦法，只好丟車和馮家一起回到了駐地。晉軍排擠二十九軍是家常便飯。他們是「臥榻之旁豈容他人鼾睡！」連張自忠這高級別官員都敢不假以辭色。

一九三一年七月，華北發生石友三部反蔣叛張之戰。

石友三在西北軍中以剽悍善戰著稱，其為人剛愎桀驁，不甘人下，且反覆無常，見利忘義。他獨立領兵之後，三次叛馮玉祥、兩次叛蔣介石，以「倒戈將軍」的綽號為軍界所不齒。中原大戰開始前，他與韓復榘率先叛馮降蔣，從內部捅了西北軍一刀，西北軍垮台後，石部改編為十三路軍，盤踞於豫北安陽至冀南順德一帶。他和張學良是東北老鄉，張學良初時頗為欣賞。為穩定北方局勢，便極力籠絡石友三，致使石友三擁有步兵兩個師十個團，外加騎、炮、工、警衛各一團，鋼甲車一個大隊，總兵力達六萬之眾，石友三腰粗膽肥，悍然扣留平漢路火車頭二十餘台，客貨車輛五百輛，成立了「運輸司令部」，自辦商業性運輸以自肥。張學良方知此人膽大妄為，狂躁不羈，實難駕馭。張慮其生變，遂萌生除石之意，張學良先將其鋼甲大隊收歸軍分會直轄。石雖不敢公開抵抗違命，卻心生怨妒，乃伺機倒張。

張學良易幟擁蔣，使英美勢力擴張，日本軍國主義深感其在華利益受到威脅，便尋找新的代言勢力。中原大戰後受通緝的閻錫山被日本保護，隱匿在大連。此時，由日本暗中操縱，閻錫山與石友三串聯起來，遙相呼應廣州的汪精衛、陳濟棠自立的「國民政府」，共同反蔣倒張，石友三打算：以晉軍石軍為基礎，發動山東的韓復榘部、山西宋哲元部共同舉事，可一舉推翻

第一槍：中日抗戰中的秘辛
第十七回　石友三反蔣叛張終慘敗　「一二八」淞滬抗戰序幕拉

張學良的寶座。石友三心急狂躁，不等醞釀成熟，先於七月中旬在順德誓師北進。同時，派出幹員分赴濟南、陽泉向韓復榘、宋哲元懇請「共圖大業」。

宋哲元、馮治安、張自忠等人對石友三的這一舉動都嗤之以鼻。特別是馮治安和張自忠二人都在西北軍做過石友三的部下，都吃過石的苦頭，對石友三其人深惡痛絕，堅決反對出兵、不予理睬。宋哲元從大局著眼則認定石友三此次純屬蠻幹，絕無成功可能，秦德純、劉汝明自然贊同宋的看法，二十九軍對石友三的招徠不作任何反應。

山西晉軍系統受閻錫山遙控指揮，正緊鑼密鼓準備娘子關與石友三聯袂作戰，不料原是晉軍大將的商震竟率所部三十二軍衝出娘子關，宣稱擁護中央，聲討石友三叛變。商震在石家莊截擊石軍的後路輜重，使正在保定北苦戰的石友三部腹背受敵。商震叛晉，使晉軍將領徐永昌等蒙受當頭一棒，正在驚惶中，徐部截獲二十九軍駐南京代表蕭振瀛發給宋哲元的密電，電曰：「蔣委員長指示，如晉軍傾巢而出助石叛亂，二十九軍可迅速拿下山西地盤，成功後全省軍政歸二十九軍掌握，中央每月發餉二百三十萬元……」徐永昌見此電文大吃一驚，深自慶幸尚未全軍出晉，否則後果不堪設想。閻錫山見風使舵，決定按兵不動，石友三受到前後夾擊終於慘敗，全軍覆沒後隻身逃往天津租界隱匿。二十九軍雖未支持石友三，但也未落井下石，即使對石友三個人恨之入骨也不忍心對眾士兵兄弟下手。

宋哲元拒絕了石友三，等於支持了張學良。作為補償，張學良批准二十九軍進駐冀南，從原東北軍防區劃出高邑、元氏、內邱、贊皇四縣作為二十九軍防區。四個縣地盤雖小，但意義頗大，這使二十九軍有了一個自由出入山西的緩衝地帶，初步改變了局促晉東、寄人籬下的窘況。

一九三一年七月十八日，日軍炮轟瀋陽，發動了蓄謀已久的侵吞東北三省的侵略戰爭，「九一八事變」激起了全國各界的強烈迴響。蔣介石正傾全力「剿共」，電令張學良不准抵抗。東北三十萬大軍一彈未發退出守地。九月二十日，宋哲元率馮治安、張自忠、劉汝明聯署通電譴責日本當局藐視國際公法，蔑視中國主權，侮辱中華民族……是可忍孰不可忍！並鮮明表態：「哲元等分屬軍人，責任保國，謹率所部枕戈待命，寧為戰死鬼，不作亡國奴，

奮鬥犧牲，誓雪此恥！」馮治安從軍二十餘年征戰無數，那可都是中國人在打中國人，今天面對日本彈丸之地，竟敢欺我泱泱中華，命令三十七師夜不脫衣，隨時準備出征，打一場真正屬於中國軍人的戰爭。然而，他多次找宋哲元請戰，而南京皆無音訊。馮治安在焦慮中等待。

全國一片聲討日本侵略之聲，責罵南京政府及張學良的不抵抗主義，宋哲元的這份通電顯得很有節制，沒有引起矚目。南京政府只抗議，不抗爭，把希望寄託於國聯的裁判。中國人的怒吼、中國軍人的憤恨猶如被澆上一盆涼水，日趨消沉，二十九軍的備戰漸而鬆弛了。馮治安與張自忠飲酒澆愁，仰天長嘯而傷感無為。

一九三二年初，上海爆發了「一二八」抗戰，愛國將領蔣光鼐、蔡廷鍇率領十九路軍與日軍展開血戰。日軍三易侵滬部隊主將，死傷萬餘人。中國再次掀起聲援十九路軍、聲討日寇侵華的怒潮，戰局大有迅速蔓延成中日全面戰爭之勢。蔣介石自料吉凶難卜，決定臨時遷都於洛陽，將洛陽定名為「陪都」。一時國府眾多要員及一些中央機關湧向洛陽，寂寞的古都頓時冠蓋如雲，蜂集蟻聚，熱鬧非凡。淞滬抗戰由於日本並沒有做好全面侵華的戰爭準備，在南京讓步的前提下偃旗息鼓。中國軍人局部的抗戰小試，抗戰中的許多英雄事蹟則被各大宣傳媒介傳頌。二十九軍早就躍躍欲試，恨不得明天就上戰場，與日寇決一雄雌。馮治安一改安穩之態，熱血沸騰地求戰無果，他又向宋哲元提議，派出何基灃為代表團團長的參觀團去上海淞滬會戰現場參觀訪問。上海人民及十九路軍在戰爭中表現出的可歌可泣的光輝事績深深感染了代表團，何基灃回駐地後，代表團為二十九軍官兵進行了宣講，在全軍上下再次激發了愛國主義熱潮。宋哲元親自撰寫了《國恥歌》在全軍傳唱。每逢國恥紀念日，馮治安的三十七師都舉辦以愛國禦侮為主題的演講會。馮治安還會令全師伙房當日吃的饅頭上都印上「勿忘國恥」四個大字，官兵們對日寇的仇恨刻骨銘心。馮治安下定決心，只要給我機會，俺馮仰之定率三十七師以大刀砍殺日寇。

「九一八」後，北方局勢越來越緊張，日本帝國主義蠶食鯨吞並舉。東北三省被日寇全部占領，大好河山拱手相讓。馮治安痛心疾首。他敏感地預

第一槍：中日抗戰中的秘辛
第十七回　石友三反蔣叛張終慘敗　「一二八」淞滬抗戰序幕拉

測，這絕不會滿足日寇狼子野心，定會得寸進尺犯我中華之腹地。河北首當其衝，而熱河、察哈爾等省頓時成為敏感地區。張學良在全國一片罵聲中有苦難言，其軍威嚴重受挫，二十九軍在平息石友三叛亂中經受住了考驗，使蔣介石對之愈益放心。為了防止日寇塞上鬧事生變，蔣介石於一九三二年八月，任命宋哲元為察哈爾省主席。二十九軍軍長宋哲元迅疾走馬上任，部隊除了駐守河北省及陽泉防地的官兵外，大部分移師察哈爾。馮治安隨宋哲元到達張家口，除照常領導三十七師之外，又兼任了張家口警備司令之職。

　　故地重遊，馮治安又想起當年追隨馮玉祥在張家口的日子。今非昔比啊，他想起了馮玉祥教他的一首唐詩：「去年今日此門中，人面桃花相映紅，人面不知何處去，桃花依舊笑春風。」馮治安決定將師部建立在馮玉祥在張家口所建的新村中，自己的家則安頓在圖兒溝原馮玉祥的圖書館內。房子依然如故，可主人已更，真是鐵打的營盤流水的兵。

　　李貴已升任三十七師軍械處處長。他到圖兒溝請示籌建張家口槍械修理所事宜，馮治安家的衛兵不用通報。李貴是推門便進，如同家中一樣。他進門的第一句話是：「大哥！兄弟李貴看你來了！」他拎著在張北縣打的幾隻山雞、野兔，師長愛吃這一口，但貴重禮品馮治安都拒之門外並嚴加喝斥。大廳裡，馮治安踩著板凳，一個侍衛扶著凳子，師長還在換燈泡。「大哥，這換燈泡的活怎麼能讓你幹呀，快快下來！」李貴回頭朝侍衛罵道：「他媽的，你怎麼不上去，摔了師長，看俺怎麼處置你！」侍衛說：「李處長，師長是事必躬親，連師部的燈泡更換也是師長親為，絕不許我們插手！」馮治安從凳子上下來，臉色陰沉，一聲沒吱。

　　李貴不知何故，仍嬉皮笑臉地往馮治安眼前湊。忽然，師長大喝一聲：「李貴！槍械修理所的所長是怎麼回事？」李貴心裡一驚，臉立刻就紅了起來，原來李貴手下有一位副營長想到槍械修理所當所長，這是一個肥缺，採購零部件都需現錢支付，另外，級別提升一級還不用上戰場拚命。競聘者都四下託人。那日李貴醉酒，家屬又未隨軍，一時寂寞難熬，王副營長乘機把自己的胞妹裝成妓女，給李貴送來陪宿，謊稱是「條子」，李貴發現是一位處女，他連忙詢問才知原委。王副營長苦苦哀求李貴收其妹做侍妾，李貴無奈勉強

答應，王某也順利當上了修理所所長。競爭者將此事向馮治安告發。馮治安等到李貴說出真情知罪認錯後，才大罵李貴：「你這膽大色徒，你壞了西北軍的傳統，咱三十七師也是唯才不唯親，俺兄弟多，都求過我，想到軍隊謀上一官半職，他們才幹資歷不足，現都在老家務農，除俺三弟憑本事闖關東，在哈爾濱中東鐵路做事，你看俺安排過誰！馮先生早就告誡咱們：不許搞裙帶關係，他用粗話表態『誰也休想把你那一褲襠的親戚全都弄到我這來！』你說，李貴，怎麼處理你？」

李貴嚇驚了一身汗。他只得將王某妹妹好言相勸，又送錢財，找了一個人家嫁出。王所長靠「拿妹妹拉來的官」在全軍上下傳開，遭到大家的鄙視，無論他請誰吃飯都遭拒絕。馮治安總想打發掉卻又下不了手，他不想將李貴此事坐實。凡修理所報銷材料費之類的呈文，馮治安故意拖著不批。王某知其原因，實難立足，便辭職他去了。

馮治安在張家口可謂權力顯赫，但他依然保持平易隨和、不講顯赫的作風。而在治軍上又實顯嚴格、嚴厲、率先垂範的一貫理念。

這正是：日本侵華小試屠刀

中國抗戰初露鋒芒

第一槍：中日抗戰中的秘辛
第十八回　喜峰口喋血染長城　大刀片威震破敵膽

第十八回　喜峰口喋血染長城　大刀片威震破敵膽

　　圖兒溝圖書館掛上了兩盞鮮紅的燈籠。燈光照射在雪地上，映出一片殷紅。張家口市沒有一點喜慶。一九三三年的元旦，沒有鞭炮，沒有喧鬧，空氣凝固。馮治安站在大門口，仰望著鉛塊一樣低沉的天空，心裡翻騰著，怎麼也靜不下來。剛接到的一封電報就像一顆炸彈落下，讓他五臟俱焚。電報上說：駐榆關日本官兵守備隊藉口保護日僑，居然向我駐守榆城的何柱國部哨兵開槍射擊。翌晨，駐榆日軍又脅迫我軍撤入城內，繼而得寸進尺要求開放南門，遭我方拒絕後，日軍竟悍然炮轟城樓，並派步兵強行爬城。我軍六二六團官兵激憤，不顧上峰「不准還擊」的命令，以手榴彈據城還擊，擊斃日軍中尉兒玉。日軍乃發起全面攻擊，出動飛機、坦克，並在海軍砲艦的支援下猛攻臨榆城。三日，城陷。六二六團全體將士拒絕撤退，與日軍展開慘烈的巷戰，終因孤立無援而失敗。該團第一營營長安德馨捐軀，一營全體官兵無一生還，榆關遂告失陷。

　　馮治安恨呀！中國軍人為何不去支援？他低下頭來，那燈光就像六二六團犧牲戰士的鮮血在淒冷中流淌。馮治安用雪洗了洗僵硬的臉，令侍衛通知營以上官佐到師部開會，並摘掉了那兩盞帶血的紅燈。

　　馮治安下令一級備戰，隨時準備出征。榆關一戰讓張學良悚然一震，急忙召集華北各將領商議對策。宋哲元率馮治安、張自忠、劉汝明三位師長參加了會議，會議決定：二十九軍馮治安部的趙登禹旅為先頭部隊，黃維剛旅殿後，由察哈爾登車，限二十四小時內開到三河、香河集中待命。其餘二十九軍駐晉部隊限時開赴寶坻、香河一帶待命。二十九軍訓練有素，早已同仇敵愾，做好了出發準備。一月八日接到命令後，全軍聞風而動，星夜兼程，提前抵達指定目的地。馮治安將師部設在三河縣，幾天之後，又接命令移駐薊縣，監視黃崖關長城一段的城外敵情。

第一槍：中日抗戰中的秘辛

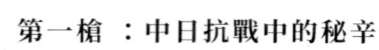

第十八回　喜峰口喋血染長城　大刀片威震破敵膽

　　馮治安的參謀長張樾亭是薊縣人，他多次邀請，馮治安終同意將師部駐於張的家中。薊縣古稱漁陽，多文物古蹟。張樾亭陪馮治安遊覽了清東陵、觀音閣、翠屏山等勝地。「此等大好河山，怎能讓日寇侵犯！」馮治安在留言簿上表述了自己的愛國之心。參謀長介紹一處《水滸傳》故事中石秀殺潘巧雲的「遺蹟」時，隨從人員不覺開懷大笑，沒料到卻遭師長的訓罵！大家這才覺得這笑聲實在不合時宜。

　　進入臘月到農曆年關。三十七師陡然增強了一些過年的氣氛。張學良派人犒勞部隊，物資豐富，豬羊成群。這是馮治安部多年不易的肥年。只可惜，馮師長嚴令：「只許吃，不許喝，不許笑！」枕戈待命，戰備不懈。

　　春節過後，熱河前線漸有敵軍集結的移動跡象。二月二十一日，日軍趁中國過年的鬆懈之時，突發總攻。東北軍駐朝陽、開魯守軍奮起抵抗。二十七日，日軍傾巢而出，兵分三路向朝陽、凌源、赤峰進擊。東北軍面對強大攻勢，只勉強支持數日便潰退。三月之初，張學良下令「全線反擊」，然而命令傳到省會承德時，承德已經成為空城一座了。

　　熱戰一起，宋哲元急令馮治安的三十七師移至建昌營。凌源陷落後，又令馮治安折向西北的三屯營，準備防守董家口經鐵門關、喜峰口至潘家口一線的長城防線，馮治安立即督師前進，到達後就地構築工事並遮斷交通，以資防堵。北地苦寒，冰天雪地，鐵鎬刨到地上一個白眼，馮治安立刻徵購老鄉的玉米稈，點火烤地。他甩掉棉衣錘敲鎬刨，士兵們氣勢高昂：「吃了肉過了年，殺日寇喝鬼血！」日夜輪換施工，歇人不歇工具，按時完成了築城任務。馮治安召集將士誓師大會，馮治安動員說：「與日寇血戰、惡戰已不可避免，平日訓練都以日寇為假想之敵，如今大戰在即，日本鬼子就在我們的面前，到了為國家出力犧牲的時候了！我們端的是老百姓的飯碗，就要保家衛國，奮勇殺敵！」士兵們高舉大刀片，紅纓飄舞，刀光閃寒，齊聲高呼：「養兵千日用兵一時！刀砍鬼子頭，生喝鬼子血！」三十七師上下磨刀霍霍，士氣極為高漲。

　　坐鎮承德的熱河省主席湯玉麟，是張作霖傲笑綠林時的拜把子兄弟，手下數萬軍隊。裝備雖不及日軍，但槍源充足、器械齊全，完全可與日寇一搏

生死。然而這位江湖人稱湯大虎的綠林將軍，守熱河五年，暴虐縱恣，只知道魚肉百姓，不慮抗敵禦侮，部下的官兵大多是煙鬼之流、淫棍之徒，盤剝無度，搞得百姓如陷鬼城一般。百姓夫妻共穿一條褲子者並非鮮見。日寇陷凌源、平泉後，湯玉麟未見敵寇，即匆忙打點金銀細軟、美女煙槍，捲包南逃了。演出了一場「棄土保土」（棄國土、保煙土）的醜劇。日軍一路如入無人之境。三月三日，日寇僅有一百二十八騎人馬，就耀武揚威開進了承德。

東北軍潮水般向南敗逃。平津立刻就處於危殆之中，北軍軍分會的將軍們，原以為熱河數十萬大軍，縱使戰鬥力不高，每人放一槍，也能讓日軍招架一番。萬萬料想不到，承德不戰棄守後，戰線到主線崩潰，全軍望風南竄，敗逃速度一日千里，膽壯的日軍則銜尾不捨猛追不放，只消數日，敗軍前鋒已抵達長城腳下。萬福麟率部分軍隊在喜峰口外與超越追擊的日軍快速部隊接上了火，但軍無鬥志。後面大量潰軍繼續向關內蜂擁而來。部隊一片混亂，戰局根本無法部署。「兵敗如山倒」，在極度混戰之中，萬部連連向北告急。張學良忙令宋哲元二十九軍接應。

三月八日晚，馮治安接到火速奔長城接防的命令，急派一零九旅旅長趙登禹部急行軍馳援喜峰口，並命王長海的二十一團為前鋒。王長海率部星夜開拔，沿著漆黑的山路，踏著崎嶇古驛道一路向北飛奔。一夜急行軍百里有餘。

東方欲曉，天色漸亮。軍隊一下停止了前進。王長海孤軍至前，只見狹窄的山路上人馬車輛充塞，潰軍如潮水般堵得進退兩難，王團長喊破嗓子毫無作用。他從機槍手手中接過機槍，向天連續打了一梭子子彈，潰軍總算安定下來了。一位東北軍團長聽說二十九軍赴前線迎戰，驚愕失色說：「我們幾十萬大軍都抵抗不住日本兵，就憑你們這不是送死嗎？」他話音一落，二十一團官兵齊刷刷地抽出背上的大刀高呼：「刀砍鬼子頭，生喝鬼子血！」驚得潰逃士兵精神一振。他們為二十九軍的軍威所震撼、所感動，大家連忙讓出一條路來。王長海見狀，命令將部分輜重暫擱置路旁派兵看守，餘者在亂兵叢中穿梭前行。潰逃軍中也有鐵血男兒，有部分官兵乾脆加入二十九軍的隊伍，重返前線。十日傍晚，當血紅的晚霞籠罩在連綿不斷的長城上的時

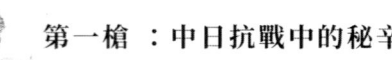

第一槍：中日抗戰中的秘辛
第十八回　喜峰口喋血染長城　大刀片威震破敵膽

候，王長海團終於抵達喜峰口鎮南關。此時，萬福麟部尚未全部撤進口裡，而日軍的裝甲車隊及騎兵五百餘人已迫臨喜峰口外，並開始了炮擊。

喜峰口係明代朵彥等三衛入貢之通衢。兩側群峰壁立，險要天成。長城依勢蜿蜒，自古為兵家必爭之地。此處遼時稱松亭關，明代宣德年間設置關卡。相傳有個士兵久戍此地不能歸家，其父來尋，遇於此山下，父子相抱，笑淚交迸，其父竟喜極而絕。俗因謂之為「喜逢口」。後訛傳為「喜峰口」云云。

馮治安令王長海團死守喜峰口待援。如果喜峰口門戶洞開，日軍必長驅直入，北平將失去屏障，後果不堪設想。二十九軍能否守住喜峰口及兩側長城駐地，直接關係到整個華北大局。馮治安深知，在北方諸軍中，二十九軍裝備最為低劣，士兵的槍枝型號雜亂，彈藥嚴重匱乏，且難於配套。重武器更是少得可憐。士兵常年不發軍餉，食物粗糲。灰布的棉軍裝屢經補綴，多呈襤褸之相。唯一顯示威武之氣的是每人斜背一把大砍刀，刀柄紅綢用完，只好用染色布條裝飾，平添了一股中世紀武士之威。馮治安唯一欣慰的是，二十九軍延續了西北軍傳統，那就是士兵士氣高漲，精神抖擻。三十七師迎危而上，與裝備精良、氣勢如虎的日軍進行殊死肉搏。這正是一場極不對稱的較量，馮治安心中早就準備停當，喜峰口之戰必是悲壯。

王長海團不顧饑餓勞乏，一分鐘都不敢延誤，立即頂了上去，日軍已占領了喜峰口鎮東北高地，部分日軍士兵已爬上了長城，他們居高臨下，用重機槍瞰射，掩護其騎兵衝鋒。王長海急令第一營登上另一段長城，向對面城上的敵人進擊，同時派三營一個步兵連從地面上向日軍占領的那段城牆上仰攻。戰士們冒著槍林彈雨揮刀衝入敵陣，雙方展開慘烈的肉搏。經過數小時激戰，卒將這段長城奪回。百餘名日寇被砍得血肉模糊或身首異處。王長海團則因仰攀峻崖傷亡更為慘重。一位受傷的班長用鋼盔灌滿日本大兵的汗血，用大刀布纓作筆，沾上這些亡命之徒的血，在長城的青磚上寫下了「還我河山，以血還血！」八個大字。

日寇見中國軍隊已據有城堞，急調用大砲猛轟，狹窄的古城牆道，那是抵禦古代操戈彎弓之敵的堡壘，堪稱森嚴壁壘。面對日本軍隊現代化的重炮

轟炸頓失威儀。士兵們擠在寬僅數尺的城牆之上，目標裸露無處隱蔽。彈雨落下，血花飛濺。城牆之上四百餘名官兵瞬間全部倒在血泊之中。城下王長海團後續兵源又無接應，日軍連續衝鋒，終於又將該段長城占領。

敵寇重占陣地後，從城牆上用刺刀將中國軍人的遺體挑起向城下拋擲，砍下頭顱挑在槍尖上，狂笑著搖晃著，向城下中國軍人示威。王長海團的士兵早已沒有了眼淚，壯士們全都殺紅了眼，悲憤填膺，士兵們高跳怒罵，幾近癲狂。

馮治安見張自忠在指揮部急促地走來走去，自己則坐在簡易沙盤旁支頰沉思。三十七師、三十八師兩師聯合辦公，聯合指揮，兩師參謀長也合居一室。指揮部內電話鈴聲不斷。部下各官佐不斷前來打問消息，請示請戰，進屋後又被指揮部那種緊張沉重的氣氛所震懾，緘口不敢多言。

馮治安對王長海團初戰失利進行了分析，他不同意張自忠繼續硬拚的想法，但如何克敵制勝又苦無良策。當天夜裡，忽報駐守東側的董家口的友軍萬福麟部全線潰決，日軍已占領董家口，倘若再從長城內側向我陣地包抄過來，一零九旅必腹背受敵，馮治安急令趙登禹分兵置警線，又派出一十一旅劉振三團進駐撒河橋，另派戴團進駐三岔口，相機策援。此時，二十九軍面臨的形勢極為嚴峻，當面是日軍著名的服部旅團，不但裝備先進又占盡地利，數量亦占優勢。東側的友軍部隊三十二軍是疲軟之師，勢不能自顧，更談不上支援，如果喜峰口有失，局面必將全線潰決。馮治安焦慮難眠，日夜苦思，終於想出一個堪稱輝煌的出奇制勝之策。

三月十一日，馮治安、張自忠、秦德純在撒河橋險岸高地側翼的土坡旁會商戰況，馮治安提出：「抽出其所部趙登禹、王治邦兩個旅，乘夜由喜峰口兩側山地攀越，抄襲敵之側背。發揮二十九軍夜戰、近戰、大刀神力優勢。」馮治安這個乘夜抄襲策略，立刻得到宋哲元的讚賞。隨即任命趙登禹為「喜峰口方面作戰軍前敵總指揮」，並命馮治安轉飭趙說：「設法將占領喜峰口長城高地之敵猛力驅逐，倘以山嶺難攀，可另派隊相機繞襲日軍之後方，一舉殲滅之。」

第一槍：中日抗戰中的秘辛

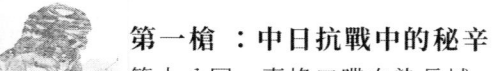

第十八回　喜峰口喋血染長城　大刀片威震破敵膽

　　馮治安接令後，立即和趙登禹接通了電話。平素馮治安為人和易，對趙登禹習慣稱其「舜臣」，如今情勢危急，馮治安交代完任務後，以沉重的語氣呼趙：「老弟！千斤擔子壓在你一人肩上，敵人物質上勝過我們，我們只有在精神上壓倒他！」趙登禹素稱虎將，新膺重任，心情十分激動，他在電話裡連呼：「大哥放心，有我趙登禹在，就有喜峰口在！」

　　三月九日夜終於來臨。趙登禹命仝瑾瑩團第一營營長王玉昆率本營官兵出鐵門關以西的石梯子長城缺口，經白棗林向白台子日軍砲兵基地悄悄摸了上去；另派孫如鑫率第二營出誘董家口、晶藍旗地渡河，向蔡家峪敵營進攻。

　　王玉昆營在一位老獵人的帶領下，沿崎嶇小路悄無聲息地摸到了白台子。王玉昆派偵察兵摸掉崗哨之後，一聲口哨，全營壯士揮舞大刀衝進敵營。日軍熱河之戰大勝，以為一切中國軍隊皆是鼠雀之輩，他們竟然脫衣大睡，就像在家中一般。待砍刀落下，鬼哭狼嚎之聲四起，懵懂中疑是神兵天降莫辨東西。壓抑多日的中國士兵此刻是熱血沸騰，他們揮動大刀片，逢人便砍，見人就殺。日軍黑夜之中醒過神來時，已無法阻止抵抗。重武器均成了擺設，倉皇中魂不守舍，先自亂了陣腳。日本士兵多來不及穿上軍衣拿槍，糊裡糊塗就做了中國軍人刀下之鬼。王玉昆的士兵們滿臉全是鬼子濺上的汙血，互不能相識，只憑手中大刀相認。

　　孫團長所率二營亦順利攻占蔡家峪。他兵分三路，向狼洞子、黑山嘴、向宿營之敵同時發動猛攻。大刀過處，日寇血濺肉飛，一時兩路戰場喊殺聲交相呼應，如山崩地裂。混戰至拂曉，日軍方知並非大部隊來襲，急組織戰車掩護反衝鋒，以強大火力向二十九軍猛撲過來。王玉昆、孫團烈按命令不可戀戰，見好就收。兩個營順原來山路迅速撤回。日軍撲到已不見中國軍隊人影。

　　趙登禹將戰果報馮治安：斃傷日寇五百餘人，奪獲機槍十餘挺。我軍陣亡趙炳邦連長以下官兵一百餘人，創一比五驕傲之戰績。兩營官兵返回駐地，趙登禹全旅振臂歡呼，士氣大振。馮治安聽完之後大喜，他激動地用拳頭擂打自己的胸膛，臉上第一次露出了久違的笑容。他總結了這場戰役的經驗：

對日寇作戰不可硬拚，只能智取。揚我之長、克己之短。如須硬拚必是中日士兵混戰，避之日軍重武器，展開肉搏。

猖狂的日寇遭此損失以為奇恥大辱，遂集中炮火從喜峰口鎮東北高地向二十九軍東翼王長海陣地猛烈轟擊。其步兵集團式衝鋒六次，均被擊退。馮治安命王長海團見機而出，士兵們躲在工事下面休息，日軍炮火一停，步兵逼近，王長海團五位號兵立刻吹響衝鋒號。戰壕中躍起一排排手持大刀片的勇士。他們衝入日軍方陣，揮舞著大刀和日寇展開肉搏之戰。敵人不敢開槍，二十九軍平素的刀術訓練，在肉搏之中顯出明顯的優勢。日軍刺殺技術也很精湛，但從未訓練面對中國武術的刀法。武士道精神支撐的日軍士兵，見身邊無數被大刀砍殺的同道，血洗太陽軍旗，什麼精神都蕩然無存。翻飛的大刀讓日寇望而膽寒。

日軍占領的老婆山，對二十九軍造成巨大威脅。趙登禹決定親率精兵，仰攻老婆山，搶回制高點。

老婆山位於長城內側，是喜峰口鎮東北最高點。相傳古代戍守遠征前，眷屬們千里迢迢到邊關探望送別，待親人列隊出關後，眾內眷紛紛爬上此山之巔，遙望征人消失在塞外烽煙之中，個個失聲痛哭。因此，被軍人們冠以「老婆山」的雅號。

日寇占領老婆山後，配置強大火力居高俯射。而通往山頂的羊腸小路、迂迴曲折、無險可憑。趙登禹所率「敢死隊」冒死頂著槍林彈雨仰攻，被日軍當作活靶子來打，傷亡極慘。自晨至暮，衝鋒數十次，均未奏效。日軍凶焰狂熾，自恃裝備精良、地勢有利。在中國士兵仰衝到陣地前，筋疲力盡之時，日寇也狂叫著跳出戰壕與之肉搏，「敢死隊」死傷枕藉，但仍前赴後繼，鬥志不衰。在屢次衝鋒的間隙中，士兵們遍身血汗，拎著大刀在山坳之處稍息喘氣。送湯飯的伙頭軍被日軍炮火壓制封鎖，無法靠近。士兵們蜷縮倒臥躲避山頂高寒，血汗凝固，朔風侵入肌骨，加之腹中無食，形同餓殍。但此困艱，只聽戰令一下，「敢死隊」立即翻身躍起，打呼而進。一整天的反覆衝殺，雖也砍死日軍百餘名，而「敢死隊」傷亡以數倍之敵。旅長趙登禹腿

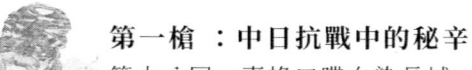

第一槍：中日抗戰中的秘辛
第十八回　喜峰口喋血染長城　大刀片威震破敵膽

部負傷仍堅持指揮，趙登禹手下晉將、特務營長王寶良等八名軍官犧牲，而老婆山陣地仍在日軍控制之中。

馮治安不同意靠死拚硬攻。這絕非明智之策，但這都符合宋哲元用兵死打硬仗的作風。三月十一日，宋哲元手諭傳示各師：「此次作戰，死亦光榮，無論如何要拚命奪陣地……國家存亡、本軍存亡、在此一戰！」同時訂立了獎賞辦法，前方官兵生擒日軍一名者賞洋一百，砍死一名者賞洋五十，命令傳達到「敢死隊」「衝鋒隊」時，一位負傷士兵仰天狂笑：「命都不要了，要大洋何用！」

馮治安目睹了前線傷亡纍纍而收穫甚微，內心焦灼。這時，副總指揮秦德純由薊縣總部來到前線，向馮治安、張自忠傳達宋哲元「以攻為守」的戰略意圖。三人反覆磋商，一致認為，我軍優勢在於近戰、夜戰，九日的夜襲已提供了成功的經驗。應該組織一次大規模夜襲戰，趁黑夜悄悄繞至敵後，出敵不意進行突襲。二十九軍需要一次勝利來鼓舞士氣。宋哲元聞報大喜，下令馮治安轉飭趙登禹、王治邦、佟澤光三位旅長：「抽選勁旅，分由兩側繞攻敵之背後，待繞擊成功，即令我堅守陣地之眾全線出擊！」

馮治安奉命後，即馳赴前敵指揮部，向趙登禹下達戰令。由趙登禹親率王長海、童升堂團及仝瑾瑩團的一營，加上旅部手槍隊共三個團出潘家口；佟澤光旅長親率近兩個團東出鐵門關擔任繞襲；王治邦旅率部堅守陣地，相機出擊，馮治安坐鎮指揮，在他心中，勾畫出一場近代禦敵史上空前壯烈的奇襲戰役。

三月十二日凌晨一時，一位樵夫帶路，趙登禹部出潘家口後銜枚疾行，沿灤河兩岸繞至藍旗地，然後東折，向盤踞在蔡家峪、白台子的敵砲兵陣地發起猛攻。日軍雖然吃過前番被偷襲之苦，但驕橫地認為中國軍隊絕不敢再以數千之眾深入其腹地蹈襲，仍戒備疏鬆。王長海團逼近營門，一聲口哨之後，率先揮刀衝入日軍營地，他們首先迅速地將護衛砲兵的警衛隊消滅，殺入敵砲兵陣地，以集束手榴彈、炸藥包將日寇的山炮、鐵甲車炸毀。

天已拂曉，盤踞在老婆山之敵發現背後受敵，忙調轉槍口居高射擊。二十九軍組織反擊，同時繼續摧毀敵軍裝備。王長海團營長蘇東元熟諳砲兵

技術，他組織士兵將俘獲的敵炮向高地老婆山日軍連射二十餘砲彈，發發命中，敵人驚愕失色。不料蘇營長遭流彈命中陣亡，大砲啞聲。

趙登禹見天色大亮，我軍已明顯暴露，不宜久戰，遂命部隊打掃戰場，焚毀其接應車彈藥縱列。一時火光四起，濃煙蔽室，十八門敵炮悉數被毀，炮鏡、炮栓均被我卸回，並繳獲機槍二十餘挺及作戰地圖、望遠鏡等物品，敵人的裝甲車雖未全毀，但也破壞殆盡。

日軍很快就組織追擊。一輛修復的裝甲車緊追不捨，造成戰士的傷亡。在這關鍵時刻，只見一位負傷的手槍隊士兵，將大束手榴彈捆在身上，仰臥平地裝死，待日軍鐵甲車開到後引爆。瞬間爆炸聲如雷，火光沖天，黑雲團旋轉著直入空中。這位中國壯士沒有留下姓名。趙登禹哭喊著：「中國軍人視死如歸，何愁日寇侵吾中華！」

佟澤光旅長率兩團兵力出潘家口後，一路沿長城東牆過跑嶺莊、關王台，由東翼突襲白台子之敵。佟旅與日軍激烈拚殺四小時之久。但因兵力薄弱，加之天光已亮，終未能與兩翼的趙登禹部會合。至下午三時，兩路軍同時撤回。

配合兩翼奇襲的正面部隊，聽到槍聲一起，即仰攻喜峰口西北高地。日軍重火力狂風般掃射，三十七師以兩連官兵陣亡的代價牽制了日軍，保證奇襲部隊的成功。

十一日，這場奇襲戰給日寇的打擊沉重，自日軍砲兵司令官以下約三千人被消滅。陣地上斷肢碎屍缺頭者交疊橫布，血肉狼藉。三十七師生還者也是人人遍身血汗，許多大刀都殘缺如鋸齒之狀，刀柄上的綢布被血漿染透。灰色軍裝上布滿了血花。

馮治安此時喜悅與悲痛交加。他站在壯士必歸之路上迎候凱旋的弟兄們。春寒料峭、薄霧漫漫，兩支極度疲憊陷於昏迷狀態的官兵在山口出現了，馮治安立刻跑上前去，與趙登禹緊緊地抱在了一起。師部隨迎官佐都撲上前去，和血肉模糊的士兵兄弟擁在了一起，將士們激動得淚如泉湧。馮治安滿眼淚水，大叫著：「兄弟們！感謝你們！老百姓感謝你們！不要再忍著了，哭吧！

第一槍：中日抗戰中的秘辛

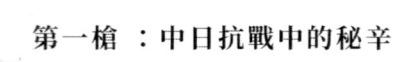

第十八回　喜峰口喋血染長城　大刀片威震破敵膽

活著就是勝利！為死去的兄弟們哭吧！」眾將士們再也忍不住了，哭嚎聲大起，立刻山鳴谷應，天地為之動容。朝霞瞬間就映紅了天際，一輪血紅的太陽從喜峰口東山頂上躍起。

喜峰口大捷！全中國激起颶風般強烈的迴響。「九一八」以來，日寇鯨吞蠶食，使中國喪權失土。國家空養百萬軍隊，都只用來南方「剿共」，熱河數十萬大軍一觸即潰，望風南逃，有的倒戈投敵甘為漢奸。旬月之間，日寇鐵蹄縱橫馳騁千餘里，竟如入無人之境。中華民族憤慨，人們憤怒之餘，莫不為國家民族前途感到憂心如焚。不料二十九軍竟然打出這般壯烈輝煌的戰役。民眾激奮，中國國內報紙紛紛大版、整版報導前線新聞。平津各界人民更以烈火般的熱忱自發開展募捐軍運動。商人端出盛滿銀圓的盤子；洋車夫掏出剛賺來的銅子；婦女摘下首飾；學生取下懷錶。各大醫院主動騰出床位，無償收治前線抬下的傷兵，燕京大學等學校的女生們，自動擔任護理員。許多到醫院探望自家病人的市民們，一見抬傷兵的擔架，紛紛將看病的食品、水果往擔架上放。傷兵拒，送者推，拒者越力，送者越堅。推來推去，推得在場男女失聲痛哭，淚如雨下。

喜峰口前線一帶的老百姓，不顧自家遭炮火的危險，紛紛出人來抬擔架、送彈藥。每有傷病路過村口，山民們端出煮好的雞蛋往擔架上塞。遇有烈士擔架經過，他們將剪好的紙錢撒放在擔架上。有位老太太端著熱湯麵跟著傷員走，邊走邊餵，邊餵邊哭。磨刀師傅義務為前線磨刀而拒收費用，場面悲壯慘烈，無人不為之動情。

平津各報及外國駐華新聞記者蜂擁到二十九軍採訪。記者要求聆聽馮治安、張自忠、趙登禹將軍的戰況介紹。每逢此種場合，馮治安從不露面，只讓幕僚出來接待。只有當軍長宋哲元親自會見記者時，馮治安才陪同現身。一家報紙報導：「馮治安將軍儀表堂堂，三十七師戰功卓著。而今戰後的馮將軍卻鬚如猬毛，面如灰土，一雙大眼布滿血絲……讓人驚訝又感動萬分。」

三月十六日《申報》說：

「喜峰口血戰砍殺之眾，虜獲之多，打破中日接觸以來之記錄，而議其軍械設備之不足，後方組織之不完備，視十九路軍在上海抗日時之環境，真

不可同日而語……今日中國，何從得精煉敢死之帥如宋部者，為整個的抗日戰爭乎？」

三月十九日的《益世報》在題為《喜峰口的英雄》的社論中說：

「法國人忘不了凡爾賽宮的英雄，中國人家世萬代亦不能忘記喜峰口的英雄！

做凡爾賽的英雄容易，做喜峰口的英雄難。法國凡爾賽的英雄，他們所有的器械，與德意志的器械可相提並論。我們喜峰口的英雄是光著腳、露著頭，使著中古時的大刀，最不可忘記的是我們的英雄是去接替敗退的防線。敵人已登上了高山，取了大嶺，占據了好的地勢。我們的英雄用跑步趕上前線陣地……一聲炮起，我們的英雄搶回了山，奪回了嶺，收回了喜峰口，俘虜了幾千日本人，收到了幾千支槍，捉住了許多輛坦克車，抬回來許多日本開山炮。這個故事，豈不比凡爾登戰役的故事還威武、還壯烈、還光榮、還燦爛嗎？中國人永世萬代應不忘喜峰口的英雄！」

這篇社論最後說：

「喜峰口這次勝利……使世界認識了中國人，使我們中國人還可做人！」

日本報紙則驚呼：

「明治大帝遣兵以來，『皇軍』名譽盡喪喜峰口外，而遭受六十年未有之侮辱。日支（支那指中國）、日露（露為俄）、日獨（獨為德）歷次戰役攻取之聲威，均為宋哲元剝削殆盡！」

三月十五日，宋哲元特意寫了「寧為戰死鬼，不作亡國奴」的條幅。這十個字一面世，立即被多家報紙製版刊登，成為傳誦全國的壯語，對全國人民、對二十九軍將士造成了極大激勵作用。

喜峰口之戰，二十九軍受到了很大損失，大批優秀的下級軍官陣亡，尤為三十七師最為慘烈。馮治安十分痛心，一夜白了頭。他親寫輓聯悼詞，將撫卹金郵寄至犧牲的官兵家中。痛惜之餘，馮治安也被全中國人民如火如荼的聲援和輿論界的頌揚而感動著。他對老兄張自忠說：「俺第一次知道了中

第一槍：中日抗戰中的祕辛

第十八回　喜峰口喋血染長城　大刀片威震破敵膽

國軍人的價值所在，你我成為抗日名將那是我們三十七師、三十八師用鮮血與生命贏得的，是二十九軍的驕傲！我已抱定必死之決心，與日寇決戰到底！」

這正是：千軍灑血喚覺醒

一將成名萬骨枯

黎晶書法　閆江繪圖

第十九回　長城抗戰英雄空齎恨　「塘沽協定」國史徒蒙羞

　　喜峰口之戰日軍受挫後，轉向其他長城隘口，避二十九軍主力師，尋機找回顏面。日軍偵察機發現，羅高塔宋軍兵力單薄，遂調集早川、瀨谷兩部及騎兵、野炮戰車數十輛、飛機二十餘架，並糾集部分偽軍，總兵力達兩萬餘人，氣勢洶洶向二十九軍一四三師劉汝明部駐軍的羅文峪及其兩側的山茶峪撲來。十五日夜，敵先鋒部隊抵達口外的半壁山。劉汝明部借鑑喜峰口之戰的成功範例，還未等日軍立足，即令駐守部隊祈團發動逆襲。雙方於三岔口激戰終夜，祈團撤回防地。十七日晨，日寇先以重炮猛轟前沿陣地，然後在飛機、坦克掩護下發起衝鋒。祈團劉福祥部僅一營兵力，死拒數小時之久，敵莫能進。日軍乃放煙幕再次發動進攻。劉福祥藉煙幕掩護，發揮近戰優勢乘勢衝進敵陣與敵軍展開肉搏戰，卒將敵人擊退。

　　羅文峪、山楂峪位於喜峰口與古北口之間，左右萬山叢錯。中間一線羊腸小道，寬不容車。倘若日軍由此突入，勢必使兩翼動搖。宋哲元至此兵力薄弱，急命劉汝明率李曾志團及特務營趕到，隱伏山口。果然，日軍沿路而來。待全部進入伏擊圈內後，衝鋒號齊鳴，中軍揮動大刀片、呼嘯著衝入敵軍展開肉搏之戰。敵人重武器成了啞巴，只有展開拚刺。日本兵在喜峰口因大刀片之厄，早已心懷悸懼。見著灰軍裝、耍大刀氣勢如虹的中國士兵，他們的武士道精神銳減一半，交手不多時，便丟掉一片屍首狼狽潰退。李曾志團長身上創血淋漓，猶堅守陣地、不離寸步。

　　三月十八日，劉汝明師長乘官兵士氣正旺，也成功地組織了一次繞攻夜襲。一四三師借夜色掩護，連翻七座峻嶺，摸到日軍重機槍陣地後，奮勇衝入，血戰終夜大獲全勝，那砍殺聲震撼山嶽。終將三宮口、快活林、古山子、水泉峪一帶日軍擊潰，日寇攻擊羅文峪的圖謀被徹底粉碎。

　　除喜峰口二十九軍血戰外，長城一線的抗戰如火如荼，古北口方面黃杰、關麟徵兩部亦與日軍展開殊死搏鬥。關部之二十五師傷亡達四千人，極為壯

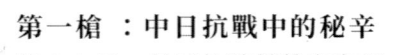

第一槍：中日抗戰中的秘辛
第十九回　長城抗戰英雄空齎恨　「塘沽協定」國史徒蒙羞

烈。該師一四五團有一個僅七人的軍士哨，因未及撤退遭敵包圍，七位軍士打光子彈後全部犧牲。素以「武士道」為精神教範的日軍，不得不對這七位中國軍士由衷敬佩，竟為之立碑曰：「支那七勇士之墓」。

日寇原擬從喜峰口突入，連連受挫後乃調整進攻戰略，將主要兵力轉向三十二軍商震部守禦的冷口一線重點進攻。三十二軍多為新募之眾，實力甚差。日軍經數日猛攻，先從白羊峪突入，冷口隨之失陷。日軍蜂擁入後，立即向西迂迴包抄，妄圖從背後襲擊二十九軍陣地。冷口失陷，長城全線搖撼，馮治安請示宋哲元，建議放棄喜峰口左右過於突出的防線，將主力撤至撒河橋、小龍灣、龍井關一線。

日軍占領喜峰口鎮、灤陽城等重要軍事地點後，把攻擊目標集中於撒河橋。撒河橋上距喜峰口三十里，下扼水陸要衝，是口內大鎮，是兵家必爭之地，中日雙方都十分重視。四月十六日始，日軍集中飛機、重炮、坦克不斷向撒河橋前沿陣地攻擊。鎮內居民除精壯外俱被疏散出去。馮治安和張自忠堅持在鎮中指揮，與士兵朝夕相聚，因而部隊士氣極為高昂。撒河橋連遭機轟炮炸，到處是斷壁頹垣，屋內家具、衣物及風乾獵物裸露街頭，猶如舞台布景一般。士兵們在街頭執勤，軍紀肅然。馮治安下令：「妄取民間一物者殺無赦！」

二十九軍長期過著艱苦的生活，但從長城抗戰打響後，全國人民特別是平津人民踴躍捐款捐物。士兵們想都沒想過的罐頭、餅乾等食品，竟成為家常便飯，這使士兵們覺得當兵保家衛國的無上榮光。

長城前線浴血奮戰的同時，南京政府不為國家命運焦灼，反而為抗戰影響其「剿共」大局而局促不安。蔣介石生怕因抗日而讓共產黨軍事力量壯大，便一面溫恤前方將士，一面又令何應欽加緊與日本「交涉」以消弭戰火。何應欽秉承上意，首先從敏感地區下手，四月十一日，他下令駐秦皇島守軍撤離駐地。士兵們在全國抗日浪潮的激勵下受命，堅決要求與日寇拚死到底。長官們不敢違抗軍令，實無辦法。他們支起重機槍強逼那些守在陣地上不撤的士兵離開，士兵們悲憤得捶胸大哭，陣地上傳來一番又一番的哭喊，掀起

一波又一波渤海灣澎湃的浪潮，感人肺腑，催人淚下，最後還是在槍聲的脅迫之下憤然撤離。

撒河橋的攻防戰，斷斷續續進行了月餘，其間，日軍曾幾次攻入鎮內，又被中軍頂了出去。馮治安兩月來沒有離開過指揮所。輪到張自忠執勤，勸馮治安下去休息。馮說：「老兄，你年長俺五歲。就不要爭執了，有戰況再通知你！」張自忠見馮治安鐵板一樣的身軀，已累得形銷骨立，面目黧黑，雙目深陷。張自忠扭頭離開指揮部，他在窗戶外再看這位忠厚的老弟時，馮治安已握著電話筒呼呼睡去。

張自忠心想，兩翼友軍如果都像俺二十九軍這樣英勇堅持，長城抗戰必將以輝煌的勝利而告終，只可惜士兵均能英勇殺敵，指揮官卻貪生怕死。中國軍隊缺少像馮治安這樣的統領之將呀！日本報紙說道：「中國軍隊雜精兵弱卒用一線，一部潰敗而全線牽動，遂坐使精良之部隊，徒共無謂之犧牲。」悲痛之中的張自忠站在撒河橋頭自言：「連日本敵報都能辨之奸雄利害，而中華泱泱之龍，卻不能？怎不軍敗！」二十九軍在自己的陣地上有效地阻擊日軍，但兩翼卻先後潰敗。義院口以東各隘口或失陷或棄守，使日寇長驅直入。隨後敵又陷遷安、陷多倫、陷灤州，直逼北寧鐵路，使二十九軍如折股肱，進退失據。馮治安當著軍長宋哲元的面感慨萬千：「我們打，他們躲，他們逃，我們上。老百姓要抗，上峰要和，這種仗能打好嗎？」宋哲元安慰他：「仰之吾弟，你我軍人之職，守土保家衛國，無奈孤掌難鳴。軍人以服從為天職，讓我們打則血灑疆場，讓我們撤，我們也只能忍痛揮淚呀！」

五月四日，國民政府任命親日派政客黃郛為政務院駐平政務管理委員會委員長，銜命北上與日方進行談判。黃郛帶著殷同、袁良、殷汝耕、李鐸一、劉石蓀等「日本通」，他們和日本統治層淵源頗深。這些幕僚北上談判的核心就是一個字：「和」。

黃郛到平津的第八天，蔣介石為掩全國民眾之耳目，故意向長城沿線各將領發了一通慷慨激昂的電報，中云：「今日之事，已不僅個人榮辱所關，實為國家存亡所繫，應本再接再厲之精神，作不屈不撓之奮鬥，為民族強大

第一槍：中日抗戰中的秘辛

第十九回　長城抗戰英雄空齎恨　「塘沽協定」國史徒蒙羞

求解放，為國家爭人格，雖僅存一彈，僅存一卒，尤當拚此血肉，不使日閥得逞……」然而，誇誇其談下，卻暗藏屈辱條約的謀劃。

黃郛軍幕僚後與日方「協商」一再屈辱退讓，談判趨於「達成一致」。日方考慮到國際正義輿論譴責之壓力，日本尚未完成全面侵華之準備，便在談判桌上加碼施壓，又揮兵攻占灤縣、寧河，以加強軍事威脅來在桌上迫中方就範。

美國總統羅斯福向五十四國發出和平宣言，一些西方國家政府紛紛響應。五月中旬，蔣介石派財政部長宋子文訪美。羅斯福接見了宋子文，並發表了共同聲明：「希望盡快恢復遠東和平。」但對戰爭的是非不做評價，更不提對侵略者的譴責了。

五月三十一日，喪權辱國的華北停戰協定在塘沽簽訂。熊斌和岡村寧次分別作為中日兩國政府首席代表參加，簽字儀式前舉行了短暫的會晤。弱國無外交。岡村趾高氣揚，居然還掛著戰刀。一步一搖，目中無人，在稀拉的掌聲中傲慢地走進會晤室。見面的第一句話便是劈頭指責說：「我來時經大沽口，見沿岸仍有中國的軍事設施，這違反了《辛丑條約》的條款，亦表明你們中國並無誠意！」熊斌迎上前去唯唯稱是，表示接受。日方敲山震虎，然後從皮包裡掏出他們寫的正式條文草案，丟到了熊斌的面前。翻譯告知：「中方只能作文字上的商榷，實質內容不能爭辯。」熊斌無奈，牙掉了吃到肚子裡，便草草簽字。岡村最後講話，他猙獰地說：「你們無須僅僅注重文字，這是日本國願與中國停戰，否則『皇軍』可隨時前進！你們知道嗎？」說罷，傲然大笑揚長而去。熊斌等面如白紙，氣結語塞。在中國之大地上，憑侵略者如此侮辱卻不敢置一詞，在場的中國人咬牙握拳，憋紅了臉。無奈，你一東亞病夫又能如何？一位中國記者見日方沒了蹤影，這才敢將手中之相機憤然摔在地上，以消胸中之氣。一份以屈辱的方式簽訂的屈辱之條約就這樣出籠了，簡稱為《塘沽協定》。

《塘沽協定》規定：中國軍隊立即撤出延慶、昌平、順義、通州、寶坻至寧河所連之線以西，以南地區，爾後不得越線，並不得作一切挑戰擾亂之行為，日軍可用飛機及其他方式進行監察。在保證上述條款實施的前提下，

日軍方退出長城一線。並限定：冀東、平北、津北大片地區的治安只能由警察機關擔任。不可利用刺激日軍感情的武力團體等等。

《塘沽協定》實質上等於承認了長城是中日兩國的分界線。

遵照中央的命令，二十九軍這個慣於「刺激日軍感情的武力團體」不得不於六月份撤出長城駐地。馮治安依依不捨，他走一步北望一眼，這片二十九軍曾以血肉之軀捍衛的山川城隘，這座以將士屍體加固的喜峰口，就這樣地離去了。他義憤填膺地大罵奸賊誤國呀！宋哲元在下達撤退令的同時，特地為文昭告全軍。中云：「我以三十萬之大軍，不能抗拒五萬之敵人，真是奇恥大辱，現狀到此地步，我們對於時局尚有何言？所可告者，仍本一往之精神，拚命到底而已！」

轟轟烈烈的長城抗戰，在舉國同胞的唏噓慨嘆中偃旗息鼓了。數以萬計的烈士之鮮血，白白拋灑在長城內外黑雲環繞的山巒。頃刻細雨飄落，二十九軍在悲哀之中緩步南回。

長城抗戰的第二年春天，二十九軍編纂成一部《華北（長城）抗日實紀》，詳細記述了此役經過。自宋哲元以下各主要將領分別寫了序言，秦德純、蕭振瀛、張自忠、劉汝明、趙登禹等或自撰或請人捉刀，大都以典雅的古文體熱烈歌頌全軍敵愾同仇、喋血沙場的精神，洋溢著自豪的情感。但無一道出長城抗戰的悲劇性質。唯有馮治安自撰的那一篇，用淺明的白話，清醒而深刻指出這次戰役「是一篇很壯麗也很慘痛的歷史」。

馮治安文章全文：

「我們第二十九軍在喜峰口的抗日戰役，是我們可愛的戰士拿熱血寫成的一篇可歌可頌極莊嚴的光榮歷史。但同時也是一篇很壯烈、很慘痛的歷史。

當時我們戰士的熱血，全為著民族的生存與國家的人格而沸騰，誰知道他的頭顱的可貴與自家的顧念？所以這次戰鬥在民族抗爭史上，是極有意義的一頁，實在值得我們紀念與追述。

第一槍：中日抗戰中的秘辛

第十九回　長城抗戰英雄空齎恨　「塘沽協定」國史徒蒙羞

　　這次戰鬥的代價，誰都知道並且不可偽飾的，是換了一個塘沽停戰協定，可羞的屈辱條約，這是多麼可恥的一件事情！尤其是我們素以衛國為職責的二十九軍！

　　但是我們不要在這裡灰心，並不需要在這裡膽怯。我們必須要將我們五千年來偉大民族的自信自尊的心理保持著，並提起來。尤其是必要將我們二十九軍自己常拿以驕傲人的心理保持著，並提起來。我知道最後的勝利一定要屬於我中華民族，並且是我們第二十九軍的。

　　因此，我們對於這次戰鬥失敗的教訓，必須接受；與這次戰鬥的缺點，必須承認。

　　無疑的在這次戰爭裡，尤其是我們二十九軍在喜峰口的戰爭裡，我們知道，我們指揮官指揮太過於笨拙，這是我們指揮官應當承認並且不容辯護的事實。其次，如射擊技術與各種作業的不良，以及物質方面的缺欠，可以說都是我們失敗的最大原因。或者也是我們所有抗日軍隊失敗的一個原因。

　　這是我在這部光榮慘痛的戰史裡的追憶與感想。所以，最後我希望、我最希望我們親愛的共同抗日的將士們，不要為這光榮戰史的光榮所迷惑，千萬不要忘記了我們可恥可悲的失敗並失敗的原因與缺點。」

　　馮治安寫的這篇序言樸實無華，放在上述幾位將軍所作的辭采典麗的序言之中，好像牡丹叢中的一株菊花，散發出百姓平民之本性，有報紙評議：馮治安居功不傲，推功攬過。他白話序言的實質，是馮將軍平易、率真的做人風格。古人說：「文如其人」誠則其言。

　　這正是：喜峰口喜逢不喜

　　戰長城榮辱不驚

黎晶書法　閆江繪圖

第一槍：中日抗戰中的秘辛

第二十回　馮玉祥再舉抗日旗　吉鴻昌被害仰之悲

第二十回　馮玉祥再舉抗日旗　吉鴻昌被害仰之悲

　　二十九軍回師北平後，軍部暫設在朝陽門外東嶽廟內。因馮玉祥在察哈爾組織抗日同盟軍，宋哲元無法回察省主席住所，全軍只好就地休整待命。宋哲元授命全軍編造陣亡將士名冊。當時國家無撫卹政策，普通士兵有多數與家鄉久隔音訊。二十九軍又無此項費用，死難兵卒造冊留名外，並不通知其家庭父母與妻兒，更無銀兩撫卹家中。有多少戰士的遺孀，不知丈夫早已拋骨長城內外，仍然在淒迷中等待，至於陣亡軍官，也主要靠同僚以私人名義給本家寫信告慰。有的家屬接到信後找到軍中泣血求恤，也只酌量給點錢而已。一位陣亡連長的女眷承受不了失夫之痛，竟投繯自盡。軍營內外，不時傳出婦人孩童的啼哭，攪得馮治安整天以淚洗面，他已沒有積蓄往外掏了。三十七師和三十八師駐紮通州南郊一帶，兩師仍聯合辦公，師部設在胡家堡村。胡家堡村子不大，突然住進許多士兵，百姓多有疑懼。兩位師長深知，激戰之後退下來的軍隊，最容易發生違紀行為。張自忠雖然性情躁烈卻諸事精細，經常悄然出來巡查監視軍紀。二十九軍尚有一些從山西帶出來的隨軍民夫，多是貧苦的山民，為了吃飽肚子情願捨家在軍中服役。他們的餉錢略高於士兵，因此常遭士兵妒恨。有天中午，一個士兵尋釁打了一個農夫，那農夫稍有爭辯便被該士兵解開皮帶抽打，恰被悄悄出行的張自忠撞個正著。張自忠勃然大怒地吼道：「你這兵是哪裡人？」兵答：「河南人。」張自忠問：「有爹嗎？」兵答：「有。」張自忠問：「幹什麼的？」兵答：「種莊稼。」張自忠問：「農夫是莊稼人嗎？」兵答：「是。」張自忠問：「跟你爹一樣不一樣？」兵答：「一樣。」張自忠轉過頭來大喝：「來人啊，把這個打爹的孬種給我狠狠地敲！」左右不敢怠慢，急忙拿來軍棍猛打起來，霎時，便將那小兵打昏死過去。那張自忠仍不解氣，命手下用冷水激醒後再打。那位農夫怕為此小事將小兵打死，那便是自己終身的內疚。他知道馮治安好善便跑到師部叫醒還在睡午覺的馮師長。馮治安聞訊立即來到現場，對眼前的事

第一槍：中日抗戰中的秘辛

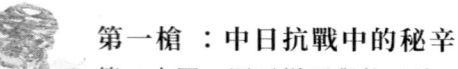

第二十回　馮玉祥再舉抗日旗　吉鴻昌被害仰之悲

件故作不聞不問，只是扯住了張自忠笑著說：「走走，早就擺好一盤棋等你下，你卻跑到這裡來了！」邊說邊拽著張自忠走了。那個士兵總算沒丟了性命。

　　長城抗戰爆發前，馮玉祥在泰山隱居，他是個不甘寂寞之人，在中國一片抗日浪潮鼓蕩下，思東山再起。由於共產黨的激勵，馮玉祥決心重組武裝，聯共抗日。當時宋哲元剛被任命察省主席，馮玉祥認為北方易尋找機遇，且宋哲元又是他的舊部，便向宋哲元提出到張家口暫住，宋哲元慨然敬諾，馮玉祥被宋哲元安置在圖兒溝圖書館之「愛吾樓」中，翌年長城戰起，宋哲元率二十九軍開赴喜峰口禦敵，宋哲元部血戰揚威，馮玉祥心潮澎湃，連電慰勉舊部，馮玉祥趁塞外空虛之機，聯絡了已是共產黨員的舊部吉鴻昌、宣俠父、張幕陶等，在他們的推動之下，迅速集結了方振武、孫良誠、佟麟閣、馮占海等將領，組成了抗日同盟軍。一九三三年五月二十六日，馮玉祥通電就任察哈爾抗日同盟軍總司令職。抗日同盟軍的目的是「結成抗日戰線，武裝保衛察省，進攻收復失地，求取中國之獨立自由」。通電痛斥「握政府大權者，以不抵抗而棄三省，以假抵抗而失熱河……不作整軍反攻之圖，轉為妥協苟安之計」。通電發出第三天即五月三十一日，《塘沽協定》簽署，馮玉祥又通電反對與日本簽訂停戰協定，揭露「當局始終站在不抵抗主義之立場……堅主安內先於攘外，究其實則為真對內，假抗日……」

　　馮治安高興激動，他高興地看到馮玉祥又青春復活，站在民族大義之巔，捍民族危亡於搖籃。自己多年充任馮玉祥的衛隊官，牢記老長官對自己的提攜之恩和耳提面命的教誨，仰之一定跟隨先生抗戰到底。馮治安藉長城之戰的經驗教訓，藉長城殺敵的銳氣方熾，他早就心嚮往之，躍躍欲戰。葛雲龍和馮治安關係親密，馮治安素常戲稱葛為「葛老大」，當葛到三十七師說明來意，馮治安立即慷慨表示：「我明馮先生招呼，絕不含糊！」張自忠、劉汝明二人也捶胸表態：「只要老長官一聲令下，一定服從。」

　　作為馮玉祥「五虎將」的宋哲元，對馮玉祥的壯舉並未隨眾喝彩，而是故意保持沉默。他覺得自己羽翼既成，不願輕率附馮反蔣，特別是馮玉祥在此之前未打招呼就將佟麟閣任命為察哈爾省代主席而使自己這個原主席失去著落，未免平添雀巢鴉占之怨，謀士蕭振瀛居間挑唆，致使宋哲元態度曖昧。

馮玉祥看到眼裡又無法硬來，畢竟宋哲元已成為舉國上下知名人物。為爭取宋部，他依原西北軍舊將葛雲龍祕密赴北平遊說馮治安、張自忠、劉汝明三位師長，葛欣然銜命到北平。首先找到馮治安，他的表態，讓馮玉祥大喜。

馮治安積極運作，便到宋哲元軍部謁見，試圖了解宋對馮玉祥和抗日同盟軍的態度，並伺機諫勸宋積極響應，但宋哲元給了馮治安一個冷板凳，佯裝不屑聞問，他知道馮治安是馮玉祥的馮家小孩，關係之親遠遠大於和宋的程度，採取避而回之。馮治安知不可為，也就未便多言。

馮治安立告馮玉祥宋哲元的態度。馮玉祥見這位老部下作壁上觀，頗為焦灼不安。他仍不死心，又派曾留學蘇聯的政治部部長張允榮去張家口一鄉紳家會宋哲元。但是，宋哲元憑你張允榮說得舌敝唇焦，他也只顧左右而言他。宋哲元一生敬重關羽，可巧，那間廳堂中央恰好供著關夫子面像。張允榮見宋哲元的態度，便故意敲山震虎地看畫像說道：「內穿新袍，外罩舊袍，何不忘故主之深也！」宋還是莞爾不動聲色。張允榮無奈告辭。宋哲元見張走出大門，便對身邊的宣介溪說：「公義私誼不能混為一談，服從蔣委員長，國家才能統一，馮玉祥是老長官，我不會負他，但不能跟他瞎幹，陷他於不義。前日仰之弟就前來探底。如隨舉大旗，何需張允榮呀！」

馮玉祥決心抗日，同盟軍崛起，使蔣介石大傷腦筋，他一面派兵準備圍剿，一面又以甘言誘惑來分化瓦解這支派系紛繁、目的各異的隊伍。何應欽秉承蔣的旨意，對奉調張家口參與圍剿抗日同盟軍的四十軍軍長龐炳勛特別施盡了權謀，因龐原是西北軍馮的舊部，此番率兵北來，倘若失去控制，龐極有可能倒戈與馮玉祥合流。何應欽贈送龐部大量餉銀，並允諾如龐攻取張家口後，則委他為察哈爾省主席。龐炳勛被高官厚祿所惑，不顧絕大多數將士反對，悍然向抗日同盟軍開火。士兵們有喜峰口戰役精神的鼓舞，軍官們都對老長官有情義。怎願將槍口對準中國人？軍無鬥志，槍桿抬高一寸。西北軍老兵整連整排陣前起義，投奔抗日同盟軍。龐炳勛惱羞成怒之下，將對他進攻的馮玉祥的陸春榮旅長扣押起來，狂言指日奪取張家口。

宋哲元得知何應欽向龐炳勛許下主察諾言，心中極為惱怒，自己是察省主席，卻先後被許給佟麟閣和龐炳勛，讓正宗的察省主席坐冷板凳任憑耍戲，

第一槍：中日抗戰中的秘辛

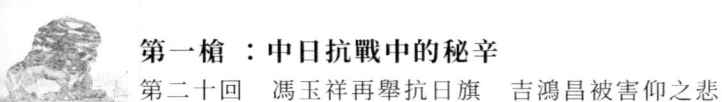

第二十回　馮玉祥再舉抗日旗　吉鴻昌被害仰之悲

尤其對龐炳勳這種見利忘義的行為更為不滿，便派馮治安赴沙城前線向龐部施加壓力。馮治安本來已是滿腔怒火，對宋龐二人都有怨恨正無處發洩。馮治安趕到沙城二話不說，單刀直入質問：「你是不是真要去打老先生？」龐假惺惺地說：「老弟，我怎能打先生？這不過做做樣子罷了。」馮治安濃厚的倒八字眉一豎說：「如果你真要打，那麼好，你在前頭打，我們就在後頭打你！」龐連忙說：「我絕不打，絕不會做這樣對不起大家的事情。」馮治安斷喝道：「我量你也不敢！你要考慮考慮，我們共患難多年，何況老先生又是在打日寇，你能做那些親者痛、仇者快之事嗎！我來只對你說一句話，要打先生，不行！」龐連連說：「不會，不會。」

經過一番折衝，龐炳勳不得不收起如意算盤，未敢悍然猛犯張家口。他畏懼二十九軍的神威，只擺出一副佯攻的架勢，對旅長陸春榮亦未敢再下毒手而無奈釋放。陸春榮當夜收拾行裝，帶十幾位骨幹徑直投奔了馮治安。馮治安知人善任，安排在麾下當了旅長。

先天不足的抗日同盟軍在張家口轟轟烈烈崛起之後，方振武和馮玉祥漸存芥蒂。馮占海部悄然離去，主將之一的鄧文因內訌被誘殺於妓院之中，加之彈藥糧秣來源被何應欽劫斷，察省地瘠民貧，根本無法養活十萬兵馬，同盟軍陷於內外交困之中。吉鴻昌等共產黨人堅定不渝地維護同盟軍旗幟，其餘諸將各存二志。宋哲元受上命差遣，親率幕僚抵宣化拜見老長官，力勸馮玉祥放棄與中央相齟齬的做法。馮玉祥眼見大勢已去，長嘆「天不助我呀！」便於八月三日通電表態：「決自本日結束軍事，所有察省軍政權，即由中央派員接受。」隨即，何應欽命令宋哲元二十九軍進駐沙城、宣化一帶，接受察省政權。八月底，國民政府改組察哈爾省政府，仍任宋哲元為察省主席，馮治安部作為前驅首先到達宣化。

何應欽為了迅速平定察北，宣稱任命方振武為北平軍分會委員，任命吉鴻昌為上將參議。吉鴻昌正駐軍張北縣，他心裡明白，同盟軍大旗散去，國民黨想剝我軍權。他對此種「任命」嚴詞抗拒。方振武也表態堅決抗敵到底，反對改編。方、吉兩部乃合兵一處，改名稱為「抗日討蔣軍」，堅持在察北

與日偽軍苦戰，其他同盟軍將領大多接受了中央改編。熾烈一時的抗日同盟軍就此夭折。

八月十四日，宋哲元陪同馮玉祥乘專車再次南去泰山「讀書」。車過宣化，馮治安登上專車拜別老長官，心中千頭萬緒，他撲到馮玉祥懷裡失聲痛哭。老長官拍著馮治安的肩頭，突然大笑起來：「仰之呀，當年的馮家小孩現已肩扛中將銜了，這將是有份量呀！我十分讚賞你在喜峰口之戰的功績，用馮家刀法殺得日寇膽顫心驚呀！」馮治安抹了一把眼淚，一肚子的話想說給恩人聽，卻礙於宋哲元在座，只能欲說還休。列車開走，馮治安哭紅了眼睛，一句話都沒有說出來，當然，馮玉祥心裡明白自己這位得意門生，那眼淚已經告訴了他一切。

馮玉祥就這樣又一次離開了張家口，馮治安奉命率三十七師立即進駐這座久違的皮都。參加抗日同盟軍的佟麟閣、葛雲龍等都尚在，與這班志同道合的舊友相見，場面十分熱烈。馮治安設宴招待。三杯酒下肚後，便無話不說了，談起同盟軍的呼嘯而起，旋踵而散，痛惜老先生馮玉祥之結局，都感嘆不已。葛雲龍告訴馮治安：「仰之兄，你知道原熱河駐軍湯玉麟嗎？」馮治安說：「何止知道，棄土保土嘛！」葛又說：「他的殘部在張家口北面有個叫菜園子的村裡，藏有大宗武器，除大批捷克式步槍外，尚有『三八二十三』門捷克式山陸炮，仰之兄何不取之？」馮治安大喜：「何謂『三八二十三』呢！」葛笑說：「有一門是壞的，二十四門少一門嘛！不是『三八二十三』嗎？」眾人聽罷，相與撫掌大笑。馮治安為此連乾三杯以表謝意。

湯玉麟因棄熱河被通緝，他之想加入抗日同盟軍，不過是改換門庭另尋庇護，以減輕罪責，不料這反而加重了他的罪名。同盟軍瓦解後，他哪還有精力照料自己的兵馬槍械，悄悄溜進天津租界去當闊佬。馮治安心想，此物不取，也將落入何應欽之手。他密令部隊迅速包圍菜園子，沒費一槍一彈，舉手之勞便將這批武器收入囊中。宋哲元喜獲這批橫財，立即將同盟軍各部殘留的兵員武器補充各師外，其餘人員槍械已達一個師的裝備，即新增

第一槍：中日抗戰中的秘辛
第二十回　馮玉祥再舉抗日旗　吉鴻昌被害仰之悲

一三二師，由趙登禹出任師長。至此，二十九軍總兵力已達五十個團，四萬餘眾。

讓馮治安高興的是，自己的老友吉鴻昌的司令部設在張家口北的康保縣，吉鴻昌常到離張家口僅幾十公里的張北縣與友人接觸。馮治安知吉鴻昌不方便到省府，便帶李貴輕車簡從到張北回見吉鴻昌。

汽車沿著崎嶇的山路爬行，夜幕裡兩盞車燈在荒野中就像兩隻雪亮的眼睛左右探視。馮治安閉上雙眼，想起了上次見面的情景……那是一九二九年冬，吉鴻昌駐兵寧夏並兼任寧夏省主席。馮玉祥召集各將領在西安開會。吉鴻昌、馮治安二人老遠就甩掉各自的衛兵相向跑了過去。馮、吉二人相擁之後，又相搥胸膛，然後照例嬉鬧起來。馮治安說：「你這個吉大膽在寧夏當主席，想必刮地皮刮了不少金銀財寶，拿出點讓大夥分分。」吉鴻昌指著馮治安耳朵下部的「拴馬椿」反擊說：「你這個『零碎兒』，寧夏的地皮夠薄了，我若再刮怕是連地府的閻王小鬼都刮著了，那還得了！」馮治安一把抓住吉鴻昌穿的皮大衣說：「你說你沒刮，瞧這灘羊皮的九道彎大衣還不是刮來的？」吉鴻昌和馮治安是一個連的兵，幾十年的情感讓他順勢就把大衣脫了下來，推給馮治安說：「既然老弟你這麼眼紅，那就送給你吧！」馮治安本是逗鬧之詞，不料吉鴻昌竟脫衣相贈，弄得他倒不好意思起來，推拒再三不肯相收。吉鴻昌正經說：「說實話，寧夏雖窮，但這種灘羊皮多的是，也並不貴重，這件送給你，我回去再置。」馮治安這才勉強收下，但一直珍藏著不穿。馮治安在臨來前，還特意將皮大衣掏出來看了又看，只可惜天還未冷，穿上會讓人笑掉大牙的。

車在驛站停下，馮治安右腳剛一落地便喊了起來：「吉大膽，零碎兒看你來了！」吉鴻昌早已等候多時，兩人照例完成見面那一套禮節，手拉手進屋去了。四盤菜一壺酒已經準備好，二人痛飲起來。吉鴻昌勸馮治安說：「國民黨假抗日真剿共已不得人心，哥勸你將部隊拉出，咱倆還在一起打鬼子，這也不違背老長官的意願！」馮治安何曾不知道國民黨腐敗，只因他曾叛離過一次西北軍，在他心中永遠是一個邁不過的檻兒。他早已立過誓言，絕不再投二主。他對吉說：「大哥心意仰之全懂，我的心思也早在書信上和你說

過，但我絕不打共產黨，中國人不打中國人，我知道你是共產黨，希望諒解小弟苦衷，但能幫助你，仰之一定助兄一臂之力。」吉鴻昌見狀，向馮治安提出了要求：「俺大膽知道二十九軍窮酸，但總比俺強，俺急需一批彈藥槍枝，不知老兄能否支援一下。」馮治安早有準備。他收繳了那批武器後，就想到了吉鴻昌，臨來之前，他已祕密安排李貴將武器彈藥裝上卡車，只等吉鴻昌告知運送地點。吉鴻昌大喜過望：「仰之兄，大恩不言謝！俺吉大膽替你多打些日本鬼子。」馮治安說：「這點薄禮，就算還你那件大衣之情了。」兩位兄弟哈哈大笑起來，哥倆一直喝到東方見亮。

馮治安回到張家口，便經常派密使和吉鴻昌書信往來，時有物資給予支援。

高振武、吉鴻昌堅持抗爭反對改編，何應欽乃令各路大軍「進剿」。高、吉手下兵微將寡，空憑一腔義憤，孤軍四處奔突為戰，在蔣、日、偽三方夾攻下日益敗殘零落，勉強支撐到十月份，由於長期遭受圍追堵截，漸成崩潰之勢，內部開始分裂。吉、高見抗爭難以為繼，為保存心愛的士兵的生命，遂派代表與順義縣的三十二軍商震接洽，表示願意放下武器，解散軍隊。商震表示願盡力斡旋，保障高、吉兩位生命安全。何應欽電令將吉鴻昌押赴北平。商震不願違背諾言，又不敢違抗軍令。他演出了一場捉放曹。在押解的途中，將吉鴻昌放走。

吉鴻昌脫險後便轉入地下，一九三四年十一月，在天津又為國民黨逮捕。吉鴻昌拒絕投降和悔過，蔣介石下達了「立時處決」的命令。

一九三四年十一月二十四日，天空飄起了雪花，吉鴻昌被押赴刑場。他面對黑洞洞的槍口，順手撿起一根樹枝，在雪地裡揮手寫下了盪氣迴腸的就義詩：「恨不抗日死，留作今日羞。國破尚如此，何惜借此頭！」寫完仰望漫天飄舞的雪花說：「老天為我送行呀！」接著他喝斥特務們說：「我為抗日死，光明正大，不能跪下從背後挨槍。我死了也不能倒下！給我把椅子搬來！」特務們被吉鴻昌大義而震撼，連忙將椅子搬來，並扶吉鴻昌坐下。吉鴻昌面對槍口而坐，厲聲說道：「我要親眼看到反動派怎樣殺害愛國者！」

第一槍：中日抗戰中的秘辛

第二十回　馮玉祥再舉抗日旗　吉鴻昌被害仰之悲

　　槍聲響了，雪花霎時變作鵝毛大雪撲面飛下。年僅三十九歲的抗日英雄、共產黨員吉鴻昌的身上，便被潔白的雪花掩蓋。

　　消息傳到馮治安的耳朵裡，他悲痛不已，關上門不許任何人打擾，蒙頭兩日滴水不進。李貴見大哥如此傷感，怕有損他的身體，在所有人不敢再次敲門之時，李貴破門而進，跪在馮治安床前。馮治安無奈，坐起身來，瞪著紅腫的眼睛說的第一句話是：「李貴呀，把我珍藏多年的吉大膽送的皮衣拿出來吧！」時值初冬，壩上已是高寒，馮治安鄭重將大衣穿上。從此，這件大衣伴他度過多年寒冬，直至面料破舊不堪仍不肯更新，李貴勸他更換面料，馮治安說：「這是吉大膽送我的。」再無後語。

　　吉鴻昌壯烈離世，讓馮治安悶悶不樂。禍不單行。老家故城又派人送信，縣長邊樹棟竟敢扣押馮治安的舅父，馮治安大怒，真是欺人太甚。他派李貴了解究竟。

　　邊樹棟是為人狷介的「新派」官吏。他新到故城，對鄉紳、富商一概不予結納。故城縣的繁華之地在鄭家口鎮，這裡緊靠運河碼頭，帆檣蟻繁、商賈雲集，是全縣重要的稅源之地。巨商勾結稅局偷逃稅款早已司空見慣，歷任縣官對此皆裝聾作啞曉收好處。邊樹棟履任後，決心嚴厲整頓。他親到鄭口鎮巡查，並召集商會頭臉人物大加訓斥。此舉激怒了富商們，為首揚言不惜毀家破產要與邊縣長鬥法。

　　邊樹棟捉到一個慣竊犯，疑有窩藏同夥，但刑訊再三，該犯堅決不承認。此事被鄭家口鎮的富商們獲悉，認為有隙可乘，遂買通獄吏，與在押的盜竊犯接上頭，以大把銀圓為誘餌，慫恿該犯再次刑訊，要堂前供認，確有同夥窩贓，窩贓者即是馮治安的內弟解某，企圖以此向邊樹棟「將一軍」，如果邊縣長不敢傳訊解某，富商們便聯名上告他不秉公辦案，如邊縣長敢於傳訊，必然導致馮治安出面干涉。馮治安雖在察哈爾省，但他是長城抗戰名聲赫赫的將軍，憑你邊樹棟一個區區縣令，若與之爭衡，必會碰個身敗名裂。此計一出，那盜竊犯本是亡命之徒，見此重利便樂得從命。第二天刑訊時，他果然咬出馮治安內弟是「窩主」。邊樹棟素性倔強，雖懷疑其中別有奸謀，但也不能不聞不問，他便硬著頭皮當堂發下傳票。

鄭口鎮富商見邊縣長上了鉤，立即請人寫了一封啟稟，派一舌辯之徒專程到張家口找到馮治安。富商預期馮治安必定勃然大怒，不料馮治安閱後說：「俗話說，賊咬一口入骨三分，既然證明我內弟是無辜的，況已然釋放，也就算了。」派去的人如冷水潑頭，未敢再進讒言，撥火掃興而回。原來那邊縣長捉審解某與盜犯在公堂上對質，解某自然據實辯駁，該犯卻一口咬定，邊樹棟又派人去解某家搜查，結果一無所獲。邊縣長大怒，狠打該犯，盜賊心虛膽怯，不得不承認是誣咬解某，但並未交代出幕後策劃的富商們，以便今後要錢。邊縣長親自下堂將解某禮送回家。

　　此時本該罷手。可富商們唯恐徹底敗露，既已犯罪還不乾脆破釜沉舟再幹一番。便又派人入監和盜賊聯繫，那賊初時不肯，但經不住重金引誘，一次和二次都一樣，他便喪心病狂鋌而走險又咬出馮治安的舅父是窩藏犯。邊樹棟已知有人搗鬼，情知有詐，但自己已被逼到懸崖而無退路。眾目睽睽之下，豁上性命得罪馮治安，便當堂下令將馮師長的老舅父傳來訊問。老人與盜賊當堂對質，該犯先是死咬不放，經反覆折辯，越來越理屈詞窮，最後不得不承認受人唆使誣陷好人。邊縣長大怒，下堂用馬鞭將此人抽得死去活來，然後收監候判。

　　富商們見馮治安老舅被傳，立即派專人星夜馳往張垣，向馮治安添油加醋地撥弄一番。馮治安果然拍案變色說：「說我內弟有嫌，還情有可原，因我知內弟中確有所不務正業的，但抓我老舅上堂，真是存心欺人。我老舅一生最為老實本分，況且也不缺衣少食，這簡直是誣良為盜！一而再再而三和俺馮治安過不去嘛！」當時河北省主席是于學忠，乃東北軍將領，素有剛正愛國的好名聲，馮治安與之雖無深交，但常有接觸；便派人將此事寫成公函，直接送到天津河北省政府于學忠處。

　　邊樹棟雖然將馮治安老舅送回家中，也知道人們壞他，但馮治安不解真情，早晚必有一劫。為搶在事發前面，他連夜親筆寫成了一份長達兩萬餘言的啟稟，親自趕到天津面呈給于學忠。于學忠也剛剛收到馮治安來函，兩函對照分析，心知內情複雜，便依人專程趕到張家口，將邊樹棟的稟文交馮治安參閱，並請馮治安決斷處理。馮治安看過之後，恍然大悟是官紳鬥法，自

第一槍：中日抗戰中的秘辛

第二十回　馮玉祥再舉抗日旗　吉鴻昌被害仰之悲

己受了劣紳矇騙。他立即回電于學忠，表明對邊縣長十分同情，不會追究。于學忠接電後，對馮治安的為人與心胸十分讚許，此電對邊樹棟也慰勉有加。于學忠考慮這一風波，便對邊縣長說：「地方勢力盤根錯節，俗話說強龍不壓地頭蛇，不如給你調個位子吧。」邊樹棟內心感謝馮治安的寬容與大度，更體會到官場深不可測。凡事欲速則不達，他愉快應允。于學忠便將邊樹棟改調他縣。

那個誣馮治安舅父的慣竊，終於瘐死在獄中。

這正是：名將抗日慘死黨國之手

百姓痛惜國破家亡內鬥

黎晶書法　閆江繪圖

第一槍：中日抗戰中的秘辛

第二十一回　蔣介石攜夫人「閱邊」　馮治安明君臣歸屬

第二十一回　蔣介石攜夫人「閱邊」馮治安明君臣歸屬

　　馮治安的辦公室內懸掛著兩幅馮玉祥書贈的對聯。聯文為：「布衣粗食愛民不尚空談，整軍經武救國力求實踐」；另一幅上聯為：「欲除煩惱須無我」，下聯是「歷盡艱難好做人」。無論戰事如何，辦公室或指揮部搬到何處，這兩幅書法警句和軍用地圖是必隨身之物。這一點副官從不敢忘記。馮玉祥對馮治安的教誨刻骨銘心，馮治安坐在辦公室裡低頭沉思，今天是清明節，除照例給母親祭奠外，他一直想到吉鴻昌的墓前祭掃，和老哥喝杯酒談談心。但吉大膽屍骨在何處？即使有堂堂正正的墓地，又怎敢明晃晃去燒香叩辭。沾上「通共」都是死罪呀！馮治安是個不懂政治、單純的軍事幹才。宋哲元常當眾讚譽馮治安是他的常山趙子龍。軍人服從命令就是頂好的軍人，他不明白，吉鴻昌為何加入共產黨？在哪兒不是抗日嘛，我馮治安不照樣在喜峰口抗擊日寇，受到人民歡迎嗎？嗨！人各有志，只可惜吉大膽英年損命何苦呢？

　　今天是清明，無論如何也要祭奠一下這位生死兄弟。馮治安叫衛兵和副官出去，任何人不得入內。他將吉鴻昌的照片放在條案上，擺上點心，點燃了三支香燭，剛要行禮。忽然院內有人叫嚷：「什麼大事，你們敢攔俺張自忠！」話音未落，張自忠已破門而入。馮治安從容坦然地關上門，朝張自忠一笑說：「行禮吧！」張自忠這才看見條案上擺放著吉鴻昌的遺像，立刻便嚴肅起來。二人行了軍禮之後，張自忠也點燃了三支香，插進香爐之中。張自忠說：「仰之吾弟忠厚，吉鴻昌在天之靈定會感激你。這裡不是談話之地，我看還是到府上喝兩杯來紀念這位盟友吧！」

　　馮治安與張自忠步行回到圖兒溝。馮夫人解梅連忙將張自忠讓到客廳，然後把馮治安拉到院外：「仰之，這已時值中午，又是清明節，俺什麼也沒準備，怎麼留張將軍吃飯呀？」馮治安一笑，大聲說道：「自忠是自己兄弟，家常便飯不算寒酸，俺馮治安親自下廚，給老弟做菜！」張自忠知道馮治安生活一直十分儉樸，便走出堂屋對解梅說：「弟妹不要客套，俺和仰之是生

第一槍：中日抗戰中的秘辛
第二十一回　蔣介石攜夫人「閱邊」　馮治安明君臣歸屬

死兄弟，都是馮玉祥先生的學生。老先生的書法上寫道布衣粗食嘛，今天我看就吃頓隨便吧！」三人加院裡的副官和衛兵都被逗笑了。廚師連忙說：「師座指導，還是俺下廚吧！」

　　不一會兒菜便端上桌來，有馮治安最愛吃的過年菜熬冬粉白菜豆腐。他常和下屬們說，少時家貧，窩頭難得一飽，過年時吃頓「熬冬粉菜」便是珍饈美味了。第二個菜鹹快魚，用油在火上一煎，這種鹹快魚是貨郎附帶經銷的，又稱「貨郎魚」。第三道菜是蕎麵涼皮、拌上點滷菜，又稱「涼麵棋子」。第四道菜是張家口特產——炒馬鈴薯絲，四菜加一湯，雞蛋番茄甩袖湯。解梅覺得寒酸，又在街上小飯館要了兩個菜送來，一個下酒菜：炸花生米，一盤滑熘肉片，當然還有一碗頓頓不離桌的老鹹菜頭。馮治安從櫃裡拿出兩瓶家鄉的存酒，六十度衡水老白乾。兄弟倆一人一瓶別打官司，張自忠笑了：「行啊，換飯碗，這樣才痛快！」解梅搶下馮治安那瓶酒笑著說：「張將軍海量，仰之是一喝就多，不喝正好，俺看萬一有什麼軍情來報，兩位師長豈不誤了大事？」張自忠臉稍一紅便順階而下：「好！就按弟妹說的辦！」馮治安、張自忠斟滿酒敬了先去的長輩，然後敬了吉鴻昌後，二人便痛飲長談。

　　二十九軍重回察哈爾，雖然算不上「馬敲金鐙響，人唱凱歌還」，但經長城之戰也確是光榮回歸，察省各界都對二十九軍熱烈讚揚與欽敬。宋哲元、馮治安、劉汝明、趙登禹等諸將心情是昂揚振奮。為紀念長城抗戰的死難烈士，也為了擴大二十九軍的輝煌影響，決定在省府舉行隆重的追悼抗日英烈大會。

　　張家口北山前臉的空地上，搭起了臨時主席台。白布黑字橫聯上的黑體字：「二十九軍隆重追悼長城抗戰英烈大會」高高懸掛，特別醒目。主席台東西兩側是宋哲元軍長的題聯：「寧為戰死鬼，不作亡國奴」，莊嚴肅穆攪人心顫。張垣各界、全國各地徵集的輓聯如燕山雪花飛落山城，城樓門楣的「大好河山」被粉刷一新。士兵們列隊，各界群眾自發成行，每人佩戴自製白花一朵，商店大都關門停業萬人空巷。從會場中心延伸到整個市區，張家口變成了一座銀裝素裹的世界。

「悼念抗日英烈大會現在開始！」隨著宋哲元的宣布，洪亮而低沉的語調透過麥克風傳到整個張家口的上空並向四周散去，餘音在山谷裡周遊迴蕩。禮炮鳴響，排子槍震耳撼心。眾人見景生情，會場立刻就爆發出強悍的哭泣聲。宋哲元將軍主祭並宣祭文。當司祭者以悲痛的長聲唸出一個個死難軍官姓名時，全場官兵又是一次飲泣之聲。馮治安站在宋哲元的左側，他平素最重感情，此時緬懷舊雨，涕不可抑。日本駐華媒體的記者混入會場，事後也曾感佩坦言：「中華民族是一條正在覺醒的巨龍，侵華必敗，只是時間長短而已。」

大會還未開完，就有巡邏隊士兵來報：「街上有土匪趁開會街上無人，光天化日之下公開打砸搶！」馮治安兼任張家口警備司令之職，他立即率衛隊親去剿滅。可這幫匪徒不僅擁有快槍駿馬，還特別善於馳騁，待馮治安趕到時已無影無蹤。馮治安決定，成立剿匪警備隊，限期滅匪。

二十九軍雖有騎兵，但數量不多、素質不高，且不直接歸三十七師管轄。他請示宋哲元撥大洋四處購求良馬，積極培訓騎士，逐漸培養了一支快速機動的剿匪隊伍。察哈爾地曠人稀，各民族雜居，農民有種植罌粟的傳統惡習。毒品走私與匪幫肆虐糾纏在一起，成為全省的一大禍害，已對歷屆政府產生巨大的壓力。馮治安派偵察兵化裝打探消息。

察哈爾原有一個保安旅，多是馬軍，旅長張允榮是留蘇的洋學生出身，曾積極參加抗日同盟軍，宋哲元對之頗不喜，認為他華而不實，只會坐而論道，不能上馬殺賊。只是礙於馮玉祥器重，亦不願訓斥，因此，凡事只交馮治安承辦。一日，大股土匪包圍了延慶縣城，由於公安局長和縣長意見不合，公安局長竟憤然離職。匪徒襲城見警察官兵無人指揮一盤散沙，便趁機突入城內。匪徒大肆劫掠後，衝入縣府殺死了縣長呼嘯而去。

馮治安聞訊，組織精幹的剿匪警備隊，借夜色摸到土匪老巢石窯山。警備隊都是從三十七師抽調的骨幹，參加過喜峰口之戰，更善夜戰、近戰。馮治安將隊伍分成兩隊。一隊架機槍埋伏石窯山出山的必經之路，嚴陣以待收網。另一隊突襲山寨老窩。馮治安一聲口哨，警備隊衝進，凡拒捕者格殺勿論。半個小時解決戰鬥，活捉土匪五十餘名，奪回二十四名「肉票」，其餘

第一槍：中日抗戰中的秘辛

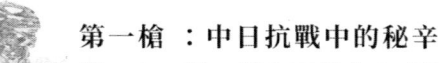

第二十一回　蔣介石攜夫人「閱邊」　馮治安明君臣歸屬

小股土匪恐遇埋伏不敢出山，從寨後北山攀登懸崖而逃。匪徒押回張家口後，馮治安又接線報，陽原匪首王大美聽說石窯山馬匪全軍被殲，正準備拔寨逃跑，馮治安下令追擊，王大美是察西著名馬賊，手下數十名徒眾，都是槍馬嫻熟，心黑手辣之輩，但聞二十九軍馮治安大名早已嚇破膽。王匪四處奔突，最後只剩十幾騎逃入山西。晉軍得信繼續追殺，王匪又竄回察哈爾沽源境內。馮治安又親率軍窮追不捨，王大美見無法立足，亡命綏遠境內，從此未敢再回察東。

宋哲元見察省匪徒大多被殲，局勢趨於穩定，便下令將在押的六十幾名匪首押赴刑場，一律砍頭示眾！對全省土匪震懾極大，地方治安趨於平穩。

其實，察哈爾匪患係歷史遺留，那還是抗日同盟軍崛起之初，馮玉祥為壯聲威，曾招安收容了大部分土匪部隊。同盟軍解體之後，宋哲元不聽謀士收納這些人的建議，使這批也曾抗過日的改造軍人，再次淪為土匪。馮治安不得不耗費極大精力對付他們。

匪患已除，但日寇又不斷挑釁。他們畏二十九軍長城戰役中的神勇，並不敢大舉猖獗進軍，便派小股部隊向長城邊界滲透。馮治安的三十七師察哈爾邊境立足甫定，日軍於一九三三年十二月十六日，藉口中軍違背了《塘沽協定》，從豐寧縣調偽保安大隊一同向赤城縣北赤城隘口喜峰砦進攻。駐軍三十七師一百一十一旅旅長劉自珍立即請示馮治安：「師長，日軍及偽軍近一個團的兵力，向我駐軍發起攻擊。我旅是否還擊，請師長定奪！」馮治安無絲毫猶豫，斬釘截鐵地回答：「給我打，狠狠地打，打不贏你負責，外交糾紛我負責！」馮治安擱下電話，又舉起電話要請示一下宋哲元，突然他又果斷地擱下電話。將在外，軍令有所不受，打出了戰果後再報。

劉自珍旅長有師長馮治安撐腰，居高臨下一陣槍林彈雨，日寇被打得抬不起頭來，槍炮稍頓，衝鋒號便又吹響，戰士們從後背抽出大刀個個像下山猛虎衝向敵陣，一場肉搏，日軍便倉促潰退，拋下十幾具屍體和幾十支「三八大蓋」。消息傳來，馮治安這才將喜訊報告宋哲元。

日寇在軍事上未占便宜，便透過外交途徑向中國提出抗議。宋哲元接上峰令，派出張樾亭與日方代表談判。日方所派首席談判官是承德特務機關長，

此人當年曾受聘中國陸軍大學的教官。他見張樾亭正是當年陸軍大學的學員，兩人有師生情誼，便擺出老師的架子訓斥張樾亭：「你在二十九軍供職，怎麼還出這種有礙日中友好的事件？」張樾亭心想，你已是侵略者，何談師生！他嚴厲回答：「友好不是一廂情願的，你們侵占中國國土，也是我們聘你而來？喜峰岔之戰又是日軍首先開火挑釁，又有何友好可言？這也是教官的為師準則嗎？」該日酋氣噎筋漲、滿臉羞紅，一時無言對答。

一九三三年七月，蔣介石為籠絡散處各地、背景各異的軍人，在廬山開辦了「廬山軍官訓練團」，為的是向他們灌輸中國只有一個領袖的精神教育，以便達到「天下英雄盡入吾囊中」的終極目的，蔣介石親自任團長，任命陳誠為副團長，訓練對象著重非嫡系的雜牌軍和地方軍軍官。二十九軍三十八師師長張自忠率本部四十餘名軍官奉命參加第一期受訓，宋哲元對蔣介石辦班目的洞若觀火，張自忠臨行前，宋、秦德純、馮治安與張自忠討論了一套對策，最後決定奉召前往，在廬山隨機應變。

張自忠一行乘火車抵漢口轉船赴九江。張學良正駐軍湖北，對二十九軍揚威長城抗戰的英雄們熱情接待，並派專船護送至廬山。

一期訓練班結束，張自忠由廬山回到察哈爾，馮治安將臨時代管的三十八師軍務交還後，奉命參加第二期廬山軍官訓練團。在訓練團裡，馮治安如饑似渴地學習軍事理論課，向那些出身望族、受過正規教育的學員學習，訓練時間雖然不長，但確實開闊了眼界，讓他的政治、軍事理念發生了極大變化，跳出了老西北軍陳舊觀念的窠臼，看到了世界軍事科學技術的迅猛發展，痛感西北軍將士的文化素質低下，不能適應先進軍事裝備的要求。三十七師的中上層軍官，乃至二十九軍，必須補充現代科學知識，馮治安早在山西駐軍時期已有認識，這次訓練團讓他渴望知識的願望更為迫切。

廬山訓練，馮治安接受了國家應該統一、大政府歸中央政府，蔣介石是領袖這類的政治觀念。數十年來，西北軍倡導「忠於團體」實則為忠於「先生」，那就是忠於馮玉祥。中原大戰後，西北軍大廈傾覆，諸將各奔前程，唯宋哲元與韓復榘取得了穩踞一方的牢固地位。韓復榘在山東飛揚跋扈，儼然一個土皇帝。宋哲元自長城戰後，對南京政府並無徹底歸附之意。蔣介石

第一槍：中日抗戰中的秘辛

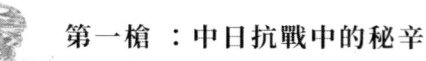

第二十一回　蔣介石攜夫人「閱邊」　馮治安明君臣歸屬

對宋、韓兩位擁兵自重的省主席一直放心不下，訓練團就是為了強化統一意識，他從師、旅、團三級入手，思想上灌輸，感情上籠絡，行為上施捨三管齊下，確實收到了明顯效果。

馮治安是典型的軍人性格，服從命令是他的天職。他政治頭腦簡單，什麼是政治，偌大的中國，就要一個政令才能統一，統一中國才能富強；他個性色彩溫順，沒有政治野心，很容易產生歸屬中央就是歸順蔣介石的想法。北伐勝利，中國國內平定軍閥混鬥，北方大局稍定。蔣介石的威望如日中天，這讓馮治安逐漸積澱起日益濃厚的歸屬意識。此次訓練團，激發活化了他深層意識中埋藏的獨立思考、獨立判斷的萌動。馮治安第一次將目光移向蔣介石。

一九三四年十一月三日，蔣介石攜夫人宋美齡乘火車到察哈爾「閱邊」。對蔣的到來，馮治安有些激動和緊張。張家口到延慶的鐵路沿線，城市治安與警備搞得徹夜不眠。他知道察省地界內，存有多支抗日盟軍的舊人與武裝，萬一生變將釀成大禍。馮治安嚴令自火車站至省府實行戒嚴，大街兩旁軍警三步一崗、五步一哨，全部臉面朝外站立，如臨大敵。

蔣氏夫婦北上的目的，主要是針對內蒙古有實力的王公，特別是對錫林郭勒盟盟長德王──德穆楚克棟魯普進行安撫，以穩定內蒙古政局，防止其在日本唆使下重新搞「自治」，早在一九三三年九月，內蒙古德王軍上層人物，在日本煽惑下曾公開宣稱要「實行地方自治」。蔣介石急令內政部長黃少竑來到張家口，準備會同宋哲元及綏遠省主席傅作義召集內蒙古各盟王公會晤。但德王因有日本人的撐腰，不肯輕易就範，黃少竑徒勞唇舌無功而返。十二天後，德王在百靈廟悍然召開「內蒙自治會議」，向南京方面施壓，並發表了要求組織自治政府的宣言，一時氣焰甚盛。南京急令黃少竑會同蒙藏委員會委員長趙丕廉再次北上，宋哲元命馮治安護駕同行。馮治安只選少數精壯衛隊隨行，德王知道馮治安是二十九軍大將，威震長城抗戰，不敢得罪，還故作媚態曲意迎奉。德王養良種牧羊犬甚多，馮治安也十分喜歡養狗，尤其是德國黑貝、日本狼青。他家養有一隻日本狼青狗，那是在喜峰口繳獲日軍的，此狗剽悍無人能降。馮治安見狀說：「日本鬼子都被俺消滅，何況一犬，

這狗我來馴養，天天如訓日寇一般！」說也奇怪，這狗牽到馮治安手中，立即變得溫順起來，搖頭擺尾十分聽訓。馮治安給牠起名叫「花籃」，時間長了，居然有了感情。那「花籃」會上市場買肉，籃子掛在脖子，上籃中放好買肉之錢，這廝獨自跑到肉攤上，賣肉者認識是馮家的，收錢裝肉，「花籃」竟一口不動拿回家中。馮治安開玩笑說：「待到將日本之兵訓練到如此程度，中國才能平安！」李貴笑答：「唯有師長可訓也！」德王聽完大驚，心想，這位馮將軍是何等的厲害！並產生了畏懼。

　　德王見馮治安稱讚他的牧羊犬，立即選出一隻精良猛犬相贈，馮治安笑納。

　　黃少竑向德王、雲王施展恩威並施手段，痛陳厲害，幾番折衝下來，德雲二王表示放棄組織自治政府之主張。月底又在綏遠召開漢蒙聯歡大會。馮治安見事態平穩，未待聯歡活動結束便返回張家口。

　　此次蔣介石攜夫人親往，仍是向德王等推行懷柔之政策，以免死灰復燃。蔣委員長專車翌日清晨抵達宣化。馮治安、張自忠、劉汝明三位師長到專車上謁見。蔣介石春風滿面，招呼三人在車上共進早餐。馮治安第一次和中國領袖近距離同桌進餐，十分感動。餐桌上擺著四盤清淡的蔬菜、四盤甜點、牛奶和浙江人最愛喝的龍井茶。三位師長都十分緊張，蔣介石見狀笑了一笑開口道：「隨便吃嘛，你們三人都是喜峰口抗戰名將咯，一頓早點就如此緊張，可不像你們西北軍的風格嘛！」馮治安抬起頭認真端詳了一下眼前的蔣委員長，面相也和藹，長得也十分俊朗。正像中國人傳說的中國三大美男：「蔣介石、汪精衛、周恩來」，馮治安不由得肅然起敬。這位禮賢下士的領袖，怎會向自己的好友、愛國抗日的吉鴻昌下達死刑的命令呢？馮治安一頭的霧水。

　　專車繼續向西北挺進。很快就到了張家口。蔣介石留宋美齡在專車上，自己率員到中山公園行轅聽宋哲元等黨政首腦匯報。蔣告宋不要戒嚴，不要讓火車誤點，午宴一定要從儉。飯後立即乘車到張北觀察邊防。他對二十九軍的高昂備戰狀態頗加獎譽。

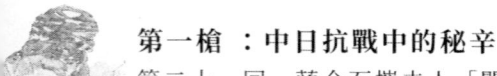

第一槍：中日抗戰中的秘辛
第二十一回　蔣介石攜夫人「閱邊」　馮治安明君臣歸屬

　　宋美齡不下專車，宋哲元夫人常淑清，按夫君意，率馮治安夫人解梅及二十九軍高級將領眷屬登車拜謁，宋美齡與眾夫人略事寒暄，每人贈名片一張便起身送客，眾夫人即諾諾退下。

　　十一月五日，蔣介石主持了「察哈爾省黨政軍擴大紀念週」，在會上他大講「新生活運動」之「精義」。既讚揚了二十九軍長城抗戰之英勇，又灌輸「安內必先攘外」的戰略思想，因而必須「忍辱負重」的必要性。下級官佐交頭接耳並不十分明白，馮治安也覺得領袖訓話的核心太過隱晦。下午，蔣介石登上專車，馮治安等諸將軍隨宋哲元恭送到列車上，大家又和宋美齡寒暄恭維了一大通。當時宋美齡名聲顯赫，這一次讓馮治安飽覽了「第一夫人」的風采，為了警衛領袖不出絲毫差錯，馮治安一直在火車站坐鎮，部署警衛查找漏洞，做到萬無一失。傍晚，蔣介石的專車徐徐向西開行後，勞累幾天的馮治安才塌下心來回到家中。

　　解梅見丈夫回來，便滔滔不絕地講起對蔣夫人之印象。宋美齡那種西洋貴族式的華貴氣派，使二十九軍上層人物的眷屬，這些來自北方農村的婦女簡直就像百鳥朝鳳，大家都在自嘲寒酸。解梅隨軍南征北戰跟著馮治安，西北軍長期樸素的生活薰陶，使她保留了固有的「土氣」。一種「新生活運動」的開始和蔣夫人的氣質，也不由得使她對丈夫經常出入官場的燈紅酒綠產生了一種本能的擔憂，而馮治安確從內心深處萌生了一種莫名其妙的騷動。

　　一九三五年一月，日寇開始向多倫轉移兵力，承德敵酋兵公開宣布：「決將以相當計劃對待宋哲元之部。」一月十八日，日本關東軍發表文告：「斷然掃蕩宋哲元。」二十九軍聞訊則秣馬厲兵，枕戈以待。一月十五日，日軍連日派飛機向赤城、龍關偵察，並投彈轟炸。繼而向龍門駐軍發出前後通牒，無理指責中國軍隊違反《塘沽協定》之條款，要求中軍撤出龍門所。駐軍一百一十二旅某團，奉張自忠令嚴予拒絕，並連夜將旅指揮所移駐龍關，加強戰備。二十二日，日寇以近兩千人的兵力向龍門所附近之東柵子陣地展開全面猛攻，飛機、重炮立體交火，其勢極凶。由於中軍居高臨下占盡地利，官兵早蓄一腔怒火，日軍連續衝鋒，均以慘敗告退。激戰三日，日軍死傷七百餘人，終未能得逞。其間，日寇還利用雲梯爬城多次，俱被中軍擊退。

驕橫成性的日本軍隊，見對方陣地屹然不動，狂怒之下，又調集駐大灘的日軍及偽軍兩千人，向察北沽源推進，擺出一副大舉進攻之勢，時局急轉而下。宋哲元命馮治安、張自忠等積極備戰，又緊急向北平何應欽報告事態發展。何應欽急命剋制，勿使戰事擴大，復與日方交涉，雙方決定在大灘和平會商。馮治安派三十七師參謀長張樾亭為代表，日方為十三旅團長谷實夫。二月二日，會議如期舉行。馮治安囑張樾亭不許無故退讓。

日軍侵犯東柵子並非出於其大本營之命，只是前方部隊狂妄貪功式試探挑釁之舉，且戰鬥中屢遭挫折，故其代表沒有在會議桌上提出苛求，也只承認是一場誤會。雙方順利達成協議，各有退讓。日方將長梁等地政權歸還中方，就此了結。

日軍知道中國在華北駐軍有十萬之眾，但就兵員之多，訓練之精，士氣之旺論，當數二十九軍。這支對日軍從沒有手軟過的雄兵，成為日寇侵吞中國華北之最大障礙。日軍必拔除眼中之釘，宋哲元部成為首要。

東柵子事件平息後兩月餘，一九三五年四月二日，日本在察哈爾熱河河邊區悍然建立「旗公署」三處，傀儡旗長由蒙古人擔任，餘均為日人，並將三個公署隸屬於偽「滿洲國」之「察東特別區」。何應欽對此竟未置一詞。四月三日，宋哲元被任為陸軍上將，敘第二級。緊接著，又任命宋兼任察省保安司令。這一無實質意義的任命，在精神上給予了日軍方面以壓力。五月，日軍又悍然更改沽源縣居民地名，強橫宣布沽源是熱河省豐寧縣的屬地。這本是察哈爾省二十九軍的屬地和防地，馮治安諸將氣憤填膺，拔刀怒斥。可何應欽仍舊是不作反應。

樹欲靜而風不止，箭在弦上，中日雙方又在積澱一場新的決定命運的導火線。

這正是：長城雖固時有風雨

前途未卜哪裡光明

第一槍：中日抗戰中的秘辛

第二十二回　「張北事件」宋哲元免職　「一二九」後晉察冀政權生

第二十二回　「張北事件」宋哲元免職　「一二九」後晉察冀政權生

一九三五年六月五日，兩位神氣十足的日軍尉官率兩名軍曹乘一輛軍用吉普車，大搖大擺忽快忽慢地從多倫出發，直奔察哈爾省會張家口而來。車到張北縣北城門，被二十九軍一百三十二師衛兵攔下，命日方人員出示入境護照。此本是例行公事的查驗，卻沒有想到遭日本人蠻橫拒絕闖關，硬要強行通過。執勤排長大怒：「來人，將人攔下，汽車扣留！」四位士兵立刻將步槍上了刺刀攔在車前，連人帶車扣下。那位留有仁丹小鬍的軍曹竟出口罵人：「八格牙路！」，中國士兵都懂這句話是「混蛋」。排長見狀立即回了一句：「狗日的，你他媽的混蛋！」一位端槍的士兵照那日本軍曹的屁股就是一槍托，那日本兵撲通跪下。日本尉官見狀不敢動粗，就是不掏證件，排長只得將四名日本人帶到張北縣城一百二十三師司令部。

師長趙登禹並不與這幾個日本兵糾纏，他們的軍階不夠，不配遞話。趙師長怕僵持下去引起不必要的麻煩，便要通了軍部電話，向宋哲元請示。宋哲元軍長認為事情太小，睜一隻眼閉一隻眼，不須擴大事態，便批示：「姑准放行，下不為例。」趙登禹遂將四人放行。四名驕橫無禮的日本兵吹著口哨，得意揚揚地開車直奔了張家口。到達後便向日駐察哈爾領事僑本匯報，僑本立即向察省政府提出抗議。同時，添油加醋地又向華北駐屯軍特務機關長土肥原等匯報，土肥原又向華北當局提出抗議。事態逐漸升級到中日關係高度，簡稱為「張北事件」。

此時，何應欽正奉命與日本駐屯軍就喪權辱國的《何梅協定》的最後出籠討價還價。張北事件一出，何應欽覺得這簡直就是火上澆油，十分惱火與焦躁。他宣在北平的二十九軍代表秦德純，秦將經過匯報，何並不感興趣，只是對秦吼道：「你們總是惹亂子，誰惹的事誰負責去解決！」秦德純只好退出。

第一槍：中日抗戰中的秘辛

第二十二回　「張北事件」宋哲元免職　「一二九」後冀察冀政權生

六月九日，日本駐屯軍司令梅津美治郎送來「覺書」，這份「覺書」措辭強硬，條件苛刻，何應欽越看越生氣，難道這就是《何梅協定》的底本？規定中說：國民黨黨部必須從河北撤出，中方駐河北省的第五十一軍和第二、第二十五兩個師也要退出河北省境。同時，日本忌恨宋哲元長城抗戰之強悍，必須驅除之，便以張北事件為藉口，向中方施加壓力，要求撤換宋哲元。行政院長汪精衛趕忙順應。六月十九日下令免去宋哲元察哈爾省主席職，由秦德純代理，何應欽見宋離去，當即指定秦德純與日方談判張北事件。秦德純迫於上命，與土肥原簽訂了屈辱的《秦土協定》：中方除賠禮道歉外，還將守備張北縣的團長和一百三十二師軍法處長撤職。此外，二十九軍還撤出沽源、寶昌、康保、商都等縣，改由此地方保安隊維持治安，張北事件至此又畫上了一個灰色的句號。

宋哲元突然被免職，二十九軍高層軍官產生了強烈的震撼。宋哲元激憤地罵道：「誰要再相信蔣介石抗日，誰就是傻瓜混蛋！」諸將們連日商討對策，決定秦德純向南京請辭察哈爾省代主席職，給中央一個冷面孔。宋哲元則暫回天津家中閒住以探測風向。二十九軍的軍務由馮治安、張自忠主持，以靜制動、伺機行事。

宋哲元憤然離去，二十九軍的前途蒙上一層濃重的陰影。雖然軍內人員結構堅如磐石不容動搖，但南京朝令夕改的政策令馮治安擔憂。自己的三十七師在長城抗戰損失慘烈，優秀分子衝鋒在前，陣亡最大。好在這兩年俺馮仰之用心調劑，幹部青黃不接、序別不整的情況得以改善，恢復了元氣，時刻準備著應對一切變故。焦慮之中，馮治安鋪上宣紙，書寫一幅不知哪塊古碑上的警句，以平心煩。潔白的宣紙上留下四句至理名言：

　　大其心容天下之物

　　虛其心受天下之善

　　平其心論天下之事

　　定其心應天下之變

馮治安收氣停筆，內心豁然開朗。

何應欽有個如意算盤：為了免除二十九軍在華北繼續惹亂子，他商請南京最高當局用意，先解除宋哲元察省主席，然後委他一個更高級的名位。趁勢調二十九軍去江南圍剿紅軍，這樣既可維持中日關係穩定，又可將二十九軍這支雄兵納入中央嫡系部隊的監視圈內，防止宋哲元在北陲擁兵自重。

宋哲元到天津後，對自己和二十九軍的命運感到迷離惝恍。一時極為困惑和悲涼。他的兩位智囊人物秦德純、蕭振瀛都積極以自己的政治倫理觀念影響著宋哲元。秦素以穩練縝密著稱，他主張順應南京政府，以謀求發展；蕭則極力反對，這位一貫主張「為達目的不擇手段」的政客確有高明之處。想當年二十九軍初創，不正是靠蕭振瀛夤緣權貴的內勾外連，裝神弄鬼而得以執掌兵權，今日必依蕭公運籌。

當時，日本為侵吞華北，急於在華北軍政界尋找其代理人，前河北省主席于學忠因不買帳已被排擠出去。現任省主席兼津沽保安司令商震，在日人香餌銀鉤下不為所動，亦遭日本忌恨。恰在這時，宋哲元以失意政要的身分回到天津，自然引起日本特務機關的矚目，這時上層又盛傳：蔣介石準備任宋哲元為安徽省主席，二十九軍南調剿共。宋哲元猜疑間，在四川督飭剿共事宜的蔣介石忽電召宋赴重慶面談，宋哲元接電後頓覺六神無主，覺得這召電裡莫測高深，進退失據。他想以拖為策，沒想到蔣介石又連電催發，秦德純勸宋哲元還是奉召前去，然後隨機應變。蕭振瀛堅持認為：宋軍長萬不可貿然前往，去則失去主動，並獻計讓宋哲元無奈做出向日方靠攏之姿態，藉以震懾蔣介石的電召。宋權衡再三、決從蕭計。他連續向蔣介石告病乞緩。然後放手讓蕭振瀛展其政客手段，撥雲弄雨。蕭利用新聞媒介公開散布「宋哲元認為中日應該親善和睦」之類訊息。日方誤以為真，對宋明裡暗裡頻送秋波，鬧得平津兩地民眾大譁。消息立刻傳到南京，蔣介石也誤以為宋將琵琶別抱，頗為驚悚。為了避免將宋哲元逼上梁山，遂將調二十九軍南下剿共的計劃棄置一旁。

《何梅協定》雖未正式簽訂，但框架條款已成，駐平津的中央軍及東北軍都已整裝待退。平津即將成立不設防城市，南京頗感憂慮。恰在這時，日

第一槍：中日抗戰中的秘辛

第二十二回　「張北事件」宋哲元免職　「一二九」後晉察冀政權生

方導演了一幕漢奸炮擊永定門的事件，使蕭振瀛抓住一個絕好的染指平津的機會。

六月二十八日深夜，墮落成漢奸的原吳佩孚的祕書長白堅武，糾集了數百名匪徒，打著「正義自治軍」的旗號，在豐台火車站劫持了一列鐵甲車駛向永定門。這幫膽大妄為之徒，藉有日本人撐腰，竟連連向永定門城頭開炮射擊，一時硝煙彌漫整個北平南城。市民們人心惶惶，北平全城也陷入混戰之中。南苑守軍反擊匪徒遁走，但緊張氣氛籠罩北平無時消散。蕭振瀛覺得時機已到，他乘何應欽不在北平，便以軍分會委員身分謁拜軍分會辦公廳主任鮑文樾。蕭利用和鮑的同鄉私誼，說動鮑下了一道命令：派二十九軍三十七師馮治安部十小時之內趕赴北平，負責衛戍之責。馮治安接到電話大喜，他又隱隱感覺到這次進駐北平，對二十九軍和自己的命運都將是一次重要的改變，而他判斷，一定是向好的方向轉變。

馮治安一刻不停，立即急令前鋒部隊飛身登上專車，自己在車前廂督促，一路綠燈飛馳抵達北平，後續部隊亦源源不斷而至。總共用了不到八個小時，三十七師全軍順利進駐這座與西北軍骨肉相連的大都市。師部設在頤和園西側，從海淀到西直門到處都是三十七師的部隊。北平人民得知喜峰口抗敵的三十七師急行來到北平，無不額手稱慶。北平報紙譽為「飛將軍從天而至」。

馮治安部進駐北平，等於在這塊風水寶地打進了一個楔子，給宋哲元增加了與蔣介石討價還價的籌碼。同時，日本駐屯軍方加緊對宋哲元的籠絡。宋哲元與諸將心悅誠服地佩服蕭振瀛的手段高明，秦德純對馮治安說：「蕭仙閣辦事大刀闊斧，敢作敢為，吾不及也！」

七月六日，《何梅協定》在全中國一片訾議中正式出籠。很快，駐河北的其他中國軍隊均遵約撤走，馮治安的三十七師頓時成為華北的中流砥柱。日方雖然厭惡這支雄兵，因日方正和蕭振瀛緊鑼密鼓謀劃創立冀察新政局，故未對三十七師突然進駐表示異議。

馮治安立足北平，立刻想到自己少時南苑當兵從軍到維穩孫中山病逝，又到驅趕末代皇帝出宮……一幕幕像電影一樣在腦中閃過。他深深懂得軍隊與人民的關係。他向全師派出幾路糾察隊嚴飭軍風軍紀。同時，他親率參謀

人員加緊全城布防。二十九軍換湯換藥也換不掉西北軍的優良傳統，因而深得北平人民的歡迎和愛戴。

　　三十七師很快在北平站住了腳跟。宋哲元在天津立即就豪氣大增。蕭振瀛手中的籌碼也增加了份量。說話辦事有了底氣，更敢與日方折衝。為了便於活動，蕭在北平的交通旅館包租了高級房間，專供和豢養的漢奸陳覺生、潘毓桂、王揖唐、張壁軍密商大計之用。日方對宋哲元的「竭誠合作」簡直如獲至寶。蕭透過陳覺生引薦，直接和日本大特務頭子土肥原賢二，駐屯軍參謀長酒井隆頻繁接觸，日本駐天津領事也以私人名義宴請宋哲元，宋哲元既不規避也不表示親暱，穩坐釣魚台，觀其事態發展。

　　黃郛擔任的「華北政務整理委員會」委員長一職，名義上是華北最高的行政長官，但黃郛一無軍權二無資歷，形同虛設，如若由宋哲元來擔任，憑藉二十九軍為後盾，則可實至名歸，成為華北盟主。蕭振瀛又開始了他的新謀劃，蕭向輿論界放風攻擊黃郛，又以個人名義向蔣介石陳情，述說二十九軍長城一戰，日寇聞風喪膽，正宜在華北駐屯，以威懾日方。若調南方剿共，日寇必無所顧忌，華北將非復中國所有。黃不配膺此重任，等等。蔣介石對這封綿裡藏針的電報既氣憤又不安，急令外交部長張群與日本駐華使節通氣，表示說：兩國有話好說，希望日方不要撇開中央與地方直接交涉，以免分化中央事權。日方對此概不置理，反而加緊了與蕭振瀛的談判。蔣介石一招不行又用一招。他為安撫宋哲元，八月底，任命宋為平津衛戍司令。同時，任命秦德純為察哈爾省主席。第二天，又下令撤銷了行政院駐平政務整理委員會，使宋哲元不再擔心南調。

　　日本駐屯軍見宋哲元職務確定之後，便和三十七師師長馮治安套交情，頻頻和他的部隊舉辦所謂的聯歡活動，以達到華北自治的目的。馮治安一向不願意參加這些官場上虛偽的交誼活動，大多都託辭回絕，實在無法推脫時也虛與委蛇，不失分寸。有一次，日方設宴，中方馮治安是主賓，馮不好推辭勉強赴宴。進門一看，日軍還邀請了北平憲兵司令，屬東北軍系統的邵文凱作陪。酒過三巡，日酋借酒撒野，狂態畢露。邵文凱卻唯唯諾諾、賠笑承歡。馮治安平目凝神、不動聲色，心裡罵道：「不知廉恥的東西，這小日本是你

第一槍：中日抗戰中的秘辛

第二十二回　「張北事件」宋哲元免職　「一二九」後冀察冀政權生

爹還是你娘！」馮治安怕時間一長，邵某醜態百出有損俺中國軍人形象，便一蹾酒杯告辭。日酋神態迷離，並沒有看出眉眼高低，也歪斜離座相送。邵文凱連忙從衣架上取下那日酋的大衣，欲親自為那廝穿上。馮治安看不下去了，喝令自己的隨從，從邵文凱手中搶過日酋的大衣替那廝穿上。日酋一愣，轉身凝視馮治安片刻，忽大笑道：「馮將軍，你的，是真將軍！」

馮治安與邵文凱分屬兩系，礙於情面不便斥責。只是回頭冷冷說道：「邵兄，我們應該自重才是！」邵文凱已經醒悟過來，確覺自己有失體面，一時面紅耳赤，無地自容。

蕭振瀛為掃清使宋哲元成為「華北王」的一切障礙，又開始攻擊河北省主席商震。

商震不是蔣介石的嫡系，實力單薄，沒有靠山，對南京政府還是順從。蕭振瀛罵商是沒有骨氣之人。秦德純勸他總不要逢人便罵，蕭卻笑答：「你是不懂罵的功用，俺自詡善罵、敢罵為榮，吾有兩句名言：一部夢書安天下，三十六罵定太平！」秦德純心裡服氣這位怪才，便問道：「此名言何意？」蕭答：「堅信祥夢之書可指吉凶，夜有所夢、晨必翻書；當今政界混飯，非得能罵才行。要罵的適時適度，要罵的沒忠既奸，你才能在亂世之中有定。」秦德純聽後確有收益。

秦德純發現蕭振瀛在各個場合中故意擠兌商震，大罵他無能。甚至當面刁難諷刺，讓商震難堪下不了台，藉此達到將商逼出華北之目的。

商震兼任天津市長職務，天津是各種政治勢力盤根錯節的城市，日本唆使的漢奸勢力也十分猖獗。經常製造一些事端，或組織「要求華北自治」的遊行；或組織武裝匪特貪夜騷擾，不一而足。日本駐屯軍更是肆無忌憚地橫衝直撞、狂妄不能令人容忍。一群日軍將機槍支架在天津市政府門口，故意在站崗的哨兵槍托上劃擦火柴吸煙。中國士兵竟不敢做出任何反應，木頭樁子一樣憑日寇戲弄，市民路過敢怒不敢言。蕭振瀛抓住這些把柄，大小場合嘲笑商震軟弱窩囊，有失中國軍人之骨氣，商震有苦難言，只好隱忍，由此產生去志。

馮治安獨自率軍在北平駐紮,得知天津商震部被日軍欺負十分氣憤,他嚴令三十七師所部將士,不許無故受日軍之氣,要做到不卑不亢、有禮有節,如遇挑釁執理還擊。雖然駐北平日軍亦十分猖狂,面對馮治安這位冷面殺手,也不敢輕舉妄動。一次馮治安便裝帶衛隊長李貴檢查崗哨風紀時,見一位日軍少佐在一衛兵和翻譯的陪同下,出頤和園北宮門。這位少佐酒後無德,居然在光天化日之下調戲一位中國女學生。三十七師哨兵上前阻攔,狂妄日佐竟抽了哨兵一記耳光。馮治安見狀大怒,上前喝斥日本軍官,沒想到這廝將唾沫吐在馮治安的皮鞋之上。李貴見狀二話不說,回抽了那少佐一記耳光,並令他給馮治安的皮鞋擦乾淨,那少佐酒醒,掏出手槍欲要行凶。李貴一個掃堂腿把那小日本摔了個臉朝天,然後一個箭步上前踩住那廝右手,將手槍搶到手中。那日本衛兵端槍要上,李貴先朝天放了一槍。這時,馮治安右手已抓住了日兵的槍管順勢往前一帶,腳下一蹬,日兵來了個嘴啃泥也摔在地上。中國哨兵連忙向馮治安敬禮道:「報告馮師長,俺正在哨位上執勤。」馮治安向他擺了擺手。那翻譯見狀,方知眼前這位虎背熊腰的漢子是赫赫有名的三十七師師長馮治安。他連忙向日本少佐介紹了馮治安的身分。那少佐怎能不知長城抗戰的名將,內心自然矮了一截,爬起身來,給馮治安敬了個軍禮。李貴朝那翻譯提出了兩條要求,如若不答應,立將帶回三十七師處置。

　　圍觀的市民越來越多。第一條他們依順,給那位女學生低頭賠禮道歉。第二條是要把馮治安鞋上的汙物擦乾淨。李貴拒絕了翻譯和衛兵替少佐擦的要求,必須由他本人親擦。少佐恐被帶回中方師部,無奈之下,掏出手絹為馮治安擦乾淨了皮鞋。圍觀的市民歡呼如雷。李貴這才放了他們。

　　蔣介石對宋哲元等人台前幕後的表現憂心忡忡。全國輿論對蕭振瀛與日本人勾結給予抨擊譴責,蔣介石唯恐長此下去會逼宋哲元索性下水,便急向何應欽電授機宜,何立刻命熊式輝、陳儀趕赴天津與宋哲元會晤,傳達領袖對他的「依賴」之誠,並徵求宋對處理華北問題的意見。宋哲元略事敷衍便託病不出,讓蕭振瀛全權代表商談。蕭拍著胸脯表示:中央信賴,宋完全可以支撐危局,前提是必須將無能誤事的商震撤掉,並由宋哲元代替黃郛之位。唯有軍政事權統一,才能有效地對付日本等等。蕭時而侃侃而談,時而又罵罵咧咧、態度放蕩、倨傲跋扈。

第一槍：中日抗戰中的秘辛
第二十二回　「張北事件」宋哲元免職　「一二九」後晉察冀政權生

　　熊武輝、陳儀趕回南京向蔣介石匯報後，加重了蔣委員長對北方政局的憂慮。蔣思考再三，為了更進一步安撫宋哲元，繼撤銷「政整會」之後，又免去了黃郛心腹袁良的北平市長之職，令宋哲元兼代；三天後，又改秦德純為北平市長。蕭振瀛繼任察哈爾省主席。至此，平津察地區實際控制權又掌握在宋哲元手中。商震這位河北省主席、天津代市長，深陷在中央軍、二十九軍和日軍「鐵三角」之內喪失了控制能力。日本逼他，中央不信任他，蕭振瀛排擠他，確使他感到進退維谷無所適從。商震索性住進保定思羅醫院「養病」去了。

　　十一月九日，日本駐北平特務機關祕密逮捕了原二十九軍政訓處長宣介溪，理由是按《何梅協定》的條款，華北各中國軍隊不得設置政訓機構。之前宣介溪轉入地下。日偽特務偵悉後，恐宣介溪阻礙宋哲元和日籌劃的「中日親善」大業，遂將他祕密逮捕押解天津華北駐屯軍總部。宋哲元獲悉深為震驚，然而又轉為憤怒：「太不把我宋哲元放在眼裡了，竟不打招呼抓我的部下！」二則又恐蔣介石誤會，便立即以最後通牒方式同時向平、津兩地日駐軍首腦提出強硬交涉。限令八日下午六時前必須釋放，否則將採取報復措施，直至不惜武力相見。

　　通牒發出之後，宋哲元馬上通知馮治安連夜備戰布防，一旦日人拒絕放宣介溪，那就讓槍桿子說話。馮治安立即調兵遣將，擺出了臨戰前的準備和架勢，北平頓時籠罩著一片殺氣。日方未料二十九軍反應如此強烈，深知這支中國軍隊的厲害，就當前日軍駐兵實力與之較量肯定不是對手，何況日正和宋哲元緊鑼密鼓地洽談冀察事宜，便知趣地將宣介溪釋放了。

　　一九三五年八月十日，中國共產黨在毛兒蓋發表了《抗日救國告全國同胞書》號召停止內戰，十月十九日，紅軍到達陝北保安吳起鎮，又發表了《抗日救國宣言書》，中國抗日群眾運動波瀾壯闊高潮迭起。日方也急不可待地加快了「華北自治」的步驟。十一月十二日，土肥原賢二會見宋哲元，端出「華北高度自治方案」。這個方案在名義上保留國民政府主權的幌子，要求建立一個「與日滿親密提攜」的「華北五省（冀、察、魯、豫、綏及平、津二市）自治政府」，擁宋哲元為首腦，土肥原為顧問。為了向南京施加壓力，日本

關東軍司令南次郎發布作戰命令，飭所屬各部分兵力集結於山海關及古北口，做出進擊華北的姿態。又令旅順、青島的海軍艦隻駛向大沽。一時造成黑雲壓城之勢，以迫宋哲元和南京政府就範。宋哲元深知「自治」即叛國，怎會冒此天下之大不韙，長城抗戰的英名也將不復存在。他遂悄然離開北平回到天津，躲進私寓託病避風。土肥原發覺後，翌晨即尾隨而至，無奈宋只是敷衍塞責，堅不表態，土肥原悻悻而去。

日方見分離華北的計劃遲滯難行，便轉而利用鐵桿漢奸殷汝耕，唆使他並與他炮製一個地方自治政權，作為打開華北自治的突破口。殷汝耕受寵若驚，略施謀劃：即在通縣組建「冀東防共自治委員會」。十一月二十五日，殷逆通電就職，聲稱「脫離中央，宣布冀東自治，樹連省之先聲，謀東西之和平」。還無恥地發表「施政綱領」，儼然一副小國之君模樣。與此同時，日本特務機關唆使漢奸流氓在天津遊行示威，高呼：「華北自治」口號，並到天津市府請願，要求「還政於民」。日本豢養的武裝匪徒趁機出來騷擾，弄得市面上烏煙瘴氣、人心惶惶。

殷汝耕宣布「自治」的第二天，南京國民政府明令「拿辦」，商震也電請宋哲元就地武力制止。宋哲元作何反應，怎樣動作，成為國人矚目的焦點。

馮治安第一時間就做出了反應，通州近在咫尺，剿滅這一小撮漢奸易如反掌，他立令一個團的兵力開赴朝陽門等候命令，自己連番請示宋哲元的軍令。宋明知殷逆賊事有日寇撐腰，而自己正積極謀求華北新局面，怎肯對殷汝耕下手？宋哲元一再指示和告誡馮治安要鎮靜處之，絕不能「妄言妄動」，馮治安當然知道長官的真正意圖。面對北平輿論的一片怒斥聲，他無可奈何，放下電話，摔碎了桌子上的茶杯，發洩一下激憤的情緒。

國民黨上層中的一些憂國憂民的耆宿擔心宋哲元會變成張邦昌、石敬瑭。辛亥元老張繼找到蔣介石大罵宋哲元降敵賣國，請下令懲辦。而蔣卻很清楚，逼宋過急，可能會立即出一個華北自治的局面，還是以安撫為上策。就在殷汝耕宣布自治的翌日，蔣介石明令撤銷北平軍事委員會分會，任命宋哲元為「冀察綏靖主任」，並責令宋拿辦殷汝耕，華北政治危機暫緩。然而，蔣介石對宋哲元畢竟放心不下，為了控制華北又任何應欽為行政院駐平辦事處長

第一槍：中日抗戰中的秘辛
第二十二回　「張北事件」宋哲元免職　「一二九」後冀察政權生

官。宋哲元對這位懷抱尚方寶劍來北平監軍監政的欽差，內心十分犯愁而託病迴避，使何應欽政務上見不著僚屬，軍事上抓不住軍隊，成為孤家寡人。

宋哲元令馮治安去居仁堂會何應欽，援以機宜。馮銜令見何，綿裡藏針地對何應欽說道：「何長官請放心，您的安全我馮治安可以完全負責！」言外之意，何應欽的一切行為完全操在我們二十九軍的手裡。二十九軍是我們的。何應欽明知自己在華北已無事可做，便匆匆回南京匯報。蔣介石見事已至此，遂大度地批准成立了「冀察政務委員會」。這樣，由土肥原、蕭振瀛、酒井隆以及親日政客齊燮元、王揖唐等人長期釀造的一罈政治怪味酒，終於端上台盤。

委員會由何人組成？宋哲元的趙子龍馮治安必首當其衝，是理所當然的委員。蕭振瀛來到三十七師師部拜見馮治安。蕭說明來意，不料馮治安堅辭。他心裡厭煩這種內含漢奸味道的親日機構，但又不好明說。只有辦法一個，堅決不入。馮治安對蕭振瀛說：「請轉告軍座，這委員會你們去幹，我什麼官也不當。我就牢牢守住咱二十九軍這個家底，有這個家底在，什麼都有，沒了這個家底就什麼也沒有了。我馮仰之是個軍人，動作上要方便得多，所以不要算上我。」宋哲元也深以為是，馮治安沒有入圍。

冀察政務委員會由十六名委員組成，他們是：宋哲元、萬福麟、王揖唐、李廷玉、賈德耀、胡毓坤、高凌霨、王克敏、蕭振瀛、秦德純、張自忠、程克、門致中、周作民、石敬亭、冷家驥。

宋哲元任委員長，日特土肥原賢二為最高顧問。三名常委：秦德純、王揖唐、齊燮元。

冀察政務委員會剛一出籠，全國輿論大譁，各方譴責的函電雪片般飛向北平。十二月九日，北平各大學學生上萬人憤怒地走出校園，舉行聲勢浩大的遊行示威。中國共產黨適時地領導了這次偉大的學生運動，提出「停止內戰，一致對外」的正確口號，北平學生的抗爭立刻得到全國各界聲援，形成全國性的愛國群眾運動。「一二·九」運動波瀾壯闊。

北平的大學生們鮮明喊出「打倒宋哲元」的口號，這讓連日遭全國攻擊坐立不安的宋哲元惱羞成怒，他不再聽同僚的勸阻，決定以武力鎮壓。北平各大學校長及著名學者曾聯袂拜見宋哲元，直陳他們對時局的憂慮，要求宋以國家為重，鋤奸禦侮。宋聽從了秦德純等「莫為己身」的勸告，暫壓了怒火，現在北平學生及輿論公開高喊打倒他的口號，這位當年在鳳翔縣端著茶碗看劊子手斬殺千名被俘土匪的將軍，再也忍耐不住學生們對他的大不恭，立即招來北平市警察局長陳繼淹等人，訓斥道：「你們就看著這些學生造反嗎！這裡有共產黨！」命令陳等堅決鎮壓。秦德純作為北平市長，他是一個頭腦十分清醒的人，深知血腥鎮壓絕非上策，待宋哲元怒火稍退後，他婉轉進言、陳述利害，建議還是「以威嚇為主」好。宋哲元思忖片刻，像平日裡一樣，只「哼」了一聲算是照准了。

馮治安對學生運動一開始就抱有同情感，這不光是他不讚賞這個冀察政務委員會的成立，而且是在骨子裡與二十九軍的幾位首腦有本質上的差異。在政治上，除馮治安外都是反共的，宋哲元、秦德純、張自忠均書香門第出身，無論從經濟環境和文化背景看，都和共產主義相牴牾。馮治安與他們不同，貧窮的家庭出身，沒受過正式教育，這些都讓他感到自己出身微賤。他在西北軍結交的朋友，吉鴻昌、趙博生、董振堡等都變成了共產黨，而這些人在馮的心目中，又都是品格清奇、為人正直的優秀分子。他看不出共產黨有什麼青面獠牙之處，當陳繼淹這位警察局長說「學生運動是共產黨挑動的」，馮治安的態度相當淡漠，扭頭離去。

「一二·九」當天，正值日本海軍第三艦隊司令到北軍訪問，宋哲元已準備在外交大樓舉行盛宴招待，學生們突然大鬧起來，宋哲元十分尷尬，擔任北平衛戍司令的馮治安感到了壓力和緊張。他和秦德純反覆商討後，一致認為，只威懾、不屠殺。秦德純市長對警察局長陳繼淹下令：不許使用武器；馮治安嚴令部隊不許開槍，不許射殺一人。

示威的東北大學等大學彙集到新華門時，沿途軍警均未予阻截。學生們高呼口號，要求何應欽親自出來接見，何怕眾怒，打發參謀長侯成出來敷衍。學生們見狀便開始組織遊行，遊行的隊伍走到西單時，二十九軍三十七師的

第一槍：中日抗戰中的秘辛

第二十二回　「張北事件」宋哲元免職　「一二九」後冀察冀政權生

士兵們，大刀片像密林般高高擎起，在冬日的陽光照耀下熠熠閃光。但當隊伍臨近時，在學生們一片：「弟兄們，槍口對外，一致抗日」的震天口號中，官兵們被感動得如痴如呆，任憑長長的學生隊伍在大刀叢中平安穿過。

馮治安的衛戍司令部設在西單，他一改平素的沉穩，焦急地在室內走來走去，聆聽接連不斷的事態發展報告，當得知中國大學、清華大學及部分中學生也湧上街頭時，便派出一些得力的軍官出面勸阻攔截。這些軍官不善辭令，只會說：「你們喊口號有什麼用？能把日本鬼子喊跑了？」另一個軍官道：「你們學生能成什麼大事？」結果反而激怒了學生，大隊人馬蜂擁前行。軍警們見狀動用了警棍、皮鞭，妄圖驅散遊行隊伍。然而已匯成洶湧巨流的大隊前呼後擁，軍警們反被衝得七零八落，器械丟失和人員受傷，馮治安聽到這些消息，雖然焦急，但再次嚴令部屬不許開槍。他說：「那大刀片是向鬼子們的頭上砍去，怎能傷及自己的學生兄弟！」

遊行隊伍繞過沙灘，來到東單商場附近，學生們暫時休息，他們商議去東交民巷的日本使館門前示威。秦德純、馮治安得悉這一動向後，急忙研究對策。他估計：倘若學生們帶著激烈的情緒去日本使館示威，很可能引發一場流血慘案，甚至波及目前中日關係的走向。東交民巷使館區內，正值日本國「值年」，平素裡就有全副武裝的日本軍人把守巷口，此時早就做起了臨時工事，架起了機槍。若學生前往必將予日人口實而開槍屠殺。到那個時候，二十九軍是看著日本人槍殺中國人，還是幫助中國學生滅掉日本人？秦德純、馮治安決定絕不允許慘劇發生，必須將學生攔在王府井，不讓隊伍接近東交民巷。

命令發出，軍警立刻在王府井南口築起了路障，架起了槍，同時調來救火車嚴陣以待。

下午，大批的遊行隊伍開來，軍警勸阻無效，警察局長下令開動水龍頭猛掃以阻擋隊伍前行。學生們被水一沖，個個成了冰人，憤怒的學生和軍警們扭在了一起，展開了搏鬥。軍警們動用了警棍、大刀背毒打起來，一場混戰，三十餘名學生被捕，百餘名受傷，終於迫使學生退了回去。

秦德純總結說：「這次成功阻截學生去日本使館示威，是一場策略上的勝利，重要的是避免了一場流血慘案的發生，也算作一場善舉了吧。雖然傷害了一些學生，但就當時日本駐軍的凶焰萬丈的狂態，日軍開槍射擊絕有可能，濟南『五卅慘案』已有先例。」馮治安只是低頭不語。

十二月十六日，北平再次爆發更大規模的學生示威，萬餘學生和數以千計的市民百姓，在天橋彙集後舉行了群眾大會。通過了「不承認冀察政務委員會」、「反對華北任何傀儡組織」等決議案。然後開始遊行。軍警們依然使用警棍、水龍頭、刀柄驅打，學生們英勇反抗，結果又有一批被捕，受傷者多達百人，一些軍警也被學生們打得鼻青臉腫。

「一二·九」運動在全國引起了山崩海嘯般的反響。全國數十個城市紛紛響應，學生遊行、工人罷工、商人罷市，其聲如錢塘潮湧，浪浪相連，輿論界對宋哲元鎮壓學生更是一片責罵。馮治安心痛，因長城抗戰而享譽的二十九軍頓時謗滿天下，自己也成了鎮壓學生的罪人？如不是俺馮仰之嚴令，那後果怎樣？他無由申辯，對李貴憤憤地說：「二十九軍未開一槍，未殺一人，怎麼說是戕害青年？學生手無寸鐵、個個無縛雞之力，咱要想殺，甭動槍炮，光用咱的大刀片也早已血流成河了！這算什麼鎮壓嗎？不過是軍隊和學生打架罷了！」馮治安心想，早晚有一天俺要甩掉這口黑鍋，看俺怎麼打日寇的。

「一二·九」之後的第九天，冀察政務委員會成立大會在北平外交大樓舉行。懾於人們的一片聲討，成立大會在絕密狀態下舉行。外交部街西口至東單一帶，軍警林立，如臨大敵，除正式委員外，被邀請與會的來賓、記者連同職員在內，總共只有三十幾人。土肥原賢二作為最高顧問頻頻與眾人寒暄，神采飛揚，志得意滿。蕭振瀛也以功臣自居滿場飛走。宋哲元卻高興不起來，面色凝重陰沉。他知道「一二·九」後，他與漢奸只差一步之遙。會議開始，宋哲元發表了不足五百字的書面講話，先申明「應本善鄰原則，力謀邦交之親睦……為中日兩國利益計，為東亞和平計，尤應互維互助，實行真正親善。」然後，又以軟中帶硬的口吻插上一句「凡以平等互惠精神待我者，皆我友也。」

第一槍：中日抗戰中的秘辛

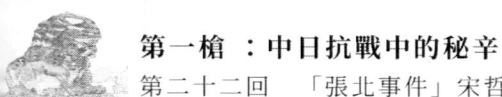

第二十二回　「張北事件」宋哲元免職　「一二九」後晉察冀政權生

　　這句朦朧曖昧的話，頗能反映宋哲元對日本「靠攏而不投靠，握手而不擁抱」的政治態度。

　　馮治安拒絕參加這一「盛典」。俺馮仰之又不是什麼委員。

　　事後蕭振瀛問馮治安，馮以開玩笑的口吻道：「你許給日本人這，許給日本人那，可別連長城也許給人家！」蕭說：「仰之兄，這你就不懂了，政治無誠實可言，跟日本人打交道就得靠吹吹虎虎這一套。」馮說：「論吹，你可是個大人物。」蕭說：「就這麼說吧，華北誰也吹不過我！」馮治安哈哈大笑道：「好，以後就叫你『華北第一吹』吧！」馮治安和蕭振瀛是結拜兄弟，他們的私誼十分密切，但馮對他的做派一直看不上，馮接著說：「現在各報紙都罵你是漢奸，你可要慎重。」蕭說：「沒錯，我只要往前邁一步就成了大漢奸，可我絕不會邁這一步。老兄放心，我豁出挨罵為了誰？還不是為了咱這團體，為咱們宋委員長！」

　　成立大會只開了二十分鐘就草草收場，當外交大樓內，由長城抗日英雄、日本侵略者和著名鐵桿漢奸混編成的一群人，為冀察政權的誕生而共同舉杯的時候，馮治安這裡卻因連日應付學生遊行已疲憊不堪，加之心力不濟，一頭栽在行軍床上，他用軍大衣矇住頭一動不動，侍從問他，他只說：「俺頭疼。」

　　這正是：學生血淚國人心碎

　　魚龍混雜政治怪胎

第二十三回　盛年隨流納外室　燈紅酒綠夾縫中

　　二十九軍是西北軍的一條餘脈,多少年來一直是困苦顛躓。「大頭鹹菜黃窩頭,小米乾飯白菜湯」「小戰吃饃,大戰吃肉,練兵活受。」這些軍中謠諺,真實反映了這支雄兵的生活水平。

　　一九三五年初馮治安率三十七師進駐北平起,到一九三七年七月,是二十九軍前所未有的贏盛時期。部隊建制、流程更為正規和嚴謹。

　　二十九軍軍長宋哲元,副軍長劉汝明、秦德純、呂秀文、佟麟閣,其中秦德純身兼北平市長、二十九軍總參議、冀察政權常委等要職,是宋哲元最重要的智囊。但他手中沒有「立身之本」的部隊,便無暇過問軍事。劉汝明是一位領銜一四三師師長職務的副軍長,還兼任察哈爾省主席,率兵遠離京畿,儼如「朔方節度使」,也不能常住北平,呂秀文、佟麟閣兩位副軍長只是榮譽性虛職,因為他們手中沒有專屬自己的部隊,在二十九軍這種從軍閥脫離而來的軍隊中,有銜而無兵,只能造成幕僚作用。一九三五年中央政府授銜時,宋哲元被授二級上將銜;秦德純、劉汝明、馮治安、張自忠被授中將銜。佟麟閣等均未授銜,副軍長基本上無權指揮部隊。

　　二十九軍四個正規師的分布是:劉汝明的一四三師駐察哈爾;趙登禹的一三二師駐冀中;張自忠的三十八師駐天津、廊坊一線;只有馮治安的三十七師駐北平,擔負著御林軍的職能,宋哲元如此安排絕非偶然。軍中明眼人都認為:宋把馮治安看成自己的「趙子龍」,馮也確如趙雲輔保劉備一樣,赤膽忠心地輔保宋哲元。二十九軍的核心是宋、秦、馮、張、劉、趙,外加參謀長張維藩,而核心中之核心只有宋、秦、馮、張四人而已。重大決策都是在這個核心層中做出的。馮治安管軍事,也是這個核心分工的必然。

　　一九三六年六月,宋哲元在中南海懷仁堂舉行盛大宴會,宴請日本駐屯軍北平附近部隊中相當連長以上軍官三十餘人。特務機關長松室孝良、顧問松島,櫻井也在被邀之列,首席則是旅團長河邊正三少將。中方出席的有宋

第一槍：中日抗戰中的秘辛

第二十三回　盛年隨流納外室　燈紅酒綠夾縫中

哲元、馮治安、秦德純，以及三十八師副師長李文田，三十七師一一零旅旅長何基灃，三十八師一一四旅旅長董升堂，獨立師第二十六旅旅長李致遠以及一部分團長。此外，還邀請了北平的社會名流作陪，其中包括前直系軍閥首腦吳佩孚。賓主混合編席，宋哲元、馮治安、秦德純、吳佩孚與河邊、松島、櫻井共坐兩席，其餘八席雙方軍官混坐。

宴會開始，宋哲元致祝酒詞，日方松室孝良致答詞，冠冕堂皇什麼中日唇齒相依，應和睦親善、共存共榮的虛偽套話，然後排隊照相。中日雙方軍官卻暗自較量，擺出威風凜凜態勢想壓制對方一頭，無奈日本軍官身材矮小，在馮治安等將軍面前，再耀武揚威也矮了一頭。照相結束，宴席進行，主桌上主客談笑風生，而下面各桌氣氛卻頓生齟齬。

日本軍官向來蔑視中國軍人，自覺大和民族是高貴民族，不屑與中國的軍官平起平坐；而中國軍官早積對日軍的仇恨，如今卻面對面眈眈而視，酒越喝臉越青。日軍官故意做出放蕩恣肆的狂態，個個氣焰囂張，吆五喝六。馮治安坐在主桌上，不吃菜、不喝酒，照例沉默不語，冷眼觀察形勢發展。

酒至半酣，一日本軍官忽然離座，要為宴會助興，他跳上旁邊的空桌唱起了日本歌曲，接著又有兩個日官站在椅子上開喉大唱。在場的日本人狂呼亂吼，他們在羞辱中國軍人，馮治安尷尬的臉色上露出了憤恨，他向鄰桌的一一零旅長何基灃使了個眼色。何旅長頓時便明白師長的意思，三十七師軍官中，他是唱歌最佳者，日本軍官的狂叫剛一停止，何基灃不等他們反應便也跳上桌子，唱起了當時頗為流行的《皇族歌》。這首歌是李大釗青年時東渡日本創作的，詞曰：「黃種應享黃海權，亞人應種亞洲田。青年、青年，切莫同種自相殘，做教歐美著先鞭。不怕死，不愛錢，丈夫絕不受人憐，洪水縱滔天，隻手挽狂瀾，方不負石盤鐵硯，後哲前賢！」中國軍官對何基灃的演唱報以震天的喝彩，連大廳裡的服務生也放下手中器具，鼓掌助威。日方頓時氣短。「大日本『皇軍』豈能居人下！」一日本人高喊著登上桌子，又唱了一通。三十八師副師長李文田回敬了一段京劇花臉唱腔，甕聲甕氣低沉有力，聲驚四座。中方又狂熱喊好，宴會氣氛演變成文化的對抗。

稍息片刻，日軍不服，兩位軍官同時登場，一個桌上唱，一個桌下跳，馮治安不動聲色，離桌到董升堂、李致遠的桌邊小聲道：「誰出去打趟拳？」董升堂應聲而起，在台前空場上打了一套二十九軍訓練用的拳路。剛打完，沒等掌聲鼓起，李致遠又接上，李自幼習武，功底很深，一套長拳下來，連日本人都看得目瞪口呆，同席者情不自禁向李致遠敬酒祝賀。此時，火藥味道逐漸濃烈起來。一日本浪人登場，竟亮出軍刀，在席間邊舞邊叫，空氣驟然緊張起來，這個舞罷，另一個登場，刀光閃閃吼聲陣陣。宴會廳變成了演武廳，李致遠難按怒火，使勁看著馮治安。只見師長略一點頭，李立即命令傳令兵取來剛剛打製成的「柳葉刀」，在場上表演起「滾堂刀」。只見龍翻豹滾，人轉刀隨，纏頭裹腦，上下翻飛。宴會安靜下來，李致遠收手拱拳，全場掌聲雷動。日軍也都拍手稱絕。日本顧問松島豎起大拇指稱李氏武術家後，也表現了一手魔術，只見他點燃八支香煙，口銜三支，鼻插兩支，兩耳各一支，肚臍眼兒塞一支，松島一用氣，八支香煙同時冒煙。此招雖很新鮮，卻實在太小家子氣了。日本人又提出寫字，他們其中有兩位頗通書道，但他們都忽略了座間尤以榜書著稱的「儒帥」吳佩孚，只見吳大帥乘酒興揮動如椽大筆，刷出幾個如斗大字，字字飽滿，力透紙背，酣暢淋漓，日本人一見自知班門弄斧，競相拜師，吳佩孚丟筆而去。

　　日方見自己招招失靈，驕橫之氣頓時變為惱羞之情。一群日方軍官忽然圍過來竟將宋哲元抬起，狂叫著舉上舉下。此舉看似尊崇，實為玩弄耍戲。中國軍官見狀也如此炮製。把那河邊少將抬起，一邊起鬨，一邊脫手把河邊向上猛拋。場上氣氛又到了箭在弦上。宋哲元見勢不好，急忙止住眾人，即席講了一番中日應該談親善的話，日方河邊正三也同樣講了幾句，氣氛才緩和下來，一場差點爆炸的「大聯歡」就此收場。

　　宋哲元自年青時起追隨馮玉祥，半生戎馬百戰殺場，到冀察時代終於登上了個人功業的頂峰。此時他擁兵十萬。並以絕對權威操縱著包括平津在內的華北軍、政、財大權。蔣介石很明智地授予他權柄。只要你不投靠日本人，諸事眼開眼閉，即使偶有頂撞也不過分查究。宋哲元對馮治安說：「咱們對中央，絕不說脫離的話，但也絕不做蔣介石個人玩弄的工具。」馮治安只是「嗯嗯」應諾，並不附和。宋哲元道：「仰之吾弟，這話就和你說說，他蔣

第一槍：中日抗戰中的秘辛

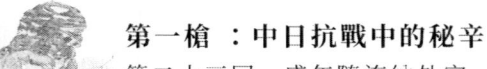

第二十三回　盛年隨流納外室　燈紅酒綠夾縫中

介石也是軍閥，我宋哲元也是軍閥，憑什麼要聽他擺布？」一些阿諛者乘機圍著宋哲元弄些個人崇拜的花頭。冀察委員會祕書長楊兆庚在一公開場合說了四字，語驚四座。他說：「南蔣北宋」。馮治安正好在場，他登時沉下臉來喝道：「什麼話！」事後他對張自忠說：「連好話都不會說！」

日本軍方知馮治安是二十九軍的實權派，他們下了很多功夫拉攏收買不成，又想改造和影響馮治安。中國通土肥原賢二、松室孝良都千方百計接近馮治安。結果沒有誰能和馮治安建立起「友誼」。特務頭子今井武夫回國述職談到馮治安說：「馮治安冷面不卑不亢，該人有兩不，既不以私人名義和日人交往，又不在私宅宴請日本人。他自幼養成節儉習慣，有很強的免疫力。他不喝酒，不吸毒，不是美食家……」馮治安素性平易，不愛出風頭，不喜戴高帽，日本人的奉承難以打動他。日本人在百計不得憑其奸的情況下，給馮治安戴上了一頂「頑固抗日派」的帽子。

馮治安身處北平，這座全國抗日呼聲最強勁的城市，他每天都面對北平滔天的抗日怒潮，他內心深處無時不感受到這股強大的衝擊波。馮治安具有典型的單純軍人性格，重感情、要顏面，「一二·九」運動時時都在刺激他的心，他怎能在這大都市心安理得地享受榮華富貴呢？他恨不得與日寇決一死戰。二十九軍有這種實力，他多次向宋哲元請戰，但他也深知軍長的政治底線，理解他的苦衷，對宋哲元的一套也只能遵照執行，只有宋不在北平時，馮治安有權獨斷專行時，他對日本人不共戴天的怒氣，才得以噴發出來。

北平無戰事，何基灃向馮治安建議：恢復因遭日方反對而終的大中學生暑期軍訓。馮治安亟表贊同並立即請示宋哲元。宋哲元正為北平學界頻頻掀起的抗日風潮指責他態度曖昧而頭疼，覺得這一舉措可緩解青年學生的憤懣，遂慨然允諾。很快，西苑軍營裡集合起四千餘名熱血沸騰的男生。馮治安親自出任總監，何基灃副之，並由何負責日常事務。開營第一天，何基灃命令全體學生一律剃成光頭，學生們居然沒有任何牴觸就遵照執行。馮治安在開營式上講話說：「同學們，我國實行孫中山先生提倡的三民主義很重要，但我看來，目前還要實行『三桿主義』，那就是槍桿、筆桿、鋤桿並舉。這三桿硬不起來，談何三民？這三桿子硬不起來，到什麼時候也得受氣挨打。」

軍訓過程中，何基灃按照西北軍練兵的傳統模式，對學生施以近於殘酷的強化訓練，這些出身高貴人家的白面書生，自幼養尊處優，從沒嘗過提攜背負之苦，如今忽然全副武裝摸爬滾打，無論烈日炎炎還是大雨滂沱，學生們以抗日大義為宗旨，都咬牙堅持了下來。他們成為準軍人，一旦戰事爆發，持槍就可禦敵。

日偽勢力看青年學生們軍訓如此氣勢，如芒刺在背，他們公開在外交辭令上那個表示遺憾，暗地裡指使漢奸搗亂。西苑軍營外是大片墳地，蒿草叢生，夜間磷火亂飛，素以鬼多聞名。有一夜，學生們尚未睡下，墳地裡忽然鬼嘯大作，其聲淒厲至極，學生們嚇得大驚失色，有的驚慌奔逃。何基灃聞訊大疑，便派出幹員數人，攜帶武器，夜間埋伏亂墳堆中，只待惡鬼出現。夜深時刻，只見兩個白衣長髮的惡鬼出現。他倆驅趕一群「連環狗」出現。士兵們仔細辨認，原來這群狗被繩索拴在一起。狗嘴被勒上籠頭，變成「銜板」之狗，那兩個鬼揮動皮鞭亂抽，狗群一邊狂奔亂突，一邊嘴裡發出淒厲的嗚咽，其聲絕類鬼嘯。蹲守的士兵們一躍而起，將兩個漢奸擒獲。何基灃連夜審訊，此二人確是奉日偽之命行事，意在破壞軍訓嚇走學生。何基灃立即向馮治安報告，馮當即批曰：殺。

第二天，何基灃集合全體受訓學生，將兩個鬼帶進會場當眾宣判。學生們這才知道是漢奸所為，人人氣憤填膺，齊聲要求處死二鬼。何基灃命令刀手立即行刑，將兩個為虎作倀的敗類斬首示眾。

二十九軍的高層人物，大多是農村出身，他們出生入死究竟為何？說到底不過是想拚個錦繡前程。如今成了平津的最高主宰，儼如李自成進京，面對突如其來的榮華富貴，怎能加以推拒？時間一久，這些人程度不同地陷入這些燈紅酒綠之中，馮治安當然沒能例外，雖然自身免疫力強，周邊同事的生活方式確也在左右著他。

民國的法律規定一夫一妻制。但這只不過是一句空話。從袁世凱到馮國璋，這些民國大總統，幾乎毫無例外地妻妾成隊，二流軍閥張宗昌有「三無數」，其中之一便是小老婆無數。

第一槍：中日抗戰中的秘辛

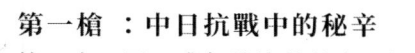

第二十三回　盛年隨流納外室　燈紅酒綠夾縫中

　　冀察政權建立和二十九軍入駐北京，新的統治者處在粉香脂豔的花花世界中，既想拈花惹草，又要保持正人君子的形象，公開召妓侑酒或去平康冶遊，他們怕招來麻煩，妨礙官聲。北平應運而生了一種會館，這些會館是屋宇連亙的大宅院，內部珠簾繡幕，玉几晶簾，陳設極為豪華。處所裡有名廚、美姬，賭具煙具也金鑲玉嵌。這裡成了權貴們隱祕交誼的場所。憲兵、警察當然不敢前來攪擾。新聞記者更靠近不得。這些場所不僅宋哲元、連馮治安十分安分的上層人物都曾冶遊其間，有時為了應酬需要，有時也純為享樂。馮治安這位貧家子弟也漸生追求腐化之生活的思想。

　　馮治安的周圍同僚均納妾。冀察委員會祕書長楊兆庚年已七旬，納了一位妙齡小妾，頗遭諷刺，有人故意當老夫少媳雙雙在公眾場合露面時對楊說：「這位女子，可是楊公的孫女嗎？」馮治安的拜把兄弟，長城抗戰名將張自忠、趙登禹也都納妾。兩位兄弟當面戲稱馮治安封建。馮雖嘴硬心也波動。只是沒有機緣。

　　馮治安不吸煙、不喝大酒，卻酷愛京劇。拉個京胡，唱一段黑頭。水平和李文田差得很多。自拉自唱之餘，也到一些會所拉個堂會。如日中天的京劇名師梅蘭芳不願在北平唱戲，舉家南遷上海。北平的「梅迷」望梅心切。北平有一京戲女子陸素娟扮相嬌美，嗓音清亮，初學老生又改旦角，很快顯露其巨大的藝術潛力。北平鹽業銀行經理王紹賢資助，禮聘名伶楊寶森、張雲溪、金仲仁、馬富祿等為她「跨刀」，結果在北平一炮而紅。

　　陸素娟又拜梅蘭芳琴師徐蘭沅名下，系統學習梅派藝術，不久，便以「正宗梅派青衣」的旗號在各大戲院演出，成為紅極一時的坤伶。後趁梅蘭芳到北平演出之機，又正式拜在梅名下，藝術上受到梅大師親炙。

　　陸素娟成名後，受到輿論吹捧，名聲日隆。各種追求者對她糾纏不休。有一年輕狂熱者公開在報紙上宣言為陸素娟「殉情」，給年事漸長的陸造成沉重的壓力，她要找個終身歸宿。地位顯赫的達官貴人絕不會明媒正娶個「女戲子」做夫人。而陸素娟也不甘心嫁個平頭百姓，在這種兩難境遇下，如不委身權貴，名聲越大，受人欺辱越深。為人做妾便成為她無奈中的上策。於是她將目標移至正值盛年、名聲較好的馮治安身上。

瑞蚨祥西棧公館內張燈結綵，晚上是北平京戲名角陸素娟與楊小樓合演的《霸王別姬》。作為票友的馮治安意外收到了陸素娟的請柬，便欣然赴會捧場。台上陸暗送秋波，台下馮治安春心蕩漾。二人隨鑼鼓聲聲傳遞內心彼此之愛慕。忽然鑼鼓驟停，一日本浪人乘酒興竟跳上舞台，公開調戲陸素娟。馮治安一見便怒火燃燒。況且今天他和她正心照不宣，馮治安英雄救美，一個箭步便躍上舞台，輕伸猿臂抓住那廝的和服，一太極掌將那日本浪人打下台去，觀眾一時弄不清楚，這霸王別姬怎麼又多出這一場現代戲。日本浪人還有兩個同夥，見台上這位壯漢一身便裝，不知來歷，便拔出腰刀撲上前來。這時眾人似乎明白，台上台下一齊驚叫。衛隊長李貴一招手，四個全副武裝的侍衛出手擒拿，將那三位日本浪人制服在地。馮治安立命將其捆綁押回警備司令部，再與日方交涉從嚴懲處。

　　陸素娟為人性情剛烈，見狀更為感動，她一把將馮將軍拉到後台傾訴心聲。馮治安自然也就一拍即合。這一啼笑因緣卻十分隱祕。馮治安對她百般體貼，不像一般顯貴那樣把妾視若玩偶。陸素娟也深愛著馮治安。只可惜，陸女子紅顏薄命，她懷孕又染肺結核，一次日寇飛機轟炸，陸素娟幾乎罹難，驚恐之餘而流產大出血，搶救無效而死，終年三十歲略餘。

　　馮治安十分悲傷，陸素娟捨棄「紅坤伶」繁華的粉墨生涯追隨轉戰不定的馮治安，隻身先到香港，又輾轉折回武漢，終於在老河口相會，卻成了最後一別。在這痛苦之餘，又有一位梨園女人闖進了他的生活之中。

　　沈麗鶯，出身民初著名科班「崇雅舍」，與梅蘭芳夫人福芝芳同科學藝，京劇、河北梆子均得實授，但出科後並未唱紅。她聽馮治安與陸素娟的一短暫民間傳奇之後，趁機走進心靈空虛的馮治安心中。馮治安內心十分繁雜，一方面他和原配夫人解梅感情篤厚，另一方面他也非常注意自己的聲譽，深恐為緋聞損害自己的社會形象。他和她約法三章。沈麗鶯當然明白，便遵章行事，二人以極隱祕的方式同居，沈一直隨馮治安轉戰，部隊到哪兒她就跟著到哪兒。家裡夫人一直蒙在鼓裡。馮治安一妻一妾、一裡一外，他將沈麗鶯改名以適應南征北戰，沈從此對外叫「隨之」。馮治安字「仰之」，「追

第一槍：中日抗戰中的秘辛
第二十三回　盛年隨流納外室　燈紅酒綠夾縫中

隨仰之」之意。其實，解梅透析官場，曾多次開半玩笑之語：「夫君可隨心納妾，妻絕不阻攔。」

馮治安性格所在，從不在公開場合狂放不羈。更不議道及自己和他人的私生活，在治家方面，寬仁中恪遵傳統，絕不許婦人干預公事。一次，二十九軍首腦們閒聚時，石友三將剛納的外室、著名京劇演員王某領進餐堂相陪。眾人哄鬧著讓王唱一段。馮治安沉默不語面無表情，高樹勛平素最喜與馮治安開個玩笑，乘興貿然喊道：「仰之兄，把沈麗鶯也請來吧！」馮治安登時變色，怒斥道：「胡扯什麼？」高樹勛自悔孟浪，連忙賠罪不迭。

馮治安因實際主持軍務，時常吃住在西苑師部與將領們共同進餐。他吃飯從不挑剔，廚師每每問馮：「師長，飯菜可口否？」馮治安即使不愛吃的菜，最多少動兩筷子也絕不評價。只會說：「好，好。」他從小在故城學徒就養成的習俗，進食速度極快，有時菜還沒全上來，已吃飽離開，別人說：「師座，新上的這道菜，太好吃了，您再吃點。」馮治安並不打人臉，而是又回過身來，拿起筷子夾一口放到嘴裡稱：「好！」廚房師傅們對馮的好伺候有口皆碑。

宋哲元常在冀察政務委員會辦公，宴會極為頻繁，也漸成為美食家，飲饌極為在行，十分講究。他偶到三十七師和馮議事，免不了在師部小餐廳留餐，宋哲元一落座，氣氛立刻變得凝重，不再笑語盈耳。宋威重寡言，對某一道菜不滿時，只用筷子朝盤子上一點，鼻子「嗯？」一聲，侍從副官便會連忙端走，到廚房裡找廚師研究調換。宋哲元肝不好，因而脾氣暴躁，痛罵廚師的事情時有發生。馮治安摸準軍長脾氣，不等宋火起，便搶先打發副官去廚房調換，嘴裡還故意責罵幾句，化解了宋的怒氣。三十七師的廚師幾乎沒有遭過打罵。

一九三六年四月，宋哲元為母慶壽。排場之大轟動古都，壽屏壽幛鋪天蓋地，壽禮來自四面八方。連南京政府諸權要、日本在華首腦、冀察及平津各界名流都送來厚禮。上海的杜月笙這位黑社會大佬，送來黃金打造的八仙人。壽筵擺了數日，堂會唱了幾天，歌吹鼎沸，極盡風光。日本華北駐屯軍長官田代皖一郎親自登門，攜帶日本天皇鐫款的花瓶來拜壽。事後，宋哲元在家中將花瓶砸碎。

馮治安的父親馮元璽見宋家如此氣派，心裡是臨淵羨魚，頗想步其後塵。馮治安先知其意，未等父親開口，便託辭老家有情況，把老爺子送回故城東辛莊。從此，馮元璽便在故鄉定居，安享富貴、絕不涉足官場。

　　這正是：飽暖思淫慾

　　富貴忘貧窮

第一槍：中日抗戰中的秘辛

第二十四回　戎馬倥傯河北省主席　輕車簡從錦衣回故城

第二十四回　戎馬倥傯河北省主席
輕車簡從錦衣回故城

　　一九三六年十一月，馮治安接任了河北省主席職務。這位土生土長的燕趙子弟、做過地主家雇工和商舖學徒的農民兒子，竟當上了家鄉的父母官，馮治安做夢也沒曾想過。

　　翌年春天，冀中平原小麥返青，運河河開，流域兩岸又見桃李花紅。從軍半生的馮治安對政務不熟悉且不喜歡。無奈在其位就要謀其政，最起碼的為官之道，也要了解省情，傾聽民意，他素來不喜歡標新立異。宋哲元已經創立了一套行政規範，政令已步入正常軌道，全省生產和經濟也都有了一定的增長，無須馮治安披荊斬棘去開闢新路子，只要蕭規曹隨而已。

　　春暖花開萬物復甦。已經到了「九九加一九，耕牛遍地走」的季節。馮治安從省會保定出發，選了兩位省府精幹人員，加李貴和兩位侍從警衛，輕車簡從開始了他當省主席的第一次視察。

　　車到井陘縣，可嚇壞了縣長邊樹棟。這位原是故城縣長，曾拘審過馮治安的舅爺和內弟。雖經當時省主席于學忠妥善處理，將事情辦得圓滿，自己也調離了故城縣。誰能想到這冤家路窄呀，馮治安又成了自己的頂頭上司，他心中七上八下不停地打鼓。馮主席會不會挾嫌報復？邊樹棟著實惴惴不安。

　　馮治安在邊樹棟陪同下，看了縣裡的工商業。他親自到城郊玉米播種的地頭，坐在田壟上和一位農民聊天，高興時居然扶犁下種，激動得那位老哥熱淚盈眶。邊樹棟見狀踏實了許多，他印證了官場上對馮治安將軍的許多傳說。邊縣長故意將話題引到當年不愉快之事上，沒想到馮治安卻故意岔開。他對井陘縣的政績卓然給予了充分肯定，對這位邊縣長獎譽有加。

　　馮治安到達南宮縣。汽車一入縣境，他就發現道路用黃土鋪過。這本是皇帝出巡時才有的禮待。這縣官顯然出於奉迎俺的目的，馮治安等同皇帝老子接待了，這成何體統？馮治安心中不悅，極為反感。他令司機擇路進入城

第一槍：中日抗戰中的秘辛

第二十四回　戎馬倥傯河北省主席　輕車簡從錦衣回故城

內。南宮縣長劉必達率縣府大員在南關恭候。眼看就到中午，按時間早應到了，劉縣長萬分焦急。「劉縣長、劉縣長，馮主席一行入東便門已到縣府！」

書記員氣喘吁吁跑到劉必達跟前。眾人一聽，急忙折返一溜小跑趕回縣府。馮治安見狀劈頭蓋臉就是一通訓斥：「我又不是皇帝老子，誰讓你們搞這套勞民傷財的接駕！」劉必達本想以此博取上峰歡心，不料反取其辱，狼狽不堪。

馮治安取消了南宮縣安排的視察課目，只去了著名的南宮碑，欣賞了大書法家張裕釗的魏碑書體，然後徑直奔老家故城縣而去。

馮治安心起波瀾，上次為母親遷墳後再無回過老家，車輪每向前一步，他都會興奮一步。他拉開轎車煙色的紗簾往外張望，騾馬在田野裡奔走，布穀鳥在叢林中鳴叫。「一年之計在於春」。他想起自己少年時在王財主家幫工的情景，他和李貴在牲口前拉墒。露腳趾頭的布鞋，陷在鬆軟的泥土裡，是那樣的舒坦。雖然現在是一省之長了，可那童年艱辛中包含了無數個幸福和美好，久違了。

他叫汽車停下，站在土路旁，俯身捧起散發芳香的泥土。不知是厭煩了官場那套腐朽，還是嚮往兒時放蕩自由的田原。馮治安索性脫去鞋子和襪子，光著腳丫在翻過的土壤裡連走了二趟，想找回童年的記憶，卻招來了一群地裡幹活的莊稼人的圍看。

汽車來到了故城縣鄭口鎮，馮治安棄車與衛兵一同步行回家。隨員道：「馮主席，這離東辛莊還有二十里路呢，請主席上車吧！」馮治安答道：「這裡是我的生身之地。」繼續沉默前行，隨員請他騎馬他也不睬，他煩別人打斷他的思緒，一直走到老家東辛莊。

故城縣長任甫亭早就悉知南宮劉縣長之事，不敢貿然迎候，待馮主席在東辛莊省親後，縣府再做歡迎。

東辛莊依舊貧窮，房無改變，道路泥濘。鄉鄰們對榮歸故里的馮治安少了上次的熱情，平添了許多敬畏。可村裡的禮節依然，大家還是擁到了村口，迎接東辛莊走出的省主席，長城抗戰名將馮治安。大家見馮依然謙恭，步行

回村，並沒有八抬大轎和侍衛高舉的「迴避」的牌子，二叔馮元直對馮元璽這位馮家的老爺子說：「這治台還是咱們的孩子，沒變呀！」當馮治安走到他們跟前行禮時，馮元直和村裡的長輩們都囁嚅著喊道：「主席呀，馮主席回來了。」馮治安連忙勸止，笑著要大家按照親鄰的舊輩分互相稱呼，他一聲：「二叔，大爺好！」人群頓時笑語喧天，消除了身分造成的隔閡。

馮治安在人們的簇擁下，走到當年和李貴離家的水井台前，他停住了腳步，叫李貴把從內蒙古買的羊皮襖筒搬下車來。全村無論男女，無論窮富，凡年齡超過六十歲以上的老人，每人領取一件。眾人沒有歡呼，眼睛裡卻飽含了淚水。然後，馮治安徑直出村，直奔王生老師的墓前，磕頭祭拜。

馮家大院早已蓋成。那大宅院在東辛莊破敗的灰黃的土屋群中，儼然就像一座殿堂，青磚瓦舍，磨磚對縫，門樓前那對漢白玉的石獅慈善嬉笑。這是馮治安特令工匠們打造的，絕不要那種凶狠威嚴的石獅。他告誡已是故城地面上名副其實的老爺子、父親馮元璽，不要介入政事，不要出入公衙。不與地方官吏私交，只要悠閒林下，安享富貴。馮元璽聽從兒子的建言，閒居鄉里，拒絕官紳的攀附。

馮治安生母袁氏走了多年，父親馮元璽已續了弦，找了鄰村的一位寡婦，而事先並沒有聽取兒子的意見。其實，馮治安早就有想法，按照閥閱門第的慣例，給父親在北平找了一個大戶人家知書達理的「老姑娘」。可回到家中，對父親輕率找一個再嫁農婦頗感不悅。按禮本應跪拜繼母，由於心存芥蒂，加上對生母的懷念，便想免了此禮。馮元璽堅決不依：「馮治安，無論你當什麼官，你也是俺兒，當年的馮治台！」馮治安微露埋怨之意：「兒子不反對你續弦。只是應該和俺商量，幫你拿些主意。」馮元璽登時沉下臉說：「當初我娶你娘時也沒和你商量！」馮治安語塞，他是出了名的孝子，只要爹高興就行，於是便遵禮行事。

馮治安與親友盤桓敘舊後，擇吉日隆重祭掃了祖墓。他跪在生母袁夫人墓前不起，撫今追昔，不禁淚下如雨。他對母親敬愛至臻，懷念不置，母親作為一個典型賢妻良母式的貧家農婦，在饑寒勞碌中支撐著破家，養了一群兒女，可日子剛一好過，她卻無福享受仙去。人都說性格決定命運，馮治安

第一槍：中日抗戰中的秘辛
第二十四回　戎馬倥傯河北省主席　輕車簡從錦衣回故城

深深感到，母親的許多優點都在自己的血管中流淌。自己的成功，確是母親撫養教育的結果呀！

作為省主席，馮治安家中省親告一段落，自然也要到故城縣裡視察。縣長任甫亭組織了隆重的歡迎儀式。人民得知抗日名將馮治安榮歸故里視察，幾乎傾城出動，萬人空巷。搬凳子的、踩桌子的，百姓爭睹這位故城籍的省主席風采。馮治安依然步行進城，對歡迎的人群頻頻拱手道：「不敢，不敢。」到了縣府，他對任縣長的政事匯報認真聽後，只是略略再問，不像在其他縣那樣挑剔。之後他特意視察了學校，指示縣長要辦好教育。馮治安說：「任縣長啊，俺馮仰之幼年失學，多少年南征北戰，深知不讀書之苦，今後特別要對家境貧寒而資質好、有前途的學生多加獎掖，助其完成學業。」任甫亭連連答應。

馮治安又問縣城還有獨輪水車運水嗎？縣長答道還有。馮治安要兌現自己少年時代許下的願望。他吩咐省府祕書，將準備好的批文交給縣長，馮治安道：「故城人還在喝苦水，這是四口水井的批件。要在城的東西南北打四口深井，直到出甜水為止。此事一定辦好！」任道：「我代表故城百姓感謝省主席體恤民情之苦呀！」他哪裡知道，這是馮治安兒時許下的承諾呀。

馮治安信步走到城北的關帝廟。殘垣斷壁，幾十年過去了更為破敗。他拿出了一百塊現大洋，鄭重地交給了縣長任甫亭說：「這是俺的私錢，為關公重塑金身是不夠的。關聖人道德信仰支撐著中國人的信義理念。這也算是對後人的品質教育呀！這些錢，搞土建修整和粉飾一新是夠了。讓百姓有個燒香祭拜的場所。」任縣長接過錢又是一番感謝：「馮主席回故里，沒吃縣府一頓飯，卻讓你破費，真是深感內疚呀！」

馮治安來到當年學徒的合泰成雜貨店。老掌櫃孫二喜，雖然年邁仍執掌店務，自己當年的忘年交孫旺老伯已故去了。馮治安挑簾進了店堂。本意不過是重溫舊夢，卻嚇壞了老掌櫃，深恐馮治安清算當年一記耳光之仇。老人俯身欲跪大禮，求馮主席高抬貴手，放小店一馬，讓孫二喜沒有想到，馮治安連忙上前扶起老掌櫃道：「掌櫃的生意可好？身體硬朗啊！感謝當年你對俺的教誨！」孫掌櫃的連聲說：「好！好！」當年學徒的師哥們紅著臉一聲

不敢言語。眼看著就到午飯時間，老掌櫃斗膽說：「馮主席，想咱當年情誼，能否答應老朽在故城縣最好的館子請主席吃上一頓，以敘老情。」馮治安看了看手錶，確已時值正午。便爽快答應道：「可以呀，但不是飯館子，還是在合泰成吃，俺還真想當年的爆醃蘿蔔條呢！」縣長知趣，領眾人退下，李貴陪師長又吃了一頓當年的學徒飯菜。孫掌櫃拿出馮治安當年的小詩奉還。馮笑著說：「還是你保存，當作紀念吧！」

下午，馮治安又去了「怡和公」，找到了胖掌櫃，感謝他當年的照顧，並提出還付當年的借款和利息。馮治安明知李掌櫃拒死不收，便贈送了自己腰間佩戴刻有馮治安名字的短劍，二人言歡到日落。

馮治安回到北平。天津市長蕭振瀛，這位曾為二十九軍乃至冀察政權催生的「功臣」，與日人頻繁接觸，信口開河地向日人胡亂許諾，事後都無兌現，遭日人惱恨，認為是受了愚弄，便透過各種正式途徑向宋哲元抗議，說冀察政權言而無信，要求宋哲元一一兌現，搞得宋十分尷尬。對蕭振瀛的狂妄，張自忠尤為反感。馮治安召朋友在西苑三十七師師部聚會，張自忠好意相勸蕭收斂，蕭振瀛罵張是狗拿耗子，二人由口角而相罵，性格暴烈的張自忠躍起打了蕭振瀛幾下，一時秩序大亂，竟把馮治安的睡床壓折，馮治安一笑了之，吩咐衛兵將斷床抬了出去，二人見狀方才住手。外邊的衛兵目睹這種場面，卻竊竊私語道：「真稀罕，這麼大的官兒也打架，還是咱師長有肚量。」

眾人反蕭，宋哲元卻一直懷有念舊之情，他畢竟對今天二十九軍的局面做出過貢獻，但對蕭的妄言也很頭疼。輿論對蕭的貪婪放蕩也多有諷刺。加上這次張自忠對蕭的公開爭鬥，宋哲元對蕭也越來越冷，蕭振瀛感到進退失據，四面楚歌，這簡直就是卸磨殺驢。他一怒之下聲言辭去天津市長的職務，沒想到宋立刻批准，給他十萬大洋去「出洋考察」。蕭乃憤然離開，大罵道：「這真是呀，狗急了跳牆，人急了出洋！」

馮治安是蕭振瀛的金蘭契友，曾多次規勸，蕭雖不公開抗馮，卻仍我行我素獨往獨來。馮治安仁至義盡並不慍怒，一直以友相待，此次離去，馮治安說：「這早已是在預料之中的，俺兩人的私誼絕不會受影響，馮仰之從不辦落井下石之事！」

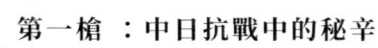

第一槍：中日抗戰中的秘辛
第二十四回　戎馬倥傯河北省主席　輕車簡從錦衣回故城

　　張自忠接任天津市長。二十九軍的軍務重擔幾乎都壓在了馮治安的肩上。馮治安善與人處，尤對呂秀文、佟麟閣兩位副軍長十分尊重。別人對有職無權、手無寸兵的副軍長待答不理，馮卻處處恭維，從不刁難，對下屬官佐也相當寬厚。他時時為宋哲元補台。宋威重令行，處分嚴厲。部屬稍有不慎犯有小錯，宋哲元便向副官長一揮手，嘴裡只說個「走！」那軍官就得捲鋪蓋走人。馮治安覺得處分太重，並不立刻向宋進諫，他穩住被處軍官，然後故意找輕鬆話題和宋閒談，見宋情緒好轉，這才叫那位守在門外的軍官進來，故意訓斥一通，責成其改過自新。最後道：「還不謝謝委員長！」那軍官趕快敬禮道謝。宋哲元才半露笑意，鼻子「哼」一聲，算是原宥了。

　　二十九軍的隨從人員暗地裡給馮治安起了個綽號「補鍋匠」，馮治安的人脈和口碑極佳。西北軍舊將，反覆無常而臭名昭著的石友三，還想回到西北軍餘脈二十九軍之中。他託日方前來推薦投靠。宋哲元因石受中央通緝而拒絕接納。張自忠因與石前嫌甚深，更憎惡其為人，也反對接納。石友三遭碰壁後，他知馮治安為人謙和好說話，戀舊情，便深夜來訪。馮治安不好推之門外，便客氣迎接走個過場。石友三丟下平日裡的長官之架，低三下四對馮道：「仰之！以前種種譬如昨日死，以後種種譬如今日生。務請你在宋先生面前多加美言。」馮治安儘管對石友三也很厭惡，終因溫厚成性，又願幫人於困惑之中，還是幫助石友三疏通與宋哲元的關係，幫石友三說了許多好話。結果，宋哲元看在西北軍的情分上，任命石友三為保安司令，又為之向上打點，南京撤銷了通緝令。

　　軍閥孫殿英以東陵盜寶而惡譽滿天下。他先是被南京任命為新疆林墾督辦，率親兵赴任。行至寧夏時被馬步芳部截擊，軍械輜重均被掠奪一空，孫殿英狼狽逃回北平，在家閒居。冀察政權建立後，民眾抗日高潮洶湧而起，孫殿英見機會已到，他再也耐不住寂寞，便找到馮治安，請求建立一支非正規抗日隊伍，槍枝彈藥請馮解決。馮治安笑道：「你有人嗎？」孫殿英痛快答道：「有！俺孫殿英站在前門樓子上一喊就有人。」馮治安不解，孫說：「我帶出不少人來北平後每人送了點錢，讓他們在天橋一帶做點小買賣。只要聽我登高一呼，便會立刻聚來。」馮治安憎恨日本人，多一支抗日武裝便多一

分力量，便幫助孫殿英組建起一支隊伍，規定他們只在北平西部一帶活動，不得滋擾百姓。

孫殿英承諾，但事隔不久，由張慶余率領的起義偽軍，成功地在通州打響後拉出北平，經過西部時，竟被孫殿英的「抗日」隊伍繳了械。孫本是綠林出身的小軍閥，惡習不改。後終淪為民族敗類，不得善終。

宋哲元背後道：「這仰之弟，太過寬仁，常常因脫離『大禮』而辦成糊塗之事，他太重情感了！」

一九三七年初夏，日本邀請宋哲元赴日本參加天長節盛典，意在籠絡收買，更要在宋面前炫耀大日本國家富強、軍隊強盛。宋哲元內心也想赴日以顯權威，只因日方開出的「經濟提攜」項目無法滿足而受日方要挾，深恐去日本會陷入泥潭而不能自拔，便決定派張自忠率何基灃軍四位旅長代他前去。

作為地方政權，冀察當局派大員參加別國慶典應事先向中央報備，批准後方可成行。宋哲元以華北王自居，並不履行此道手續，此舉犯了「大夫無私交」之忌，招來南京訾議。蔣介石心懷不滿，礙於冀察形勢隱忍未發。

張自忠離天津後，天津地區軍務需要馮治安兼管。馮治安即刻視察了天津，著重看了大沽造船廠和天津造幣廠。這兩家工廠已轉產兵器，主要是步槍、手槍及擲彈筒。馮治安對此十分感興趣，因二十九軍部隊迅速擴大，從捷克進口的步槍、瑞士的高射炮、法國的手槍仍不敷用，遂將兩廠轉為軍工。馮治安召開全廠職工大會，發表了激昂的講話。他說：「中國泱泱，地域遼闊，而日本彈丸小國，竟敢欺我四萬萬五千萬人民，為何？從長城抗戰的實例看，我們缺少優良的武器裝備，憑中世紀大刀怎能捍衛中華？工人兄弟們，拿出你們的聰明才幹，拿出你們的辛勤汗水，為中國軍人造出強於日本的武器來！」工人們群情激奮，口號聲一浪接著一浪，和渤海灣連成了一片。第二天天津報紙大幅照片和報導鋪天蓋地，說馮治安是「言必抗日」。

馮治安向資方提出增加工人工資和提高福利待遇，並答應工人們的要求，一旦戰事爆發，工人可隨時入伍，加入到二十九軍來！

第一槍：中日抗戰中的秘辛

第二十四回　戎馬倥傯河北省主席　輕車簡從錦衣回故城

　　馮治安預感，中日必爆發一場民族之間的大戰，他厭煩軍政界中的人浮於事，只有實幹才能救國，只有軍強才能衛國，只有民富才能腰直氣粗。他默默地履行自己的承諾。

　　這正是：山雨欲來風滿樓

　　腹飽勿忘腸鳴聲

第二十五回　黑雲壓城城欲摧　北平硝煙煙霧濃

馮治安站在三十七師指揮部西牆邊，凝視著牆上那幅巨大的軍用地圖。北平的形勢越發緊迫了，日本侵華野心日益膨脹，駐屯軍人不斷增加。指揮官的級別已躍升為中將級。馮治安敏銳地感覺到，中日將爆發一次規模較大的軍事衝突，而地點就在平津兩地。

日本廣田內閣決定再向中國增兵，重點放在了華北駐屯軍，司令官的任命改為「親補職」，即直接由天皇任命。同時，將駐屯軍軍官的一年交替制改為永駐制。裕仁天皇委任田代皖一郎中將為中國駐屯軍司令官，下轄步兵旅團、守備隊、憲兵隊等部，其中步兵旅團是駐屯軍的主力，司令部就設在北平，和二十九軍三十七師成了街坊，兩虎相視為鄰。日方河邊正三任旅團長，掛少將銜，這是一位少壯派首領，「大陸政策」的狂熱鼓吹者。步兵旅團下轄兩個聯隊，第一聯隊長牟田口唐也大佐，是一員驕橫跋扈的悍將，日本軍人法西斯組織「一夕會」和「櫻會」的成員。除步兵聯隊外，駐屯軍還包括砲兵聯隊、通訊聯隊、航空聯隊、戰車聯隊、騎馬大隊、汽車大隊、輜重大隊、工兵大隊以及山炮隊等。此外，駐屯軍步兵旅團還有機械化大隊、化學戰大隊、守備隊等等。總兵力接近兩萬人。

華北駐屯軍還在華北十九個城市設立了特務機關，豢養了一大批偽軍。

馮治安眼看著日寇的步步緊逼，擦槍走火時有發生。他向宋哲元匯報到：「按照國際慣例，日本政府不經中國同意，擅自向華北增兵，是對一個主權國家的悍然侵犯！冀察政權和咱二十九軍應有反應！」宋哲元不語，他不想打破華北已形成的既定格局。如戰事一起，自己在華北統治的小王國將不復存在。況且南京中央政權連一聲抗議都沒發表，日軍增兵華北既成事實。

馮治安無奈，只有抓緊戰備。數以萬計而又裝備精良的日本正規軍和自己同處一個轄區，自然對二十九軍構成了巨大威脅。宋哲元面對如此嚴峻的形勢，以忍為先，並未部署做出戰略上的準備。二十九軍十萬雄兵只有被動

第一槍：中日抗戰中的秘辛

第二十五回　黑雲壓城城欲摧　北平硝煙煙霧濃

地應付。三十七師與日寇近在咫尺，馮治安稍有動作，日方就會提出抗議。主管軍事的馮治安只能遵照主帥的意圖忍氣吞聲。

而日本則變本加厲，挑釁搗亂、蠻橫肆虐達到氣焰熏天的地步。他們打著「保護僑民和防共」的旗號，天天蠶食著二十九軍將士的意志。

一九三六年一月五日夜，一輛載有日軍的汽車要求從朝陽門進城，守城的中國士兵緊閉城門，不敢擅開，經電話請示長官後才開門放行。日軍認為中方士兵故意刁難非禮，進城後不由分說揪住中國士兵毆打，繼而又毆打守城帶班的解排長，解排長搶頭跑上城樓。日兵尾追鳴槍，欺人太甚。解排長一怒之下，不顧上峰之命，令城上的中國士兵們鳴槍示警。日兵驚愕，他們是一群欺軟怕硬的混蛋，面對黑壓壓如林的槍口，連忙退回車中悻然離去。日兵駐屯軍當局第二天遂向冀察政權提出抗議，蔑稱中國士兵向日軍射擊，要嚴懲「朝陽門事件」的那位解排長。最後，以中國方面道歉了結。

事隔不久，塘沽日本商人勾結的華籍走私分子，被中國軍警追緝。他們逃進日商大島、大西兩家洋行內。日本老闆阻撓中國軍警執行公務，又指使其華籍雇員陳永利出來辱罵，氣勢洶洶，中國軍警憤然將陳永利帶走，經審訊，陳永利承認洋行內確實窩藏走私犯，遂被押到洋行指認。日商出來抗議，形成混亂局面，日商明知無理，便在混亂中撕毀日本國旗，稱是中國軍警所為。駐屯軍以保護僑民合法權益為由，向中方提出強烈抗議和苛刻要求，直至中方屈辱認錯。「塘沽日商事件」才風平浪靜。

一波剛平一波又起，駐塘沽日軍三十餘人，乘小船在海河舉行軍事演習，船至東大沽，日軍突然要求在二十九軍一四三師一三三旅劉團長的防地登陸。劉團理所當然予以拒絕。日軍則蠻橫地強行登陸。雙方互相開火射擊，各有傷亡。日小船登陸未果，日本駐屯軍又提出抗議，中方一再忍讓，「大沽衝突事件」又以賠禮道歉了結。

天津市政府保安隊第三分隊長鄒風嶺，夜間著便裝在夜市閒逛，誤入日租界，被日本特務以「間諜嫌疑」逮捕，刑訊逼供。鄒寧死不露身分，只說自己是小營公司的茶役，日本特務會同中國警員乘汽車押鄒風嶺去小營公司指認，汽車途徑金剛橋時，一個正在執勤的保安隊士兵，認出車上被押的正

是失蹤的鄒隊長，誤以為是被劫持，情急之中吹哨召集保安隊，並向汽車射擊，打死了一名日本特務。日本特務隊氣急敗壞，集合隊伍氣勢洶洶蜂擁到市政府，要求追拿兇手。保安隊同仇敵愾，全體出動，架起機槍列隊嚴拒。一時氣氛十分緊張，點火既著，天津政府要員急忙出來救火，道歉賠償了結。史稱「金剛橋事件」。

日軍的挑釁程度已達荒謬程度。三個朝鮮浪人持獵槍公然要闖進衛戍司令部院內打鳥，自然遭衛兵攔截。日軍抗議說：朝鮮人也是大日本國民，被中方侮辱即等於侮辱了大日本，也要求中方道歉。

更有甚者，駐北平日軍不經中方同意，竟擅自在東交民巷東單一帶進行軍事演習，坦克履帶把長安街軋得齒痕纍纍。日軍還隨意在民房上架起機槍，築起沙袋工事。士兵狼嚎鬼叫地在屋頂上來回躥跳，如入無人之境，北平市民敢怒不敢言。三十七師巡街士兵將情況報北平警備司令馮治安。馮在辦公室裡只能摔摔茶杯、罵罵大街，他真想下令將這幫小鬼子攆出北平城。無奈，軍令如山，豈敢妄動。

豐台是北平大門、交通樞紐，具有特殊的戰略位置，日軍覬覦豐台蓄謀良深。馮治安部駐防豐台。一九三六年六月二十六日，八個士兵在鐵路一側遛馬，一輛飛馳而來的火車拉著汽笛駛過，一匹戰馬受驚狂奔，竄入日軍尚未竣工的營房中，日軍竟強行將戰馬扣留。中國士兵據理交涉卻遭日軍毆打。同時，日軍緊急出動，全體武裝到陣舉槍，如臨大敵。中方駐軍營長張華亭聞訊趕到，忍怒制止了中國士兵，事情暫告平息。第二天，一個朝鮮籍日本特務衝進三十七師的馬廄，竟聲言這個馬廄是他的私產，被中國軍隊強占了，要求立即騰出歸還於他。中國軍隊對於這種取鬧不予理睬。該特務竟抽出短刀向中國士兵刺來，緊接著，大批日軍士兵前來幫凶吶喊助威。營長張華亭忍無可忍，令士兵們還擊。雙方立刻就糾纏在一起，遂發生械鬥，各有負傷。日本駐屯軍直接向宋哲元提出抗議，要求道歉、賠償，懲罰肇事者，還狂妄提出：中國軍隊全部從豐台撤出。

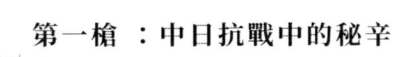

第一槍：中日抗戰中的秘辛
第二十五回　黑雲壓城城欲摧　北平硝煙煙霧濃

　　馮治安聽到匯報，氣得臉色鐵青。他一貫要求部下對日軍的挑釁要以牙還牙，卻受到宋哲元訓斥。宋怕事情鬧大，竟然答應了除撤出豐台之外的全部條件，豐台事件暫告平息。

　　一個月後，日軍在豐台的新營房建成。駐軍驟然增至兩千餘人。而二十九軍在豐台只駐有一個營的兵力。八月底，一個日本浪人森川太郎無故闖進二十九軍豐台軍營鬧事，與守衛士兵發生毆鬥致傷。日方又提出抗議，要求二十九軍撤出豐台防地。宋哲元仍然只答賠款，懲辦打人凶手，日方不答應，形成僵持局面。

　　九月十八日，是中國的國恥日，三十七師混成部隊二營五連孫香亭部演習完畢整隊回營，在豐台繁華小街正陽街上與迎面而來的日軍一個中隊狹路相逢。由於街面甚窄，兩軍不能交叉通過。日軍耀武揚威奪路，想擠開中國軍隊硬行先過。二十九軍士兵剛聽完「九一八」事變的國恥教育，戰士們正處滿腔悲憤之際，見日軍如此猖狂，無異火上澆油，便以牙還牙，拒絕躲閃。雙方一邊爭執，一邊高聲叫喊。日軍軍官用生硬的漢語道：「『皇軍』大大的好，支那兵小小的壞！」令中軍讓路。中軍士兵也高聲回罵。日軍岩井小隊長惱羞成怒，帶兩名騎兵衝進中軍隊列。中軍士兵因被馬踏，憤急用槍托猛擊其馬。日軍指揮官命令將孫香亭連包圍。孫連長向前交涉，卻被日軍擄走。五連士兵見狀迅速列開陣勢準備還擊。此時，日軍第一聯隊長牟田口廉也親率一個大隊增援，行至大井村與二十九軍駐軍發生衝突，日軍悍然開火。中軍奮勇還擊。一時戰況頗為激烈。日軍趁豐台中軍營空虛，搶占有利位置將中軍營包圍。中軍立即布陣迎敵，日軍用炮火破壞中軍工事後，繼之發起輪番衝鋒，形勢萬分火急。馮治安聞報後，按捺不住心中怒火，立命二二零團團長戴守義率部跑步趕往豐台火車站，將日軍反包圍在二二零團槍炮之中，日軍牟田口廉見勢不妙，急令部隊停火自行撤回原防。戴守義團長也見好就收，阻止部隊追擊，日軍氣焰頓消。

　　由日軍啟釁引發的這場衝突，經新聞媒介傳播，在中國國內引起強烈迴響，北平各界人民以激昂的愛國熱忱，表示對二十九軍的支持，紛紛向當局呼籲奮死抗爭，誓做大軍後盾。

馮治安面對日軍的挑釁和廣大民眾的要求，態度十分明朗堅定，但凡是他有權決斷的事情，他總是下令絕不屈服，以牙還牙，但馮治安深知，二十九軍畢竟是一支實行絕對一長垂直領導的軍隊，在小問題上可以自由付諸實施；而在大原則問題上，只要與宋哲元的觀點有悖，便被置於不屑一顧的境地。馮治安早就習慣了二十九軍「小事從權，大事從君」的權力運行機制。他面對日方猖獗、中軍憤起的對抗局面，只好強自壓抑軍人的羞恥和責任，聽候宋哲元的裁奪。

宋哲元仍然本其「小不忍則亂大謀」的一貫態度，以忍讓求和平，竟然答應讓出豐台軍營。馮治安心如鉛塊，臉色灰暗，一語不發。

九月十九日，即「九一八」國恥日的第二天，原駐豐台的中國軍隊打好行囊在即將捨棄的軍營外列起隊伍，與準備「鳩占鵲巢」的日本相對而立，舉行所謂「交接式」，雙方互致軍禮，表示「誤會」解除、「親善恢復」，然後中國軍隊在哭泣中灰溜溜離去，而日軍則在狂呼中進駐。北平市民痛恨無能政府，他們同情二十九軍士兵的無奈呻吟，他們且如此，何況手無寸鐵的平民。

失去豐台駐軍權，猶如失去了樞紐控制權。當主持「交接儀式」的中國軍官向馮治安匯報經過時，馮治安第一次粗魯地大罵了那個官佐：「你他媽的就是個混蛋！中國軍人的臉全叫你給丟光了，俺不聽什麼匯報，滾！滾，快滾，馮仰之不想見到你！」那軍官心痛欲碎，他知道師座的心情，他更知道，師長絕不是罵他！天知道！百姓知道！

豐台事件最後以屈辱退讓結局，遭到全國輿論的同聲譴責，北平人民失望之餘，將怒氣全部轉向宋哲元，罵聲、批判聲風起雲湧。馮治安躲在師部裡幾日不出，他無顏面對北平的父老鄉親，也不願回到西四磚塔胡同的馮府，他怕被唾沫星子淹死。

宋哲元的忍讓，不但未使日軍猖狂氣焰稍減，其驕橫之氣反而更旺。越來越多的軍事演習接踵而來，規模也越來越大，他們在向中國炫耀大「皇軍」的威儀。二十九軍當地將士人人義憤填膺，馮治安更為憤懣，他毅然下令三十七師要和日軍演習針鋒相對，今天日軍在哪兒演習，明天中軍就在哪兒

第一槍：中日抗戰中的秘辛

第二十五回　黑雲壓城城欲摧　北平硝煙煙霧濃

演習，一定要演出威風，軍令一下，三十七師官兵對這一決策歡呼雀躍。於是，一場接一場的「演習對抗賽」在北平南部展開，日軍今天剛剛亮相，中軍明天就威武登場。喊殺聲震天，都出自士兵肺腑；舞刀光逼日，更來自一腔國仇。每當中方演練，圍觀市民齊聲吶喊助威。日軍見二十九軍鋒芒熠熠，氣急敗壞，提出要在盧溝橋和豐台之間建造軍營，遭當局拒絕，日軍便加大演習力度，由虛彈變實彈，由白天到黑夜，演習越來越接近實戰，而又以演習為藉口，要求從宛平城內穿過，然後再跨越盧溝橋，得寸進尺，馮治安果敢命令宛平駐軍嚴厲拒絕其無理要求。同時命令：日軍若敢強行通過，不用請示軍令以強力制止。

日軍受阻，又耍老一套把戲，向冀察當局交涉。冀察當局再次妥協，允許日軍從宛平穿城而過。守軍將士氣得咬牙切齒，但礙於上峰命令不敢阻攔。一位穿城日軍軍官將路邊一棵幼樹碰折，駐軍當即揪住索賠。日官佐耍橫，見中國士兵眼瞪如銅鈴，市民怒目而視，這位官佐無奈拿出兩角錢賠償離去。中軍故意縱聲歡呼。

一九三六年底，日軍在華北舉行了一次規模空前的大演習，參加部隊近萬人，演習範圍達四萬平方公里，被強劃進演習的農田橫遭踐踏。一位採棉花的老農因不識標記，進入演習圈後被日軍開槍打死，滿地未熟的白菜、棉花被踐踏，晚熟的高粱被強行砍掉，農民欲哭無淚。北平城裡參加演習的日軍坦克，列隊出朝陽門時，有個十歲的小女孩喊了句「打倒日本帝國主義！」竟被日軍抓起來，扔到隆隆前進的坦克下活活軋死。

日軍凶狠殘暴的行為激起了北平市民的無比憤慨，全國民眾憤怒的浪潮迭起。二十九軍的官兵更是烈焰中燒，眼看著無辜的女童就慘死在自己的面前，卻不能復仇，士兵們恨啊，人人都摩拳擦掌想與日寇一拚。平津的抗日怒潮儼如山呼海嘯，而驕橫的日本駐華軍的法西斯分子們，也被激得惡向膽邊生，想藉此撕開裂口，全面燃起侵華戰爭烈火。華北已成為巨大的火藥桶，大規模衝突隨時可觸發。

就在這千鈞一髮的關鍵時刻，華北最高軍政長官宋哲元決定回故鄉山東樂陵縣修葺祖墓。臨行前，冀察行政及外交事務交給秦德純，軍事交給馮治安，然後飄然離去。

日方在軍事上壓迫，經濟上向宋哲元提出「中日經濟提攜」方案，核心是開放華北，日本帝國主義的本意無非是透過攫取華北資源，使「華北特殊化」的戰略目標獲得經濟基礎，進而把華北建成侵華的前沿陣地。宋哲元中計，幻想在自己的勢力範圍內發展能源、交通、工礦等現代化產業，以壯大實力，鞏固自己的小諸侯國。出於這種考量，宋哲元對日本提出的「經濟提攜」的要求，一度公開表示樂於接受，他曾對報界說：「余對華北之經濟振興，期望日本強有力之援助。」立刻招來各方壓力。宋開始認識到問題的複雜性和危險性。如果使華北淪為第二個滿洲國，將是民族的罪人。他態度曖昧起來。但「振興華北經濟」的目標十分誘人。宋哲元不甘心全部放棄，便指定張自忠、張允榮二人出面與日方談判，很快，雙方談成並立即付諸實施。

一、由日本「興中公司」與天津合作成立「中日合辦電業有限公司」，推張自忠任董事長。資金合股，實際中方的份額也由日本的「滿鐵」（日本國營鐵路企業）墊付。這實際上成為日方的獨資經營。後來，興中公司又陸續吞併了秦皇島、山海關等城鎮的七個小電廠，幾乎全部壟斷了天津周圍的電力。

二、簽訂了長蘆鹽輸出協議：冀察政權成立初期，就與日本談判輸鹽問題未果。日方利用中方有關官吏的貪婪腐敗，以低價大量收購了萬餘噸鹽，由冀東偽軍護送外運，天津港務局不敢收稅任其自由來去。協議簽訂後，日方三菱、岩井兩公司購鹽七萬噸，以相當中國國內售價幾十分之一的超低價結標，幾乎等於無償贈送。

三、締結了《中日通航協定》：早在《塘沽協定》生效之初，日方就迫使冀察政權與偽滿通車、通郵。隨後，日方要求談判與偽滿通航空，並很快達成意向。之後，宋哲元與日本駐天津總領事堀內干城正式簽訂了《中日通航協定》。在中國無一架飛機的情況下，這一協定出讓了華北的領空權，將華北的國防完全暴露在日本空中的監視之下。

第一槍：中日抗戰中的秘辛
第二十五回　黑雲壓城城欲摧　北平硝煙煙霧濃

　　除上述已付諸的項目外，日本方面還要求修改進出口稅率，收購華北棉花等等。讓宋哲元為難的是：日方要修建天津至石家莊的鐵路，要合作開發龍煙鐵礦。這是日本志在必得的有重大戰略意義的兩個項目。宋哲元料定南京中央政府絕不會同意。而日方步步緊逼糾纏、挖坑叫宋哲元往裡跳。

　　一九三七年三月十七日，華北駐屯軍田代皖一郎邀請宋哲元赴酒宴，酒席上施盡手段，逼宋哲元在已預備好的《中日經濟提攜協定》上簽字。宋被搞得昏頭轉向，終在繕本上簽了字。蔣介石知曉後大為惱火罵宋無知。宋哲元事後也是懊喪不已。為此，宋和馮治安約定：以後如果日本再請我赴宴，去後如平安無事就打電話回來，說：「我一會兒就回去。」若兩個小時接不到電話，馮治安就派兵將宴會場所包圍起來，以防日人再要挾。

　　宋哲元自從在繕本上簽字後，日本方面以此為據，幾乎天天派人上門催辦。北平各界對宋哲元此舉極為不滿，著名學者張奚若在胡適主辦的《獨立評論》上發表文章，批評宋哲元擅權，指責他「一切設施都朝著獨立或半獨立的方向走」，說宋「以特殊自居」。宋哲元對此頗為惱火，一怒之下，將此期刊物沒收封存，後來，懾於胡適的國際聲望，又退還回去。

　　日人的逼迫，眾人的責難，搞得宋哲元狼狽不堪，難於招架。思來想去他終於想起《孫子兵法》「走為上策」來。然後決定「返鄉修祖墓」。秦德純、馮治安全力勸阻，宋執意不聽。自己瀟灑而去，將這堆爛攤子放給了秦、馮二人，一住就是幾個月之久。

　　宋哲元的離去，對以後京津的局勢產生了重要的影響，這是他本人始料不及的。他的離走，讓馮治安一旦指揮權在握，便對日寇以牙還牙絕不手軟。在日本人眼裡，秦德純是「中央抗日派」，意即：秦既臣服於南京政府，又堅決抗日；而張自忠被劃為「知日派」；劉汝明、趙登禹是「地方抗日派」，只有馮治安被戴上一頂「頑固抗日派」的帽子。馮治安滿意這一稱謂，在國民面前應能抬起頭來。現宋哲元一走，軍事、外交操於馮治安、秦德純手中，兩個抗日派的作為，其後果如何？

　　宋哲元走前曾一再叮囑馮、秦二人以忍為上，他不相信中日之間會馬上爆發戰爭，因為南京蔣介石一直要求宋哲元忍辱負重，委曲求全，要他「苦

撐」，不要輕啟戰端。另外，日本國內政局從一九三七年初發生了變化，林銑十郎組閣，佐藤尚武出任外相，以新姿態展開「佐藤外交」，強調與中國「友好、親善」，一改過去咄咄逼人、動輒動武相威脅的蠻橫態度，對華北則主張「以諒解的態度、公正的態度來對待」，與此相應，日本軍方也主張「應改變對華政策，即以互惠互榮為目的，將主要力量投入經濟和文化工作中……不再進行華北分治工作」，等等。日本上層放出的這些柔和的五彩煙霧，自然給宋哲元一種和平有望的遐想，因此他對馮治安說：「南京和東京都沒有打大戰的準備，單是華北駐屯軍挑釁搗亂，只要忍一忍，讓一讓也就完了。」

對於日本高層的和平姿態，中國共產黨領袖毛澤東在延安一針見血地指出：「所謂『中日提攜』空傳和某些外交步驟的緩和，正是出於戰爭前夜日本侵略政策的戰術上的必要。」

秦德純找馮治安商討二人主政的要略，秦說：「宋告訴我兩件事：對日交涉，凡有妨礙國家主權領土完整者一概不予接受，為避免雙方衝突，但亦不要謝絕。」馮治安不語，他心中只有一個原則：「日寇來犯，以牙還牙！」

這正是：黃鼠狼與雞交友

狼子心欲蓋彌彰

第一槍：中日抗戰中的秘辛

第二十六回　「七七事變」第一槍　「反日元凶」馮治安

第二十六回　「七七事變」第一槍「反日元兇」馮治安

　　盧溝橋是建立在北平西南部永定河上的一座大石橋。永定河從崇山峻嶺的晉北一路奔瀉而下，過官廳山峽後流經北平地區，又東南行匯入海河後在天津入海。永定河屬季節性河流，冬春乾旱時涓涓一脈，夏季漲水時則奔騰洶湧，她攜帶大量泥沙、濁流滾滾，又稱渾河，渾河進入北平地段後始稱盧溝河。盧，黑也，盧溝意思即黑水，亦寓渾濁之意。盧溝河洪水季節奔突湍急，常導致泛濫改道，流域百姓飽受其害，又稱之為「無定河」。清代築起大堤以鞏固河槽，為圖吉祥，也為了區別陝西省北部的那條無定河，傳說是乾隆爺提筆命名為永定河。

　　金代定都北京，金世宗下詔在盧溝河上建橋。大橋還未動工世宗死，章宗繼位後才鳩工建造，歷時三年工成。賜名「廣利橋」。但民間都直呼為盧溝橋。

　　盧溝橋全長二百六十六點五公尺，由十一個長度不一的石拱組成。建造得精巧壯麗，堪稱古典橋梁建築的傑作。橋兩側的石欄杆望柱上，雕刻著千姿百態的石獅，或怒或嘻，或隱或伏，或如父負子，或如母哺兒，美不勝收。共有大獅子二百八十一隻；小獅子一百九十八隻；橋頭巨獅二隻；華表頂座望天吼四隻，總數為四百八十五隻，這個數字與宛平縣城牆的堆口總數及東西兩門的漚釘數恰好相符，真乃鬼斧神工。

　　壯麗的盧溝橋引得無數騷客題詠，風流天子乾隆乘興來此夜遊，正值皓月當空，水中月靜，乾隆被此美景所動，寫下了「盧溝曉月」四個大字，刻碑立於橋頭，「盧溝曉月」被列為燕京八景之一。

　　馮治安的同鄉，明朝左都御史、文學家馬中錫受權閹迫害被囚繫械送京師，過盧溝橋口占一律云：

　　檻車撼頓路坡阬，驛吏催程縣卒呵。

第一槍：中日抗戰中的秘辛

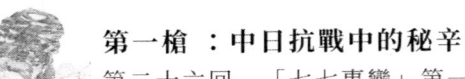

第二十六回　「七七事變」第一槍　「反日元凶」馮治安

敢謂士師囚管仲，自驚廷尉係蕭河。

鳳凰城近囂塵起，虎豹關嚴積雪多。

試問盧溝橋下水，何時水澧湧春波？

盧溝橋是北平西南的咽喉，戰略位置顯要。使之成為兵家必爭之地。宋、金、元、明都城都在這裡進行過血戰。民國直系軍閥就曾在此惡戰五晝夜，屍積如山，河如霞染。

盧溝橋和它身後的宛平城，是馮治安特別重視的守備地區，駐守在這裡的是三十七師一一零旅二一九團三營。一一零旅長何基灃、二一九團團長吉星文都是愛國抗日的血性男兒，而三營營長金振中更是位急先鋒式的抗日好漢。喜峰口大戰時，金振中脫光上衣掄刀衝入敵陣，將日寇搶占的煙筒山陣地奪回，受到馮治安的嘉獎。

宋哲元離開北平後，馮治安再一次檢查駐地防務。他首先視察駐守盧溝橋的三營。營長金振中匯報：「報告師座，我營是加強營。全營有四個步兵連，一個重機槍連，一個輕重迫擊炮連，總兵力一千四百餘人。全部在宛平城內外及盧溝橋周圍，重點則是守衛盧溝橋，請師長檢閱。」馮治安笑了笑，示意不要集合隊伍，還是深入到連隊，他要看看士兵的氣勢和裝備的保養，做到心中有數才能放心。金營長陪同馮治安檢查到重機槍連時，正值午飯，全連集合列隊，待飯挑落地，執勤連長高喊：「誰給我們種的糧？」齊答：「老百姓！」「誰給我們織的衣？」齊答：「老百姓！」馮治安高興，咱們西北軍的老傳統沒有丟呀！全連仍未立即開飯，又齊聲高喊：「寧為戰死鬼，不作亡國奴！」金振中報告說：「長城抗戰後，我營官兵在飯前和睡覺前都要高呼這兩句口號，是三營的魂！」馮治安聽了很高興道：「我們二十九軍要樹立昂揚的同仇敵愾精神，這比武器精良更重要！」

馮治安蹲下身來，和士兵一起吃了午飯，豬肉燉豆角、黃瓜片甩油湯，主食是白麵饅頭。臨走時，金振中再次請示如何面對日軍的挑釁，馮治安道：「平津是我國著名的大城市，也是我國政治、經濟、文化的中心，國內外人士甚為關注，若稍有處置不當，即會遭全國同胞唾棄，甚至使我軍無法生存。

但從好的方面說，平津地區不但能滿足我軍的開支，而且還能壯大實力，捨此，再難得此好機會，你們與日軍爭端，越往後推越好，望你好自為之。」金振中當即表示：「應本著師長的訓斥，以不惹事、不怕事的原則維持目前局勢，但若日軍硬攻時，必抱定與橋共存的決心，以維護本軍名譽和報答全國同胞。」馮治安連聲說了兩句：「好！好！」

一九三七年七月六日，宛平城下起了滂沱大雨，天色灰暗，守城士兵在雨中一絲不動目視左右，高度警惕。突然，他們發現一隊日軍在雨霧中軍姿整齊抵達宛平城下。日軍翻譯向中方守軍喊話：「我們是日本『皇軍』，剛完成盧溝橋軍事演習，要到長辛店繼續演習，需要從宛平城東門穿越，你們要打開城門放行！」中國守軍嚴詞拒絕，日軍見狀劍拔弩張，中軍守城連長急令全連士兵在城牆上列陣，做好隨時反擊的態勢。雙方怒視，氣氛甚為緊張。日軍在雨中相持了十幾個小時，傍晚，才悻悻退回豐台大營。

七月七日上午，日軍又到盧溝橋北側進行軍事演習，昨天穿城沒有得逞，今天更加氣勢洶洶，確有一觸即發之可能。何基灃見狀趕快給在保定政府的馮治安打電話報告，馮治安聞訊後立刻趕回北平，召集何基灃、吉星文等布置應變措施。他心裡有預感，中日雙方極有可能擦槍走火而釀成戰事，馮治安對何基灃說：「人若犯我，我必犯人，這是二十九軍一貫之原則。不要貿然開火。但若敵啟釁，就堅決還擊！」並令三十七師全部進入緊急戰備狀態。

下午，由隊長清水節郎帶領的日軍河邊旅團第一聯隊第三大隊第八中隊，開到盧溝橋西北的龍王廟附近，聲稱要舉行夜間演習。龍王廟有中國駐軍，日本選擇在中國駐軍的鼻子底下搞演習，其蓄意挑釁的目的可謂昭然於天。日落前日軍加緊構築工事，天黑後，近六百人的清水中隊開始向東移動，十時四十分，宛平城守軍突然聽到日軍演習位置響起一陣槍聲，剛入睡的宛平守軍立即起床奔赴各自崗位。清水節郎的部隊圍住了宛平城。日軍聲稱一日本士兵失蹤，名叫志村菊次郎，要求中國守軍打開城門放日軍進宛平城搜尋。日本駐軍首腦河邊正三旅團長不在北平，便由聯隊長牟田廉口也通報給駐北軍特務機關長松井。松井連夜向主政冀察政務的秦德純提出外交抗議，要求讓日軍立即進入宛平城內搜索。秦德純立即答覆：「盧溝橋是中國領土，日

第一槍：中日抗戰中的秘辛
第二十六回 「七七事變」第一槍 「反日元凶」馮治安

軍未經同意在該地演習，已違背國際法，侵害我國主權，走失士兵我方不能負責，日方不得進城搜查，致起誤會。」秦最後答應：「天亮後，由我軍警代為尋覓，如查有日本士兵即行送還。」松井聞言大怒，氣勢洶洶，聲稱日軍將以武力保衛前進，堅持進城。

此時，那位失蹤的士兵志村菊次郎已經歸隊。他脫離部隊二十分鐘大便去了。清水最初誤以為失蹤，便立即向上司報告，當得知士兵歸隊，這位清水節郎本應再次向上司報告，可這位日本官佐雖覺得這一挑釁失策，狂妄之心態讓他拒絕承認錯誤，仍以尋找失蹤士兵為藉口，包圍宛平城製造武裝對峙局面。他的這一舉動，也符合日本特務機關長松井的心意，藉機製造全面衝突。

馮治安得知宛平城事態後，立即與秦德純商酌。決定秦繼續和日本在外交政治上周旋，馮立即組織三十七師進入全面備戰狀態。馮治安急令吉星文嚴密戒備，準備應戰。一面又指示督察專員兼宛平縣長王冷齋立即查明情況回報。王冷齋連夜組織人力在城內查找，確證：中軍並無開槍之事，城內更沒有失蹤的日本士兵。

馮治安和秦德純查明情況後，聯名向在山東樂陵老家的宋哲元發電匯報。宋哲元半夜裡被此訊驚醒而不安，他披衣下床來回踱步思考，認為事態不至擴大，便回電指示：「秦、馮二位必須鎮定處之，相機應付，以免危局，吾不返回北平。」

秦德純知宋態度後，為防止事態急劇惡化，派遣王冷齋前往日本特務機關會晤松井，雙方商定：由中日各派代表前往宛平縣城內調查，候調查有結果再進一步談判解決辦法。中方派出冀察政務委員會魏宗翰及王冷齋等為代表；日方則派冀察綏靖公署顧問櫻井和日軍輔佐官寺平等為代表。七月八日凌晨，雙方代表驅車前往盧溝橋，路經豐台，日本聯隊長牟田口截住王冷齋等，要求進日本兵營面談，並以威脅口吻道：「事急緊迫，要求王冷齋『權宜處理』。」實際上，日方是想逼迫這一班文人立即簽署屈辱協議。不料王冷齋以「未經調查，何談處理」的正當理由給頂了回去。雙方繼續前行。沿途聽見日軍已開列陣勢，車抵宛平城東門一公里處，日方寺平又強令停車威

脅說：事態十分嚴重，來不及調停，要求中方駐宛平城東門之守軍向西門撤軍，由日方接管東門。王冷齋仍然嚴詞拒絕。寺平氣勢洶洶道：「此項要求係奉命辦理，勢在必行，請你見機而做，以免危險，十分鐘內如無解決辦法，嚴重事件立即爆發。」王冷齋一個文人縣長，此時面對敵人鐵陣，大義凜然，毫不畏懼，堅持必須先行調查，並指出：「雙方已有協議，先行調查而談判解決；你方竟然前後矛盾，萬一事態擴大，你們要負全部責任！」寺平見威脅不成，只好和王冷齋進宛平城談判。雙方還在爭執，城外迫不及待的日酋牟田口竟下令攻城，衝突急劇加溫。

營長金振中立即要通師長馮治安電話，急報宛平事態。馮治安早已怒火填胸，幾年來日寇欺中方軍民，屢挑事端，都因宋哲元態度忍讓。今宋遠離北平，「將在外軍令有所不受」，馮治安一朝權在手，便將令來行。他回覆金振中道：「日寇已在宛平城打響了第一槍，二十九軍不是吃素的，以牙還牙是我一貫之態度，打！還擊！」

盧溝橋北側的平漢鐵路橋，是進入北平的咽喉，極具戰略意義。金振中營一個排在那裡固守。日軍攻打宛平城的同時，為預防二十九軍大部隊從河西過鐵路橋增援，抽調第三大隊主力，由一木清直率領向鐵路橋撲來。金振中聞訊，急忙派出申仲明排前去增援，一木來到橋邊，申排長屹立橋頭迎拒。一木仍以搜尋失蹤士兵為藉口要求過橋。申仲明以嚴詞回絕。一木清直拔出手槍竟朝中國排長申仲明開槍射擊，申排長毫無防備，當即中彈殉國。中軍一見怒火中燒，頓時開火還擊。雙方立即展開了激烈的爭奪戰。中國守軍掄起二十九軍大砍刀衝向敵陣，前面倒下，後面跟上，前仆後繼與日軍進行肉搏。但我只有兩排兵力，敵眾我寡，加之火力裝備又遜於日軍，中國官兵只想殺敵，缺少戰略運用，結果陷入重圍，兩個排的士兵全部犧牲。日寇占領了鐵橋，但鐵軌之上，也留下了百餘具屍首分離、斷肢缺腿的屍體，中日雙方士兵的鮮血混染交融，順著鐵橋縫隙滴落在永定河中，河水泛起一片片殷紅。

馮治安作為二十九軍軍事負責人，嚴令部下：「盧溝橋即爾軍之墳墓，應與橋共存亡，不得後退。」同時，秦德純、馮治安、張自忠聯名發表聲明：

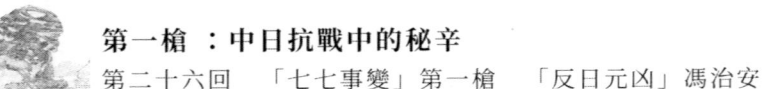

第一槍：中日抗戰中的秘辛
第二十六回 「七七事變」第一槍 「反日元凶」馮治安

「彼方要求我方須撤出盧溝橋城外，方免事態擴大。但我以國家領土主權所關，未便輕易放棄……倘彼一再壓迫，為正當防衛計，當不得不與之竭力周旋。」

日軍先發制人，向宛平城展開瘋狂進攻，一邊用大砲直轟城牆，一邊向城內盲目轟擊。中軍毫無所懼，沉著應戰。宛平城內居民群情激憤，百姓們不但沒有驚慌出逃，而且都爭先恐後為部隊運送彈藥給養。居民紛紛將家中的西瓜送到城頭，軍民肝膽相照、血火與共，那氣氛實在感人。

日軍原想以閃電進攻拿下宛平，結果事與願違。華北駐屯軍司令深知北平日軍兵力單薄，對付三十七師尚有難度，便急匆匆派遣步兵第一聯隊第二大隊、戰車一中隊、砲兵二大隊開赴北平增援。同時派森田向中方提出苛刻交涉條件，均被拒絕後，再次向宛平猛攻轟炸。城內民居多處中彈，專員公署辦公廳被轟成一片瓦礫。敵人調集多輛坦克攻擊宛平城東門陣地，往復衝鋒，都被中軍擊退。

這年夏季北平多雨，七月八日又是大雨滂沱，中軍將士在雨中堅持戰鬥，限於裝備簡陋，戰鬥打得十分艱苦，但士兵們鬥志高昂，宛平人民以極大的熱情支援三十七師抗敵。

馮治安從日寇打響第一槍開始，一直蹲在司令部指揮。一刻也不敢離開崗位。除三十七師師部外，他不斷來往於前線親臨視察，馮治安聽完何基灃、吉星文的匯報後，親授機宜。無論他走到哪裡，都只說一個字：「打！」

馮治安是個不怕事的將軍，但他畢竟不是二十九軍的統帥。今天宛平城戰事激烈，又超出宋哲元所定的原則，為了督促宋軍長回北平，馮、秦二人商議，又派出鄧哲熙親自去山東樂陵催請。宋哲元聽完匯報，仍然認為不會打起大戰，遲疑不作歸計。只向馮治安發了一個電報：「撲滅當前之敵。」含義則為：只打當前之敵，不要擴大打擊面。直到七月十一日，他才離開老家，到了天津三十八師張自忠部駐地。

馮治安接到電報心中有底，那當前之敵就是奪平漢鐵路橋之日寇。鐵橋丟失，使二十九軍處境非常不利。馮治安指示金振中奪回鐵橋，金營長大喜，憋悶的恥辱之氣頓然消失。他挑選了百餘名敢死隊隊員，決定親率夜襲日軍。

當夜，烏雲沉沉、細雨霏霏，金振中命令宛平城守軍關閉燈火。從城頭垂下繩索，百名敢死隊隊員悄無聲息攀繩而下。隊員們只攜帶手槍和大刀片，緊跟營長一路蛇行虎伏。漆黑的雨霧掩護敢死隊神不知鬼不覺來到日寇營盤外面。日軍哪裡想到中國軍隊竟敢夜雨摸營，毫無防備。金振中一聲口哨，百位神兵從天而降，大刀挾風帶電劈殺過來，酣睡的日軍驚醒過來已人頭落地。什麼武士道精神，日兵東逃西竄均被大刀逼回，有的乾脆跪地求饒，肉搏戰進行得十分順利。等日軍從驚恐中集結成軍時，已有百餘名日寇成了刀下之鬼。

敢死隊奪回鐵橋後立即加固陣地，日軍組織多次反撲均被頂了回去。戰鬥打得異常激烈。鐵橋籠罩在血雨腥風之中。敢死隊傷亡慘重。黎明時分，一顆砲彈落在營長金振中身邊，金營長的大腿被炸得血肉模糊，士兵們欲將營長背下陣地，金振中大罵：「混蛋，你們的任務是打退眼前的日寇，因我而失陣地，軍法從事！」吉星文團長率後援部隊趕到，他下死命令並煞費周折才將金振中拖下鐵橋。

馮治安一夜沒有闔眼，親自安排將金振中送往北平野戰醫院。此時的北平城，早已沉浸在夜襲鐵橋的勝利喜悅之中。三十七師收復陣地，扭轉了中軍被動局面。更重要的是，自長城抗戰以來，中國人需要這樣的勝利消息。夜襲鐵橋成功，極大鼓舞了北平人民及中國人民抗日的決心。

盧溝橋事變發生後，全中國報紙及其他媒介以最顯著位置報導事態變化。盧溝橋一下子變成了中國人民心目中最關注的聖地。北平人民以空前高漲的熱情表示對三十七師官兵崇敬和支持，讚揚三十七師師長馮治安果敢還擊的愛國主義精神。北平的中國共產黨地下組織，動員各抗日救亡團體紛紛行動起來，冒著生命危險到前線慰問將士，各大學均自動停課，學生們紛紛走上街頭，募捐、演說、參與情報傳遞及戰地服務工作，女學生們紛紛加入救護工作的隊伍，為傷員餵藥包紮。窮苦的磨刀匠們，也趕赴前線為戰士們義務

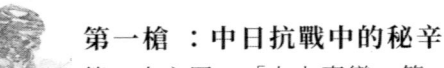

第一槍：中日抗戰中的秘辛
第二十六回　「七七事變」第一槍　「反日元凶」馮治安

磨刀，拉黃包車的車夫義務運送傷員，甚至二十九軍的軍人在店鋪中購買日用品而不收錢。三十七師的將士們面對如潮的愛國群眾，個個激動萬分。馮治安走在街上，又找回了長城抗戰的感覺來，北平的大街小巷，到處都張貼著標語，到處都爆發出一陣陣同胞們的呼喊：「誓死保衛盧溝橋！」「打倒日本帝國主義！」

復奪鐵橋的勝利，激起全國一片喝彩，許多著名的學者、文人也滿懷激情，或著文，或賦詩，表示對衛國將士的敬意。年輕的作曲家麥新從宛平前線回到家中，他按捺不住一腔熱血，以激越的旋律，譜寫了一首撼人心弦的歌曲《大刀進行曲》，為二十九軍的壯舉插上了飛翔的翅膀，立刻在中華大地傳唱。歌中唱到：

「大刀向鬼子們的頭上砍去！

二十九軍的弟兄們

抗戰的一天來到了，抗戰的一天來到了！

……」

這首歌的問世，成為中國軍民抗日戰爭中鼓舞鬥志的號角，發揮了巨大的精神力量，原歌詞屢經改唱，「二十九軍的弟兄們」被「全國愛國的同胞們」所代替。

第二天，即七月八日，中共中央向全國發出通電，電文說：

「全國的同胞們：平津危急！華北危急！中華民族危急！只有全民族實行抗戰，才是我們的出路！我們要求立刻給進攻的日軍以堅決的反擊，並立即準備應付新的大事變。全國上下應立即放棄任何與日寇和平苟安的希諒與估計。

全中國同胞們：我們應該讚揚與擁護馮治安部的英勇抗戰！我們應該讚揚與擁護華北當局與國土共存亡的宣言！我們要求宋哲元將軍立刻動員全部二十九軍，開赴前線應戰，我們要求南京中央政府立刻切實援助二十九軍，並立刻開放全國民眾愛國運動，發揚抗戰的民氣，立即動員全國海陸空軍準

備應戰，立即肅清潛藏在中國境內的漢奸賣國分子及一切日寇偵探，鞏固後方。我們要求全國人民，用全力援助神聖的抗日自衛戰爭，我們的口號是：

武裝保衛平津，保衛華北！

不讓日本帝國主義占領中國寸土！

為保衛國土流最後一滴血！

全中國的同胞們，政府與軍隊，團結起來，建築民族統一戰線的堅固長城，抵抗日寇的侵略！

國共兩黨親密合作，抵抗日寇的新進攻！驅逐日寇出中國！」

盧溝橋戰事爆發後，全國民眾自發募捐錢物，各地慰勞團體紛紛派代表來北平，盧溝橋竟呈現一派萬眾雲集的節日盛景，各地記者蜂擁而來進行採訪，馮治安深感人民、民族之大義，但他素來不喜出頭露面，便委派何基灃接待各界人士，自己仍舊全力投入到軍事指揮中。

人民的支持、讚揚，大大鼓舞了三十七師及二十九軍的士氣，參戰者決心以身殉國，未參戰者則摩拳擦掌，駐天津、張家口兩個師的官兵紛紛請戰，恨不得早日與日寇一拚。

七月九日，何基灃向馮治安建議：趁中軍士氣正盛，敵人又未能來得及補充大量兵員之機，中軍集中優勢兵力，一舉端掉豐台日軍大營，全殲駐北平之敵。馮治安欣然同意。正在此時，日方忽又提出談判要求，願意「和平解決」爭端。冀察方面立即同意。雙方遂各派代表開始談判。天津方面，張自忠也和華北駐屯軍方面舉行以「和平」為主題的會晤。

北平的談判很快就達成協議，雙方商定：一、停止射擊；二、日方退回豐台，中方撤至盧溝橋以西；三、由冀北保安隊接防，協議雖然談成，但由於日方不答應，只算口頭生效。

張自忠從天津打電話給何基灃，詢問北平形勢，何告訴張：已與馮治安師長議定進攻豐台。張自忠一聽表示反對，但張自忠礙於何是馮治安的部下，便撇開何，直接和秦德純通電話申明他的意見，秦便以軍部名義下達了「只

第一槍：中日抗戰中的秘辛

第二十六回 「七七事變」第一槍 「反日元凶」馮治安

許抵抗，不許出擊」的嚴令。命令還說：「撤兵辦法已商妥，不得妄自進攻。」這道嚴令，實質是對馮治安準備收復豐台而下的。白紙黑字不是嘴上會氣，馮治安被捆住了手腳而毫無辦法。二十九軍從戰略上陷入了被動。

　　二十九軍連同保安部隊，約有十萬之眾。綜合兵力大大優於日軍，日軍只有大量增兵才能應付，但增兵需要時間，為此，日方才虛假地提出談判撤軍，這一招「明修棧道，暗渡陳倉」之計，馮治安心裡十分清楚。今天不打豐台日軍大營，二十九軍將面臨一場大難。日本為拖住戰局不再發展，迅速調運兵力，談判三小時後，日軍又向宛平城開槍。中方質問，日方竟說是開槍為了掩護日軍撤退。

　　奉命來宛平城接防的保安部隊二百人急赴盧溝橋，當他們路過大井村日軍軍營時，又遭日軍開槍阻截。幾經周折，日軍才放行。結果，十五公里的路程走了整整一天。次日凌晨，保安隊進城後，便和二十九軍金振中營換防。保安隊開鍋做飯時，城外日軍又開槍射擊。天色大亮，保安隊登上城樓張望。日軍並未按協議撤走，反而架起直指城池的炮位，擺出了進攻態勢。

　　七月十日上午，應日方之議，雙方在秦德純私宅會談。中方出席的是秦德純、馮治安、王冷齋、何基灃，日方出席者竟沒有一位能代表日本軍部之人。日方櫻井提出要中方撤掉有關指揮官，並向日方賠禮道歉，被馮治安嚴詞拒絕。櫻井見狀，以接電話為由，竟不辭而別，會議尷尬收場。

　　就在日方翻雲覆雨、邊談邊打的同時，其大量正規軍及輜重已源源不斷向盧溝橋開來。從天津到北平。把持鐵路大權的漢奸陳覺生，一路綠燈對日軍放行，步兵車輛在公路上也暢通無阻。連日淫雨，道路泥濘。日軍裝甲車行經楊村二十九軍三十八師駐地前，有一輛陷入泥潭不能開行。中軍士兵早就想與三十七師一樣和鬼子一拚為快，見日軍就在眼前，恨不得立即撲殺過去，駐軍指揮官見氣氛緊張，怕士兵鬧事，忙向天津三十八師打電話報告，三十八師副師長李文田聽了氣急敗壞地說：「你們快快找車，把日本的車拉出來快快讓他們走。免得惹出事來！」中軍士兵聽說上峰要他們幫助鬼子拉車，個個義憤填膺，所有士兵抗命拒絕執行，長官見狀躲了起來。最後，日本軍車自行解決，一走了之。

華北日軍一邊積極備戰，一邊向本國內閣報告，故意誣稱中國軍隊殺了許多「皇軍」，以激怒內閣。果然，內閣聞報一片譁然，很快形成了兩派，一派主張透過談判解決，不使之成為導致戰爭的導火索；一派則喊殺連天，認為這是征服中國的「千載難逢的良機」，主張立即「給予一擊」，「利用這一事件推行治理中國的雄圖」。

　　「七七事變」的始作俑者清水節郎呈報是中國駐宛平守軍開的第一槍，責任不在日本方面，他在筆記裡這樣寫道：

　　「我站起來看了一下集合情況，驟然間假想敵的輕機槍射擊起來，我以為是那邊部隊不知道演習已經終止，看到傳令兵而射擊起來了。可是，我方的假想敵，好像對此還沒有注意到，仍然進行射擊，於是，我命令身旁的號兵趕緊吹集合號。這時，從右後方靠近鐵路橋的河堤方向，又射來十幾發子彈，回顧前後，看到盧溝橋的城牆上和河堤上有手電似的東西一亮一滅（似乎打什麼信號），中隊長正分別指揮逐次集合起來的小隊做好應戰準備的時候，聽到一名士兵行蹤不明的報告，就一面開始搜索，一面向豐台的大隊長報告這種情況，等待指示。」

　　日本內閣堅信盧溝橋第一槍為中國軍隊所為。其實，日本駐華屯軍部蓄謀已久，是有計劃有步驟推進其侵略擴張的意圖。清水節郎的日記為其事後推卸責任提供了「依據」。

　　日本內閣兩派爭鬥之後，七月九日，還是透過了所謂「不擴大」的方針，條件是中國必須道歉、處罰事件責任人、中國軍隊必須撤退。內閣把處理權交給華北駐屯軍執行。華北日軍還處於狂熱的法西斯驕橫之中，他們利用執行這一權力的時機，向中國軍方加碼加壓，立即就遭到執掌軍務的三十七師師長馮治安義正詞嚴的拒絕。華北日軍又調過頭向內閣報告說，中國軍方態度強橫，藉以火上澆油。馮治安再次被日軍戴上了「頑固抗日派」「反日元凶」兩個鐵帽子。馮治安對此十分欣慰，能得此殊榮，不愧為中國軍人之稱謂。

　　這正是：盧溝橋烏雲掩曉月

　　宛平城鮮血築堅強

第一槍：中日抗戰中的秘辛
第二十七回　激戰廊坊續延輝煌歷史篇　佟麟閣趙登禹血寫殉國章

第二十七回　激戰廊坊續延輝煌歷史篇　佟麟閣趙登禹血寫殉國章

　　七月十一日，日本政府發表《關於向華北派兵的政府聲明》。聲明狡辯說：派兵是因為中國軍方的「不法行為」而引起的，派兵目的是為了「維護東亞和平」，是為了使「中國對不法行為，特別是排日侮日行為表示道歉，並為會談不發生這樣的行為採取適當保證」。

　　緊急聲明之後，日本軍方發布命令，數十萬海陸空軍立即浩浩蕩蕩向中國的山海關、天津、唐山等地開進。這一重大軍事行動，徹頭徹尾撕下了所謂「不擴大」的偽裝，盧溝橋事變終於成為日本全面侵華戰爭的起點，一場不宣而戰的戰爭已經拉開了血幕。

　　還是七月十一日這天，姍姍來遲的宋哲元終於從山東樂陵老家到達天津。對宋哲元的出場，無論是秦德純還是馮治安都立即恢復了俯首聽命的部屬角色，秦的外交決策權，馮的軍事決策權也隨之而不復存在。二十九軍上層內部，還出現了一種極其荒誕的說法：「馮治安的軍事決策權，造成了今天日寇華北增兵的局面，第一槍的責任，確應由這位『反日元凶』負責！」宋哲元一副鐵青面孔，一言不說。

　　此話傳到馮治安的耳朵裡。馮治安的臉色鐵青，他對秦德純說：「什麼是『第一槍』？」如果說僅僅限於日本人所說的『中國軍人不法射擊』的話，那麼，日寇在中國搞了多少次『第一槍』，不說『九一八』事變，單說北平的『不法射擊』無法計數。『豐台事件』就是顯例。不同的是，那麼多次的日軍『第一槍』是因為我們二十九軍的隱忍退讓滿足了『皇軍』的征服欲和自尊心，才使得事件平息未釀成全面戰爭。我們的自尊心何在，中華民族之自尊何在！」秦德純給馮治安沏了一杯茉莉花茶，放在馮的面前，拍了拍馮的肩膀說：「仰之老弟，不要激動，不要說這『第一槍』不是我軍先開的，就算是我軍先開的，在中國的土地上，打響反侵略的第一槍何罪之有？如果說軍座不回山東，當然不會是今天這樣的局面，華北小政府依舊牢固。可老

第一槍：中日抗戰中的秘辛

第二十七回　激戰廊坊續延輝煌歷史篇　佟麟閣趙登禹血寫殉國章

弟有了指揮權，不再受制於軍座，才改退避的故態，挺起身軀與之抗爭的。咱們二十九軍在北平人民心中才有了如此之讚譽。只是在軍座面前，要理性匯報，該檢討的還是要檢討的。」

馮治安氣稍平後道：「軍座回老家修墓，本質上是逃避日方糾纏，如果他不是離開北平，可以斷定，他仍會以退讓求和平，『以柔克剛』，將衝突平息下去。這一點我是堅信不疑的。」秦說：「是啊！可他偏偏躲了，你馮仰之是誰，日本說你是一位『頑固抗日派』的將軍，早想與他們一決雌雄，如今權力在握，遇上日軍挑釁，你自然不會屈辱求全，結果，衝突自然加溫升級了。」秦德純的一番話，讓馮治安心裡亮堂了許多。當然，馮秦二人誰也沒有料到，正是因為宋哲元的逃避，「七七事件」會由此爆發並影響中國歷史進程的八年抗日戰爭。

宋哲元到天津，他既不相信蔣介石會抗日，也不相信日本政府會發動全面侵華戰爭，仍然認為只要做些退讓即可像過去一樣了結。當晚，由秦德純和日本代表松井簽署了《盧溝橋現地協定》（亦稱秦松協定），協定中道：中方道歉，處分責任者，三十七師撤出盧溝橋，改由保安隊維持治安以及取締共產黨、藍衣社等等，中方態度明顯軟化。

七月十二日，增派的日軍已經源源開抵天津，宋哲元自然對報社說：「此次盧溝橋發生事件，實為東亞之不幸，局部之衝突，猶如不幸中之大幸……余向主和平，愛護人群，絕不願以人類作無益社會之犧牲。」全國人民，特別是平津人民，原本盼宋哲元回平津主持抗戰，讀了他的談話，猶如一盆冷水澆在滾燙的火爐之上，期望灰飛煙滅。

正在這緊要時刻，日本華北駐屯軍司令官田代皖一郎病危，陸軍省派香月清司接任。七月十二日，香月到達天津，便發布了第一道命令，駐華日軍作好適應全面對華作戰的準備，叫囂要對傷害大日本帝國威信的中國軍隊發起懲罰性的討伐，矛頭直指二十九軍三十七師，直指「抗日元凶」馮治安。香月清司的登台，加劇了局勢的惡化。

宋哲元一到天津，便受到漢奸及親日分子陳覺生、齊燮元、潘毓桂等人的包圍，這幫民族敗類先從日本特務機關處領受機宜，再向宋哲元「痛陳利

害」，搞得宋方寸大亂。馮治安遠在北平，又深知宋對自己已有成見，他勸秦德純去勸告軍座，不要落入日偽圈套。秦也不敢赴津去說。日本軍方更加急施壓，向宋哲元提出七項要求，作為談判的基礎。包括：罷免排日要人，撤除一切排日團體，取締民眾抗日運動及排日言論，取締一切排日教育，中國軍隊撤出城外等，面對日軍這些苛刻無理要求，宋哲元竟表示原則上無異議，只希望延續實行。隨後宋指派張自忠、陳覺生等與日方會談，雙方很快談定：中方立即撤兵，取締抗日分子，處罰盧溝橋守軍營長金振中，將馮治安連同三十七師調離，換三十八師接防，向日方道歉。中方改動的條款只有一項：道歉者從日方要求的宋哲元改為秦德純。

宋哲元回到天津就參與了這齣低三下四的談判，日方卻在桌子下面抓緊了調兵遣將。並且制定出第一期作戰計劃。這一計劃的核心是：「一舉擊敗抗日意識最為強烈的馮治安第三十七師。」馮治安不顧軍座白眼，趁宋哲元在津羈縻，他卻在北平積極主持城防。命令在所有戰術位置都築起碉堡、街壘等防禦工事，宋哲元的「只許死守陣地，不許主動出擊」的命令，在馮治安心中，仍然是以牙還牙，但凡三十七師遇有日寇挑釁仍勇猛反擊。至於戰略上的攻防準備，馮治安卻是有志難酬。宋哲元一直沒有正式制定過針對日軍侵略的攻防戰略，倒是在崇儒讀經上傾注了不少熱情。馮治安對秦德純說：「軍座在『文治』上下的功夫遠遠超過了『武備』。咱二十九軍下級軍官讀四書耗費的時間不比讀兵書少呀！如今軍座又開展『拯救和平』的談判，簽署協定，我馮仰之雖然心急如焚，卻無力回天。」秦德純這次並不答話，一笑了之。

南京政府也看出平津幕後暗藏殺機，七月十六日，何應欽致電宋哲元：「爾等近日似乎均陷入政治談判之圈套，面對軍事準備頗現疏懈。」他建議宋：「明面談判，暗中作軍事準備，制定妥善作戰計劃，以免敵人大兵入關，邇時在強力壓迫之下，和戰皆陷於絕境。」

馮治安獲悉，心裡十分高興，他佩服何應欽的這一正確判斷，希望看到宋哲元之態度有所轉變。可宋只把何的建議當作馬耳東風，馮治安心裡明白，此時的宋哲元，只是想保住地盤，保住冀察這塊小政權，其他俱不遑顧了。

第一槍：中日抗戰中的秘辛

第二十七回　激戰廊坊續延輝煌歷史篇　佟麟閣趙登禹血寫殉國章

七月十九日，宋哲元由天津回到北平。

宋哲元抵北平後，馮治安的一張熱臉就遇上了軍座的冷屁股。過去馮治安是宋哲元的第一愛將，號稱「趙子龍」。而今宋面對馮滿懷怨憤，卻又有口難言，在宋看來，鬧成這樣不可收拾的局面，就是因為你馮治安小不忍亂了大謀。你馮治安只顧當英雄好漢，捅了偌大漏子，眼看危及冀察大局，打碎了一個有權、有威、有榮華富貴的半獨立王國。但是，若責怪馮治安抗日，話又說不出口。馮治安理解宋哲元此刻的心情，但他實在不願意承認抗日有錯。因此，在宋的面前也緘口不語。宋見馮如此，索性不理睬他，凡事只和秦德純商議。

馮治安與宋哲元之間由此埋下了深深的積怨。

宋哲元抵平前的七月十六日，日方再次向宋提出新的條件，規定：宋哲元親自道歉；罷免馮治安；處罰責任者；撤退八寶山附近的駐軍等等。並規定最後限期為七月十九日。如中方接受上述條款，必須由宋哲元親自簽字生效。

宋哲元為了表示和平誠意，一面向日方表示須向中央請示，一面採取了順應日方要求的措施，命令馮治安師和趙登禹師換防。七月二十日上午，他又向報界發表公開談話，聲稱：「本人嚮往和平，凡事以國家為前提，此次盧溝橋事件之發生，絕非中日兩大民族之所願，蓋可斷言。甚至中日兩大民族彼此互讓，彼此信任，彼此推誠，促進東西之和平，造人類之福祉。哲元對此事之處理，要求合法合理之解決，請大家勿信謠言，勿受挑撥，國家大事，只有靜候國家解決也。」

宋哲元又召開了二十九軍高級將領會議，分析當前局勢。馮治安及副軍長佟麟閣立刻形成了主戰派。宗旨是以攻為守。馮治安發言道：「喜峰口戰役中和日軍較量過，即使我們裝備可憐，一把大刀、幾顆手榴彈，幾乎是靠將士們的血肉之軀，就能將日軍的坦克制住。現在，我們的裝備比那時不知要好了多少倍，士氣高昂，民眾支持，完全有條件和日軍拚個高低，早晚都是要打的，晚打不如早打。」佟麟閣雖然手中無兵，但他態度鮮明地支持馮

治安。另一派不同意主動攻擊，認為和談之門尚未關死，不宜給敵人以口實，主張以退為守，兩派爭得面紅耳赤。

宋哲元默默聽著爭論，最後他說：「既不以攻為守，也不以退為守，我們還是以守為守吧！」

馮治安聽完，心中極為不滿，過去從未有過對長官的反省心態驟然而生。一味求和必釀大災。他抬頭看了看佟副軍長和兄長張自忠。二人均低著頭不言語。馮治安心裡嘆了一聲，他知道，二十九軍內部的任何人，都不敢和剛愎自用的宋哲元爭論。

果不出意料，日軍不因宋哲元發出的「誠意」而收斂。七月二十日，他們再次用重炮轟擊宛平城。吉星文團率軍死守。子彈擊中吉星文頭部負傷。他堅決不肯退下火線，仍指揮抗敵。與此同時，長辛店等地也遭日軍襲擊，中方守軍早已憤怒在心，將士殺紅了眼，英勇守衛，日寇均未能得逞。可所有城防部隊都在執行宋哲元的命令，只能停留在被動防守的狀態。

華北戰雲滾滾，風及全國。南京的蔣介石早就坐臥不安。各界請戰信函雪片一樣紛紛落在他寬大的辦公桌上，要求抗戰的吶喊聲灌滿了蔣介石的耳朵。他檢討自己過去要求前方「應戰而不求戰」的曖昧態度，於七月十九日，在廬山邀請了教育、文化、新聞等著名人士百餘人聚會，發表了廬山講話，首次以較強硬的口氣表明了抵抗侵略的嚴正立場。他說：「如果戰端一開，就是地無分南北，人無分老幼，無論何人皆有奪土抗戰之責任……若放棄尺寸之地與主權，便是中華民族的千古罪人。」會後，蔣介石邀請應邀來廬山的中共代表周恩來等人會談，表明堅持國共合作、共禦外侮的立場，隨即開始了全盤的軍事部署。

蔣介石的講話，對全國是個極大的鼓舞，也引起了國際上普遍關注。但宋哲元並未因講話而改變求和之初衷，仍然黏在談判桌上，並命令部下拆除馮治安在北平的防禦工事。蔣介石密電宋哲元不要拆除，但蔣委員長之令已成了馬後砲。

第一槍：中日抗戰中的秘辛

第二十七回　激戰廊坊續延輝煌歷史篇　佟麟閣趙登禹血寫殉國章

　　日本內閣採取了欺騙國際輿論的做法，談判桌上嚴肅認真，談判桌下猙獰之面目早已撕下偽裝，大舉侵華的血幕事實早已拉開。

　　七月二十五日，一列日本軍車開進廊坊火車站停下。隨後，日軍下車以檢修電線為藉口，蠻橫占領了車站，中方駐守廊坊二十九軍三十八師的代表與之交涉，並告誡他們只許在站內活動，不許出站，日軍根本不予理睬，還派出百餘人出站構築工事，態度極為驕橫。中國士兵氣急之中，一位叫王春山的士兵忍無可忍，推開守軍長官，號令向走出站外的日兵開火。王春山的舉動，立刻得到了士兵的擁護，五挺機槍在王春山的號令下立即開火。戰鬥瞬間打響，日寇毫無防備，他們怎能料到中國士兵竟敢向「皇軍」開火。中軍攻勢凌厲，敵軍傷亡纍纍，只好龜縮回列車車廂裡負隅頑抗，等候援軍。眼看著全殲日寇就在方寸之間，三十八師來令：不准主動攻擊，聽候調解，結果失去戰機。

　　日軍不等調解，二十六日凌晨，車站外千餘名日軍在飛機數十架助戰下，向中軍發起猛攻。中軍雖英勇反擊，但畢竟已失去有利條件，傷亡慘重，最後不得不放棄廊坊，撤至安次縣。將士們氣得捶胸，明擺著能打勝的戰役，只因上峰的不出擊政策，以中國士兵的鮮血代價，而換來了一次失敗。

　　三十八師崔團長不服，一定要奪回廊坊。他趁敵驕恣之際，組織兩個營兵力的敢死隊，仍舊採取二十九軍的傳統戰法，以夜戰、近戰制敵。

　　二十七日午夜，敢死隊悄悄靠近廊坊。兩營勇士分頭包圍站內站外日軍營地，他們個個手持大刀片，隨一聲劃破夜空的口哨聲，猛虎下山一般衝入敵營。霎時，刀光閃爍，熱血飛濺，殺聲震天，哭聲連片，睡夢中的日寇做了刀下之鬼。敢死隊利用熟悉地利之便，東進西退，專打日寇薄弱之環節，徹底壓倒了日軍之瘋狂氣焰，激戰一小時，殲滅數百人。

　　廊坊之戰是盧溝橋事變以來戰果最輝煌的一戰，蔣介石抗日決心日益堅定，他向華北派出四個增援師後，又派出參謀長熊斌祕密到達北平，親向宋哲元授其抗戰之布置，並補充給二十九軍三百萬發子彈。熊斌之來，打消了宋哲元對蔣介石的諸多疑慮，又見日軍根本無誠意和談，遂堅定起守土抗戰的決心，對日態度驟然強硬起來。

七月二十五日，三十七師何基灃旅在馮治安的授意下，向豐台日軍營發動猛攻。官兵們多日積鬱的心頭怒火一下子傾瀉而出。日軍疏而不備，被打得收縮在大營南端的一隅，死守待援。北平人民得知豐台被中軍收復，欣喜若狂，市民紛紛湧向街頭燃放爆竹。鞭炮的轟鳴聲與激烈的槍聲交織成一片，全城儼然成了一個千軍萬馬的戰場，驚得日本僑民不敢出屋。

天津日本駐屯軍司令部接到豐台求援電報，立即組織增派援軍，乘火車直奔北平。由於宋哲元沒有組織採取阻斷鐵路的措施，日軍居然一路順暢開抵豐台，日軍下車後，發起對中軍的攻擊，龜縮南側的日軍也發起反攻，何基灃旅在傷亡重大且十分疲憊的情況下，經不住前後夾擊，不得不撤出豐台而前功盡棄。

七月二十六日，日軍又五百餘人乘汽車開抵廣安門，謊稱是駐華使館衛隊演習歸來，企圖強行進城，中軍識破日軍奸計，關門拒納。日軍立刻就擺出了攻城架勢。守軍連長見狀恐怕吃虧，故施一計，便慢慢開啟城門放日軍進城。日軍不知道是誘敵深入之策，便洶湧而入，當他們卡在城門口窄處時，連長居高臨下命令士兵突然開火，日軍擁擠又無法仰面射擊，立馬就被飛來的子彈打倒在地，死傷甚重，餘者倉皇退去。

七月二十七日，宋哲元終發表了守土抗敵的通電。日本駐屯軍司令部也隨即向二十九軍發出最後通牒，限即日撤出北平，否則「絕不寬恕」。此時，日軍的整個戰略部署已按計劃完成，而二十九軍在宋哲元一直追求和平解決的前提下幾乎沒有任何準備，等決心拿定時又為時已晚，結果在自己的地盤上讓日寇占盡了地利。

日軍開始進攻，先後攻占了通縣、團河後，向二十九軍原軍部營地南苑展開猛攻，南苑雖是咽喉，但無重兵防守，馮治安三十七師悍兵都已被換防。只有工、交、後勤、醫院及少量騎兵、砲兵、特務兵種組成。總兵力共七千餘眾，難於形成強大的戰鬥力。南苑還有一個學生軍訓團，是剛由平、津及河北等地招收的中學生及愛國青年組成的。由副軍長佟麟閣出任團長，張壽齡任教育長。這些熱血青年滿懷鐵血報國之志，在軍訓團中接受訓練，準備好他日喋血沙場。然而，這些學生既無實戰經驗，又無應付大規模戰爭的戰

第一槍：中日抗戰中的秘辛

第二十七回　激戰廊坊續延輝煌歷史篇　佟麟閣趙登禹血寫殉國章

略戰術準備，加之南苑地勢平坦、無險可憑，營區未修築防禦工事，情況十分危險。

七月二十八日黎明，日寇四十架飛機突然向南苑陣地狂轟濫炸。臨時搭建的戰壕、掩體即刻煙塵翻滾，營房起火，烈焰升騰。南苑各部的聯繫驟然中斷。而日軍在飛機的掩護下，以優勢兵力發起猛攻，中軍戰士英勇還擊，無數新兵倒在血泊之中而無人放棄陣地。

馮治安得悉南苑遭受攻擊，知道佟麟閣手中無兵，即向宋哲元請示道：「南苑難守，為避免學生兵們無謂犧牲，應從南苑撤回北平城裡。」宋哲元同意，但因通信已被切斷，命令沒能及時傳達到佟麟閣、趙登禹指揮部。馮治安立派通信兵騎馬疾馳南苑，待趙登禹、佟麟閣接到撤退命令時，為時已晚，日軍已形成對南苑的鉗形包圍，官兵在塌陷的工事間作戰，有的完全裸露在敵人面前。兩千多名學員，這些剛剛邁出校門的青年學生，稚氣未脫、一腔熱血、萬丈豪情，不料未及畢業就遭遇此惡戰，青年們個個奮勇，卻毫無實戰經驗，結果死傷纍纍，犧牲者達千人以上。

佟麟閣、趙登禹也被隔斷，無法組織有效突圍撤退。佟麟閣命令自己的衛隊將分散的官兵集結在大紅門一帶，然後進入玉米地的青紗帳中向北平摸索前行。途中與敵軍遭遇，佟麟閣率眾反擊，無奈敵眾我寡，激戰中佟副軍長腿部中彈，包紮中又被空中飛來的敵機轟炸，佟麟閣將軍再次中彈壯烈犧牲，終年四十五歲。

佟麟閣，河北高陽縣人，幼年曾讀私塾，後投筆從戎，參加馮玉祥部隊，一九三三年，參加抗日同盟軍，壯志未酬一度隱居。後接受馮治安等聯名相邀，到二十九軍任副軍長職，其為人誠篤嚴謹，受到全軍敬重。

幾乎與佟麟閣犧牲的同時，一三二師師長趙登禹指揮南苑官兵撤退至大紅門玉帶橋，突遇日寇伏擊，左臂中彈仍帶傷指揮突圍，激戰中又多處中彈而壯烈殉國，時年三十七歲。

趙登禹，山東菏澤人，十五歲投入馮玉祥部，長期擔當警衛職務，因其英武矯健、武功甚好，有「打虎將」雅號。二十九軍建立後，出任一三二師

師長。趙登禹多年與馮治安共事，馮治安既是兄長，又是上峰，二人交情深厚。其為人坦蕩忠直、胸襟磊落，甚為宋哲元、馮治安器重。

南苑慘敗，佟麟閣、趙登禹犧牲，對宋哲元打擊極大。噩耗傳來，宋掩面流淚，而馮治安再也掩蓋不住內心的極大悲痛，失聲大哭起來，這哭聲是對佟、趙殉國的追悼，這哭聲更是對宋疏忽南苑防守一意追求和平談判的譴責，馮治安的哭聲招惹了軍部所有將士悲歌而起。南京蔣介石立即追任佟、趙為上將銜。北平市特將二龍路南段命為「佟麟閣路」，崇元觀至太平橋一段命名為「趙登禹路」。

一九三七年七月二十八日夜，二十九軍的全體首腦人物在宋哲元私宅舉行了最後一次會議。會議決定大部隊立即撤出北平。只留少數保安部隊「維持治安」，留下張自忠與日方周旋。張自忠此時已預感到他將面臨一個極為沉重而艱險的局面，不覺悲從中來。會後，他緊握著馮治安的手，聲淚俱下地說：「你和宋先生成了民族英雄，我怕成了漢奸了。」說罷揮淚離去。馮治安心中淒悲，他望著兄長遠去的背影也潸然淚下。

當晚，遵照宋哲元的指示，馮治安臨撤退前也沒有回家，也沒有派人給家中送信。跟著宋哲元、秦德純乘汽車悄悄出西門向保定出發，部隊望著黑黝黝的城門樓黯然而去。

當汽車駛出西直門，馮治安不禁拉開車窗，探身回望沉寂中的宛平城，滿臉蒼涼。他不知道留戀這座給自己命運帶來諸多變化的古城，還是惦念著睡夢中的妻兒老小？他一聲長嘆後關閉車窗。坐在一旁的宋哲元以陰鷙的目光瞪著馮治安一語不發。顯然，軍長此刻的心情絕不會和馮治安一樣。宋經營多年的窩，就這樣輕而易舉地失掉。但悲傷是共同的，汽車抵達長辛店時，日寇駐軍忽然開炮轟擊。宋命閉燈前進。過了站台才登上火車。馮治安不知是為打破一路上的沉悶還是故意解嘲道：「鬼子鳴槍送行哩！」宋哲元又狠瞪了他一眼。火車直到保定，大家都緘口無語，各想心事。

二十九軍前腳剛走，日軍即接踵而至。北平百姓第二天醒來時，都大吃一驚，北平的大街上已滿是日本國旗了。一隊隊氣勢洶洶的日本軍人得意地穿行於街巷。

第一槍：中日抗戰中的秘辛

第二十七回　激戰廊坊續延輝煌歷史篇　佟麟閣趙登禹血寫殉國章

張自忠初以為日軍進城後會來找他這位留守將軍，孰料日軍進城便繳了保安部隊的槍械，對張自忠根本不予理睬，大漢奸們此時乾脆扯下了虛假面具，公開為日軍效勞，更沒人到張自忠的衙署。張此時方知確實「為人所愚」。他深感安全受到威脅，便偷偷跑到一家德國醫院藏匿起來。九月三日，空氣稍有平緩，張自忠化裝一番才逃出北平到天津，然後登上輪船南下尋找宋哲元。

船上，張自忠深為自己的行為所懊惱，自己受宋哲元委派率團去日本「觀光」，此團並未經中央批准，蔣介石曾嚴斥他擅權僭行。這違背中國「大夫無私交」的政治倫理，遭到中國國內輿論攻擊。「七七事變」爆發後，自己在宋哲元的影響下，又力主和談，更遭到全國非議。二十九軍撤出北平後又單留自己，嗨！現在是謗滿天下，中國人異口同聲罵我是漢奸？想到這裡，張自忠走到甲板上，卻遭到一群愛國青年圍攻。原來他祕密登船的消息不脛而走，張自忠道：「你們認錯人了。」船抵南京，他到二十九軍駐寧辦事處，發現一批群眾正圍在門口叫嚷，聲言要打死漢奸張自忠，就連他的三十八師官兵也指責他，並憤怒地將張自忠的大照片撕毀。

張自忠是個性情極為剛烈之人。他本質是一位愛國軍人，怎會當漢奸呢？但在盧溝橋事變中確實犯了糊塗，受漢奸愚弄，幹下一些令他自己痛心萬分的蠢事。輿論的誅伐，使張自忠深受刺激。他一腔積怨只能和小他五歲的老弟馮治安訴說：「仰之，自忠終有一天以死報國，痛殺日寇。來洗刷盧溝橋那段灰色的歷史！」

盧溝橋事變導致了全民族的浴血抗戰，也徹底結束了冀察政權，為二十九軍劃上了一個灰暗的句號。一個擁有十萬雄兵的二十九軍，為什麼在占盡天時、地利、人和的絕對優勢下，竟然一個大仗沒打就損兵折將，犧牲了兩位中將級軍官，狼狽退出平津呢？馮治安不明白。馮治安也明白，歷史一定會回答，雖然是那樣沉重。

就在二十九軍決定撤出北平的第二天，通州的偽冀東保安隊在張慶餘、張硯田的領導下，舉行了英勇的反正起義。

早在盧溝橋事變初期，張慶余就派心腹劉春台到北平與馮治安聯繫，馮囑來人轉告張慶余：「日前全面戰爭能否打起來尚未定局。如一旦打響，希望張等組織起義。」張慶余獲悉後，心裡亢奮，做好起義之準備。七月二十九日夜，張慶余見時機成熟，瞞過日軍特務機關長細木，以迅雷不及掩耳之勢發動攻擊。日軍全無準備，慌亂中被殲滅五百餘名，並抓獲了大漢奸殷汝耕，取得了盧溝橋事變後的一次大捷。張慶余興奮地押著殷逆趕到北平與二十九軍會合時，才知二十九軍已撤走。慌亂中與日寇相遇，混戰裡日寇劫走了殷汝耕。張慶余率隊繞道西部時，槍械又遭孫殿英的游擊隊劫持，只落得赤手逃到了保定。

　　張慶余一見馮治安便抱頭痛哭，訴說經過。馮治安除慰勉張外，對自己未能聯絡上張慶余深表愧意，更佩服張的抗日決心。

　　這正是：為民族英雄名垂青史

　　唯私利北平敗走麥城

第一槍：中日抗戰中的秘辛

第二十八回　敗退中二十九軍消亡　艱難中七十七軍建立

第二十八回　敗退中二十九軍消亡　艱難中七十七軍建立

　　離別曾在物質上給予厚賜的古都北平，馮治安與宋哲元的「親密」關係又到了冰凍期。二十九軍軍部安頓在保定後，宋哲元為自己選擇了保定南關曹家花園的靜觀堂駐防，秦德純等幕僚陪侍。唯獨讓馮治安往絨線胡同的省政府招待所，馮不便違命。在招待所小住了兩天後，宋哲元在秦德純的勸說下，也不願和馮的關係搞僵，這才勉強同意馮治安搬到了曹家花園。

　　宋哲元搬出北平後更是憂心如焚，這絕不僅僅意味著失去虎踞之地，更嚴重的是他將面臨蔣介石對盧溝橋事變的認識，蔣宋之間出現了一種艱危莫測的新關係。以前，宋哲元靠冀察特殊地位造成了「蔣、宋、日」共處的平衡關係被粉碎了。他仍舊幻想張自忠能在北平穩住局面；能使冀察格局以新的形式恢復起來。宋哲元到保定的第二天，便與北平的楊兆庚通了電話，楊告訴他：「北平雖無戰事，但日軍已源源不斷進城了。張自忠出走……」宋哲元不等楊說完，就擱下電話，滿臉的沮喪和憂慮。

　　馮治安和宋哲元的裂痕隨著局勢變化已經很難彌補了。但他仍低聲下氣地在宋面前致禮極恭，宋哲元仍以冷漠的沉默冷落他。但宋又深知，馮治安在二十九軍人脈極廣，口碑極高，這麼大一堆的軍務又非馮治安莫屬。宋也只好仍讓馮全面負責部署部隊，籌措糧食以及與友軍聯絡等工作。馮治安仍舊夙夜執勤，儘量不在宋的身邊。宋也高興，凡事只和秦德純等幕僚們研究對策。

　　宋哲元接受秦德純建議，七月三十日，向蔣介石發去一封試探性電報，大意是自己有負重託，痛失天津，請求處分。並推薦馮治安代理二十九軍軍長，自己「俾得暫卸得肩」云云。

　　蔣介石很快就覆電宋哲元，不但沒有斥責，反而慰勉宋一番，並同意由馮治安暫代二十九軍軍長職。宋哲元鬆了一口氣，緊接著南京又來電：命令二十九軍將平漢線防務交給孫連仲、萬福麟接替，全軍急赴津浦線唐官屯、

第一槍：中日抗戰中的秘辛

第二十八回　敗退中二十九軍消亡　艱難中七十七軍建立

馬廠一帶集結，與由天津撤出的三十八師會合在津浦線阻敵。馮治安雖暫代軍長，一切仍由宋指揮，並命令馮治安率先頭部隊前行。

是年暴雨連綿，華北盡成澤國。馮治安先頭部隊出保定行不久，就被眼前一片汪洋隔斷，難覓路徑，馮見狀只好徵用白洋淀所有船手水行，至高陽始棄舟登岸，擇路而行。經兩日水旱行軍抵河間府，宋哲元的總部亦尾隨來到。

河間原為趙登禹一三二師的舊駐之地，其兵營尚存。馮治安部安頓下來。連日的大雨如注，房屋泥土早已疏鬆陰濕。馮治安不等衛隊收拾好環境，便在牆上掛好地圖仔細研究戰局。忽然，房梁發出咔咔聲響。他抬頭一看，頂棚開始歪斜，牆壁抖動。馮治安大喊一聲：「趕快出去，房子要塌！」屋內軍官一齊擁向房門。馮治安身手矯健，躍上窗台撞開窗戶跳出屋去。參謀們從門逃出後，便是一聲轟響，指揮部轟然倒塌。馮治安躲過一劫。

部隊到位，宋哲元又接蔣介石來電，要他到南京一晤。宋極感惶恐不安。秦德純見狀銳身自任，願代宋哲元前往。宋大喜，許秦全權處置之權。秦德純遂兼程前往南京去了。

宋哲元正為二十九軍的前途忐忑不安之際，蕭振瀛忽然像幽靈一樣從南京來到河間。這位善於煽風點火的政客到來，馮治安等諸將心中立刻蒙上一層陰影，不知是福還是禍。宋哲元拒見，經幕僚勸說才勉強出迎。蕭振瀛一見諸舊友，便哭了一鼻子後說：「沒想到離開大家不久，就出了這麼大的亂子，我怎麼能在外國待得下去呢？」弦外之音自然是若我蕭某在，何至如此？馮治安聽他話裡有話，抽身離去。宋哲元雖然也對他厭惡，但因蕭莫測高深，又不知此來何意，不便斥逐，只是冷淡敷衍。蕭在前線四處訪舊，十分活躍。幾天後，這個幽靈突然回返南京去了。

為了執行中央津浦線集結的命令，宋哲元命令全軍開拔，由河間折向東北，直奔靜海、唐官屯一帶進發、全軍在淫雨泥濘中艱難行進，徵用了民間大量騾馬車輛。當百姓得知是抗日的二十九軍，都踴躍出人出力，宋哲元被感動，下令一律付給重酬。

馮治安是前敵總指揮，奉命在前鋒督師。他和保安旅旅長高樹勳同坐在一輛馬車上。二人都很詼諧且私交頗厚，高樹勳知車夫不知道馮治安是何人，便故意問車夫：「車老闆啊，知道河北省主席是哪位呀？」車夫答道：「河北老鄉馮治安呀！」車夫一臉的自豪。高又問：「聽說這位馮主席是個貪官愛刮地皮唉？」車夫回過頭來，臉陰沉下來，不悅地看了高樹勳一眼道：「馮治安那是抗日名將，這百姓全都知道。聽說回老家故城，打了四口甜水井，俺們都稱他是清官哩！」說罷，使勁甩了一個響鞭。馮治安聽了心中喜悅，順勢給了高樹勳一拳頭，兩人相視大笑。

當三十七師、一三二師開抵靜海、唐官屯一帶時，由天津撤出的三十八師已先期到達，這時，宋哲元的總部仍在河間未動。馮治安為代軍長，暫住唐官屯，他將三十七師的二十五旅布置在靜海防守，其餘沿鐵路西布防。三十八師則沿鐵路東布防。

日軍在津塘站住腳後，派一個聯隊進犯靜海縣城。當地百姓及時將日軍數量、裝備情況報給中軍。一三二師遂派出一個加強營，用繞敵後方的方法強襲。時值盛夏，一馬平川的大平原上長滿了玉米高粱，中軍在青紗帳中隱蔽摸進。六五七團首先破壞了靜海北的鐵路線，使日寇的裝甲車無法肆虐。雙方多次小規模接觸，日軍進攻屢遭挫折。這期間大雨連綿，子牙河、運河漲水泛濫，滿目濁流一片汪洋。日寇亦不得南進。中軍則於淫雨中駐守陣地，雙方相持半月之久。

日寇待洪水稍退，即組織優勢兵力，強攻靜海，六五七團奮勇抵抗。由於平地水深數尺，日寇不易展開陸上進攻。便沿鐵路線進攻。中軍設在鐵道路基上的工事因裸露在天，俱被敵重炮及飛機摧毀。雙方激戰五晝夜，靜海縣城四次「拉抽屜」，由於火力懸殊，中軍六五七團千餘名官兵傷亡慘重，情況更為危急。

正當北線血戰方酣，秦德純從南京帶回了令宋哲元諸將歡欣鼓舞的消息。

秦德純代宋哲元赴南京時，咸以為凶多吉少，不料蔣介石竟慰恤有加，反讚揚宋哲元幾年來的忍辱負重，為政府贏得了全面抗日的軍事準備。秦大喜進言：二十九軍在冀察期間為對付日寇而擴充了兵額，已有八十個團，請

第一槍：中日抗戰中的秘辛
第二十八回　敗退中二十九軍消亡　艱難中七十七軍建立

求調整建制，以利抗日。蔣介石立即應允，准將二十九軍擴編為第一集團軍。原三十七師改為七十七軍，馮治安任軍長；原三十八師改為五十九軍，軍長由宋哲元兼；石友三的保安旅改為一八一師；鄭大章的騎六師改為第三騎兵軍。當秦將此消息傳到河間時，宋哲元如釋重負，自己榮任第一集團軍總司令兼六十八軍軍長，其餘水漲船高，他多日陰沉的面孔露出了笑容。馮治安更是私下慶幸，因為他深知：自己沒有鐵肩膀，假如宋哲元遭貶謫而離開，張自忠前程未卜，面對二十九軍這樣一個爛攤子，他是無力挽狂瀾於既倒的。

最讓馮治安高興的是，不知是蔣委員長有意安排，還是上天有眼，或者說就是一種偶然嗎？七十七軍的含義就是「七七」，如果說俺馮治安是「七七事變」的當事者，那七十七軍的番號再適合俺不過了。

第一集團軍所轄的三個軍，即七十七、六十八、五十九，除馮治安的七十七軍直喻「七七」之外，其餘六十八軍、五十九軍的前後數字借位的話，也都是「七七」之義。這並非偶然的巧合，南京確下了功夫。部隊立即就面臨著擴編，帶來了大量的人事工作。宋哲元召馮治安等將領在河間集合，商討各將校的職務安排，前方戰爭竟也顧不上了。

偏偏此時蔣介石來電，令宋哲元去南京一晤，宋接命令後不敢怠慢了。因為他心中踏實了，他將人事問題粗略抓了一個輪廓，即將指揮大權交給馮治安暫代，自己與秦德純於八月十一日到南京去了。

守衛靜海的六五七團團長王維賢，因所部損傷過重，連電上級求援。但電話找遍了旅、師、軍等找不到長官。無奈直撥總部，馮治安攔下電話立即派部隊火速增援時，靜海縣城已被敵軍占領。馮治安組織兵力復奪靜海時，馬廠亦被敵磯谷師團奪占，首尾俱失。一個人事變化，軍官們人心惶惶，都在考慮自己的位置而忽視了戰局，這讓馮治安十分痛心。他只得下令全軍後撤，總部也從河間移至滄州。

宋哲元到達南京後，蔣介石竟然大加慰勉，把宋在冀察時所做的一切，均說成是秉承中央指示，例由中央負責。宋趁機懇請將在冀察時用掉的一大筆款項，包括截用的關、鹽、統稅及鐵路收入，請予核銷。蔣概然允諾，立

即讓宋開了個單子批銷了。宋哲元十分高興，又連續拜訪了軍政部、參謀本部，所到之處一片春風，十分順遂，宋秦滿懷喜悅趕回前線。

此刻，日軍在平漢線頻頻得手，正準備以大部兵力向晉北推進，對平浦線暫取守勢。宋哲元面對日寇戰略調整。對面之敵比較薄弱，馮治安建議趁機向北反擊尚有可為。但宋哲元心思未定，全軍鬥志處於爭權搶位之際，根本無意謀取進攻。而敵人凶焰方熾，不顧自己兵力單薄，依仗優勢兵力裝備，竟大舉進犯。中軍只有邊戰邊退，步步後撤。

九月十一日，南京傳來軍令：劃津浦線為第六戰區。任命馮玉祥以國民政府軍委會副委員長身分兼任六戰區司令長官。消息傳來，宋哲元又陷入心事重重的狀態之中。正在此時，蕭振瀛突現前線。他是以馮玉祥的「總參議」身分來到第一集團軍。蕭的到來，使剛剛緩和了的宋哲元和馮治安的關係再度緊張起來。

其實，馮玉祥因長期被置於閒散，久思奮飛。無奈蔣介石絕不委用。「八一三」淞滬會戰時，馮就急切請纓，蔣故作大度，委任馮玉祥為第三戰區司令官。但因馮手下無兵，各將領都故意不理睬他，有事只向蔣親報。馮玉祥壯志難酬，唯扼腕嘆息而已。此次馮再次膺重任，原宋哲元、馮治安、龐炳勳、韓復榘等都是舊部，大敵當前，眾人定會同仇敵愾，共同擁戴自己這個長官的。孰不知時過境遷，人隨勢異，馮玉祥這種一廂情願的抗日熱情，很快被蕭振瀛攪成一盆漿糊。

蕭振瀛名為馮玉祥的總參議，實為蔣介石的特派員，他的雙重身分宋哲元及其幕僚屬俱一清二楚，但每個人與蕭的恩怨不同，也便各懷心思。

蕭振瀛重返前線後，立即鼓動如簧之舌，根據不同對象，展開不同攻勢，竟然達到明目張膽的程度。他在一次飯局上公然說道：「你們知道馮先生（玉祥）到華北幹什麼嗎？就是先換你們再抗日，以鹿鐘麟你（指宋）；以孫良誠接馮治安；以石敬亭接三十八師；以張維璽接王長海；以劉郁芬接張樾亭，除劉汝明外其餘都撤。」宋哲元聞聲立即變色離去。

第一槍：中日抗戰中的秘辛

第二十八回　敗退中二十九軍消亡　艱難中七十七軍建立

　　蕭振瀛又提出「四句口號」，即「倒宋、擁馮（治安）、拒馮（玉祥）排張（自忠）」，蕭加緊挑撥使宋哲元與馮治安失和。宋馮之間原有的矛盾更加激化。蕭振瀛的四句口號，應該說是他身負的四項使命。從蔣介石的立場看，做到這四條，無疑是最優選擇，也出於口諭天命的欽差大臣職責所為。

　　蔣介石看好馮治安，並非出於厚愛，是「貨比三家」的結果；拒馮玉祥，因他是宿怨極深的老政敵，一生吃過他不少的虧，是絕不能信賴的；倒宋，宋哲元自冀察以來，擁兵自重，動輒抗命，儼然是小國之君，豈能再由他獨尊；排張，張自忠陷於敵巢，謗滿天下已然為眾人所不齒；唯一可用的就是馮治安。特別是馮治安在二十九軍諸將中占盡人和，值此變亂之際，軍心浮動，唯有他可以充當「凝聚劑」的角色，因此，重用馮治安已是唯一的選擇。

　　蕭振瀛在二十九軍這支西北軍餘脈中，與大馮、小馮、宋、張的恩怨由來已久。馮玉祥早就把蕭看成內奸；張自忠曾與蕭拳頭相見；宋哲元拿掉蕭的天津市長肥缺，更使他耿耿於懷。唯有馮治安，不但與他睚眥之怨也沒有，而馮平素寬厚待人，不為己甚，在諸多「金蘭」兄弟中，一直與蕭保持溫和關係。所以「擁小馮」也是蕭樂觀其成的。

　　宋哲元非常反感蕭振瀛在軍中的「排宋」活動。但是，他完全明白：自己已非昔日冀察時代的威勢赫赫。不然，他容不得蕭的狂妄。過去自己與蔣介石周旋，靠的是手中的十萬雄兵，靠的是充當蔣與日之間緩衝勢力的這張王牌。如今隨著撤出北平後連遭敗績，手中幾乎無牌可打。因此，對蕭的猖獗表現，不能採取斷然措施。同時，他對所謂「擁小馮」之說又不得不信。宋原本就認為馮治安在盧溝橋事變中給他捅了簍子，現在更認為馮治安已對他構成威脅，更覺兩人的關係火上澆油。

　　馮治安十分坦然，自己一直是中間色彩極濃的人。他和任何人包括蔣介石在內，從無私人齟齬可言，對宋哲元更是一貫勤謹恭肅。雖然盧溝橋事變後與宋在打與不打上有了分歧，但並未構成衝突。自撤出北平後，宋整日面如鐵板，而馮治安仍堅持克制自己，在宋面前比以往執禮更恭，把內心的委屈深深埋藏。聽到「華北第一吹」論調，馮治安理所當然地動了心思。但自己何處去？這支部隊何處去？思來想去，除了抗戰，除了順從蔣介石絕無出

路。他面對宋哲元也已失寵，對蕭振瀛這位來頭甚大的金蘭契友的消息自然聽信。

從天津撤出的原三十八師，是二十九軍的一支驕兵，自恃戰鬥力強，與原三十七師暗中較力，因主將張自忠不在，新編後的五十九軍代軍長由原副師長李文田主持軍務。他對馮治安在軍需物資分配及戰鬥指揮上都認為受到歧視。在津浦北線戰鬥中，原三十八師獨立二十六旅官兵曾奉命據守馬廠減河以防止敵軍南侵。靜海縣城失陷後，日軍企圖由燒盆窯村大橋搶渡，旅長李志遠組織了百餘名敢死隊員，每人帶大砍刀及手榴彈四枚，將臉抹成大紅色，乘敵剛踏上橋頭無備之際，突然從蘆葦叢中衝上大橋和日軍展開肉搏，日軍被中軍威勢所懾，一時暈頭轉向，被突來的大刀片砍得血肉橫飛、狼狽潰逃。日軍定神後，立刻組織反攻，均被擊退，其奪橋渡河的目的未得逞。最後，由於原三十七師據守的唐官屯失陷，才不能不將大橋燒毀後撤。

李文田、程希賢抓住此事便狂傲地向馮治安大發怨言。程希賢電話裡指責說：「我們這次撤退時讓左翼部隊（三十七師）給掛下來的。」馮治安斥道：「你們為什麼不沉著應戰把側翼部隊給掛上去呢？」程居然賭氣把電話一摔走了。他們還是惦念著老上峰張自忠，總覺得是後娘養的。從此，原三十八師的部隊公開不聽馮治安指揮，甚至避而不接受馮的命令，爭先向後撤退。馮治安一時無法節制，又考慮和張自忠兄弟之誼，不便軍法處置，十分頭痛。

宋哲元不在軍中，將領們各懷心事。加之編制變更，連遭敗績，尤其令馮治安痛心的是，屢屢發生軍官失蹤，連程希賢也辭而不別。馮治安立派人查其原因，此人已逃至天津，墮落成漢奸。

面對艱難處境，原二十九軍尤其三十七師不愧是一支充滿愛國熱忱的部隊。連日的大雨如注，士兵們日夜在泥水中與日寇周旋，有時水沒腰腹，許多將士兩腿腫脹，襠部潰爛，瘟病發作，醫療救護杯水車薪，死亡纍纍。惶急中無法加以掩埋，屍體竟浮在水面，慘不忍睹。但士兵很少發生逃亡。部隊邊戰邊退與敵拚殺，唐官屯曾四出四進，激烈的白刃戰血肉橫飛。馮治安頂著千斤重壓，極力支撐著危局，內心的焦灼與日俱增。不在其位卻謀其政，這是何等之罪受？

第一槍：中日抗戰中的秘辛

第二十八回　敗退中二十九軍消亡　艱難中七十七軍建立

　　九月初，宋哲元由南京返回滄州總部。面對前線之嚴峻，宋哲元的心情因蔣介石的鼓勵、慰勉而輕鬆了許多。馮治安本來就沒有取宋自代的野心，他見宋平安歸來，仍一如既往侍從左右。但由於蕭振瀛仍在軍中上躥下跳，第一集團軍總部的空氣仍顯渾濁。宋馮之間的關係仍蒙在陰影之中。

　　一九三七年九月中旬，第一集團軍在滄州北與日寇苦戰之際，忽接後方電告：馮玉祥作為戰區司令長官親臨前線指揮。消息傳來，宋哲元、馮治安以及諸高級將領都從心底泛起層層漣漪。

　　馮玉祥是宋哲元、馮治安的舊主，感提攜之恩，教誨之德都應是肺腑的。在抗日的問題上，大家同仇敵愾，老主歸來重聚定當形成堅強力量。士兵們額手稱慶，可現在不是從前了，時過境遷，複雜的政治因素早已否定了陳舊的歷史淵源，相反，西北軍那段歷史，反而使宋哲元對馮玉祥的態度與關係平添了幾多尷尬。這一點，馮玉祥是估計不足的。

　　宋哲元剛從南京陛見回程。如何以實際行動兌現對蔣的忠誠，以贖前愆？宋知道馮玉祥在蔣介石心中的位置，何況當年組建「抗日同盟軍」時，宋公開掣肘，冀察時期他對馮也屢有不恭。此時若和馮玉祥攪在一起，必會引起蔣的懷疑。如勉強合作也難以彌合過往的裂痕。因此，宋哲元決計以迴避作為擋駕的手段。

　　馮治安與宋哲元不同，他是馮玉祥的「馮家小孩」，多年充當馮的衛隊官。馮玉祥一直把馮治安當作晚輩。小馮是大馮的「大馬弁」，情感篤實。如今，馮治安是宋哲元的下屬，一切必須隨宋俯仰。自己若逆宋迎馮，將會使個人與宋哲元的惡化關係雪上加霜。馮治安心裡十分清楚，他必須與宋哲元採取步調一致。此時蕭振瀛這位「華北第一吹」，究竟代表誰的利益？他也向馮治安施加影響，促使「馮家小孩」下決心冷淡馮玉祥。

　　馮玉祥北來的第一站是濟南。韓復榘劈頭就給了馮玉祥一個不小的軟釘子：韓藉口山東防務緊張，拒絕抽調部隊北上支援。九月十六日，馮玉祥剛達連鎮，宋哲元從滄州趕來，登上馮的專車後，略將情況匯報一通後，即表明：自己因舊病復發難以支持，已蒙中央批准到泰山療養，軍務交馮治安代理。馮玉祥聞言冷水澆頭半晌無語。最後沉痛地向宋表白道：「吾此來除一

心和大家並肩抗戰外,絕無其他目的,是為了多年同生死共患難的弟兄啊!」但此類純情之話宋難於聽耳。匆匆一晤,馮玉祥明知手中無兵呀!親兄弟都會分離。他滿懷抑鬱返回桑園。宋哲元更是匆匆離軍去了泰山。

宋哲元離去後,馮治安為避嫌更不敢主動與馮玉祥接觸。馮玉祥知其難處,便主動打電話邀他前去一晤。馮治安思來想去,他是真想和先生傾訴心中多年的思念和鬱悶。馮治安知道宋雖離去,但對自己的一行一動仍能瞭如指掌,便以軍務纏身為藉口推脫,派張俊聲代表前往。馮玉祥見狀,往事浮於眼前,如今西北軍的心愛將領竟都躲而遠之,不禁失聲痛哭,他對張道:「宋哲元他們為什麼要輕信蕭振瀛的謠言,耽誤抗日救國大計?」他讓張俊聲轉告馮治安南撤時不要走山南,以防韓復榘下毒手。張俊聲回到連鎮後向馮治安匯報謁見馮玉祥的經過,馮治安不禁淚流滿面。與先生近在咫尺卻不能相見,他心痛呀!不知先生能否諒解。他問張:「先生還說什麼?」張說:「先生問蕭振瀛還在不在這兒?」我說:「在。」馮治安聽後沉吟不語。

這時敵機又結群轟炸。馮治安部只有少數高炮而缺乏理想炮位,泥水中難覓一塊硬地。忽報泊鎮北擊落日軍飛機一架。那飛機冒著黑煙一頭栽了下來,飛行員跳傘不及,連人帶機扎進泥塘之中。陣地上一片歡呼。馮治安命人將敵機殘骸挖出,送往南京報功並重賞了炮手。

這次隨機繳獲了一張滄州、鹽山一帶軍用地圖,其測繪之詳盡嚴密,比中軍所用萬分之一的地圖要精確很多。馮治安對此深有感觸,特別對敵人何時用何方式繪成如此詳備的地圖更感吃驚,這必有內鬼。

馮治安泊鎮軍部駐於當地巨富葛家。此時葛氏全家已南逃。軍機關首腦幾將空宅占滿。日寇派在天津的漢奸特務乘機潛入泊鎮,祕密設布各種信號標誌。馮治安撤離泊鎮的翌日清晨,敵機將葛宅炸成一片瓦礫,有一副官因貪睡不知部隊已開拔而葬身火海。馮治安對漢奸不惜賣命資敵深痛道:「中國人裡的這些敗類,比日本人更可惡!」

宋哲元臨走時有規定,但凡馮治安每有決策,都要擬成電稿發往泰山向宋哲元報告,這些電稿又都經蕭振瀛之手,結果蕭都偷偷銷毀不發。馮治安一直蒙在鼓裡。而宋哲元在泰山也惦念軍中,多日不見一封電文,他既納悶

第一槍：中日抗戰中的秘辛

第二十八回　敗退中二十九軍消亡　艱難中七十七軍建立

又憤懣，以為馮治安故意怠慢不報。這時，宋哲元的肝疾已相當嚴重，加之心中鬱結不舒，性情變得更加暴戾，終日打隨從罵廚師。蔣介石派來的督戰官何竟武，看在眼裡背後說：「他死不死啊！有的是人抗戰，不是離了他不行！」

　　馮玉祥對蕭振瀛在前線撥雲弄雨恨之入骨，決心用先斬後奏的手段剪除之。馮治安得信後，便向這位金蘭蕭透了風，蕭振瀛大驚，連夜以金蟬脫殼計祕密溜走。當馮玉祥派遣的執行官葛雲龍在桑園站登上蕭的專車搜查時，蕭早已是人去車空了。馮治安一直躲著和馮玉祥見面，但自己既然到桑園而不去拜見，內心實在過意不去，外界也會對他多有說辭。馮治安硬著頭皮去專車上拜見馮玉祥。以前，馮玉祥對馮治安總是直呼其名，現在面對的是七十七軍軍長、第一集團軍代理總管，馮玉祥改口稱當年的馮家小孩為「仰之啊，老弟呀」。二人相見，都心有隔膜，少了當年的親情，氣氛總也熱不起來。寒暄數語，馮治安放下給先生帶來的吉林長白山野參，便告辭下車。

　　馮玉祥握著那兩根野山參，眼神是那樣的疑慮。他望著馮治安健壯的背影，立刻就想起當年入伍的那位瘦弱少年。「駒如光駛呀！」好端端的一個人，在政治面前都會變得如此之冷漠嗎？馮玉祥再看看自己，大半生戎馬生涯，落得如今空有虛名。連自己最親近的手下戰將均如此，那些「五虎上將」都哪裡去了？什麼受人滴水之恩，當湧泉相報，見鬼去吧。

　　馮玉祥自知無能為力了，提前悒悒返回後方。

　　這正是：大浪淘沙隨波去

　　君子重情仕途空

第二十九回　敗退入魯韓復榘堅阻
火燒馮宅日寇滅祖墳

　　一九三七年十月初，馮治安率軍退到冀魯交界重鎮德州，這離馮家鄉故城僅四十餘里，馮治安心情十分悲痛。為何這仗越打越敗？這退的是越退越遠？二十九軍這支雄兵變成了第一集團軍後，竟落得了如此地步，一言難盡呀！馮治安忘了馮玉祥的忠告，決定由德州進入山東，好讓這支疲憊之師得以休整。有韓復榘的數萬雄兵接替抵擋日軍，馮治安心中滿懷希望。

　　韓復榘盤踞山東多年，儼然一位山東王，統治著這片沃土。他在中央政府和日寇侵華的背景下，還能鞏固自己的軍閥地位，靠的是他對日本和蔣介石之間，從事深為得計的兩面遊戲。盧溝橋戰起，韓復榘出於軍閥本性，竟採取所謂「保境安民」的「中立」立場。面對馮治安大軍兵臨德州城下，韓復榘悍然下令不許原二十九軍入境。馮治安見狀，只好帶上幕僚來到德州城下，要求入城。駐德州的部隊是韓部八十一師師長展書堂。他居然緊閉城門，不迎馮治安入城。馮治安氣急敗壞隔城大罵後返回軍中。展書堂接韓復榘令，親帶手槍連出城到陳莊與馮治安會面，並以冷漠之態度嚴拒客軍過境。馮治安無奈，向韓復榘連發兩封電報，說明運河西岸河北地帶洪水泛濫難以行軍，自請允許借道山東。韓復榘概不置理。此時日寇大軍從後追殺不捨。馮治安沒有辦法，決定繞開德州，仍沿山東境內運河大堤向東南方向轉進。

　　馮治安的總部剛離德州，日軍騎兵追擊部隊已尾隨而至，馮治安大部隊行進在運河大堤之上，不宜掉頭，便令手槍營二連擔任阻擊。手槍連的勇士都是全軍選拔的精壯之士，裝備精良，平素只擔任警戒任務、不上火線，為此遭到普通士兵的妒忌和諷刺，馮治安是手槍連長出身，他知道養兵千日用兵一時，便親自做了簡短之動員。手槍連得此獨立擔當戰鬥任務，個個激憤，人人爭光。他們利用河堤作天然工事，在德州的西白菜窪一帶向敵騎兵展開猛烈的進攻。日軍幾次衝鋒均被打退，使得日軍追擊部隊遲滯一天，大部隊安全轉移，手槍連勝利完成阻擊任務，未損一兵。

第一槍：中日抗戰中的秘辛
第二十九回　敗退入魯韓復榘堅阻　火燒馮宅日寇滅祖墳

　　日軍並未接受韓復榘「保境安民」之舉，開始攻進山東，後續部隊仍沿鐵路湧來，直接向德州城展開轟炸和炮擊。德州駐軍二四三旅運其昌部奮力抵抗，傷亡慘重。日軍留少數部隊擺開佯攻架勢，大部隊則繞城德州，南取禹城，禹城很快失陷，德州成為孤城，韓軍自料終難據守，便棄城逃往樂陵一帶，德州於十月十五陷於敵手。

　　馮治安沿著運河堤南撤，他不時隔河遙望生養他的這塊土地，心情極為沉重，屢屢勒馬痴望。他苦笑著對手槍旅長李貴解嘲道：「俺這也算是過家門而不入了。」李貴說：「軍長，其實過河到家只有三十五華里了，只可惜呀，故城縣昨日也被日寇占領，咱們是有家不能回呀！」馮治安的轎車因無法在河堤上行駛，被擱置在木船上順流而下，敵機發現後跟蹤投彈，均未命中。馮治安苦笑道：「是水中龍王保佑呀！」

　　是夜宿營，李貴發現西南方的天際一片火紅，他喚馮治安登高眺望。那正是故城方向，馮治安心頭一緊，預感東辛莊一定發生了不測。他速派偵察兵化裝過河，到故城縣一探究竟。

　　故城縣東辛莊馮治安父親馮元璽的大宅院，早已人走院空。抗戰爆發後，馮治安怕父親遭日寇暗算，就將老父親及繼母所生下的兩個弟弟，遷置到西安附近的蔡家坡居住。那還是當年西北軍時留下的幾處民房。大哥馮蘭台全家隨往，三弟馮宗台全家從哈爾濱也逃難到了此處，馮治安的兄弟姐妹及父母均在大後方西安住下，免了他的後顧之憂。外室沈隨之一直隨他轉戰南北。東辛莊馮家宅院由二叔馮元直看護。二叔見侄子馮治安撤出北平，退進山東，便知故城早晚也要失陷，他趁夜半更深時刻，將馮元璽宅中值錢之物埋藏起來。兒子馮福台從北平回家，勸父親鎖上大門，跟兒子出去躲上一陣子，可老爺子不聽，他不能將哥哥元璽託付的院落丟下不管。馮元直對兒子說：「福台，你趕緊回北平吧，俺誓與馮宅共存亡。」馮福台無奈，連夜趕回北平。

　　日軍占領故城後，便派一小隊日兵在故城縣漢奸的帶領下，氣勢洶洶直奔馮治安的家鄉東辛莊而來。華北駐屯軍田代皖一郎有命令，要嚴懲「抗日元凶」馮治安，面對馮治安家鄉的那一片深宅大院，日軍小隊長下令焚燒，以解日軍心頭之恨，報盧溝橋之仇。

日本兵將汽車上事先準備好的汽油桶卸下，將汽油潑倒在青磚瓦舍之上，日本兵狂叫著，將東辛莊的村民集中在馮宅大門前的曬糧場上。這時，看院的馮元直已經發瘋了，眼見著這麼大的一個宅院就要被燒毀。馮元直撲向日本小隊長大叫道：「你們這幫畜生，俺馮元直不活了，拚了這條老命！」日軍小隊長猙獰地狂笑道：「那好，將這老頭子潑上汽油，讓他和馮治安的宅院一起去吧！」

　　鄉親們敢怒不敢言，眼睜睜地看著馮元直被推進大院，日寇將門鎖上，一把火種，霎時馮家大院燃起了熊熊大火，火苗躥起幾丈高。接著就是濃煙滾滾，火舌灼人。可憐馮元直老人連一聲叫喊都沒有，便葬身火海之中。

　　大火整整燒了兩天兩夜，氣派富貴的宅院被夷為平地，從此，馮治安在東辛莊再也沒有了家，沒有了落身之地。

　　沒有人性的日寇燒了馮治安的宅院仍不解氣。他們又到了村北的馮家祖墳，砸斷了馮治安生母袁氏的墓碑，挖掘了馮治安爺爺的屍骨。日本鬼子貼出告示，這就是抗日元凶的下場。

　　馮治安聽到消息後，竟沒有了一滴眼淚，國仇家恨，讓他五臟俱焚，他立即跌倒在河堤之下。馮治安被抬在擔架上，繼續指揮這支部隊。

　　韓復榘雖丟德州，但卻向全省發出「防匪」的命令，其實「匪」就是指馮治安的隊伍。馮治安率部繼續在運河兩岸大堤行軍。這裡是山東省轄地，部屬擔心會遭到攔截，吳錫祺建議：「軍座，我們已進入臨清，這裡的專員陳仁泉曾在南苑當過連長，也算軍座的部下，可派人前去敘敘舊，憑老關係提供一些方便。」馮治安說：「你太天真了，這個時候還講什麼舊關係，只有槍桿子是好朋友，明天讓手槍團打前鋒，誰要敢攔擋，咱們就不客氣！」隊伍到達臨清後，由於部隊聲勢浩大未遭遇阻截，馮治安下令暫住休整。

　　馮治安面對部隊番號變更，紀律不暇整飭的局面，決定利用這短暫休整時間，總結兩個多月來各部的表現，調整各部編制。經查實：原三十七師營長俞琢如在青縣戰鬥中，首先擅自撤出陣地，使兩翼同時潰決。馮治安下決心將俞槍決，行刑隊執行時不知是失誤還是故意，俞琢如竟中彈未死，被本

第一槍：中日抗戰中的秘辛
第二十九回　敗退入魯韓復榘堅阻　火燒馮宅日寇滅祖墳

營士兵偷偷藏起後又轉送離軍。後來此人改投其他部隊。一日，馮治安接信一封，是俞琢如的一封長信，為自己萬般辯解，頗有怨懟之詞。當年負責行刑的軍官聞之大為吃驚，這廝竟能逃脫槍下之鬼的命運，奇蹟呀！行刑官以為必遭馮治安追查嚴處，沒想到軍座像沒有發生過一樣，未予置理。

追隨馮治安數十年的張明誠和李貴說：「咱軍座馮治安這麼多年來就殺過這麼一個軍官，結果還沒殺死。」李貴道：「俺大哥仁善，感動天庭，免他殺生之罪呀！當然，日本鬼子除外，因為他們不是人，是鬼呀！」

日寇因戰備需要，將主要兵力集結於晉北，意在奪取山西。日軍占領大同後，立即揮師南下，直指太原。晉軍為保實力，不戰而棄守了許多城池及長城隘口。蔣介石不想山西有失，忙調集重兵，以總兵力十六個師與日寇會戰於忻口一帶。八路軍派部成功破壞了陽明堡敵機場，擊毀敵機數十架，將機場設施予以毀滅性破壞，有力地配合了這場戰役。可惜國民黨軍序列紊亂，指揮失靈，將士雖用鮮血與生命抗敵，終於抵擋不住日寇猛烈的攻勢。十萬官兵拋屍於群山萬壑之中。第九軍軍長郝羅玲，五十四師副師長劉家騏壯烈犧牲於戰場。二十一師師長李先洲彈貫前胸，倖免喪生。而日軍僅損失三萬餘人。

忻口會戰的同時，日軍在平漢線頻頻得手，十月十日攻陷石家莊後，又揮戈西向，攻破娘子關進入晉東。太原告急。軍情讓忻口會戰的中國軍隊陷於惶恐，導致會戰失敗。

馮治安部自離開津浦線後，沒有與敵軍正面接觸，但他作為臨時指揮官暫無外患，卻有內憂，增添了不少麻煩。原二十九軍的三十七師、三十八師固有的畛域之見，由於宋哲元離軍，三十八師主帥張自忠不歸而更惡性發展。李心田作為五十九軍代軍長，暫領原三十八師舊部進入山東後，便沿著津浦兩側行軍。在長清縣境渡過黃河時駐紮，其一切動作均不報馮治安。李心田出於個人恩怨，頗思改換門庭。便頻頻與韓復榘祕密接觸，韓復榘也想吞併這幾萬人馬，二人一拍即合。但五十九軍的黃維綱、劉振三兩個師長堅決反對，並向在泰山的宋哲元及時報告，宋分別電復黃維綱和劉振三，要他們嚴

防破壞團體的一切陰謀,並告訴黃、劉二人,現正與南京商談,設法爭取讓張自忠歸隊,不日即可實現,終於避免了五十九軍脫離第一集團軍的危險。

劉汝明的六十八軍撤出察哈爾後,輾轉經山西也來到冀南。該軍在平綏路作戰時一度歸第七集團軍建制,劉汝明被委任副總司令。此時又回歸第一集團軍。三個軍均又回籠到集團軍旗下。

六戰區司令官馮玉祥,在津浦北段遭遇挫折後,內心如焚如裂,每思尋求機會大展鴻圖。此刻,他見宋哲元離軍,馮治安力不能控制全局,六十八軍李心田難以服眾,而劉汝明是西北軍時代自己最馴順的舊將,便欲乘此機會依靠劉汝明的五十九軍,抓住群龍無首的六十八軍,而馮治安的七十七軍便自然歸順,到那時,直接指揮第一集團軍,繼續與日寇作戰。顯然,馮玉祥這種估計是相當切實的。當大策方定,和劉汝明談得十分融洽時,忽然晴天霹靂,南京電令:撤銷第六戰區,免去馮玉祥職務,第一集團軍改歸第一戰區司令長官程潛節制。浩嘆之餘已功虧一簣無力回天。馮玉祥鬱鬱南歸。

宋哲元在泰山得知馮玉祥離去,如釋重負,急向南京電請銷假回軍,南京明准,宋乃「無病一身輕」來到第一集團軍駐地大明。

宋哲元過去對馮治安產生猜忌僅僅靠的是奸人的傳言,而這次回軍,馮治安長時期不向他請示,這種「獨斷專行」的表演,讓那一切傳言都印證為事實,因此對馮治安的厭惡之情溢於言表。而馮治安由於根本不知道自己的匯報電文俱被蕭振瀛扣壓,對宋哲元的歸來顯露出一種解脫的喜悅,宋對馮的表現更覺得是一種矯揉造作,更增反感。

蕭振瀛見宋歸來,料定自己已無市場,便思溜走,但一時又找不到藉口。當敵機轟炸大明時,宋哲元正召集諸將開會,爆炸聲圍著指揮部響作一團,宋歸然如山,諸將也都氣息平穩,唯蕭振瀛惶恐萬狀坐立不穩。宋哲元平素寡言凝重,從不與人打笑。這一次竟然一反常態,幽默挖苦道:「扔兩顆炸彈有什麼了不起的,你們看蕭仙閣那個樣子。嚯,像座輪船似的。」說著仿效蕭坐立不安、搖搖晃晃的樣子,引得全場譁然大笑。蕭振瀛平素裡言辭敏捷,口角生風,哪能吃嘴上功夫之虧,此刻卻紅漲臉皮一語不發,第二天便順坡下驢悄然回南京去了。

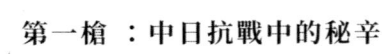

第一槍：中日抗戰中的秘辛
第二十九回　敗退入魯韓復榘堅阻　火燒馮宅日寇滅祖墳

　　馮治安越是倍加小心表示馴從，宋哲元越是以尖刻的態度對待。他故意背誦《論語》中的話：「匿怨而友其人，左丘明恥之，丘亦恥之。」以此挖苦馮治安。馮想，俺馮仰之，不以你小人之心度俺君子之腹。俺做到無愧於心。宋哲元也不願公開與馮治安撕破臉，他知道馮的人脈及口碑，何況他還是一軍之長、手握重兵。但一有場合便公事公辦地加以刁難。宋哲元當眾讓馮治安把他離軍這段河北省的財政開支狀況作出銷算，藉此使馮難堪。馮治安明知是宋找碴，仍命省財政廳長賈玉章向宋一一作出交代，帳目一清二楚。宋見無碴可找又轉話題罵蕭振瀛狼心狗肺，居心叵測。宋道：「你們聽我的嗎？你們聽蕭振瀛的喲！」馮治安心裡清楚，所說的「你們」實指俺馮仰之一人。會後，宋哲元特意對馮治安的親近幕僚張俊聲說：「你要注意，鷹鼻子鷂眼不可交！」張知道宋是指桑罵槐。他心裡不服氣，宋哲元不是欺負老實人嗎！俺馮軍座是出了名的英俊之人，鼻梁高一點沒錯，而「鷂眼」一說則純屬恨語。張俊聲並未將此話報告給馮治安。

　　馮治安一貫善於忍讓，現在更是百般克制，一味順從，不露半點慍怒之色，但內心痛苦則莫可名狀。

　　馮治安深感部隊需要增添受過教育、懂現代軍事的指揮官，他吸收了一批軍校出身的年輕人。其中劉自珍是陸大畢業，性情溫和，很合馮治安心意，便予以重用。改七十七軍時，便破格提拔劉自珍為三十七師師長兼一一一旅旅長。軍校出身的陸春榮也提為旅長。此舉招來行伍出身的舊軍官之忌，議論紛紛。在津浦北線的戰事中，劉、陸率軍不利，屢遭敗績，那也是大勢所定。可宋哲元回軍後，「恨屋及烏」，下令將劉自珍、陸春榮撤職查辦。馮治安對此不發一語，憑宋發落，但內心實已忍無可忍。老實厚道的馮治安終於按捺不住胸中之火，第一次背地裡罵街，他對張俊聲說：「我要是再做，就不是姓馮的子孫！」馮治安心中早想離開這個剛愎自用的宋哲元，從此萌發離軍的念頭。

　　忻口會戰開始，日軍將石家莊一帶的部隊調進娘子關，以策應忻口之役。宋哲元見河北腹地空虛，又新領第一集團軍司令之職急於表現，便召集會議，提出攻邢台取石家莊的戰略意圖。全軍為之振奮，終於看到退守變為主動進

攻了。宋電請蔣介石批覆，蔣即照准。宋立刻調遣部署，命石友三的一八一師接替大名南線的七十七軍防務，留七十七軍一七九師何基灃部擔任大名城防，派劉汝明六十八軍為前鋒，繞開邯鄲向邢台挺進，鄭大章騎兵師為之匡助。五十九軍因張自忠暫不能歸隊，仍由代軍長李文田、黃維綱、劉振三部負責守大名北、西附近各縣，宋哲元、馮治安親率七十七軍主力隨劉汝明部之後居中指揮。馮治安仔細分析敵情，中軍雖有殺敵之決心，但經屢屢敗退，氣勢大弱。其二，敵人擁有絕對制空權，不僅轟炸掃射不堪其擾，且敵能掌控監視中軍動向，而中軍卻對敵情一無所知。這種我明敵暗的格局，使中軍明顯處於劣勢。馮幾次想諫言，均又無語。

宋哲元平生剛愎自用，晚年更甚。其實幕僚們和馮治安一樣，縱然看到這些危機卻無人進諫。宋哲元召集營以上軍官發表誓師訓話，他信心十足地說：「五天拿下順德府，八天拿下石家莊，然後抄小鬼子後路，以配合忻口之戰。」

第一集團軍剛一運動，日寇飛機就已偵察到宋哲元意圖。奸狡多謀的土肥原待中軍各部展開之後，就大膽採取「圍魏救趙」的中國兵法，派出他精銳的二十七旅團，從邯鄲出發直撲成安、魏縣，意在乘虛奪取大名。

劉汝明部進展順利，攻克邢台後，又連克十餘個縣城，前鋒抵內江、隆堯一帶，劉汝明啟行前，留一營外加一個騎兵連駐守成安縣城。營長姚子壽抗敵熱情極高，成安縣長李熙章也是一位明大義、重氣節的飽學之士。縣中百姓更對日寇恨之入骨。許多青壯不待召喚便紛紛自動挺身而出，以簡陋之長矛、鍘刀和士兵並肩堅守。十二月二十二日夜至翌日午，日寇連續攻城俱被擊退，遺屍數百，丟棄槍枝彈藥無數。百姓自動擔當後勤供給，激戰之中，就已做好白麵大餅、熱湯，冒彈雨送到士兵手中。

日寇絕未料到這彈丸小城竟給「皇軍」如此沉重打擊，急調集重炮精兵，再度向成安縣撲來。雖經軍民拚死抵抗，終因武器太差，被日寇轟開西門突入，守軍被迫撤出。日寇為報前仇，見男人就殺，青年婦女遭強暴其狀至慘。

撤出城的中軍得悉成安百姓遭屠，氣憤填膺，一再向上峰要求反攻成安，當時七十七軍在魏縣駐有部隊，馮治安接報後，立即派出兩個團的兵力，會

第一槍：中日抗戰中的秘辛

第二十九回　敗退入魯韓復榘堅阻　火燒馮宅日寇滅祖墳

同姚子壽及民眾武裝重奪成安。中軍工兵連夜挖出一條地道直達城裡，士兵悄悄進城後，以大砍刀與敵展開肉搏。敵人萬沒有想到中軍突然降臨，惶急中慘遭失敗後狼狼退出。土肥原聞訊大怒，立派安陽坦克重炮在飛機掩護下又一次撲向成安。中軍失利被迫放棄，留守的四十名敢死隊員肉搏後只剩一人倖存。

日軍再次進城後，個個如暴怒的野獸一般見人便殺，對那些老弱婦孺也不放過，就連天主教堂裡充當苦力的十幾個男人也集中殺害。一時成安城內哭聲連片、血流成河。日寇殺人手段極端殘忍，槍挑、砍頭、火焚、用槍托砸頭無所不用其極。青年婦女被三五成群趕到大街上，滅絕人性的日本鬼子竟集體輪姦後槍殺。成安縣裡狗犬成群搶吃死屍。牠們肥得渾身掉毛，猶如一群凶獸。狗也瘋了，見了活人便咬。深夜，成安漆黑一片，血腥氣味沖天。野狗淒叫，日本鬼子狼嚎。成安城變成一座死城空城。在成安屠城的慘案中，直接被殺害的百姓達五千二百人。

駐守廣平的五十九軍黃維綱師（三十八師），利用村寨向沿邯鄲至廣平的公路，與來犯之敵展開英勇阻擊。紅家寨、新城、西孟固、馮營、軍營等村莊，都發生了激烈戰鬥。中軍仍發揮大砍刀夜戰之傳統，給日寇造成大量傷亡。中軍也傷亡慘重。許多戰士臨死時仍手握沾滿汙血的大刀，怒目張口像雕像一般神勇。有一位連長陣亡後背倚大樹，屍體不倒。百姓紛紛跪下祭拜，稱之為神將。

南小留的攻防戰更為慘烈，堪稱長城血戰的小規模再現。

南小留距廣平縣十里，是縣城東南的重要屏障，駐有中軍二二三團。為防日軍來襲，已築好兩道外牆及一道鹿砦。村內築有各種工事。十一月九日，日軍開始攻擊，先以騎兵闖陣，被中軍迅速打退。日軍又調集炮火向中方陣地猛轟，然後步兵則分成幾個梯隊向中軍節節進逼。富有戰鬥經驗的中方守軍沉著反擊，也梯隊換打，一次次將日寇壓了回去。戰鬥一直堅持到十一日。日軍見屢攻無效，又從邯鄲調來步騎炮聯隊的兩千餘人支援。日軍兵分兩路，一部攻南小留，一部攻廣平縣城。日寇的重炮、榴彈砲、山炮的砲彈，冰雹般在南小留開花。整片的民房被炸毀。中軍隱蔽於彈坑和工事內，待步兵跟

進時，呼喊著跳出戰壕。以大刀與日寇展開肉搏。這時，廣平西關中方駐軍朱春芳團也以大刀主動出擊，配合了南小留的戰鬥。戰至十三日，日軍總傷亡兩千餘人，南小留仍巋然不動。正當中軍鬥志方熾，日寇襲大名成功。大名失守，戰局急轉直下，宋哲元急令各部撤出陣地。二二三團含淚撤離了被數百烈士和無數平民鮮血染紅了的南小留。

日寇進入南小留後，把滿腔怒火發洩在村民身上。日本兵端著槍見人就殺。然後將躲在殘垣之中的百姓百餘名，包括擺出酒食迎接「皇軍」的富戶們，統統驅趕到村外集體槍殺。全村只有一個叫楊書良的青年在混亂中僥倖逃脫。

大名的失守，徹底打碎了宋哲元雄心勃勃攻占石家莊的戰略計劃，也成為他個人命運的又一個轉捩點。

十一月九日黃昏，防守大名的何基灃見湯傳聲、柴建瑞旅長率部而逃，便帶殘部百餘人退到河北岸，原來的浮橋已被湯傳聲撤退後拆掉。何基灃令人找來一艘小渡船，只能容長官乘坐，士兵及下級官佐或抓塊木料或揪住馬尾冒死搶渡，結果不少士兵淹死在河中，其中還有一七九師副官長。

平明，何基灃來到南樂縣城，立刻向總部拍電，報告湯、柴二人不聽指揮擅離前線，因而大名失守之經過，但他卻收到先湯、柴二旅長縋城而去的總部留守官總參議張維藩的來電，這位率先逃脫的總參議竟責問何基灃：為何退出大名？若宋總司令追究誰來負責？何基灃悲憤交加又百口莫辯，面對險惡的處境心急如焚。其實，鹿鐘麟剛剛改任軍法總監，南樂縣城就駐有其直屬的執法隊，何料定凶多吉少，恐遭不測，又感進退失據從去無擇，便給鹿鐘麟寫了一封絕命書道：「……職無才無德，失守名城，罪不容死……」之語，然後拔槍自戕。副師長曾國佐見狀撲了過去，「砰」的一聲槍響。何基灃指對頭部的手槍被曾拉下，槍彈未中頭部卻貫胸而過，何師長倒在血泊中未致殞命。

何基灃清醒過來時，已躺在濮陽縣城簡陋的軍醫所中。原來柴建瑞軍早已到這裡，何基灃恨呀！天理何在？

第一槍：中日抗戰中的秘辛

第二十九回　敗退入魯韓復榘堅阻　火燒馮宅日寇滅祖墳

　　大名失陷時，馮治安正駐廣宗，其先頭部隊已略取南宮空城。宋哲元志得意滿，認為拿下石家莊指日可待。正在這時，傳來大名失陷消息，宋方大驚，急令撤退。部隊折回頭到達威縣時，南面廣平、魏縣已陷入敵手。為避免接觸，宋、馮率部由南館陶渡過運河，經冠縣、南樂、清豐輾轉到達濮陽。

　　馮治安途徑清豐時，總部門外小販驟然增加。馮治安警惕，便在臨時的集市上閒察。忽然發現一小販神色恐慌，馮故意與之攀談，發現小販口音與當地人有異，便令稽查隊帶回審問。小販立刻跪地痛哭，承認自己是日寇漢奸派來的密探並表白說：「長官，俺是本分的莊稼人，是日本鬼子以俺全家人的性命為質，強逼俺前來的呀！」馮治安看此人手掌粗糙又言語質樸，又能將敵人情況據實供出，便令將此人開釋。許多部下竊竊私語，這要是宋哲元必殺無疑，咸謂馮「婦人之仁」。

　　十一月下旬，宋哲元、馮治安來到濮陽。馮治安傾聽了何基灃的參謀長王橪鱉匯報大名失守經過，他抬頭看了一眼宋哲元之後，便低頭沉吟良久不發一言。宋哲元見狀亦未再追究，批准何基灃離軍去開封療養。所遺一七九師長一職，竟由逃脫前線的柴建瑞升任。其餘軍校出身的參謀長王橪鱉、參謀處處長王連崗均被撤換離軍。馮治安對七十七軍的人事變動，竟未事先得一音信，難免氣藏於胸。宋哲元心想，撤換你馮治安的愛將也理所當然。

　　宋哲元經此慘敗，心情又極懊喪，對馮治安忌忿情緒更加激化，每日裡指桑罵槐或無故遷怒於人。氣大傷肝，他的病情也每況愈下。舌僵語塞現象時有發生。馮治安知道與宋關係已無法轉圜，再待下去可能更糟糕，遂決計伺機離宋另謀他途。

　　南京軍委會在鄭州召開了北方軍事會議，召宋哲元、馮治安參加。會上宋故意做勝不驕敗不餒的姿態，仍侃侃而談。馮治安則緘口不語，只當自己不在會場。

　　由鄭州返回後，馮治安表面如舊，其內心肝火盛旺，腮腺炎臉腫如斗。他見正是離宋的好機會，便趁機向宋請病假到開封治療。宋立即允諾。第二天，馮治安率領幕僚張俊聲及隨從副官張明誠等人南行至東明縣北埧渡口，乘民間小船過黃河。時值初冬，黃河尚未冰封，河面朔風怒號，小渡船顛簸

甚烈。張俊聲半開玩笑說：「今日龍王爺看你主席面上，多保佑吧！」一句話暴露了馮治安的身分。下船後，馮治安在沙魚窩村小憩。忽然一夥人擁來嚷道：「龍王接主席了！」原來該村香火會首已得知馮治安到來，故意擺弄玄虛在村龍王廟內神靈附體傳話，讓民眾去接省主席。馮治安知其用意後，囑隨從不予理睬。張俊聲卻悄悄派人去龍王廟上炷香，並多擱下幾個香火錢。此時，河務局官員也趕到河邊拜見，並向馮治安大講龍王爺顯靈的樁樁軼事。馮治安深為感慨，自我解嘲地說：「龍王爺既然這麼靈驗，咋不把小日本全給淹死！偏要照應我這個落魄的省主席幹什麼？」說得大夥笑了。

　　東明縣時屬河北省，為省最南端縣份。黎明時，馮治安由東明縣啟程不久，汽車到達冀豫交界處。馮治安命停車，他走下汽車眺望家鄉，到處是白霧茫茫寒氣凜冽。老天知俺心境，真是雪上加霜呀！這戰火籠罩下的河北大地已是滿目瘡痍，一時百感交集。國家的命運、個人的前程都和這瀰漫於前路上的濃霧一般，迷茫而沉重。但有一點馮治安是十分清楚的，那就是自己與宋哲元長達七年的依附關係，已經結束了，在他昏暗的腦海之中，算是泛起了一絲火亮。

　　這正是：離合豈乃天意

　　性情才是因果

第一槍：中日抗戰中的秘辛

第三十回　兄台張自忠戰死沙場　令堂馮元璽病故西安

第三十回　兄台張自忠戰死沙場　令堂馮元璽病故西安

馮治安在開封的教會醫院裡一住就是兩個月，其實他的病早已痊癒了。

腮腺炎或口腔發炎這類疾病，老百姓俗稱為「上火」，根本算不上什麼大病，完全沒有必要千里迢迢去開封住院治療，吃點敗火的小中藥或消炎之類的西藥即可，更何況是烽火連天的時候，馮治安之所以去開封「小病大治」，他是在學宋哲元的躲避方略。其實在馮的戎馬半生的歲月裡，託病而退是破天荒的頭一次。他在躲避宋哲元，是在尋求一次新的人生選擇。

中國歷代的高官武將，都慣用於「託病」去應付那些尷尬式危險。皇帝召見，或有不測便「託病辭朝」；故人登門恐有所求，便「託疾謝客」；或對新的任免或任務不滿，便「託病不就」等等。馮治安的「託疾」，確為擺脫宋哲元對他的擠兌。一貫以善於忍讓聞名的馮治安，終於選擇了這種辦法。

馮治安離軍後，部隊士氣極低，喪失主動攻擊能力，而日軍咄咄進逼緊追不捨。宋哲元無奈，率軍越太行進入山西。晉軍對宋向有猜忌，糧秣上不予支持。宋又無奈，率軍渡黃河進入河南。昔日的威重雄師，竟落得四處奔突，惶惶不可終日。宋哲元仰天長嘆，深感自己是四面楚歌了。張自忠孤身在南京待罪；劉汝明率本部六十八軍在魯西南獨立作戰，且已劃歸程潛指揮，事實上已離開本軍；趙登禹戰死；自己的「趙子龍」馮治安又「託病」離去。宋亦痛感獨立難支，便在眾人的勸說下，給馮治安發電報催他回軍。馮治安自恃「開弓沒有回頭箭」，這次絕不能再心軟。他與宋哲元的裂痕無法彌合。故回電續假，繼續「託疾」不歸，老實人認準的事，你就是八匹馬也拉不回去了。

馮治安其實無心養病，內心裡矛盾重重。這時忽接電報，得到韓復榘被蔣介石處死的消息。馮治安十分沉痛，他明知這是韓復榘罪有應得的下場，這廝堅拒他的二十九軍進入山東。這一點馮治安耿耿於懷，韓一心只為保地盤，保實力，不認真抵抗日寇進攻，屢失要塞，導致北方全局震盪。輿論對

第一槍：中日抗戰中的秘辛

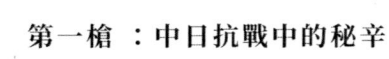

第三十回　兄台張自忠戰死沙場　令堂馮元璽病故西安

他攻伐激烈，已達中國人皆曰可殺的地步，蔣介石殺一儆百。馮治安總念是西北軍舊將，共事多年，「袍澤之情」很難一筆抹去。看看人家吉鴻昌為抗日被蔣處之，死得光榮偉大。而你韓復榘卻與日寇眉來眼去被處死，這真是奇恥大辱呀！

馮治安又接好友秦德純電報：一九三八年一月十一日，蔣在開封召開軍事會議。用調虎離山之計將韓復榘誘至開封逮捕。旋押往武漢受審，僅十餘日後便將韓槍決並將其罪案公諸全國。秦告馮安心養病。你馮治安自「盧溝橋事變」起，已被中國國內輿論塑造成「抗日名將」，其盛名可與當年淞滬會戰之蔡廷鍇將軍媲美。蔣介石一定會對你另有任用。馮治安覆電感激。

開封軍事會議期間，許多與馮治安有著舊誼的將領到醫院探望馮治安。大家均不知他與宋哲元關係破裂，馮治安隱忍不露一語。

真正使馮治安擔心的是戰局每況愈下，醫院中得悉首都南京淪陷，中軍傷亡達五萬餘人。而日寇滅絕人性，對南京市民開始了大屠殺。被害者為三十萬之眾。中國人震驚，世界震驚。馮治安泣不成聲，在醫院擺上供案燒香拜祭。此時蔣介石已令遷都重慶。

一九三八年三月，宋哲元率殘軍在河南剛一站穩，蔣介石就乘機對宋軍進行大拆大改式的重組。宣布撤銷第一集團軍的番號，將馮治安的七十七軍和石友三的六十九軍並為第十九軍團，馮治安任主帥。任務是在黃河北岸開展游擊戰，以牽制日軍。在李宗仁等將領的勸說下，蔣介石准予張自忠重返前線，仍任其為五十九軍軍長，任務是北援山東。宋哲元則「晉升」為第一戰區副司令長官。實際上已無兵權，置於閒散之地。宋哲元滿腔氣憤，接連不斷的打擊讓他病情急劇惡化，但也只能「望詔謝恩」告假離軍去南方療養。他先去桂林，後移至四川灌縣、成都，最後來到綿陽。輾轉中病勢愈益沉重。一九四零年四月五日，在綿陽抱憾逝世。彌留之際猶作囈語曰：「戰死真難！戰死真難！」終年五十六歲。

馮治安對此任命頗為興奮，立即趕赴新安，上任初始，即對七十七軍上層人事做了調整，劉自珍、陸春榮各領原職。不久，石友三的六十九軍奉命

北上迎擊山東之敵，後又深入河北南部打游擊，脫離了馮治安的控制，馮治安的軍團司令，手中只有七十七軍可調用。

一九三八年三月初，馮治安部由鄭州渡河北上，直搗新鄉，順利拿下這座豫北名城，並將總部設於此地。當時，戰爭主要在魯南進行。先是日軍集中優勢兵力進攻滕縣，守城部隊為川軍一二二師王銘章部。王部剛由晉北戰場倉促調來，兵員殘缺，武器窳敗，總數僅千人。但川軍守城將士鬥志極高，日軍強攻三日不下。最後集中三萬精兵，七十餘大砲，五十輛戰車，在飛機的配合下瘋狂攻入城內，守軍與敵軍開展巷戰，逐屋爭奪，戰況極為慘烈。由於軍力相差懸殊，滕縣終被攻克。一二二師自師長王銘章以下官兵壯烈犧牲，戰死者總數達五千人。

滕縣失守，臨沂告急，李宗仁命令張自忠率五十九軍馳援臨沂。臨沂守將為龐炳勳，與張自忠素有前嫌的冤家對頭，張自忠不計個人恩怨，率領全軍一晝夜急行一百八十里抵達臨沂。為了避免被動，張自忠又建議本軍在城外設防阻擊敵人，將最危險的擔子壓在自己身上。龐炳勳大為感動。

張自忠到達臨沂後，立即向日軍主動展開攻擊，以洗在天津之辱。五十九軍轄兩個師約三萬之眾，在張自忠軍長烈火般忠勇的精神感召下，全軍充溢著必死的壯烈氣氛。而對面之敵，是一支被「武士道精神」培育成的日寇頂尖部隊。兩支這樣的隊伍碰撞在一起，其慘烈程度不言而喻。經過十餘天反覆爭奪，日軍付出數千傷亡後潰退。五十九軍由於裝備落後，全靠白刃拚殺，傷亡更重。三十八師原有一萬五千人，戰役結束後只餘三千多人，整團整營的官兵壯烈殉國。張自忠面對剩下的不足九千人，他欲哭無淚啊！兩萬多名烈士的鮮血灑在魯南苦難的大地上。可惜呀！中國人無法都記住他們的名字。

台兒莊戰役就此拉開了序幕。板垣師團、磯谷師團在臨沂受阻損兵折將，未能按預定時間到達台兒莊。磯谷師團冒險孤軍深入到達台兒莊，立即遭遇中方孫連仲兵團的迎頭痛擊。

孫連仲兵團轄下兩個軍，也是從晉北戰場上匆匆撤回的。總兵力只剩二萬四千人，而日寇卻有四萬之眾。裝備對比更是天淵之差。敵人飛機、坦克、

第一槍：中日抗戰中的秘辛
第三十回　兄台張自忠戰死沙場　令堂馮元璽病故西安

大砲一應俱全。而中軍連步槍子彈都不充裕。苦戰三晝夜，日軍終於衝進台兒莊，占領了三分之二的城區。

台兒莊是個平原小市鎮，無堅固城池，更沒有永久性防禦工事，經日軍狂轟濫炸之後，早已成為了一片焦土。中軍依靠斷壁殘垣為屏障與突進來的日寇展開激烈的巷戰。白刃肉搏成為拚殺的主要形式。敵眾我寡，孫連仲部被日軍切割成許多零星小塊，根本無法統一指揮。中國軍人各自為戰，他們對日寇的無比仇恨，激發出的民族大義昇華為無堅不摧的巨大力量。前面的倒下，後面的跟上，無一動搖。巷巷流血成溪，屍骨堆積如山。

孫連仲集團軍在「十損七八」的嚴重危難之中，仍然有效地組織敢死隊奇襲敵軍，奪回了近二分之一的陣地。此時，各路中國援軍已抵達台兒莊，一起向陷入鎮內的日寇展開猛攻。日軍本已疲憊不堪且傷亡慘重，哪裡禁得住中軍排山倒海般的攻勢。大日本「皇軍」的威風頓時崩潰，東逃西竄狼狽不堪。台兒莊戰役最後以中國軍隊的輝煌勝利而告終，日軍被殲一萬二千人。這是整個抗日戰爭中最偉大的一次勝利。捷報傳出，舉國若狂，籠罩全國的悲觀氣氛為之一掃。全國各界、海外華僑乃至世界同情中國抗日人士，紛紛致電祝賀，前來採訪的中外記者絡繹不絕，一時成為世界性重大新聞。

張自忠五十九軍的臨沂之戰，創造了台兒莊大捷的先決勝利，功不可沒。臨沂、台兒莊兩個戰役的主將，都是由「西北軍」馮玉祥培養訓練的骨幹。作為雜牌軍，他們一直被列在「副冊」之中。裝備供給都無法望「中央軍」項背。但西北軍血脈裡的高昂氣勢和崇高愛國精神，又是「中央軍」無法相比的。

台兒莊戰役進行時，馮治安的七十七軍仍在新鄉一帶，扼守平漢路，準備迎擊日寇南犯。由於山西戰事尚在進行，日寇不敢貿然抽身南下，馮治安部也不敢擅離，因此，李宗仁沒有將七十七軍投入到台兒莊戰場。李知道馮氏一支虎狼之師，應把七十七軍作為台兒莊戰役的外圍部隊，隨時準備應援。馮治安十分惋惜沒能參加這一盛戰。

蔣介石在台兒莊大捷的鼓舞下，計劃在徐州打一次戰役。蔣從各路調集了六十萬大軍，在徐州周圍部署待戰。日軍也從北方的平、津、晉調集部隊

南下,加上南方北犯之軍,共約四十萬人,也準備決戰徐州。徐州會戰已成為必有之局。

馮治安的七十七軍奉調到安徽省淮河北岸的宿縣一帶,監視由南京北上之敵。與七十七軍並肩作戰的是于學忠的五十一軍。馮治安明白,自己所扼守的位置至關重要,一旦戰鬥打響,七十七軍就處於徐州會戰的南部前哨。他十分興奮和激動。自從軍以來,第一次獨立行使真正的指揮權力,一定要讓日本鬼子再嘗嘗俺馮家刀法。馮治安令抓緊修築工事,準備打一場硬戰、惡戰。

萬事俱備只欠軍令,可馮治安盼來的卻是放棄徐州會戰的指令。原來李宗仁向蔣介石直陳,建議不能硬拚,徐州會戰雖中方人數占優,但裝備極差,對付擁有上百架飛機和上千輛坦克的日軍,若打必敗。蔣介石默許了李宗仁的建議。

一九三八年五月初,日軍約四萬人由蚌埠強渡淮河向宿縣進擊。不久,宿縣西翼的蒙城被敵攻陷。宿縣十分危急,七十七軍軍部設在陳莊,馮治安冒敵機轟炸巡視陣地。一顆炸彈在馮附近落下,警衛兵撲到馮治安身上,彈片衝擊波將馮手中的電話炸飛,警衛兵身負重傷,馮治安險遭不測。

李宗仁放棄徐州的命令已下達,馮治安不敢違抗,便率軍撤出陣地,由東撤向皖、蘇二省交界處暫避鋒銳。敵軍主力北進後,馮又奉命向東南急進,穿越皖北進入河南,到達潢川休整。

大名失守拔槍自戕被部屬阻攔而胸部負傷的何基灃,重傷離軍養傷,傷癒後去了延安,受到周恩來的接見。中共領袖超凡的風采,延安蓬蓬勃勃的氣象,使何基灃耳目一新。他把國民黨的軍隊和共產黨的軍隊進行了比較。那絕不是人數和裝備的劣優,而是共產黨的軍人知道在為誰打仗,這鬥志連西北軍也無法相比,短短數月,何基灃眼前一片光明,他決心留下來,參加共產黨。

一九三八年三月,何基灃聽從中共同志的勸說,帶著使命回到了馮治安的身邊。並如實向馮治安匯報了去延安的經過,敘述了延安見聞。馮治安一

第一槍：中日抗戰中的秘辛
第三十回　兄台張自忠戰死沙場　令堂馮元璽病故西安

向不以共產黨為敵，並未和共產黨的軍隊交過手。尤其共產黨的土改政策，馮治安這位貧苦農民出身的將軍心裡還是讚賞的。現在正是國共合作抗日，因此對何基灃私自去延安絕無反感。

不久，何基灃被正式批准為祕密黨員，加入了中共，何基灃這次復歸，人還是舊人，心卻換了一顆紅心。馮治安和何基灃是拜把兄弟，關係十分親密。他倆名為部屬，暗為股肱，馮對何深信不疑。何基灃表面上維持著「親密」的兄弟關係，嘴裡更甜蜜地喊著「大哥！」暗地裡，利用馮治安委以的軍訓團重任，吸收了一批左派人士，其中還接納了從延安派來的共產黨員。很快，何基灃又與豫、皖的中共部隊取得了聯繫，直接在共產黨的領導之下，有序地開展了地下祕密策反工作。

馮治安當然不會明白，何基灃的復歸，自己的金蘭兄弟，將改變他後半生的命運。

一九三八年六月九日，國民黨軍方為遏制日寇攻勢，不顧百姓死活，在花園口將黃河大堤炸開，滔滔黃河之水淹沒了十餘縣廣袤的土地，造成了災難深重的「黃泛區」。由於事先不敢向人民宣布，廣大被災群眾猝不及防，生命財產損失慘重。事後，軍方故意透過傳媒說決口是日本飛機轟炸造成的。日本方面當然出來駁斥，一時沸沸揚揚成為重大醜聞。

黃河決口對戰局確實也造成了重大影響。日軍因受洪水之阻，放棄西進的計劃，搶占平漢路的圖謀也暫時擱置。因此，已擺上旗桿的徐州戰役並未全面鋪開。按照李宗仁的決策，中國軍隊悄悄將徐州及周圍之兵力撤出。日軍隨即開進徐州，打通津浦路的計劃終告得逞。

轉瞬到了七月份，國民參政會第一次大會在漢口召開，國民政府之前明令：定每年七月七日為「抗戰建國紀念日」，參政會選在七月六日開幕。會議特邀馮治安去武漢，在「七七」週年之際，在參政會上發表演講，報告盧溝橋抗戰經過。馮治安接此通知，心中萬分激動，他對這一殊榮極為看重。事先做了充分的準備，宗旨要突出二十九軍，尤其是三十七師將士之英勇，個人作用微不足道。馮治安樸實無華的語言，推功攬過的人品，受到全場的熱烈歡迎，掌聲波連，淚灑衣襟。演講取得了空前成功。各主要報紙都作了

報導。馮治安至此明白了一個道理，只要你為了這個民族的尊嚴而戰，只要你為了中國的百姓的安危而戰，歷史將會永遠銘記。

馮治安欣喜之際，又接到了兄台張自忠的賀電。賀電中說：「……自忠定會為民族自尊與日寇血戰到底，不惜吾生命……」

徐州會戰中途擱淺，中日雙方都瞄準了下一個目標，自古兵家必爭的大都市武漢。日寇妄圖攻占武漢後，控制平漢路，繼而南下打通粵漢路，為侵略印度支那半島開出一條陸上通道。

蔣介石面對嚴酷的形勢，決心打一場武漢保衛戰。為此，他重新調整了軍事布局。馮治安的十九軍團調到鄂北，拱衛武漢北大門，以迎擊由津浦線西犯之敵。調張自忠的二十七軍團與馮治安部並肩同行，執行這一共同任務。

一九三八年七月，馮治安與張自忠兩軍在潢川一帶會合，準備迎擊日寇的北犯先頭部隊。潢川是偏僻的小城，地瘠民貧，豫境多年戰禍頻頻，百姓苦難深重。馮治安駐軍的糧秣籌措十分困難，但是，部隊的訓練更為緊迫，嚴整軍紀是勝利的保證。部隊長期拚殺消耗，整體素質越來越低，馮治安面對部隊這種現狀，憂心忡忡，卻無可奈何。

戰時汽車供應吃緊，馮治安的汽車一般不准動用，把汽油節省下來供戰時急需。巡察部隊均以騎代步。一次在山路乘馬急行，雨後山路濕滑，戰馬突失前蹄，將馮治安重重摔下馬來，結果左腿嚴重摔傷，馮堅持隨軍醫生治療，不願去後方醫治，結果傷口很快感染化膿，不能行走。馮無奈遂向第五戰區打報告，要求暫離軍去鄭州治療，上邊很快批覆：「隨軍治療」。馮治安只好遵從上命。此時到各部巡察便成了問題。李貴忽然想起宋哲元在泰山療養時曾購買一頂山轎，四個轎夫。宋離軍後，轎子和轎伕都未帶走，李道：「司令，咱們何不一用？」馮治安聽完大喜，這軍情一天不明，寢食都難安。他便坐上轎子下部隊赴前線。馮治安不習慣耀武揚威，坐在轎裡感覺很不自在。當地百姓也覺得奇怪：常言道：「文官坐轎，武將乘馬」，怎麼一身戎裝的馮司令竟坐轎出巡呢？

第一槍：中日抗戰中的秘辛

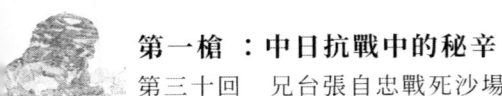

第三十回　兄台張自忠戰死沙場　令堂馮元璧病故西安

　　第五戰區很快派員前來「慰問」，實際是擔心馮治安「託病」離去。來人主要是察馮治安病傷的真假。來人是馮治安的故交，私下將上邊「關懷」的真意告訴了馮，馮也感慨萬千。

　　日寇為攻武漢，先行掃清外圍中國軍隊。九月十六日，向潢川馮治安、張自忠部發起攻擊。五戰區長官李宗仁命令馮、張二部迅速甩掉敵人，向鄂西北挺進，以大別山為依託進可攻、退可守，同時對進攻武漢之敵可起牽制作用。馮治安奉命後，於九月十九日放棄潢川，先東行經固始、商城，一路邊打邊走地進入湖北省界。張自忠的二十七軍團也並肩進入了湖北。

　　部隊剛到麻城，馮治安接好友秦德純從南京拍來的電報：「第十九軍團與二十三軍團合併為第三十三集團軍，原軍團番號撤銷。馮治安或張自忠出任總司令和副總司令，徵求馮治安意見。」馮治安立刻回電秦德純：「總司令一職由張自忠榮任。張長馮五歲，勇猛善戰，馮治安任副總司令為好。」不日，命令即到。張自忠任總司令，兼五十九軍軍長；馮治安為副總司令，兼任七十七軍軍長。

　　對這一任命，張自忠頗感驚愕。自己一直多在馮治安下屬而感不解。馮治安十分欣慰，並未告張緣由。他與張自忠同事數十年，又是金蘭兄弟，是一對最相知的朋友，張比他年長，學識也較他高，臨沂大捷張自忠也已名噪全國。馮治安衷心欽佩。

　　張自忠對馮治安這位副司令也十分尊重，從歷史淵源說，他與馮治安從青年時就並肩而行。多數時間是平級，偶爾馮還高他半頭。張自忠性格剛烈磊落有英雄氣。而馮治安性格隨和寬厚。兩人一剛一柔相輔相成。多年來關係十分融洽。如今又編在一起，張自忠覺得仰之弟是再理想不過的夥伴。

　　馮治安深知軍界的「規則」，副職就是副職，儘管與張自忠感情深厚，但他仍然恪守副職的本分，對老哥的權威十分尊重和維護。馮將主要精力帶好七十七軍。三十三集團軍的大事，則悉聽張自忠安排。私下裡，二人一直維持著「袍澤」的情誼，始終不渝。

三十三集團軍組建時，武漢保衛戰已經打響，敵強我弱，中軍屢戰屢敗極為被動。

張自忠的五十九軍在臨沂戰役中傷亡大半，到河南後匆匆補充整訓，元氣一時難以恢復。進入湖北後，馮治安主動要求他們七十七軍為前鋒。日軍對張自忠、馮治安兩位抗日名將威名不敢小視。調動精銳前堵後追、緊緊咬住不放。大別山進入秋節，細雨連綿，加之地理生疏和北軍不慣山路，三十三集團軍行進、打仗都非常困難。

部隊由麻城東行，在孝感北越平漢路，七十七軍裝有軍衣、汽油等軍用物資的車輛，停靠一小火車站時被日軍飛機發現。日軍飛機瘋狂轟炸，汽油車起火又引燃了服裝車，車隊頓時變成了一片火海。寶貴的過冬棉衣全部燒毀。馮治安大怒，行前他千叮嚀萬囑咐軍需官劉月亭，要他無論何時何地行進或停靠，一定要將汽油車和被服車隔離開，劉月亭玩忽職守成大禍，自知難逃干係，即使馮長官不要他的命，那位張總司令肯定要了他的命。劉月亭竟畏罪連夜逃竄不知去向。這年冬天，七十七軍為冬衣備受煎熬。

部隊剛到孝感北花園站，武漢陷落的消息傳來，全軍受到了嚴重的精神打擊。部隊愈往西行山路愈險。行至三山寺，前面山路被毀，車輛無法通行，張自忠與馮治安決定，將帶來的數十輛汽車及長官的專車全部焚毀。為輕裝前進，張自忠還命令軍官家屬將所攜之家當，除細軟外一律燒掉。

三十三集團軍邊戰邊西行，於十月中旬抵達荊門，便駐紮下來。鄂北山區抗戰由此邁開了七年的艱難步伐。

一九三九年四月，日寇為鞏固武漢外圍，組織十餘萬精銳部隊，向第五戰區展開掃蕩。重點是隨縣、棗陽一帶。李宗仁急調本部人馬迎敵。三十三集團軍被布置在右翼作戰。張自忠將自己的五十九軍推上了第一線，而將馮治安的七十七軍放在了第二線。

三十三集團軍打得勇猛頑強，一八零師在長壽店一役中傷亡纍纍仍英勇拚殺，終將敵精銳的松井部隊擊潰。第五戰區特別對三十三集團軍給予嘉獎，發放獎金十萬元。然而，隨縣、棗陽雖失而復得，也未改變中軍被動局面。

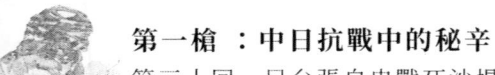

第一槍：中日抗戰中的秘辛
第三十回　兄台張自忠戰死沙場　令堂馮元璽病故西安

　　一九四零年五月，日寇再次調集十個師團的兵力，分別從鄂南、鄂中、豫南三路向隨縣、棗陽一帶進犯。第二次隨棗會戰拉開序幕，李宗仁下令將襄河右側各軍組為右翼兵團，委張自忠為司令官，統轄指揮。此刻，正值日寇乘武漢會戰節節勝利、凶焰萬丈之際。中軍屢遭挫折，士氣低落，全中國悲觀氣氛濃重。在這種背景下，張自忠指揮疲弱之師與強敵對抗，內心也是憂心萬分。他對副參謀長劉家鸞說：「責任加重，兵員減少，械彈不整，戰力薄弱，這戰非丟人不可！」

　　張自忠部署分配了兵力，仍將自己的五十九軍各師放在最前線，而將馮治安的七十七軍放在襄河以東做後備隊。開戰不久，北路友軍迅速潰敗，棗陽形勢危殆，五十九軍奉命向北截擊敵軍，日寇攻勢凌厲，裝備先進，五十九軍損失極重。前線連續向張自忠告急，要人要彈藥。張自忠為挽危局，決計親自渡襄河去前線督戰。行前召開了動員會。會前他與馮治安先行研討，張、馮二人在荊門快活鋪集團軍司令部對坐，一燈熒熒，氣氛沉重。馮治安認為：以右翼兵團總司令之尊，不應輕履陣地，勸張自忠不要渡河，並提議由馮代張前往執行督戰。張自忠執意不肯，他認為前線十分危急，右翼兵團係臨時拼合，自己是右翼總司令，尚可行指揮之權，而馮治安無此職分前去指揮會困難重重，去了也是白去。倘若連自己也不渡河，前線潰敗則勢所難免，其後果不堪設想。馮治安對張自忠判斷雖然同意，但眼看老兄冒偌大風險去深踐戰陣，必是凶多吉少。張自忠此刻已心如鐵塊。兩人默默對坐，俱各無言。國家如此，戰局如此，作為軍人又別無選擇……直到深夜，張自忠才站起來沉痛地對馮治安說：「軍人到了死的時候了！」然後，兩人擁抱互道珍重而別。

　　第二天，張自忠在總部召集高級將領會議，宣布自己要在明天過河督戰，各將領都以總司令不宜履險，勸張不去。張自忠不顧勸阻，執意前往。並囑咐總部人員：他去後一切大事要與馮副總司令商量。當晚，人靜夜深時刻，張自忠在昏暗馬燈之下，鋪紙寫了幾封遺書，以表明以死報國之決心。他給馮治安的信是：

　　「仰之吾弟如晤：

因為戰區全面戰事之關係本身之責任，均須過渡與敵一拚。現已決定於今晚往襄河東岸進發。到河東後，如能與三十八師、一七九師取得聯繫，即率該兩師與馬師，不顧一切向北之敵死拚，設若與一七九師、三十八師取不上聯絡，即帶馬之三個團，奔著我們最終之目標（死）往北邁進。無論做好壞，一定求良心得到安慰。以公以私均請我弟負責。由現在起，以後或暫別，或永離不得而知，專此布達。」

　　兄張自忠手啟

　　5.6 於快活鋪

　　留給諸將的信中說：

　　「……國家到了如此地步，除我軍為其死，毫無其他辦法，更相信只要我軍能本此決心，我們的國家及我五千年歷史之民族，絕不致亡於區區三島倭奴之手。為國家民族死亡之決心，海不清，石不爛，絕不半點改變，願與諸弟共勉之。」

　　第二天，即一九四零年五月七日，張自忠將軍僅率總部直屬特務營及七十四師的兩個團，由宜城官莊渡過襄河。過河後便投入戰鬥猛插猛打，很快與三十八師等取得了聯繫。緊接便揮師北攻，將襄河南下的近萬名敵軍部隊截斷。中軍將士聞總司令親臨前線，群情振奮，狂呼衝殺，日寇驕橫氣焰為之一掃。梅東高廟一役，中軍冒雨截擊，殲敵數千，中軍傷亡極重。敵酋偵知張自忠親率少數兵力在此指揮，便立即調萬餘精兵向張自忠的總部陣地逼來。張命所屬三十八師向總部靠攏，以造成反圍之勢。三十八師離總部四十里，聞命邊打邊向總部靠過來，眼看殲敵之機就成熟，不料五戰區長官突然電告張自忠：敵大軍正由鐘祥方面渡河西進，命令張自忠立即放棄當前之敵，向鐘祥敵後攻擊。張自忠明知這是一道錯誤的命令，但自己是一個模範軍人，對上峰命令從不猶豫，他不顧忽然撤退會造成軍心渙散，自己的指揮部隨時都有被日軍追擊的危險，率領只有三千人的部隊，邊打邊向南進。士兵們看到張將軍威風凜然而士氣大盛，又與日寇拚殺了三天。五月十六日，總部到達宣城縣南瓜店，遭日軍猛烈攻擊，飛機投彈掃射，地面炮火如雨，敵我數量懸殊，中軍陷於苦戰之中。隨員們勸張自忠到山腳暫避，張自忠執

293

第一槍：中日抗戰中的秘辛

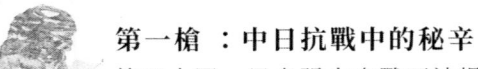

第三十回　兄台張自忠戰死沙場　令堂馮元璽病故西安

意不聽反而站在山頂上指揮。近午，前面的小山頭被敵攻占，中方守軍全部犧牲，敵人蜂擁而來，機槍子彈如狂風橫掃，張自忠周圍只剩數百人，猶堅持不退。眼見著前面的戰士成片倒下，張自忠大吼一聲跳起來撲向前去，隨員被這突發一瞬驚呆而未及阻攔。張自忠還未接近敵人，一陣機槍掃來，身中六彈。張自忠自知不治，拔出短劍就要自刎。隨從副官朱增源急忙攔下，張將軍道：「我不行了，你們快走！」接著又說：「我對國家、對民族、對長官良心都平安！」這時數名日軍衝到跟前，高參張敬用手槍斃敵後犧牲。兩名持槍的日寇向張自忠刺來。張自忠一腔熱血湧頭，力量倍增，他抓住敵槍桿一躍而起，此時，一顆子彈射中他的腹部，張自忠向後一坐，又一顆子彈射入他的臉部，才倒地氣絕。

張自忠將軍，山東臨清人，書香門第出身。青年從軍一生戎馬，最後犧牲於抗日戰場。他是整個第二次世界大戰中，在前線陣亡的級別最高的將領，也是死得最壯烈的將軍。

張自忠的遺體被日軍草草埋葬了。馮治安接到張自忠殉國的消息後，淚如雨下，即令三十八師師長黃維綱率部殺至南瓜店，將遺體運回荊門快活鋪總部。馮治安掀開張自忠身上覆蓋的軍旗，他見到數十年朝夕與共的兄長與戰友，見到那被鮮血浸透的遺體，再也忍不住錐心裂肺的哀痛，撲到張自忠身上痛哭失聲。在場官兵都悲痛欲絕並鳴槍致禮。

張自忠將軍死難的消息傳出後，舉國震撼。萬千軍民感其壯烈，痛其長逝，無不涕淚交流。馮治安強抑悲慟，親自為兄自忠烈士裝殮，在軍中設靈堂公祭三天。國民政府追贈張自忠為上將，囑馮治安將遺體護送至重慶安葬。馮治安欲親送，未獲戰區批准，還要以戰事為重。馮治安特命顧問徐惟烈，參軍李致遠護送靈柩，由荊門啟程，沿途各城鎮百姓均自設路祭，有的地方因祭奠群眾過多，只好稍事停留。到宜昌後，各界雲集接靈，在東山公園公祭三天，第四天登船。市民要求不用汽車，讓百姓抬棺到江邊。公園至碼頭約七里，沿途擺滿祭桌，挽幛如林。日軍飛機監空盤旋被山城氣氛所懾，竟未敢投彈。此時，警報如山鳴海嘯，鞭炮聲、飲泣聲交織成一曲英雄頌歌。人山人海的百姓在飛機的淒厲轟鳴中，竟無人離去。

靈船由宜昌溯江而上，沿江兩岸都有百姓遙祭，有的長跪岸邊等船過去後方才起身。船至萬縣停靠，萬縣各界登船祭奠，哭聲震天。

靈柩來到重慶朝天門碼頭。蔣介石親率軍政大員登上輪船，委員長圍繞張自忠將軍遺體緩行三周後，將靈柩送至北碚，設靈公祭。山城人民幾乎傾城而出，萬人空巷，各界送的挽幛、花圈璀璨如銀海波瀾，中共領袖毛澤東、朱德等也送來輓聯。出殯時，蔣介石又親率大隊軍政要員在靈車後步行相送，將忠骸安葬於北碚梅花山。張自忠在天之靈無憾安息。

張自忠逝後，馮治安立即被任命為三十三集團軍總司令。他主持在荊門縣劉候集建起了張公祠，在南瓜店建起張自忠上將衣冠冢。三十三集團軍移師南漳後，又在南漳縣武鎮伏虎山下建一張公祠，同附建衣冠冢，供全軍憑弔。馮治安還在豫南鄧縣創辦了「自忠中學」以接納軍中子弟和淪陷區的學生。這個學校因戰事曾遷至湖北竹山、河南臨潁、商丘最後仍回到鄧縣，馮治安一直大力支持和資助這所與自己心血相連的自忠中學。

張自忠殉國後，三十三集團軍兩走觀音寺、霧渡河，又折向北經南漳縣渡過襄河至河南鄧縣才穩定下來。在鄧縣休整約五個月後，又重返鄂北，選定南漳縣沐浴村作為總部駐地。華中戰場因日美、日英宣戰，第二次世界大戰全面鋪開，而出現了長期對峙的局面。大別山根據地竟變成敵後的世外桃源，比大後方還要安定。馮治安居然過了一段相對平靜的時光。

一九四三年，馮治安又被加授第六戰區副司令長官的職銜。為了實現個人理想的人事結構，他重新調整了人事安排。並將自己直接兼任的七十七軍軍長一職，讓給他最信任的拜把兄弟中共黨員何基灃。至此，三十三集團軍的兩個軍長一為「金蘭契友」何基灃，另一個則是河北故城縣老鄉劉振三。副司令長官張克俠，參謀長陳繼淹也都是二十九軍的舊部。在馮治安看來，這樣的「團體」可謂固若金湯了。馮治安尚不知張克俠、何基灃共產黨員的真實身分，但對二人的行為卻睜一眼閉一眼。張克俠甚至可以在軍官大會講話時，公開讚揚八路軍，批駁重慶蔣介石攻擊八路軍不抗日的謬論。軍內還訂有中共報紙《新華日報》供公開閱覽，馮治安對此並不干涉。而何基灃與中共武裝聯繫密切，資助槍械彈藥也眼開眼閉。

第一槍：中日抗戰中的秘辛

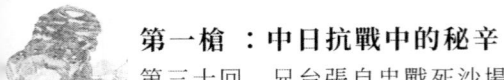

第三十回　兄台張自忠戰死沙場　令堂馮元璽病故西安

馮治安當然不會料到，正是由於自己讓兄弟何基灃掌握了兵權，才埋下日後導致他身敗名裂的禍根。像何基灃這樣的「金蘭契弟」，怎麼一旦成為共產黨，就不再把他當作「但願同年同月同日死」的「大哥」了，而把他當成了敵人。這個謎團，讓馮治安到死也沒有解開。馮治安滿腦子的忠君思想，關公的信與仁，關公的不背主的道德理念，讓這位燕趙之子「忠信」而永不叛離蔣介石，成為馮治安悲劇人生的真正原因。

一九四四年冬，陝西省蔡家坡薛家村，三十三集團軍辦事處傳來了噩耗，電報是馮治安原配解夫人拍的，父親馮元璽因腦溢血病故，逝於家中，享年七十三歲。馮治安悲痛至極，立即收拾行裝趕赴西安。大哥馮蘭台、三弟馮宗台及繼母兩個僅十歲、六歲的弟弟都在蔡家坡鎮上迎接這位名聲顯赫，時年四十八歲的親人馮治安。

馮治安經歷了百戰生死，戰友兄弟成千上萬倒在血泊中，急迫中沒有墳塋，甚至連塊木牌都沒有留下。抗戰已看到了曙光，父親和他們一樣，卻沒能看到勝利的那一天。母親袁氏孤魂漂遊在河北故城老家。房宅已毀，祖墳被掘，而父親卻在這陝西蔡家坡的大山中落土，各守一方。馮治安收住淚水與兄弟們商議，此刻國破家難之際，父親的喪事絕不鋪張。先入土為安，待抗戰勝利後，再運回河北老家與生母併骨。眾兄弟姐妹無異議。

第二天清晨，馮治安和三弟馮宗台冒著寒風，在薛家坡的四周踏察墓地，馮治安對三弟道：「我意將父親的墳塋建在薛家村後向陽的山坡上，我從軍在外無力看護，就拜託三弟照料。」馮宗台說：「二哥就請放心，兄弟幾個你我同一父母，待戰亂平息，我們回老家重整祖墳。」兄弟二人找了一處三面環山的向陽坡地，風水極好，前有照後有靠。哥倆商定好，一不通知軍政地方要人，二不搭靈棚祭奠，一切從簡。

馮治安為防父親馮元璽的墳墓遭日本人或漢奸破壞。墳塋和去逝的普通百姓沒有什麼兩樣，黃土堆前留下一塊不足一公尺高的青石碑。立碑人也沒有刻上馮治安的名字。就這樣三天後的一個清晨，薛家村後荒涼的山面上，不知不覺地多了一座新墳。

馮治安軍務在身，不便在家久留，他告別繼母及兄弟家人，便返回了部隊。

一九四五年抗戰勝利了。馮治安在蔡家坡的繼母及兩個弟弟，在原配夫人解梅陪同下，攜大哥一家都又搬回了北平西四磚瓦胡同。三弟馮宗台的子女親友都已在西安工作，他們全家就搬到了西安城內的火藥局巷。待安頓停當，馮宗台又去了一趟蔡家坡，他遵二哥馮治安示，將父親馮元璽的屍骨遷回故城。

馮宗台在子女的陪同下來到了薛家村，他們萬萬沒想到，山坡上父親馮元璽的墳塋不見了，墓碑也不知被搬到了何處。墳塋處被掘開了一個大坑，棺墓及屍骨均無了蹤影。馮宗台坐在黃土地裡痛哭流涕。孩子們報了官府。一說是日本人所為；又說是盜墓者探到這座墳塋是國民黨三十三集團總司令馮治安令尊之墓，裡面一定有很多的金銀財寶陪葬。挖開之後，馮元璽除一身較為貴重的殯服之外，沒有一件值錢之物。盜墓賊失望之餘，怒氣頓生，將老太爺屍骨散去。可憐呀！抗日名將馮治安的生身父母，在那戰亂的年代裡，竟落如此下場。

這正是：國破山河在

家難父母亡

終篇　英雄一時愚忠一生　海峽兩岸兄弟共榮

馮治安十六歲從軍，在西北軍創始人馮玉祥先生栽培之下，從一名伙夫、士兵、排長、連長、營長、團長、旅長、師長直至十一軍軍長。西北軍消亡後，又改任二十九軍三十七師師長、七十七軍軍長、十九軍團司令、三十三集團軍副總司令、總司令之職。抗戰勝利後，任第三綏靖區司令官。一個貧苦農民的兒子，一個沒有進過正規學堂的燕趙子孫，在那樣一個經歷過清末、民國、抗戰、解放戰爭幾十年內外戰亂紛爭的年代裡，是什麼原因造就了他？又是什麼原因破敗了他？

馮治安，一位抗日名將，在解放戰爭排山倒海的洪流中，選擇了一條什麼樣的不歸之路？徐蚌會戰的序幕剛剛拉開，馮治安的副總司令張克俠、副

第一槍：中日抗戰中的秘辛

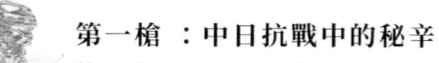

第三十回　兄台張自忠戰死沙場　令堂馮元璽病故西安

司令兼七十七軍軍長何基灃率部起義，投入到中國人民解放軍的懷抱。何基灃、張克俠發動起義，幾乎沒有費周折便獲得成功，甚至連一個驚險的故事與片段都沒有發生過。當天的北平日報刊登的消息是，抗日名將第三綏靖區司令官馮治安率部起義。第二天報紙即發表更正，馮治安部何基灃、張克俠率部起義。

馮治安入伍到抗戰的國共合作時期，他的部隊沒有與共產黨的部隊交過手。抗戰勝利後，馮治安部駐紮徐州地區，也未被投入到內戰之中。馮治安曾和何基灃、張克俠、劉振三、王長海以及陳繼淹約好，如和共產黨軍隊交戰時，要「全軍為上」，不要賣命傻拚，要「假打、滑打」。而且約定：以後打仗不要以書面上的東西為依據，因為書面的東西不得不搞得風風火火，否則不能敷衍上面。

馮治安最終拒絕起義的原因是多方面的：一是他曾叛離西北軍而成為降將，終身後悔。他決心再不做出背主之舉。關公千里走單騎尋主劉備的故事，讓他愚忠一生。二是直到何基灃、張克俠起義後，馮治安才知其共產黨員的真實身分，對他二人以兄弟情分的勸說，不敢深信。內心深處不知共產黨對他的底牌，馮治安迫切需要獲得一種靠得住、信得過的保證，而這些，何、張二人並未給他定心丸。三是徐州「剿總」對他的告誡，軍內親蔣分子陳繼淹等對他的威脅。四是他貪戀官祿和家財。這些終於使馮治安下定決心不走險棋，繼續隨蔣浮沉。

一九四八年十一月八日，何基灃、張克俠順利地在賈汪通電起義，一槍未發，就將第三綏靖區的二萬三千餘人安全帶到解放區。沒有參加起義的只剩下一個師多一點的兵力，事實上已潰不成軍。徐蚌會戰是蔣介石集團最後的命運之戰，他調集數十萬精兵，作孤注一擲。孰料大戰序幕竟是不戰而被共產黨拉走兩萬餘人馬。開局受挫，國民黨軍上下都為之沮喪，更重要的是其政治意義遠遠大於軍事上的作用。

馮治安懷揣從沒有過的失落，灰溜溜回到南京。蔣介石對馮治安十分厭恨。李彌、孫元良狂叫殺掉馮治安以謝天下。蔣介石為維繫軍心，又考慮馮治安抗戰名將的社會影響，沒有處分馮治安。但憤怒之餘，還是打了他一記

耳光。隨後，撤銷第三綏靖區番號，殘餘人馬由李九思帶領，編入孫元良兵團。

蔣介石給馮治安一個「京滬警備副司令」的空頭銜，讓他去上海閒居，這年他五十三歲。

馮治安十六歲入伍，堪稱身經百戰，至此，以這種尷尬的方式結束了戎馬生涯。

一九四九年四月二十一日，人民解放軍百萬雄師強渡長江。二十三日南京解放，上海已岌岌可危。蔣介石明令在滬閒居的部分高級軍政要員直接撤往臺灣。馮治安本來打定主意留在大陸，他認為自己不在共產黨開列的戰犯名單上，手上沒有一滴共產黨人的鮮血，共產黨不會懲處他。所以馮治安一再表示聽天由命吧。後來，馮治安最親密的同僚好友，時任國防部副部長的秦德純趕來勸駕，要他無論如何離開大陸。馮治安思前想後，百般無奈才鬱鬱登上去臺的飛機，同行的只有他從配夫人沈麗英及四個子女。其餘原配解夫人、子女及兄弟妹妹們都留在了大陸。

馮治安到達臺灣不久，大陸全境解放，蔣介石率領殘兵敗將、黨政要員及其家屬共二百餘萬人也湧到了臺灣。

國民黨軍政界自棲臺島後，上上下下不期然而形成「反思」熱潮。人們總結出貪汙腐敗、喪失民心、軍無鬥志、割據自保等等失敗原因。於是有人痛心疾首，有人怨天尤人，但終時過境遷，漸漸也就心平氣和了，互相之間達成了諒解。唯一不被諒解的就是馮治安。勝敗乃兵家常事。但勝和敗都是打出來的。共產黨的「不戰而屈人之兵」，馮治安一槍未放就被收拾，這是不被諒解的錯誤。馮治安無可辯解，便留在寓所很少出頭露面。

馮治安領了「中樞戰略顧問」的空銜，自覺已是一個多餘之人，索性遠離軍政，從臺北市搬到市郊區的中和，自費蓋了幾間房舍，養雞種菜，排遣餘生。劉汝明與他對門而居，二人經常盤桓，過往甚密。

去臺灣的國民黨軍政要員，很多人改行辦企業，馮治安沒有雄厚的私財，無力興辦實業，但衣食無憂。

第一槍：中日抗戰中的秘辛

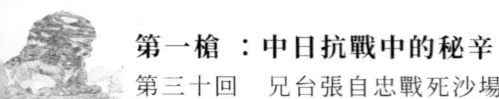

第三十回　兄台張自忠戰死沙場　令堂馮元蘁病故西安

　　臺灣拍過一部紀念盧溝橋事變的影片，在某大人的示意下，全劇竟沒有這位主角的一影一字，卻馮冠張戴，把沒有參加此役而在天津的張自忠塑為主戰英雄。一些新聞界人士覺得這是歪曲史實，公開站出來替馮治安抱不平，好友秦德純也登門請馮治安出來說話，馮閉門不見。事後他對秦說：「我早已心灰意冷，隨他們怎麼說去，我絕不會與死者爭名。」

　　一九五四年十二月六日，也正是馮治安五十八歲誕辰之日。晨起如廁，忽感不適，家人急將他扶上汽車，不料在去醫院的途中猝然逝世，醫生診斷為腦溢血，和母親袁氏病出一脈。這位轟轟烈烈、坎坷一生、戰功顯赫的老實人，竟沒有留下一句遺言，黯然地離開了人間。

　　馮治安病逝後，蔣介石循例追贈為陸軍二級上將，並親自致祭宣悼詞。那些都是留給活著的人看的。

　　馮治安死後沒有印《哀榮錄》。好友秦德純的輓聯為：

　　喜峰口論第一功，盧溝橋肇千秋業，北門鎖鑰，我亦沐榮，叨竊未先常自愧；

　　三十年敦同袍誼，九萬里勵據鞍心，大樹飄零，君在何處，淒涼旅梓有餘哀。

　　馮治安的兒女親家，西北軍舊將石敬亭的輓聯是：

　　君疾未及知，君歿仍未及知，孰料噩耗傳來，夢寐中竟成永訣；

　　余哭絕於懷，余慟更絕於懷，看他孀妻弱子，淒涼境倍覺傷心。

　　兩幅輓聯都使用了「淒涼」二字，恰切地道出了這位抗日將軍的身後蕭條。

　　二零一四年，抗日戰爭勝利六十九週年，中國共產黨中央委員會總書記習近平先生，雙手挽著兩位銀髮如雪的老人，一位是國民黨抗戰老戰士，一位是共產黨抗戰老戰士，他們都是中國軍人抗戰的老戰士，參加了北京的中國抗戰勝利七十週年的紀念大會，這意味著什麼？海峽兩岸的同胞，海峽兩

岸的兄弟,都在懷念七十年前那場史無前例的「盧溝橋事變」;懷念那些為國捐軀的英烈;懷念那些為民族而做出貢獻的人們。

時值二零一五年,抗日戰爭勝利七十週年之際,本小說付梓。馮治安是那八年抗戰中的一員,普通的一員。從他個人的人生軌跡裡,挖掘出了中華民族之偉大,哪怕是一絲一毫。「每一塊平凡的墓碑下,都埋葬著一部生動的故事。」我們有責任記錄他們,讓他們的精神,永遠活在民族延續的史冊中。

這正是:五千年長河回首一瞬

中國夢輝煌永築安寧

國家圖書館出版品預行編目（CIP）資料

第一槍：中日抗戰中的秘辛 / 黎晶 著 . -- 第一版 .
-- 臺北市：崧燁文化，2019.09
　　面；　公分
POD 版

ISBN 978-957-681-825-7(平裝)

857.7　　　　　　　　　　　　　　108008913

書　　名：第一槍：中日抗戰中的秘辛
作　　者：黎晶 著
發 行 人：黃振庭
出 版 者：崧燁文化事業有限公司
發 行 者：崧燁文化事業有限公司
E - m a i l：sonbookservice@gmail.com
粉絲頁：　　　　　　網　址：
地　　址：台北市中正區重慶南路一段六十一號八樓 815 室
8F.-815, No.61, Sec. 1, Chongqing S. Rd., Zhongzheng Dist., Taipei City 100, Taiwan (R.O.C.)
電　　話：(02)2370-3310　傳　真：(02) 2370-3210
總 經 銷：紅螞蟻圖書有限公司
地　　址：台北市內湖區舊宗路二段 121 巷 19 號
電　　話：02-2795-3656 傳真：02-2795-4100　網址：
印　　刷：京峯彩色印刷有限公司（京峰數位）

本書版權為九州出版社所有授權崧博出版事業股份有限公司獨家發行電子書及繁體書繁體字版。若有其他相關權利及授權需求請與本公司聯繫。

定　　價：500 元
發行日期：2019 年 09 月第一版
◎ 本書以 POD 印製發行